제1구역

* 이 도서의 국립중앙도서관 출판예정도서목록(CIP)은 서지정보유통지원시스템
홈페이지(http://seoji.nl.go.kr)와 국가자료공동목록시스템(http://www.nl.go.kr/kolisnet)에서
이용하신 수 있습니다. (CIP제어번호: CIP2019018903)

ZONE ONE

제 1 구역

콜슨 화이트헤드 장편소설

김승욱 옮김

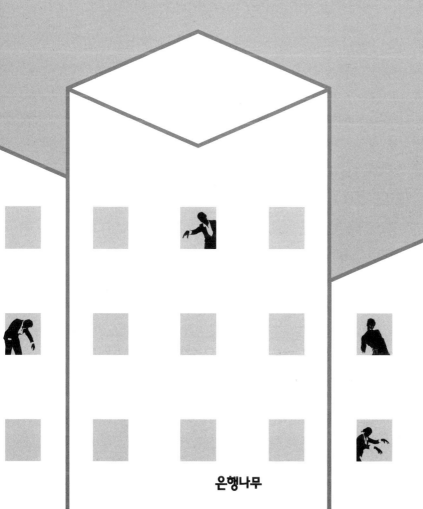

은행나무

빌 토머스에게

금요일

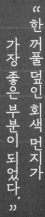

"한 꺼풀 덮인 회색 먼지가
가장 좋은 부분이 되었다."

그는 항상 뉴욕에서 살고 싶었다. 맨해튼 다운타운(뉴욕 맨해튼에서는 북쪽을 업타운, 남쪽을 다운타운, 중간 부분을 미드타운이라고 부른다)의 라피엣 거리에 있는 로이드 삼촌 집에 가끔 다니러 가곤 하던 그는 다시 삼촌 집에 갈 때까지 긴 시간 동안 삼촌의 아파트에 아예 눌러사는 공상을 했다. 어머니와 아버지가 서로 합의해서 선정한 전시회나 좋은 브로드웨이 히트작을 보려고 억지로 그를 끌고 뉴욕 시내로 들어올 때면 로이드 삼촌 집에 잠깐 들러 인사를 건네는 것이 보통이었다. 그런 오후의 풍경이 낯선 사람들이 찍어준 사진들 속에 보존되어 있었다. 그의 부모는 다양한 디지털 제품의 시대에 맞서 고독하게 저항했다. 그들의 집에 있는 커피머신은 시간을 말해주지 않았고, 사전은 종이로 만든 것이었으며, 사진기는 오로지 사진만 찍었다. 사진기가 궤도를 도는 위성에 그들 가족의 좌표를 전송하는 일은 없었다. 무료 셔틀을 이용해서 열대우림에 쉽게 갈 수 있는 해변 휴양지행 비행기 표를 사진기로 예매할 수도 없었다. 고화질이든 아니든 동영상을 찍는 것은 아예 불가능했다. 워낙 구식 사진기였기 때문에 아버지가 길에서 아무나 붙들고 사진을 찍어달라고 하면 다들 어려움 없이 사진기를 조작할 수 있었다. 크고 텅 빈 눈을 한 관광객들도, 몸을 뒤트는 가련한 동네 주민들도 모두 마찬가지였다. 그의 가족들은 왼쪽 어깨 위에서 포스터가 고함을 질러대고 있는 극장 앞 눈부신 차양 아래나 박물관 계단에서 언제나 똑같은 구도로 포즈를 취했다. 아들이 가운데에 서고, 부모가 양쪽에서 아들의 어깨에 딱 손을 올려놓은 구도. 매년 언제나 똑같았다. 그는 사진을 찍을 때 항상 웃지는 않았다. 앨범에 넣기 위해 선별된 사진에서만 웃었다. 사진을 찍은 뒤에는 택시를 타고 삼촌 집으로 가서 도어맨의 심사를 거친 뒤 엘리베이터에 올랐다. 로이드 삼촌은 문틀에 매달려서 이상한 인사말로 그들을 맞이했다. "저의 작은 방갈로에 오신 것을 환영합니다."

로이드 삼촌이 새로 사귄 여자 친구를 부모에게 소개하는 동안 소년은 잔뜩 들떠서 복도를 걸어갔다. 카푸치노색 가죽 조립식 가구를 보며 새된 소리로 탄성을 지르고, 새로 바뀐 오디오/비디오 설비에 감탄했다. 소년은 삼촌 집에 오자마자 전에 보지 못한 물건부터 찾아보았다. 이번에는 껑충한 망령처럼 귀퉁이에 서 있는 무선 스피커들이 눈에 띄었다. 소년은 곧 멀티미디어 설비의 두뇌 역할을 하는 상자 앞에 네 발로 엎드렸다. 땅딸막한 상자에서 불빛들이 깜박거렸다. 소년은 상자의 검은 표면을 손가락으로 쓸어본 뒤, 표면에 남은 손가락 자국에 입김을 불어서 폴로셔츠 자락으로 닦았다. 텔레비전 또한 최신 제품 중 가장 큰 것으로, 공중에 떠 있었다. 펼쳐보지도 않은 설명서 안에 도형으로 표시돼 있을 수많은 엄청난 기능들이 거기서 박동하고 있었다. 삼촌은 모든 채널을 신청해서 보고 있었고, 오토만(부드러운 천을 위에 댄 기다란 상자 같은 가구. 상자 안에는 물건을 넣고 윗부분은 의자로 쓴다) 안의 수납공간에 리모컨들을 잔뜩 넣어두었다. 소년은 텔레비전을 보다가 유리벽 앞에서 빈둥거리며 시내 풍경을 바라보았다. 19층에 있는 이 아파트의 유리벽은 연기가 낀 것처럼 흐릿한 자외선 차단 유리로 되어 있었다.

삼촌과의 만남은 끝내주게 굉장하면서도 진부했다. 앞으로 살아가면서 겪게 될 수많은 비슷한 경험들에 대한 조기교육인 셈이었다. "뭘 보고 있니?" 삼촌의 여자 친구들은 값비싼 탄산수와 과자를 들고 타박타박 걸어 들어오며 이렇게 물었다. 그러면 소년은 "건물들요"라고 대답했다. 도시의 스카이라인이 왜 이토록 자신의 마음을 끌어당기는지 기분이 이상했다. 소년은 거대한 시계의 톱니바퀴에 묻어 톱니바퀴와 함께 빙빙 돌고 있는 티끌이었다. 수많은 사람들이 이 훌륭한 기계를 보살피면서 그 안에서 살고 그 안에서 땀을 흘렸다. 대도시라는 기계에 봉사하며, 찬란한 이야기와 기발한 아이디어로 이 기계를 더 크고 더 훌륭하게 만들었다. 톱니와 톱니 사이에서 흔들리고 있는 그는 얼마나 작은 존재인지. 하지만 삼촌의 여자 친구들은 텔레비전에서 방영한 괴물 영화들에 대해 이야기했다. 그 영화에서 여자들이 숲속을 뛰어 도망치는 장면이나, 옷장 속에 숨어서 소리를 내지 않으려고 애쓰며 움츠리는 장면이나, 외딴 산골의 살인자에게서 도망칠 수 있을 것이라는 희망을 품고 지나가는 트럭을 향해 헛되이 손을 흔드는 장면 같은 것들. 영화가 끝나고 제작진의 이름이 화면을 타고 올라갈 때까지 살아남은 사람들이 과연 어떤 특징 덕분에 살아남았는지는 불분명했다. "난 무서운 이야기를 참을 수 없어." 삼촌의 여자 친구들은 이렇게 말하고 나서 어른들이 있는 곳으로 돌아갔다. 자기야말로 여자 친구들 중에서 처음으로 소년의 숙모라는 자리에 오를지도 모른다는 듯, 숙모다운 분위기를 풍기려고 애쓰면서. 아버지의 동생인 로이드 삼촌은 유통기한에 대해서는 까다로운 사람이었다.

그는 저 아래에서 요동치는 도시 풍경과 괴물 영화들을 즐겨 지켜보았다. 그러면서 이상하게 사소한 것에 집착했다. 전쟁 전에 지어진 고집스럽고 낡은 건물들 위에 도사린 급수탑, 그보다 더 높이 솟아 있는 육중한 중앙 환기장치 같은 것들. 힘겹게 솟아 있는 고층 건물들 위에 똬리를 틀고 웅크린 환기장치들은 밖으로 밀려 나온 창자처럼 번들거렸다. 방수포로 마감한 임대주택의 지붕들. 가끔 계절에 맞지 않는 비치 의자가 반으로 접혀서 자갈밭에 서 있는 모습도 눈에 띄었다. 저 아래 거리에서 돌풍에 휘말려 올라온 것 같았다. 저 의자의 주인이 누굴까? 그 사람은 도시의 구석진 곳들을 자신의 영역으로 확보하고 있을 것이다. 그는 계단 입구 위의 슬로건들을 가늘게 뜬 눈으로 바라보았다. 형광 페인트로 쓴 위협적인 말과 자기들끼리 통하는 언어로 된 선언. 다시 말해서 무능한 혁명가들의 흔적이었다. 창문마다 열려 있거나 반쯤 열렸거나 닫혀 있는 블라인드와 커튼이 펀치카드의 구멍 같았다. 아무 표시도 없는 어딘가의 쓰레기 매립지에 죽어서 묻혀 있는 컴퓨터 본체만이 그 암호를 해독할 수 있을 것이다. 창문에는 이 도시 시민들의 모습이 조각조각 전시되어 있었다. 불합리한 추론을 좋아하는 큐레이터가 기획한 전시 같았다. 도시 골퍼가 가느다란 줄무늬 옷을 입은 양다리를 쫙 벌려서 여과기 안에 집어넣고 있었다. 청록색 재킷을 입은 여자의 몸통 절반이 사다리꼴 창문을 통해 언뜻 보였다. 티타늄 책상 위에서는 누군가의 주먹이 부들부들 떨렸다. 욕실의 올록볼록한 유리 뒤편에서 그림자 하나가 움직이고, 살짝 열린 창문 틈으로 수증기가 슬금슬금 흘러나왔다.

그는 옛날 모습, 옛날 스카이라인을 떠올렸다. 맨해튼섬 여기저기에서 건물들이 서로 충돌했다. 수직으로 야심차게 뻗은 고층 건물들은 작은 건물에 굴욕을 안기고, 서로의 그림자 속에서 샐쭉해졌다. 필연성이 임기를 모르는 시장처럼 군림했다. 한때 유명했던 건축가들이 탄생시켜 멋들어진 이름을 지어준 어제의 승리자들은 내연기관이 내뿜는 검댕과 발전된 건축 기술에 모욕당했다. 세월이 우아한 석조 조각품을 끌처럼 두드려댄 탓에, 그 세공품들이 가루와 조각으로 부서져 소용돌이처럼 빙빙 휘돌거나 길로 떨어져 내렸다. 건물 내부도 유용성에 대한 새로운 시대의 새로운 이론에 따라 난도질되고 재편되었다. 방이 여섯 개나 되는 고전적인 아파트는 벌집처럼 모여 있는 원룸형 아파트로 탈바꿈했고, 사람들이 죽어나가던 저임금 공장들은 작은 공간으로 나뉜 공장 건물이 되었다. 모든 동네에서 유행에 어긋나는 불완전한 건물들이 쇳덩이에 부서질 날을 기다렸다. 사람들은 기존의 건물을 능가하는 새로운 건물을 짓기 위해 그 건물들의 뼈대를 녹였다. 무너진 잔해 속에서 새로운 건물이 연달아 몸을 일으키며 이민자처럼 과거를 털어버렸다. 주소는 똑같았다. 결함 있는 사고방식도 똑같았다. 이 도시가 다른 곳으로 바뀐 것은 아니었다. 여기는 여전히 뉴욕이었다.

소년은 홀린 듯이 반해버렸다. 그와 부모님은 두어 달에 한 번씩 로이드 삼촌 집에 들렀다. 소년은 탄산수를 마시고, 괴물 영화를 보고, 창가에 파수병처럼 붙어 있었다. 건물은 푸른 금속에 싸인 토템이었다. 엘리베이터가 없는 낡은 건물들의 둥지에 요정이 원래 아이 대신 두고 간 아이였다. 도시계획 위원회는 뇌물을 겉옷 속에 턱 집어넣었다. 그 결과 지금 소년이 이곳에 있게 된 것이다. 양쪽 끝이 점점 가늘어지는 모양을 한 맨해튼섬 상공에 둥둥 떠서. 여기에는 메시지가 있었다. 소년이 그 언어를 독학으로 깨칠 수만 있다면 그 메시지를 읽을 수 있을 것이다. 삼촌 집에 오는 날 비가 내리면, 건물들의 표면이 냉혹하고 휑하게 보였다. 그때로부터 몇 년이 흐른 지금도 그렇듯이. 삼촌 집 창가에서는 인도가 보이지 않았기 때문에 소년은 사람이 살지 않는 도시를 상상했다. 몇 킬로미터나 이어진 유리벽 뒤에 아무도 살지 않는 곳. 카탈로그를 보고 주문한 세련된 가구들이 가득한 거실에서 사랑하는 사람을 쫓아다니는 사람도 없고, 엘리베이터는 모조리 긴 케이블 끝에 망가진 꼭두각시 인형처럼 매달려 있는 곳. 세상의 끝에 있는 마지막 바다를 떠도는 유령선 같은 도시. 화려하고 복잡한 망상의 도시 맨해튼. 구름이 많은 날 비스듬한 각도로 바라보면, 이 도시가 해체되는 것이 보였다. 그래서 이 빈약한 피조물의 진정한 모습을 생각할 수밖에 없었다.

그 유년 시절, 소년이 부모와 함께 타고 있는 승용차가 미드타운 터널에 들어가려고 늘어선 자동차들 틈으로 끼어들고 있거나, 아니면 롱아일랜드 고속도로에서 나들목을 향해 붕붕 달리고 있을 때, 삼촌 집에 다녀오던 소년에게 누군가가 어깨를 두드리며 자라서 무엇이 되고 싶으냐고 물었다면, 소년은 직업과 관련해서 할 말이 하나도 없었을 것이다. 소년의 아버지는 어렸을 때 우주비행사를 꿈꿨지만, 소년은 단 한 번도 땅을 벗어날 생각을 하지 않고 자갈만 발로 찰 뿐이었다. 소년에게 확실한 것은, 가슴이 큰 미인들이 계속 바뀌고, 물건들이 잘 갖춰져 있고, 벽이 하얀 도시의 최신 건물에서 살고 싶다는 생각뿐이었다. 삼촌의 아파트가 그런 미래와 비슷했다. 그것은 강 건너편에서 기다리고 있는 남자다움의 상징이었다. 그의 팀이 마침내 장벽 너머를 휩쓸기 시작했을 때(그것이 정확히 언제인지는 모르겠다), 그는 로이드 삼촌의 아파트에 반드시 들러야 한다는 사실을 깨달았다. 그 조립식 가구에 마지막으로 앉아서, 최후의 텅 빈 화면을 빤히 바라보아야 할 것이다. 삼촌이 살던 건물은 장벽에서 고작 몇 블록 떨어져 있었다. 그는 그 건물이 성큼 시야에 들어왔을 때, 자기도 모르게 눈을 가늘게 뜨고 그것을 바라보았다. 그는 파란색 금속 건물의 층을 헤아리고, 혹시 움직이는 것들이 있는지 찾아보면서 삼촌의 아파트를 찾았다. 검은 유리창으로는 아무것도 볼 수 없었다. 그는 그 어떤 생존자 명부에서도 삼촌의 이름을 보지 못했으므로, 제발 삼촌을 다시 만나지 않게 해달라고 빌면서 천천히 복도를 걸었다.

파멸의 때에 누군가 그에게 미래의 계획을 물었다면 그는 쉽게 대답했을 것이다. 법률가가 되겠다고. 그는 기질적으로 열정에 익숙하지 않고 부모의 소망에 따라 쉽게 휘둘렸기 때문에 매력적인 장래 계획이 없었다. 책임감이라는 모래톱과는 아주 먼 곳에서 기분 좋게 출렁거릴 수 있게 해주는, 중상층 생활이라는 부드러운 물살을 따라 떠다니고 있을 뿐이었다. 하지만 이제 그렇게 떠다니는 생활을 그만둬야 할 때였다. 그래서 법을 택했다. 그의 팀이 그 주에 맡은 그리드에서 한 건물을 뒤지던 중 변호사들의 소굴을 발견했을 때, 그는 그런 일을 얄궂다고 생각하는 수준을 이미 오래전에 벗어난 뒤였다. 그의 팀이 날이면 날마다 거리를 뚜벅뚜벅 걸으며 뒤지는 수많은 건물에 수많은 회사가 있었으므로, 변호사 사무실이라고 해서 특별히 신선할 것도 없었다. 하지만 오늘 그는 잠시 멈칫했다. 자동소총을 어깨에 둘러메고, 복도 끝의 블라인드를 벌렸다. 그가 원한 것은 오로지 업타운의 풍경 한 조각이었다. 그는 방향을 가늠해보았다. 지금 보이는 곳이 북쪽인가 남쪽인가? 마치 죽 속에 포크를 꽂아 움직이는 것 같았다. 날씨가 아주 화창한 날에도, 흩날리는 재 때문에 도시라는 팔레트는 회색으로 숨을 죽였다. 그리고 여기에 구름과 비가 조금 끼어들면, 도시는 어둑함에 바쳐진 제단이 되었다. 그는 묘석을 탐험하는 벌레였다. 묘석에 새겨진 단어와 이름이 크레바스(빙하 표면에 생긴 깊은 균열) 같아서 그 안에 빠지면 길을 잃었다. 의미 없이 거대하게 솟은 크레바스였다.

오늘은 비가 내린 지 나흘째 되는 금요일 오후였다. 타성에 젖은 그의 마음 일부는 주말의 나른함에 젖었다. 이제는 금요일이 그 의미를 잃어버렸는데도. 재건이 이만큼이나 진행되어 다시 시계를 볼 수 있게 되고, 주말이라는 개념에 맞게 나태한 마음이 생긴다는 사실이 잘 믿어지지 않았다. 지난 이틀 동안은 아주 지루해서, 환생에 대한 그의 믿음을 다시 확인해주는 것 같았다. 모든 것이 이토록 지루한 것을 보면, 그가 이미 전생에 이런 일들을 경험했음이 분명했다. 지금의 재앙을 감안하면 나름대로 기분 좋은 생각이기도 했다. 모두들 다시 돌아올 수 있다는 뜻이니까. 그는 배낭을 내려놓고, 헬멧의 전등을 끄고, 옛날 삼촌 집에 갔을 때처럼 유리창에 이마를 딱 붙인 채 건물들에서 메시지를 읽어내려 했다. 더러운 숯덩이 속에서 건물들이 모습을 드러냈다. 상상과 생각의 집합체였다. 그는 제1구역 중심부에 있는 건물의 15층에 올라와 있었다. 여러 형체들이 노예처럼 터벅터벅 걸어서 계속 미드타운으로 올라오고 있었다.

요즘 사람들이 그를 부르는 이름은 마크 스피츠(1972년 뮌헨 올림픽에서 올림픽 사상 최초로 7관왕이 된 미국의 수영선수)였다. 그는 개의치 않았다.

마크 스피츠가 포함된 오메가 팀은 두에인 거리 135번지 건물을 옥상에서부터 빠른 속도로 절반쯤 뒤졌다. 아직까지는 아무 문제 없었다. 이 건물 안에서 폭력 사태가 있었음을 보여주는 흔적 몇 개만 있을 뿐이었다. 18층에서 그들은 작은 현금 서랍이 약탈당한 것을 보았다. 여기저기 흩어져 있는 책상에서는 먹다 만 테이크아웃 음식들이 썩어가고 있었다. 퇴직금을 대신할 현금과 최후의 점심 식사였다. 그들이 뒤진 대부분의 회사들과 마찬가지로, 이곳의 사무실도 상황이 완전히 나빠지기 전에 이미 문을 걸어 잠근 뒤였다. 의자들은 책상 안으로 얌전히 들어가 있었다. 마지막 날 밤, 그러니까 세상이 아직 제정신이던 그 마지막 날 밤에 청소부들이 정리해놓은 모양 그대로였다. 사람들이 정신없이 출구를 향해 달려가는 와중에 제자리를 비스듬히 벗어난 의자는 몇 개밖에 되지 않았다.

침묵 속에서 마크 스피츠는 스스로 휴식에 들어갔다. 누가 알까? 만약 상황이 이렇지 않았다면, 그가 법학 학위에 수반하는 장애들을 모두 극복한 뒤 바로 이 회사에서 한자리를 차지하게 되었을지도 모른다. 막이 내렸을 때, 그는 입시 수업을 듣고 있었다. 합격에 대해서도, 졸업에 대해서도, 그 이후의 취직에 대해서도 걱정하지 않았다. 그는 유치원에서부터 중학교와 대학에 이르기까지 인생의 단계마다 모든 장애물을 성공적으로 뛰어넘었으므로, 미국인들이 반드시 거쳐야 하는 여러 과정을 힘들다고 여긴 적이 없었다. 그의 능력이 확실했으므로, 혹시 지나치게 뛰어난 존재가 되거나 실패자가 될지도 모른다고 동요한 적이 한 번도 없었다. 그는 반드시 해야 하는 일들을 쉽사리 해내는 신기한 능력을 지니고 있었다. 예를 들어, 유치원 등원 이틀째에 그는 그의 나이와 사회경제적 지위에 걸맞다고 평가되는 사회성(친구들과 물건 함께 나눠 쓰기, 친구들을 물지 않기, 선생님들의 가르침을 거의 영혼으로 받아들이듯이 깊이 생각하기)을 최소한의 노력으로 획득했다. 그는 발달 과정의 모든 중요 단계를 차례로 뛰어넘었다. 작게 씰룩거리는 움직임 하나까지 모두 누가 가르쳐준 것 같았다. 아동의 행동을 연구하는 학자들이 그의 존재를 알았다면, 그를 아주 귀하게 여기면서 쌍안경으로 관찰했을 것이다. 그리고 그가 익명의 존재로서 성장단계를 거치며 그들의 데이터와 이론을 확인해줄 때마다 긁적긁적 기록을 남겼을 것이다. 그는 그들의 '전형적'인 사례, '대다수'의 사례, '평균적'인 사례였다. 거리 맞은편에 적절한 거리를 두고 세워둔 검은 승합차 안에서 신사들이 그에게 진심으로 엄지손가락을 들어주었을 것이다. 하지만 지금 세상에서 그가 받는 보상은 대부분의 인간이 그렇듯이 노력에 따라오는 공허함뿐이었다. 모두들 이 공허함과 친숙했다. 그의 성취라고 해봤자 그리 변변하지는 않았지만, 어쨌든 다른 사람들의 성취와 마찬가지로 어떤 찬사도 받지 못했다.

마크 스피츠는 눈을 부릅뜨고 주위를 살폈다. 그는 어렸을 때도 생존에 특화되어 있었다. 사람과 사람이 주고받는 상호작용에는 언제나 법칙이 있었다. 그는 그 법칙에 자신을 맞췄다. 임의적인 시험으로 사람의 능력을 측정하는 학점 제도에도 쉽게 적응했다. 그는 B학점을 자기 것으로 삼았다. 아니, B학점이 그를 선택했다. B학점은 그의 고향이었다. 고등학교와 대학에서 그는 이 고향 땅을 벗어나지 않았다. 그의 위치는 언제나 불변이었다. 그는 타고난 대장이 아니었다. 그렇다고 누구도 원치 않는 형편없는 대원도 아니었다. 그는 처벌도 명예도 모두 똑같이 태연하게 회피했다. 마크 스피츠가 다닌 고등학교는 매년 졸업 앨범에서 '이런저런 일을 하게 될 가능성이 가장 높은 학생'을 지명하던 제도를 없앴다. 학부모들과 교사들이 몇 번이나 신랄한 대화를 나눈 뒤, 학생 모두의 자부심을 키워주자는 취지로 취한 조치였다. 만약 그 제도가 있었다면, 그는 '그 무엇도 되지 않을 가능성이 가장 높은 학생'으로 지명되었을 것이다. 물론 이런 항목은 존재하지 않았지만. 그는 지리멸렬한 상태를 훌륭하게 연출하는 데 재능이 있었다. 결코 빛나는 법도 없고, 낙제하는 법도 없고, 인생이 아무렇게나 제시하는 장애물을 넘어 앞으로 나아가는 데 필요한 만큼 정신을 차리는 것. 이것이 그의 엄숙한 전문 분야였다.

그 덕분에 여기까지 왔다.

그는 아침에 먹은 튜브 음식 일부를 트림과 함께 올렸다. 튜브 측면에 깨알같이 적힌 설명에 따르면, 어머니의 핫케이크에 신선한 블루베리를 얹은 맛을 영양학자들이 재현해놓은 음식이었다. 그는 자신이 혼자 있음을 미처 생각하지 못하고 재빨리 손으로 입을 가렸다. 이 법률 회사는 건물의 네 개 층을 임대해서 쓰고 있었다. 멋들어진 토끼 굴 같았다. 사무실 내부 장식을 보니 실적도 그리 나쁘지 않았던 것 같았다. 위쪽 층들은 층층하고 얌전한 방으로 쪼개져 있었다. 대기실의 푹신거리는 벽에는 따분한 수채화들이 걸렸고, 발밑에는 토사물 같은 분홍색 타일이 깔려 있었다. 발길에 닳은 흔적이 보였다. 다양한 사람들, 그러니까 러시아워의 지하철에서 흔히 볼 수 있는 잡다한 사람들에게 흔히 임대되는 건물이었다. 그의 팀은 신속하고 유능하게 들리는 이름이 붙은 컨설팅 회사들을 뒤졌다. 인체 보철물을 취급하던 회사와 우편 주문으로 씨앗을 팔던 회사의 창고도 기웃거렸다. 인터넷 시대에 거의 멸종해버린 여행사도 뒤졌다. 비명을 지르듯이 필사적인 문구들이 적힌 포스터가 사람들에게 간곡히 호소했다. 19층에서 그들은 대형을 이루어, 어떤 영화 제작사의 방음실들을 돌았다. 영화관 대신 비디오 상점으로 직행하는 무술영화들을 전문으로 만들던 회사였다. 어둠 속에서 그들은 마분지를 잘라 만든 액션 영웅을 적으로 착각했다. 그들은 이렇게 날이면 날마다 비슷한 곳들을 돌아다녔다. 복도 저편의 대중목욕탕 접수대에는 '남'과 '여'로 표시된 고리에 열쇠가 걸려 있었다. 의사의 진찰대에는 재생 종이가 환자를 기다리며 펼쳐져 있었다. 누가 거기에 죽을 흘린 것 같았다. 대기실의 잡지들은 이제 멀기만 한 활기찬 시대를 묘사했다. 특정 날짜 이후로 발행된 가십 잡지나 시사주간지는 어디서도 찾을 수 없었다. 가십도 시사 뉴스도 이제는 존재하지 않았다.

변호사들의 방에 발을 들여놓았을 때 그들이 마주친 풍경은 세련되게 꾸며진 동굴 같았다. 마치 딜러가 이보다 더 상위의 카드 다발에서 뽑은 카드들을 이 건물 안에 늘어놓은 듯했다. 대기실에서는 그들의 헬멧에 달린 불빛이 카펫의 당혹스러운 기하학적 형태들 위를 배회했다. 그들은 군홧발로 그 형태들을 부숴버렸다. 우아하고 자신 있게 벽을 덮은 어두운 얼룩말 무늬 나무 판들, 나지막하고 매끈하게 생긴 가구 같은 것들. 잘못 건드리면 멍이 들 것 같아서 그들이 시험해본 결과, 새로이 발견된 신체 조화의 원칙에 따라 사람의 몸을 압착하는 기능이 있었다. 그들 세 사람의 불빛이 어떤 남자의 사진에 모였다. 눈은 냉혹하고, 꾹 다문 입술은 배고픈 여우를 연상시켰다. 이곳의 설립자 중 한 명인 이 남자는 저 너머 위대한 땅에서 여전히 이곳을 지켜보는 중이었다. 잠시 그곳에 멈춰 있던 불빛들이 다시 흩어져 혹시 움직임이 보이지 않는지 구석진 곳과 어두운 곳을 더듬었다.

마크 스피츠는 대원들과 함께 유리문을 안으로 밀고 들어가 접수대 위에 냉혹한 강철 글자로 떠돌고 있는 회사 이름을 보는 순간 그것을 느꼈다. 이놈들이 우리를 뭉개버릴 것이라는 느낌. 전통적이고 냉정한 거래, 절대 어겨서는 안 되는 깨알 같은 글자들이 그 문서를 작성한 사람들보다 오래 살아남을 것이다. 이곳 사람들이 정확히 어떤 성격의 일을 했는지 그는 알지 못했다. 어쩌면 자선단체와 비영리단체만 대변해주던 법률회사일 수도 있었다. 하지만 만약 그런 경우라면, 이 회사의 고객들은 틀림없이 치유와 원조와 자선 분야에서 전체적으로 경쟁 자선단체들을 능가했을 것이다. 자선단체들 사이에도 경쟁 관계가 존재한다고 말할 수 있는지는 잘 모르겠지만. 아니지, 당연히 서로 경쟁하겠지. 마크 스피츠는 속으로 생각했다. 심지어 천사들도 동물인걸.

대원들은 안으로 들어간 뒤 흩어졌다. 마크 스피츠는 혼자서 책상들 사이를 뒤졌다. 사무실 가구들은 초현대적이고 장난감 같은 모양이었다. 미래를 열심히 스케치하는 그래픽 디자인 회사나 애플리케이션 정비소 같은 곳에 적합한 모양. 책상 상판은 두툼하고 투명한 플라스틱이었으며, 그 위에 높이 올려져 있는 커브드 모니터와 자판은 생산성의 축소판 모형 같았다. 인체공학적 디자인의 빈 의자들은 성격 좋은 거미 같은 포즈를 잡고, 다양한 안락함과 허리 마사지를 제공해주겠다고 속삭였다. 그는 거미줄을 짜서 만든 것 같은 그 의자에 높이 올라앉은 자신의 모습을 그려보았다. 이런 곳에서 일하는 사람들의 상징인 멜빵바지를 입고 커프스단추까지 달고 있는 모습. 그가 움직일 때마다 사람의 마음을 녹이는 향수 냄새가 솔솔 풍길 것이다. 거기 파일 좀 가져다줄래요. 머리가 흔들리게 돼 있는 3등신 인형을 자동소총으로 쿡 찌르자 인형이 스프링으로 연결된 머리를 건들거렸다. 그는 습관대로 가족사진들은 일부러 보지 않았다.

그가 해석한 이곳의 분위기는 이러했다. '우리는 구식으로 평가받고 있으며, 다가올 미래의 신참이다.' 장래가 유망한 젊은 변호사가 자리를 잡기에 좋은 곳이었다. 이 건물 밖에서 그동안 대혼란이 벌어졌는데도, 오로지 일에만 열정을 쏟는 이곳의 분위기는 지금도 끈질기게 남아 있었다. 고집스럽게. 이곳에서 일하던 사람들이 모두 사라지고 다른 것들 역시 모두 죽어버렸는데도 그는 이곳의 분위기를 피부로 느낄 수 있었다. 휴게실 냉장고 안에서는 곰팡이를 뒤집어쓴 덩어리들이 촉수를 불쑥 내밀고, 말라붙은 생수대 주위에는 공연히 물을 마시는 척 게으름을 피우며 쓸데없는 수다를 떠는 사람들도 전혀 없었지만, 플라스틱으로 만든 가짜 식물들은 여전히 초록색이었다. 이 회사 사람들이 받은 상장과 표창장도 벽에 단단히 붙어 있고, 중요 인물들의 사진 또한 계산된 포즈를 지은 모양 그대로 보존되어 있었다. 이런 것들이 남아 있었다.

같은 층 반대편 끝에서 총성이 세 번 울렸다. 스타카토처럼 끊어지는 익숙한 소리였다. 게리가 잠긴 문을 열려고 총을 쏘는 소리. 포트 원턴은 그들에게 수색 중에 파괴행위를 해서는 안 된다고 기회가 있을 때마다 몇 번이나 주의를 주었다. 그 이유는 말하지 않아도 알 수 있었다. 버펄로는 편의를 위해 주의 사항을 카드에 인쇄해서 코팅했다. 대원들은 그 사각형 카드를 항상 가지고 다녀야 했다. 깨진 창문에 대각선이 그려진 빨간 원을 겹쳐놓은 그림이 그 카드의 주의 사항 중 맨 위에 있었다. 하지만 게리는 참지 못했다. 장차 이곳을 임대해서 들어올 사람이나 전체적인 계획 따위 알 게 뭐람. 총을 놔두고 왜 문고리를 돌려? "나중에 여기 들어오는 사람들이 고치면 되잖아." 그가 이탈리아 식당의 냉동고 문을 날려버리려고 사용한 C-4의 연기가 점차 흩어졌다. 그가 미친놈처럼 히죽 웃었다. 총을 갈긴 뒤에 뒤처리를 하는 일이나, 이곳에서 장사하던 사람들이 흑백 풍경화를 걸어두던 곳을 퍽 하고 치는 일이나 다를 것이 없다고 생각하는 것 같았다. 게리는 백화점 탈의실의 반쯤 닫힌 커튼도 날려버렸고, 값비싼 일본식 칸막이를 뒤틀린 색종이 조각으로 만들어버렸다. 끈질긴 경첩이 달린 화장실 문들 또한 재난을 당했다.

"저 안에 놈이 들어가서 오줌 싸는 법을 몰라 헤매고 있었을지 누가 알아." 게리가 설명했다.

"그런 사례는 한 번도 못 들어봤는데." 케이틀린이 말했다.

"여긴 뉴욕이야, 인마."

케이틀린은 층마다 한 번씩 불필요한 파괴행위를 할 수 있다고 지정해주었지만, 게리는 알아서 규칙을 조정했다. 심지어 그가 언제 목표를 공격할지 가슴을 졸이게 만드는 진부한 방법까지 동원했다. 그가 언제 또 공격에 나설지 결코 알 수 없었다. 그는 조금 전 15층에서 고른 공격 목표가 무엇인지 보여주었다.

마크 스피츠는 분주히 움직였다. 게리가 가까이 있었으므로, 그는 바빠 보이고 싶었다. 공연히 작업 윤리에 대한 잔소리를 듣고 싶지 않았으니까. 그는 창문에서 돌아서면서 어젯밤 꿈의 끝자락을 순간적으로 보았다. 그가 어딘가 시골의 농경지에 있었다. 아마도 '행복한 땅' 캠프였던 것 같은데, 그 풍경은 곧 꿈틀꿈틀 사라졌다. 그도 그 기억을 떨쳐버리고 '인사부'라고 적힌 문을 발로 차면서 생각했다. '이 일이 모두 끝나면 이곳에 다시 찾아와서 취직하게 될지도 모르지.' 하지만 곧 실수를 깨달았다.

문은 문제가 되지 않았다. 안전구역에서 보낸 시간이 있으므로, 그는 번호 키가 달린 문을 신속하게 열려면 어느 부분을 때려야 하는지 정확히 알고 있었다. 하지만 널리 퍼져 있는 망상에 무릎을 꿇은 것이 실수였다. 그 망할 놈의 불사조 낙관주의에 굴복한 것. 요즘 들어 벗어나기 힘들 만큼 널리 퍼진 이 낙관주의에 빠지면 숨 쉬기가 힘들어졌다. 이것은 그 자체로서 명실상부한 전염병이었다. 그들이 순식간에 그를 덮쳤다.

그들은 처음부터 이 안에 있었다. 모두 네 마리. 아마 이들 중 하나가 저 아래 길에서 '어떤 미친놈'에게 공격을 당했을 것이다. '어떤 미친놈'이란 이 대도시 사람들이 만들어낸 화려하고 완곡한 표현이었다. 그녀는 공격당한 뒤, 자금 부족에 시달리는 근처 응급실에서 상처를 몇 바늘 꿰맨 뒤 집으로 돌아갔을 것이다. 병원에서는 "지금 보험 카드 갖고 계세요?"라는 질문이나 던졌겠지. 어떤 재앙이 세상을 덮쳤는지 사람들이 아직 알기 전일 테니까. 그녀가 흉포하게 변하자 운 좋은 직장 동료 한 명이 간신히 밖으로 도망쳐 문을 잠가버렸을 것이다. 사무실 안에 있던 다른 동료들은 나 몰라라 한 채로. 대략 이런 시나리오를 그려볼 수 있었다. 아무도 이들을 도와주러 오지 않은 것은 그들 역시 버거운 상황이었기 때문이다.

그는 이 망령들이 이렇게 변한 뒤 처음으로 만난 살아 있는 인간이었다. 그리고 한때 인사부의 여성 직원이던 이들은 굶주린 상태였다. 오랜 시간이 흘렀으므로, 그들은 골격 위에 살이 얇은 막처럼 씌워져 있는 몰골이었다. 치마는 이미 오래전에 쪼그라든 엉덩이에서 흘러내려 바닥에 쌓여 있었고, 멋진 정장의 어두운색 재킷은 더욱더 어두워지고 뻣뻣해졌다. 아무렇게나 찔러댄 동맥에서 뿜어져 나온 피와 엉긴 핏덩이가 원인이었다. 그들 중 두 마리는 출구를 찾으려고 몇 년 동안 쿵쿵 벽에 몸을 부딪히며 사무실 안을 돌아다니는 와중에 하이힐을 잃어버렸다. 한 마리는 마크 스피츠의 예전 여자 친구 두 명이 좋아하던 브랜드의 팬티를 입고 있었다. 가장자리의 빨간색 프릴이 눈에 띄는 디자인. 지금은 여기저기가 찢어지고 더러워져 있었다. 그는 그 끈 팬티에 눈이 가는 것을 어쩔 수 없었다. 지금 주의를 기울여야 하는 것은 따로 있는데도. 그동안 현실에 맞게 수없이 스스로를 조정했지만, 가끔 과거의 자아가 이렇게 모습을 드러냈다. 그래도 곧 새로운 자아가 앞으로 나섰다. 그는 이들을 제압해야 했다.

가장 젊은 여자는 어떤 인기 시트콤 덕분에 유행한 머리모양을 하고 있었다. 언뜻 보기에 서로 섞일 수 없을 것 같은 성격을 지닌 세 친구가 한집에 살면서, 사람을 후려치는 이 도시에서 큰돈을 벌려고 애쓰는 과정을 묘사한 시트콤이었다. 변덕스러운 직장 상사와 화려한 이웃이 세 친구를 보완해주었다. 재앙이 발생했을 당시, 이 시트콤은 시청률 10위 안에 드는 인기를 끌고 있어서 사람들은 기를 쓰고 본방을 보려고 애썼다. 지금 저 여자가 하고 있는 머리모양은 서투른 모습을 매력적으로 연출하던 마거릿 핼스테드의 이름을 따서 마지라고 불렸다. 마거릿 핼스테드가 옛날에 심야 토크쇼에서 은근히 밀담을 나누는 분위기를 연출하거나 레드카펫을 걸을 때 상징처럼 그 머리를 하고 나왔기 때문이다. 그녀는 마크 스피츠가 보기에 매력이 없었다. 그러기에는 너무 깡마른 몸이었다. 하지만 새로운 인생을 위해 낙후된 고향 마을을 떠나 대도시로 온 수많은 젊은 여성들은 그녀의 몸부림에서 뭔가를 알아차리고 그녀의 머리모양을 탐냈다. 그들은 도시에서 출세할 수 있다는 진부한 거짓말에 낚여 이곳으로 왔으나, 이제는 어떻게 해야 살아남을 수 있을지 생각해야 했다. 수렵과 채집에 나선 그들은 돈을 빌리고 라면을 징발했다. 입소문을 탄 클럽과 간이식당 어디서나 마지의 머리모양을 한 여자들이 컵 가장자리에 계피 가루를 바른 신기한 칵테일을 홀짝거리며 너무 열심히 웃어댔다.

마지가 마크 스피츠를 가장 먼저 잡아챘다. 그녀는 그의 왼쪽 팔뚝을 움켜쥐고 입으로 가져갔다. 그의 얼굴은 한 번도 보지 않았다. 그의 작업복 아래에 있는 살점에만 열중해서 작업복을 감싼 망사를 사납게 물어뜯었다. 그는 이런 해골이 살을 물어뜯으면 얼마나 아픈지 그동안 잊고 있었다. 이들과 이만큼 가까워진 것이 한참 만의 일이었기 때문이다. 마지는 복잡하게 얽힌 플라스틱 섬유를 뚫지 못했다. 이 역병의 시대에 태어난 이 기적의 섬유를 헐뜯는 사람은 바보였다. 하지만 해골이 미친 듯이 이를 박을 때마다 그는 울부짖었다. 오메가 팀의 다른 대원들이 곧 쿵쿵거리며 저 복도를 걸어올 것이다. 이빨이 쪼개지는 소리가 들렸다. 수색대원들은 원래 함께 다녀야 했다. 바로 이런 상황을 피하기 위해서였다. 중위가 이 점을 단호히 강조했는데도 최근의 몇 그리드가 아주 조용히 지나갔으므로 그들은 명령을 지키지 않았다.

마지는 지금 작업복을 물어뜯느라 여념이 없었으므로(인지능력이 떨어져서 이런 짓을 해봤자 소용이 없다는 사실을 깨닫는 데 시간이 걸렸다), 마크 스피츠는 2시 방향에서 돌진하는 해골에게 주의를 돌렸다.

텁수룩한 눈썹, 살짝 돋아난 콧수염 덕분에 그는 6학년 때 영어 수업을 담당한 올컷 선생님의 얼굴을 알아볼 수밖에 없었다. 걸쭉한 브롱크스 말씨로 문장들을 그려내고, 어뢰처럼 끝이 뾰족한 구식 브래지어를 좋아하던 선생님. 단어 쪽지 시험지를 걷으며 그의 책상 옆을 지나갈 때 그녀에게서는 재스민 향기가 풍겼다. 마크 스피츠는 언제나 올컷 선생님 앞에서 약해지곤 했다.

이 사람이 십중팔구 가장 먼저 전염되었을 것이다. 이것의 눈 아래는 온통 검은 피가 덕지덕지 엉겨 있는 주둥이처럼 보였다. 살아 있는 살 속에 얼굴을 깊이 들이밀고 파 들어갔음을 보여주는 분명한 흔적이다. 어느 평범한 날에 그녀는 길모퉁이 델리의 샐러드 바에서 봄 채소를 그릇에 담다가 어느 괴짜 같은 놈에게 물렸을 것이다. 역병이 만연했는데도 전혀 알지 못한 채로. 그날 밤 오한이 일고, 모두들 이야기로만 듣고 제발 자신만은 면하게 해달라고 기도하던 바로 그 전설적인 악몽이 찾아왔을 것이다. 그것은 잠재의식이 이 함정에서 탈출할 방법이나 해답을 찾기 위해 자신의 일생을 뒤지는 과정에서 발생한 악몽이

자 전조였다. 처음에는 이런 스트레스에 시달리면서도 하루 정도는 제정신으로 버틸 수 있었을 것이다. 그래서 그녀는 다음 날 다시 출근했다. 몇 년 동안 병가를 낸 적이 한 번도 없는 사람이었으니까. 그리고 변신이 일어났다.

이런 괴물들에게서 그가 익숙한 모습을 발견하는 일은 자주 있었다. 그들은 그가 알고 지냈거나 사랑했던 사람들과 비슷하게 보였다. 8학년 때의 과학 시간 실험 파트너, 간이 마트의 홀쭉한 계산원, 대학 3학년 봄 학기 때의 여자 친구. 그리고 삼촌. 뇌가 저 혼자 윙윙 돌아가는 동안 그는 시간 감각을 잃어버렸다. 바로 눈앞의 일부터 처리하는 법을 터득했지만, 가끔 잃어버린 사람들의 것과 비슷한 눈이나 입에 시선을 고정한 채 일치하는 부분을 열심히 찾곤 했다. 이 괴물들에게 지인이나 사랑했던 사람의 모습을 겹쳐 보는 것이 자신에게 이로운지 아닌지는 아직 판단할 수 없었다. 중위는 이것을 "성공적인 적응"이라고 표현했다. 어떤 돈 많은 얼간이의 아파트에서 야영을 하거나 월스트리트 건물의 회의실 바닥에서 침낭을 목까지 끌어 올리고 누워 있을 때 마크 스피츠는 생각해보았다. 이렇게 아는 사람들의 얼굴을 알아보는 것이 자신의 임무를 숭고하게 만들어주는 요소인지도 모른다고. 자신이 자비를 실천하고 있다는 뜻이라고. 이 괴물들이 어쩌면 그가 아는 사람일 수도 있었다. 딱히 그렇지는 않은 경우도, 거의 그런 것 같은 경우도 있었지만, 어쨌든 그들도 누군가의 가족이었으므로 이 피의 감옥에서 해방될 자격이 있었다. 그는 이 괴물들을 안내해서 늦게나마 정해진 여행을 떠나게 해주는 죽음의 천사였다. 단순히 해충들을 제거하는 사람이 아니었다. 그가 올컷 선생님의 얼굴에 총을 쏘자 얼굴이

붉은 안개처럼 변했다. 그러고는 곧 그의 가슴에 들어 있던 공기를 누가 밖으로 짜내는 것 같아서 그는 카펫 위로 쓰러졌다.

솜사탕 같은 분홍색 정장을 입은 괴물이 그에게 태클을 건 때문이었다. 거기에 마지가 공격적으로 달려드는 바람에 그는 몸을 똑바로 세울 수 없었다. 마지가 그를 타고 앉자 등에 소총이 배겼다. 아까 창가에서 잠시 쉬는 동안 소총을 어깨 너머로 둘러멘 탓이었다. 그는 해골의 거미줄 같은 회색 머리를 들여다보았다. 삐죽삐죽 튀어나온 핀들을 보자 멍청한 생각이 떠올랐다. 이 가발이 벗겨지는 데 시간이 얼마나 걸릴까? (이런 상황에서는 시간이 느려졌다. 두려움에 더 커다란 무대를 마련해주기 위해서였다.) 그를 타고 앉은 괴물이 아직 남아 있는 손가락 일곱 개로 그의 목을 할퀴었다. 사라진 손가락 세 개는 마디 언저리에서 물어뜯긴 것으로 보아 지금쯤 예전 동료였던 괴물들 중 누군가의 배 속에서 이리저리 떠밀리고 있을 것 같았다. 마크 스피츠는 자신이 넘어지면서 권총을 놓친 것을 깨달았다.

이 괴물은 확실히 진정한 인사부 직원답게 굳센 의지를 보여주었다. 원래 그런 성격이 이 부서에서 더욱 다듬어져 훌륭한 인사부 직원이 되었을 것이다. 역병에 걸려 능력이 재편되는 과정에서도 이런 능력은 더욱더 날카롭게 다듬어졌다. 마크 스피츠는 처음 취직한 사무실에서 우편물 수레를 덜덜 끌고 복도를 돌아다니는 일을 맡았다. 그의 집에서 멀지 않은 헴프스테드 복합상업지구의 한 회사가 그의 일터였다. 어렸을 때 그는 그 상업지구가 군대 정보국의 센터쯤 되는 줄 알았다. 건물들의 냉정한 외양이 은밀한 권력을 나타내는 것이라고 착각했기 때문이다. 하지만 그곳에서 일하기 시작한 첫날부터 오해의 베일이 벗겨졌다. 그와 비슷한 또래인 우편실 직원들은 상사가 자기 사무실 문을 닫고 들어가면 기가 막히게 바보 같은 소리들을 쏟아내기 시작했다. 그런 분위기를 가라앉힐 수 있는 사람은 귀신같은 인사부장뿐이었다. 그녀는 마크 스피츠가 제출한 서류를 가차 없이 비판하면서 그의 자격요건에 대해 대놓고 이런저런 트집을 잡았다. 그녀는 사람이 숫자로 또는 데이터 다발의 구성 요소로 변환되는 회사들을 위해 일하는 사람이었다. 이 데이터 다발들은 광섬유 케이블을 타고 발송되어야만 의미를 지닐 수 있었다.

"서류가 완벽하지 않으면 임금을 지급해줄 수 없어요." 마크 스피츠가 사회보장 카드를 어디다 두었는지 도대체 어떻게 알 수 있단 말인가? 그의 방은 발굴이 진행 중인 고고학 유적지와 비슷했다. 양말을 찾으려면 특수한 발굴 도구가 필요할 정도였다. "당신 기록이 시스템에 없어요. 존재하지 않는 사람이나 마찬가지예요." 재앙이 일어난 뒤인 지금 그 '시스템'은 어디 있나? 시스템은 아주 오랫동안 사람들의 머리 위에 보이지 않는 주먹처럼 떠 있었지만, 지금은 손가락들이 벌어지고 분리되어서 모든 것이 그 틈으로 줄줄 새어 나와 도망쳐버렸다. 8월에 그는 다시 서비스업으로 돌아가 '여성들을 위한 수요일'에 석류 마티니를 손님들에게 내주고 있었다. 그는 인사부의 그림자를 떨쳐내려고 애썼다. 해골의 눈이 부드러운 고기가 있는 그의 얼굴로 향했다. 그리고 해골이 이를 드러내고 달려들었다.

수색대원들이 대부분 그렇듯이, 마크 스피츠도 규칙을 무시하고 얼굴 보호대를 착용하지 않았다. 그것이 나쁜 결과로 이어지는 광경을 수없이 목격했으면서도 주의 사항 카드를 따르지 않았다. 플라스틱 얼굴 보호대가 입김으로 흐려지는 와중에 18킬로그램이 넘는 장비를 메고 뉴욕의 고층 건물을 오르는 것은 불가능했다. 보급선은 어디서나 여전히 엉망이었고, 수색대는 총알만 빼고 모든 물품에서 지급 순서가 최하위였다. 북동 회랑(전 구간 전철화된 철도 노선. 워싱턴에서 뉴욕 시를 거쳐 보스턴 남역에 이른다)에서부터 오마하와 제1구역에 이르기까지 모두들 총알은 충분했다. 버펄로가 반스를 가동하면서 과거의 가정주부와 만성 천식 환자와 기타 다양한 아줌마들이 조립라인에서 밤낮으로 총알을 만들어내고 있기 때문이었다. '최후의 밤'이 세상을 덮쳤을 때 막 케이터링 사업을 시작했던 과거의 사커 맘(전형적인 미국의 중상류층 백인 엄마)들이 요즘은 공장에서 일했다. 그들의 남편과 아이들은 아마 최후의 밤에 동네 대형 쇼핑센터의 대규모 할인점에 갔다가 주차 요원에게 먹혔을 것이다.

물품 지급 순위는 이러했다. 먼저 버펄로가 필요한 것을 지급받는다. 그다음 순서는 군대, 그다음은 민간인, 그리고 마지막이 수색대였다. 다시 말해서, 마크 스피츠에게 적절한 얼굴 보호대가 없다는 뜻이었다. 반면 해병대는 가볍고 절대 뚫리지 않는 철선, 훌륭한 통풍구, 목 보호대가 갖춰진 최고급 얼굴 보호대를 갖고 있었다. 마크 스피츠는 골키퍼 마스크를 쓰고 순찰을 도는 불쌍한 순찰대원을 본 적도 있었다. 그런 마스크는 괴물들이 너무나 손쉽게 찢어버릴 수 있었으므로, 사실 그것은 그냥 마스크를 쓴 척 가장한 것에 불과했다. 다른 팀 대원들 중에는 두꺼운 플라스틱 얼굴 보호대에 드릴로 공기구멍을 뚫어둔 사람들도 있었다. 마크 스피츠는 지금 이 곤경을 무사히 벗어난다면 자기도 그 방법을 써보기로 결심했다. 하지만 얼굴 보호대가 있든 없든, 상대에게 눌려 꼼짝하지 못하는 것은 결코 반가운 일이 아니었다.

그가 괴물 무리에게 짓눌려 꼼짝하지 못하는 사람을 처음 본 것은 초창기였다. 그가 살던 동네에서 빠져나오려고 애쓰던 때니까 초창기가 맞을 것이다. 보이지 않는 장벽이 그의 동네를 에워싸고 있었고, 그는 도망칠 기회가 생길 때마다 이런 야만적인 상황이 오래갈 리 없으니 곧 모든 것이 정상으로 돌아갈 것이라는 확신으로 기회를 흘려보냈다. 그때 그는 집에서 800미터쯤 떨어진 상점가로 가던 중이었다. 연중무휴 24시간 영업을 하는 주유소 겸 담뱃가게, 어둡고 음침하기로 유명한 피자와 샌드위치 가게, 옷에 묻은 얼룩을 확실히 더 악화시키기 때문에 문을 닫기 직전이던 세탁소 등이 있는 그 상점가는 그의 집에서 가장 가까운 문명의 상징이었다. 마크 스피츠는 떡갈나무의 품속에서 그날 밤을 보냈다. 그 뒤로도 몇 번이나 나뭇가지 속에서 잠을 자는 날들이 이어졌다. 그러다 문득 프로벤자노 씨라면 이런 '새로운 상황'에 걸맞은 장비를 갖추고 있을 것이라는 생각이 들었다. 그는 피자 가게 지하에 무기와 탄약을 숨겨두었다고 알려져 있었다. 폭력을 사랑하는 아이들도, 넌지시 말하기를 좋아하는 어른들도 모두 그의 지하 무기고를 끈질기게 즐겨 입에 담았다. 그가 가게에서 고기를 갈 때 사용하는 기계를 둘러싼 괴담과 군중이 그의 가게에 몰려드는 바람에 이런저런 일들이 벌어졌다더라는 소문이 사람들을 더욱 부추겼다.

마크 스피츠는 지금 그 피자 가게에 들어갈 수 있는 상황인지 알 수 없었지만, 그의 부모가 30년 전 신혼여행을 마치고 돌아와 살기 시작한(여행에서 돌아와보니 결혼 선물들이 현관에 쌓여 있었다고 했다) 뉴그로브 마을의 조용한 도로보다는 더 나을 것 같았다. 그는 날이 밝기를 기다렸다가 감각이 사라진 다리와 팔을 두드려 피가 돌게 했다. 그러고는 어렸을 때부터 익숙하게 다니던 지름길을 이용해서 클레어 몬트의 짓다 만 소형 아파트 앞을 살금살금 서둘러 지나갔다. 건설회 사가 1년 전 자금 부족으로 공사를 중단했기 때문에, 부모는 짓다 만 건물이 보기 싫다고 투덜거렸다. 벽이 있어야 할 곳에서 비닐 덮개들 이 펄럭거리고, 커다란 언덕처럼 쌓여 있는 오렌지색 흙은 비가 내릴 때마다 패배자처럼 조금씩 쓸려나갔다. 부모는 거기가 모기 소굴이 되 었다고 법석을 떨었다. 모기가 병을 퍼뜨린다면서.

노인이 아스팔트 위를 뛰어왔다. 맨살이 드러난 가슴 위에서 회색 카디건이 펄럭거리고, 초록색 격자무늬 바지는 웃기는 길이로 잘려 있 었다. 슬리퍼는 검은 전기 테이프로 발에 고정해둔 상태였다. 거리 중 간쯤 튜더 양식을 흉내 낸 집의 잔디밭에 괴물 여섯 마리가 모여 있다 가 노인의 발소리를 듣고 시선을 돌렸다. 노인은 괴물들을 피해 둥글 게 휘어지면서 달리는 속도를 더욱 높였지만 성공하지 못했다. 그는 검은 조종사 선글라스로 얼굴을 가리고, 귀에 건 무선 장비를 향해 상 황을 전하고 있었다. 그 노인이 정말로 누군가와 이야기를 하고 있었 을까? 전화기는 먹통이 되었고, 그렇게 믿음직하던 네트워크도 모두 죽어버렸다. 하지만 당국이 어딘가에서 수리를 진행하고 있는지도 모 를 일이었다. 마크 스피츠는 그때 자신이 이런 생각을 했던 것을 떠올 렸다. 정부가 상황을 점차 해결하고 있을지도 모른다고. 괴물 두 마리 가 노인을 쓰러뜨리자 나머지 녀석들이 모두 그에게 달려들었다. 길가 에 사탕이 있다는 화학 신호를 받은 개미들 같았다. 노인이 거기서 빠 져나올 길은 없었다. 순식간이었다. 놈들은 각자 쉽사리 잡을 수 있는 곳을 하나씩 붙들었고, 노인은 비명을 질러댔다. 놈들이 노인을 먹기 시작했다. 노인의 비명은 더 많은 괴물을 부를 뿐이었다. 온 세상에서 이런 일이 벌어지고 있었다. 괴물 무리가 먹잇감이 다가오는 소리를 동시에 듣고 동시에 몸을 비틀어 그쪽으로 향한다. 바보들의 춤 같았다. 그들이 모여 있는 곳에서 핏줄기 하나가 허공으로 솟아올랐다. 이것이 그의 기억 속에 계속 남아 있는 장면이었다. 그는 콘크리트 블록 더미 뒤에 숨어서 그 광경을 지켜보았다. 빨간 핏줄기가 허공에 잠시 머물다가 바람에 스러졌다. 놈들은 노인을 두고 서로 다투지 않았다. 각자 한 조각씩 고기를 먹었다. 노인에게 통화 상대 같은 것은 당연히 없었다. 전화선이 복구된 적이 없으니까. 노인은 허공을 향해 소리치고 있었다.

놈들에게 한번 짓눌리면 그대로 죽은 목숨이었다. 놈들에게 한번 짓눌리면, 놈들이 한심한 보호 장비를 찢어버리는 것을 막을 길이 없었다. 그래도 일말의 희망을 품고 보호 장비로 몸을 감쌌을 텐데. 그는 조개 튀김의 맛있는 냄새를 맡으며 롱비치에서 습한 여름날 오후를 보냈다. 얇은 비닐 턱받이에 만화처럼 그려진 바다가재, 육식동물 같은 아이스크림 트럭에서 흘러나오는, 감각을 마비시키는 음악. (확실히 시간이 느려져서, 그의 머릿속에서 서로 경쟁을 버리던 파당들, 어둠과 빛이 치고받으며 싸울 여유가 생겼다.) 놈들은 마크 스피츠가 발톱과 꼬리와 껍데기에서 살을 발라낼 때처럼 그의 작업복에서 그의 몸을 억지로 빼내려고 했다. 놈들은 이빨과 손가락으로 이루어진 군단이었다. 마크 스피츠는 자신의 코를 향해 다가오던 인사부 직원의 가느다란 머리카락을 움켜쥐고 고개의 방향을 홱 돌렸다. 남는 손이 없어서 칼을 잡을 수 없었지만, 그는 괴물의 두개골에서 칼을 꽂아 넣을 수 있을 만한 지점을 찾아냈다. 그는 권총을 찾아 두리번거렸다. 그의 허리 근처에 권총이 놓여 있었다. 마지는 무릎을 꿇고 앉아서 그의 팔을 따라 기어 내려가며 망사 소매와 장갑 사이의 틈새로 향하고 있었다. 빛이 강렬해서 마크 스피츠는 우윳빛으로 흐려진 인사부 직원의 눈에 비친 자신의 얼굴을 볼 수 있었다. 괴물의 눈은 텅 빈 채로 고정되어 있었다. 그때 또 다른 해골이 다리를 붙잡는 것이 느껴지자 그는 이성을 잃었다.

금지된 생각이 떠올랐다.

그가 깨어났다. 그가 가슴을 타고 앉은 인사부 직원을 거세게 떨쳐 버리자 그 괴물이 마지의 몸 위로 떨어졌다. 마크 스피츠는 권총을 잡고 괴물의 이마를 쏘았다.

그의 다리를 붙잡은 해골은 이빨을 박아 넣으려고 했지만, 작업복이 놈을 방해했다. 그 해골의 얼굴 살은 대부분 썩어 먹히고 없었다. (그 운명의 첫째 주에 그는 어떤 친절한 사람이 쓰러진 시민에게 심폐소생술을 실시하며 인공호흡을 하려고 고개를 숙였다가 코를 물어뜯기는 것을 보았다.) 그의 몸을 바삐 타고 올라오는 괴물의 귓불에서 가늘고 커다란 황금 고리들이 덜렁거리며 서로 쟁쟁 부딪혔다. 그는 괴물의 정수리를 쏘아서 쓰러뜨렸다.

게리가 말했다. "내가 왔어." 게리는 마지에게 발길질을 해서 떨어뜨린 뒤 군홧발로 어깨를 눌렀다.

마크 스피츠는 확 흩뿌려지는 핏물을 피하려고 고개를 돌렸다. 입술은 아주 조금만 벌리고 있었다. 총성이 두 번 울렸다. 괴물 네 마리가 모두 쓰러졌다.

"마크 스피츠, 마크 스피츠." 게리가 말했다. "네가 나이 많은 여자를 좋아하는 줄은 몰랐네."

* * *

사람들은 I-95번 도로의 사건 이후 간신히 캠프까지 무사히 돌아온 뒤부터 그를 마크 스피츠라고 부르기 시작했다. 그리고 그 이름이 굳어졌다. 상관없었다. 모욕감을 느끼는 것은 사치였다. 샴푸나 애정 같은 사치.

그는 시체들에게서 몸을 굴려 문서 파쇄기 쪽으로 가면서 숨을 골랐다. 크게 숨을 쉬는 그의 눈썹에 땀방울이 매달려 있었다. 얼굴 없는 해골의 발이 동물원의 콘크리트 바닥에서 꾸벅꾸벅 조는 짐승의 꼬리처럼 앞뒤로 획획 움직이더니, 그 궤적의 한쪽 끝에서 뚝 멈추고는 꼼짝도 하지 않았다.

마크 스피츠가 말했다. "고맙다."

"마잘 토브('축하한다'는 뜻의 히브리어)." 게리가 말했다.

몇 주 전부터 게리는 여러 나라 말을 한꺼번에 들을 수 있는 이 도시를 묘사한 대중문화 속의 단어들을 사용하기 시작했다. 유대계 코미디언들의 이름을 딴 시트콤들, 유료 채널의 도미니카 조폭 드라마, 토템 신앙을 노래하는 듯한 힙합 싱글의 따발총 같은 가사에 나오는 단어들이었다. 개중에는 의미를 잘못 알고 사용하는 단어도 있었지만, 남들의 발음을 수없이 들은 덕에 정확한 억양을 구사했다.

교전의 여파로 게리의 몸이 여느 때처럼 허수아비 자세를 취하며 물러났다. 게리는 자동소총과 칼을 다루는 법을 익히고 실행하는 솜씨, 혼자서 익힌 생존 기술과 집중 특강에서 배운 군대의 전승을 융합하는 솜씨 면에서 민간인 영입의 모범적인 사례였다. 마크 스피츠가 그와 같은 팀에서 복무하게 된 것은 행운이었다. 하지만 그의 몰골이 끔찍했다. 매일 아침 일어날 때마다 마크 스피츠는 자신들이 말살해야 하는 괴물에 비해 게리의 몰골이 그리 나을 것도 없다는 사실에 새삼 경탄하곤 했다. (물론 신체 일부를 잃어버린 괴물들은 예외로 쳤다.) 게리의 안색은 잿빛이고 피부에 곰보처럼 구멍이 숭숭 뚫려 있어서 화강암을 연상시켰다. 마크 스피츠는 뭔가 정체가 밝혀지지 않아서 진단도 불가능한 것이 그의 뼛속 깊숙이 자리를 잡고 들어앉은 것 같다는 생각을 떨쳐버릴 수 없었다. 그의 눈 주위는 항상 검댕이 묻은 것 같았고, 뺨은 누가 숟가락으로 살점을 한 움큼 퍼낸 것 같았다. 그는 일부러 구부정하게 걷는 것을 좋아했는데, 그런 걸음으로 구석진 곳과 여러 방을 살금살금 돌아다녔다. 이 세상 최후의 마약중독자 같은 모습이었다. 다른 사람들과 마찬가지로 게리 역시 몇 년 동안 식사를 수없이 건너뛰었다. 하지만 음식 부족 때문이 아니라, 살갗 아래에서 뭔가가 천천히 굴을 파며 기어다니고 있어서 살이 빠진 것처럼 보였다. 마크 스피츠는 게리가 보여준 여섯 살 생일 파티 사진을 보고 이런 생각이 틀렸음을 인정했다. 심지어 그 나이에도 그는 아파 보였다.

그가 앓고 있는 병이 무엇이든, 그 병의 원인이 생물학적인 것이든 형이상학적인 것이든 상관없이, 그 병의 분비물이 그의 손을 통해, 좀 더 구체적으로는 손톱을 통해 새어 나왔다. 그의 손톱은 마치 검댕과 때로 만들어진 것 같았다. 손톱으로 관을 할퀴어서 빠져나온 사람 같았다. 포트 윈턴에서 보낸 첫째 주에 웰러 하사라는 사람이 있었다. 그는 역병 이전의 군대 규율을 들먹이며 게리의 손톱 상태를 비난하고, 그 한심한 손톱을 어떻게 하지 않으면 "지옥을 맛보게 해주겠다"고 위협했다. 하지만 웰러는 뉴어크 기차역에서 정찰 중에 목이 찢겨 죽었다. 게리의 손톱 이야기는 그것으로 끝이었다. 다른 상관들은 이미 죽어버린 옛날 기준을 가지고 자원 입대자들을 괴롭히는 일을 우선순위에 포함하지 않았다. 한편 게리는 사람들이 왜 자기 손톱을 가지고 법석을 떠는지 이해하지 못했다. 세상이 무너지기 전에, 그는 학교를 그만두고 아버지의 정비소에서 형제들과 함께 하루 종일 나사를 돌렸다. 그가 이렇게 승용차나 트럭을 수리하던 시절은 벌써 몇 년 전인데도, 그는 여전히 그 일을 하다가 손톱이 그렇게 되었다는 설명을 고수했다. 그래서 마크 스피츠는 그의 손톱에 묻어 있는 것이 '최초의' 때라고, 즉 게리가 어렸을 때 묻은 바로 그 때가 고향의 상징으로 보존되어 있는 것이라고 생각하게 되었다. 게리가 과거를 긁어 그 때를 손톱에 묻힌 채로 돌아다니고 있다고.

게리가 소총으로 마지를 쿡쿡 찔렀다. "그날이 캐주얼 복장을 입는 금요일이었는 줄은 몰랐네." 그가 말했다. 역병에 걸려 해골처럼 말라붙은 일반적인 괴물보다 게리의 몰골이 더 끔찍하다는 말에 동의하지 않을 수는 있겠지만, 그의 행동거지가 더 형편없다는 데에는 이론의 여지가 없었다.

케이틀린이 복도에서 달려 들어와 속도를 늦추며 어지러운 현장을 파악하고는 고개를 절레절레 저었다. 그녀는 마크 스피츠에게 괜찮으냐고 물은 뒤 사무실 안을 살펴보았다. "해골 넷에 책상은 다섯 개야."

그녀는 비품 벽장으로 타박타박 걸어갔다. 그 안에 괴물이 갇혀 있었다면 바깥에서 벌어진 소란에 조용히 있었을 리 없지만, 케이틀린은 깐깐한 사람이었다. 그녀의 이야기에 따르면 재앙이 벌어지기 전 그녀는 오로지 성적만 생각하던 학생이었다. 마크 스피츠는 혼란스러운 재건 과정에서도 그녀가 과거의 면모를 잃지 않고 주의 사항 카드를 엄지로 문지르거나 버펄로가 만든 오타투성이 지침서를 노란 형광펜으로 밑줄을 그어가며 읽는 모습을 지켜보았다. 그녀가 끝까지 살아남는다면, 지금 모두가 힘겹게 향해 가고 있는 새로운 세상에서도 틀림없이 계속 모범생으로 살아갈 것 같았다. 상품과 꼭 필요한 서비스들이 다시 공급되고 자동 지불 기능이 되살아나면 기한에 딱딱 맞춰 필요한 비용들을 지불하겠지. 민주주의라는 사치를 다시 즐길 수 있게 된다면, 그녀는 투표소에서 자원봉사를 하거나 아니면 가장 먼저 투표하려고 줄을 설 사람이었다. 중위는 그녀의 한결같은 성실함을 인정하고 그녀를 오메가 팀 대장으로 임명했다. 하지만 중위가 대원으로 뽑은 마크 스피츠와 게리를 보면, 그의 선택이 그리 현명하지는 않은 것 같았다.

케이틀린은 벽장문을 열면서 작은 소리로 "상황 보고, 상황 보고"라고 중얼거렸다. 벽장 안에는 포스트잇, 납세신고서 양식, 알아보기 힘든 건강보험 서류 등이 차곡차곡 쌓인 채 여느 때처럼 업무가 진행되기를 기다리고 있었다. 한심한 창사 기념 파티나 누군가의 송별회를 위해 준비해둔 일회용 접시와 스티로폼 컵 사이에 적이 숨어 있다가 튀어나오는 일은 벌어지지 않았다. 케이틀린은 책상에 걸터앉아 시체들을 향해 인상을 찡그렸다. 시체의 숫자를 보면서 대원들이 절차를 어기게 내버려두었다는 사실을 되새겼기 때문이다. "어쩐지 너무 조용하다 했지." 그녀가 말했다.

그녀가 앉아 있는 책상의 주인은 다이어트 콜라를 마시고, 로맨스와 스릴러를 겸한 베스트셀러를 읽던 사람이었다. 마크 스피츠는 버스 광고에서 그 책을 본 기억이 났다. 저 시체들 중 누구일까? 마크 스피츠는 생각했다. 저쪽의 얼굴 없는 괴물? 그는 곧 자신의 생각을 바로잡았다. 책상은 다섯 개인데 시체는 넷이었다. 한 명이 밖으로 탈출했다는 뜻이었다. 모두가 죽은 것은 아니었다. 어쩌면 저 책상의 주인은 지금 이 순간 정착 캠프인 '행복한 땅'과 '햇빛 밝은 날' 중 한 곳에서 화학약품을 이용하는 화장실의 화장지 교체, 식료품 중 우그러진 사탕무 통조림 솎아내기 같은 가벼운 잡일을 하고 있는지도 모를 일이었다. 아니면 정찰대가 샅샅이 긁어 온 그 지역의 인기 다이어트 콜라를 마시고 있을 수도 있었다. 싱거운 슬로건 하나가 악성 소프트웨어처럼 끈질기게 머릿속에 떠올랐다. "우리가 내일을 만든다!" 그는 캠프의 행정 직원들이 단추를 나눠주는 모습을 머릿속으로 그려보며 움찔했다. 사람들은 자기 몸에 비해 너무 크거나 너무 작은 옷들, 폐품 중에서 골라 낸 그 옷들에 얌전히 그 단추를 달 것이다. 저항. 이런 헛소리를 머릿속에서 완전히 몰아내지 않으면, 그의 처지가 곤란해질 수 있었다. 그는 이 점을 인정하고, 바닥의 시체들을 우울한 시선으로 훑어보았다.

"우리가 딱 알맞게 왔어." 게리가 담배에 불을 붙였다. 어제 어떤 잡화점에서 후원사의 담배 한 보루를 찾아낸 그는 지금까지 얌전히 굴고 있었다. 30년 전부터 광고에 나온 적이 없는 염가 브랜드인 이 담배의 연기를 부모와 조부모가 요람을 향해 뿜어내곤 했을 것이다. 그래서 그 냄새와 새빨간 포장이 일찌감치 머릿속에 각인된 열성 팬들은 나중에 이 담배를 통해 더 행복하고 덜 복잡하던 시절을 회상하게 되었다. "이 자식을 바닥에 깔고 앉아서 코를 물어뜯기 직전이더라고." 게리가 말을 이었다. 사람이 죽는 모습을 유난히 섬뜩하고 서사적으로 이야기할 때만 사용하는(그는 이런 이야기들을 연감만큼 많이 알고 있었다) 말투였다. 마크 스피츠의 이른바 생존 전술을 조롱하는 말투이기도 했다. 친구 사이인데도 그는 마크 스피츠가 재앙 이후 처음 일주일 동안 쓰러지지 않았다는 사실에 당혹감을 표현하기를 주저하지 않았다. 완전히 달라진 세상에 적응하지 못한 사람들이 그때 대량으로 목숨을 잃거나 감염되었다.

게리는 망령들을 그리 가엾게 여기지 않았다. 그들을 '꽉 막힌 놈'이라거나 '풋내기'라거나 '얼간이'라고 부를 정도였다. '망령'이라는 말을 할 때 대부분의 생존자들은 억양과 전체 맥락을 통해 그것이 재앙 때 목숨을 잃은 사람을 뜻하는지, 아니면 역병의 전염 매개체로 변해버린 사람을 뜻하는지 상대에게 알렸다. 게리는 그런 구분을 하지 않았다. 거의 예외 없이 양쪽 다 혐오했다. 망령들은 한때 담보대출 원리금을 제때에 상환하고, 광고에 나오는 아침 식사 시리얼을 식탁에 올리던 사람들이었다. 하지만 어느 날 그들의 자식이 방화(防火) 잠옷 차림으로 침대에서 뛰쳐나왔다. 망령들 중에는 놀라운 성적으로 학교를 졸업하고, 가치 있는 일에 매달 기부를 하고, 역시 지금은 죽어버린 금융 전문가의 조언에 따라 퇴직연금을 현명하게 분산투자 하고, 머릿속에서 좋은 학교가 있는 지역의 경계선을 자기 동네 지도와 겹쳐보던 사람들도 있었다. 애당초 그들이 사는 동네 또한 잡지들이 '최고의 삶의 질'을 기준으로 순위를 매긴 여러 도시들의 목록에 속한 곳이었다.

간단히 말해서, 그들은 사라진 그 세계에서 워낙 철저한 훈련을 받고 실력을 갈고닦았기 때문에 이 새로운 세계에서는 아무런 가망이 없었다. 게리는 변한 것이 없었다. 그가 직접 재앙 이전 자신의 삶에 대해 해준 이야기들을 바탕으로 마크 스피츠가 그려낸 이미지는 올바른 삶을 구성하는 여러 표지와 제도에 당황해서 외곽으로 쫓겨난 사회 부적응자의 모습이었다. 하지만 마지막 밤이 모든 것을 바꿔놓았다. 게리의 경우에는, 잠재되어 있던 재능들이 모습을 드러냈다. 그는 지옥이 펼쳐지기를 평생 기다려온 사람처럼 새로운 세상의 새로운 규칙을 아주 쉽사리 이해하고 터득한 자신을 자랑스러워했다. 마지막 순간에 아슬아슬하게 도망치는 마크 스피츠의 재주를 그는 모욕으로 받아들였다.

"내가 다른 데에 정신을 팔았어." 마크 스피츠가 말했다. 그 이상 변명할 필요는 없을 것 같았다. 그는 여느 때처럼 자신의 점수를 B로 매겼다. 게리가 제때 도착하지 않았어도 그가 괴물들을 물리쳤을까? 당연한 일이었다. 그는 언제나 이겼으니까.

마크 스피츠는 자신이 미래에 대한 생각을 멀리 쫓아버리는 데 성공했다고 믿었다. 그는 다른 사람들, 다른 수색대원들, 다른 병사들, 캠프와 동굴에 살고 있는 수척한 무리들, 장벽 뒤에 널리 퍼져 살고 있는 인류의 모든 잔해와 달랐다. 사람들은 힘겹게 살아가면서 승리 또는 망각을 기다렸다. 희미하게 남은 인간적인 모습은 세상의 옆구리에 붙어 있었다. 마크 스피츠는 "이 일이 모두 끝나면"이라든가 "세상이 정상으로 돌아가면" 같은 말을 결코 하지 않았다. 그런 말을 거부했다. 이 일이 모두 끝났을 때, 진정한 의미에서 완전히 과거가 되었을 때 비로소 사람들은 앞으로 무엇을 할지 이야기할 수 있을 것이다. 자기 집이 아직 남아 있는지 확인해보고, 동네를 몇 바퀴 돌며 이웃 사람들 중 몇 명이나 살아남았는지 즐겁게 알아볼 수 있을 것이다. 재앙 이전의 삶이 얼마나 남아 있는지, 잃은 것은 또 얼마나 되는지 파악할 수 있을 것이다. 앞으로 5분 동안 살아남는 데 정신을 집중하지 않으면 결코 살아남을 수 없다는 것이 그가 그동안 터득한 교훈이었다. 최근 전체 분위기가 반전되었지만, 그는 낙천적으로 바뀌지 않았다. 버펄로에서 내려보낸 티셔츠와 단추와 기타 희망을 잃지 않게 해주는 것들도 그의 생각을 바꾸지 못했다. 그는 아무리 짧은 순간이라 해도 상념에 굴복한 자신을 꾸짖었다. 쓸데없는 생각을 하느라 판단력이 흐려졌다. 두에인 거리 135번지의 적막과, 어쩌면 지금과 다른 현실이 펼쳐졌을지도 모른다는 생각이 실수를 불렀다.

"살다 보면 정신이 다른 데 팔릴 때도 있지." 게리가 느릿느릿 말했다.

케이틀린은 자신의 작전 기준에 따라, 서로를 비난하며 다투는 두 사람을 무시했다. 그녀가 마크 스피츠에게 다가와 살펴보았다. 무릎으로 서서 그의 턱 아래쪽을 부드럽게 찔러보기도 했다. 여전히 욱신거리는 부위였다. 마크 스피츠는 그녀를 떨쳐냈다. 그녀는 그에게 가만히 있으라고 말했다. 줄곧 떨고 있던 그의 몸이 그녀의 손이 닿자마자 잠잠해졌다. 그녀의 손길에 그는 학교 운동장에서 벌어지는 사고를 떠올렸다. 그네를 타다 떨어지거나 시소를 타다가 공중으로 내동댕이쳐지는 일 같은 것. 그러면 선생님이 재빨리 달려와서 다친 곳이 없는지 살펴보고, 혹시라도 학교가 소송을 당하는 일이 없게 뒤처리를 했다. 선생님이라…… 마크 스피츠가 왜 지금 이런 생각을 하고 있는 걸까? 올컷 선생님을 닮은 해골이 바닥에 쓰러져 있었다. 그는 깊이 숨을 들이 쉬고, 창문 너머의 검은 슬래브에 시선을 고정했다. 이미 수색이 끝났는지, 아직 수색하지 않았는지 알 수 없는 그 건물에는 어둠 속에서 움직이는 형체들과 꼼짝하지 않는 형체들이 가득했다. 수색했거나 수색하지 않았거나, 움직이거나 움직이지 않거나. 언제나 둘 중 하나였다. 케이틀린이 살갗이 찢어진 곳이 없는지 살펴보았다. 그는 가만히 기다렸다.

마침내 그녀가 고개를 끄덕이며 가슴주머니에서 반창고를 꺼냈다. 작게 긁힌 상처로 역병이 침투하는 일은 없지만, 안전구역의 환경 때문에 케이틀린은 옛날에 흔하던 벌레들과 감염을 걱정할 수밖에 없었다. 유명한 만화에 등장하는 아르마딜로의 친숙한 얼굴이 반창고 위에서 미친놈처럼 히죽 웃고 있었다. "이제 됐어."

게리가 블라인드를 조금 더 열자, 회색 입자들이 허공에서 몸을 뒤틀며 움직였다. 총구에서 나온 연기는 죽음의 악취를 가리는 향수였다. 마크 스피츠는 몽롱하게 떠 있는 연기를 보고 마음이 놓였다. 이런 평범한 광경, 기본적인 물리법칙이 작동하는 모습은 언제나 교전이 끝났음을 의미했다. 다음 교전 때까지는 안전하다는 뜻이었다.

"놈들이 이 안에 있다는 낌새는 없었어?" 케이틀린이 물었다.

그는 순간적으로 자신의 판단을 믿을 수 없었지만, 그녀에게 그런 낌새는 없었다고 대답했다. 멍청하게 백일몽에 잠겼을망정, 그가 그 정도로 엉성하게 굴지는 않았다. 해골 무리가 이런 식으로 어딘가에 갇혀 있다가 느닷없이 튀어나오는 일은 드물었다. 회의실 문 앞을 서류 캐비닛들이 잔뜩 막고 있거나 탁자를 부숴서 부엌문에 못으로 박아놓은 정도의 작은 힌트들이 있어야 했다. 요즘은 이런 바리케이드가 반가운 존재였다. 문 뒤에서 무엇이 자신을 맞이할지 미리 알 수 있으니까. 하지만 이 사무실 문 앞에는 아무런 장벽도 없었다.

그는 마지를 넘어가 문의 잠금장치를 조사했다. 처음에 문을 발로 차고 들어올 때는 잠금장치가 부서진 것을 미처 알지 못했다. 머리회전이 빠른 누군가가 괴물 네 마리를 안에 가둔 뒤 잠금장치를 망가뜨린 모양이었다. 망령들도 문고리를 돌리고, 전등 스위치를 켜는 정도는 할 수 있기 때문이었다. 역병에 걸려도 몸에 익은 기억은 지워지지 않았다. 하지만 역병이 자아의 데이터를 덮어쓰는 순간, 인지능력은 사라졌다. 이 괴물들은 망가진 잠금장치 때문에 몇 년 동안 좌절하고 있었다. 그래서 서로 몸을 부딪히거나, 책상, 의자, 캐비닛 등에 부딪혔다 튀어나오면서 가발과 반지와 손목시계를 잃어버렸다. 몸은 점점 더 해골처럼 변했다. 바닥에 떨어진 자기들 소지품 때문에 엉덩방아를 찧었다가, 기계처럼 다시 일어나기를 반복했을 것이다.

케이틀린이 수첩을 꺼냈다. "너한테 불리한 얘기를 하려는 건 아니야."

"사건 보고를 해야겠지." 마크 스피츠가 말했다.

"서류는 제대로 작성해야 돼." 게리가 말했다.

"저 여자 몇 살이지? 쉰 살?" 케이틀린이 인사부 직원들을 훑어보며 수첩에 글자를 갈겨썼다. "쉰다섯? 신분증 좀 찾아볼래, 게리?"

정보를 모으라는 지시가 버펄로에서 내려온 것은 그들이 맨해튼섬에 배치되고 일주일 뒤였다. 중위가 브리핑 장소로 삼은 백스터 거리의 만두 가게로 수색대 열 개 팀이 북적북적 들어왔다. 모든 지휘관들이 차이나타운을 브리핑과 전략 회의 장소로 이용하고 있었다. 각자 음식 취향에 따라 브로드웨이와 커낼 거리의 교차점에 있는 만둣집 원턴 메인에서부터 여기저기로 퍼져나갔다. 예를 들어, 서머스 장군은 바워리 거리에 있는 우아하고 동굴 같은 딤섬 궁전을 차지했다. 원래 병사들의 오락 시설로 사용되던 곳을 구원해준 것이다. 그가 나타나기 전 몇 달 동안 이 식당은 딤섬을 나르던 수레들의 경주장으로 이용되었다. 그러다 서머스 장군이 나타나 경주를 중단시키자 금요일 밤이 상당히 황량해졌다. 결국 해병들이 롤러장에서 다시 경주를 열었다. (마크 스피츠는 어느 교차로에서 롤러장의 거대한 디스코 볼을 우연히 보았다. 술 취한 병사들의 발에 차이고 밀려서 이리저리 구르며 도시의 거리를 지나가던 그 디스코 볼은 사각형 거울 조각들을 눈물처럼 흘리고 있었다.) 미 육군 브렌트 상병은 일일 기획 회의를 국숫집에서 열었다. 마치 카운터 뒤에서 기이한 도시계획 전략(좀 더 정확히 표현하자면 도시 재편 전략) 대신 우동 가락을 부하들에게 내놓으려는 것 같았다. 장교들은 여기저기로 퍼져나가 원하는 곳을 차지했다. 맨해튼은 병사들과 저주받은 군단을 제외하면 텅 비어 있었고, 젠트리피케이션이 벌써 다시 진행되고 있었다.

식당의 메뉴판과 기타 공고문은 중국어로 되어 있었다. 그림문자 밑에서 호령하고 있는 보건 규정만이 예외였다. 마크 스피츠의 어머니는 본국인들이 많이 찾는 외국 음식점은 '진짜'라는 논리를 펼쳤다. 다시 말해서, 중국인, 그리스인, 리투아니아인이 많이 찾는 중국 식당, 그리스 식당, 리투아니아 식당은 최고의 중국 음식, 그리스 음식, 리투아니아 음식을 내놓는다는 뜻이었다. 마크 스피츠가 보기에는 말이 되지 않는 소리였다. 손님의 대다수가 미국인인 미국 식당 다수가 엉터리미국 음식을 내놓는 것은 어찌 볼 것인가. 어쩌면 어머니의 논리는 '진짜로 별 볼 일 없다'는 점을 강조하는 것 같았다.

마크 스피츠와 케이틀린은 그나마 단골 행세를 하려고 브리핑 때 항상 같은 자리에 앉았다. 게리도 몇 주 뒤 그들과 합류했다. 함께 고작 그리드 하나, 그러니까 워터 거리의 평범한 주택가를 수색한 뒤였다. 오메가 팀을 구성하는 세 사람은 아직 어디에 가든 서로 죽이 착착 맞는 상태가 아니었다. 그날 오후에 게리는 스탬퍼드에서 버려진 가스 공장을 확보하는 일을 함께했던 동료들과 같이 자리에 끼어들었다. 대다수의 수색대원들은 북동부에서 기반 시설과 관련된 일을 하던 사람들이었다. 옛날 마크 스피츠처럼 회랑을 청소하거나, 시내 중요 지역과 산업단지를 정찰하는 것이 그들의 임무였다. 게리도 오메가 팀에 오기 전에 그런 일을 했다. 마크 스피츠는 혼자서 맨해튼까지 왔다. I-95번 도로 파견단에서 수색대로 전보된 유일한 인물이었다.

그들이 첫 번째 브리핑을 위해 만둣집 안으로 들어갔을 때, 내부는 말끔히 정돈되어 있었다. 하지만 매주 이곳에 모일 때마다 병사들이 여기저기를 두드려대는 바람에 가게 안은 날이 갈수록 어지러워졌다. 마치 어느 날 점심때의 풍경이 느린 속도로 재현되고 있는 것 같았다. 그곳에 모인 사람들은 서른 명이었다. 십대들과 이십대의 남녀. 메츠 같은 예외도 있었다. 그는 오십대처럼 보였지만, 최근의 고생으로 늙어버렸음이 분명해서 마크 스피츠는 그의 나이를 자신 있게 말할 수 없었다. 그의 시선을 마크 스피츠는 '황야 시선'이라고 표현했다. 특수 작전을 펼칠 때 수색대원들에게 지급되는 야간투시경에는 도마뱀붙이 모양의 손잡이가 달려 있어서, 그것을 조종하면 다양한 스펙트럼을 볼 수 있었다. 메츠처럼 늙어 보이는 사람들에게는 추가로 렌즈가 지급되었다. 그 렌즈를 통해 보이는 폐허의 모습에 그들은 입을 다물지 못했다. 마크 스피츠의 눈에는 차이나타운 특유의 식당이나 길모퉁이의 파리 끈끈이 조각으로 보이는 것이라도, 완전히 다른 시각을 지닌 메츠에게는 잔혹한 풍경으로 보이는 모양이었다. 생존자들이 일으키는 기능장애들(틱 증세, 몽롱한 기억, 실존적 열병 등 잡다한 PASD)이 워낙 다양하다는 점을 감안하면, 이 황야 시선들 특유의 병리적 증세는 그리 대단하지 않다고 마크 스피츠는 결론지었다. 모두들 나름대로 망가져 있었다. 지금은 그것이 각자의 개성이었다.

후원사가 제공한 에너지드링크가 가득하던 뒷방이 꾸준한 습격으로 텅 비더니, 정체를 알 수 없는 외국 음료에 의학적인 효과가 있다는 입소문이 돌았다. 주방에 엄청나게 쌓여 있는 밝은 에메랄드색 캔 음료가 그것이었다. 수색대원들은 피처럼 빨간 플라스틱 장판 위를 미끄러지듯 움직여서, 탁자 앞 긴 의자에 다닥다닥 붙어 앉았다. 유리 상판 아래에 중국의 십이지지 동물들이 서로를 뒤쫓고 있었다. 마크 스피츠는 올해가 원숭이해임을 알 수 있었다. 원숭이의 속성: 재미있는 것을 좋아하고, 재치로 남을 즐겁게 한다. 입구 옆 수족관의 시커먼 물속에서 정체를 알 수 없는 덩어리들과 함께 죽은 물고기들이 출렁거렸다.

중위는 주인의 자리를 차지하고서 수색대원들에게 이제부터는 모든 교전에 대해 '사건 보고'를 작성해야 한다고 알렸다. 그의 조종사 선글라스에 비친 실내장식이 진홍색과 황금색 불꽃처럼 반짝였다. 중위가 밤에 버번을 마셔댄다는 점을 감안하면, 어둑한 식당 안이라 해도 선글라스는 그의 민감한 망막을 보호해주는 귀한 물건이었다.

중위는 버펄로가 모든 교전의 전체적인 개요에 관한 정보를 원하지만, 특히 인구 데이터에 관심이 많다고 설명했다. 목표물의 연령, 장소별 분포도, 해당 건물의 유형, 층수 등등. 중위의 부관인 파비오가 커널 거리를 뒤져 바로 이런 목적을 위해 특수장비를 찾아 왔다. 그는 상관에게 아이들이 쓰는 수첩이 든 상자를 건넸다. 중위는 그것을 머리 위에서 휘두르며, 수첩에 작은 연필을 꽂을 수 있는 고리까지 편리하게 갖춰져 있다고 지적했다. 수첩의 플라스틱 표지는 사탕 색깔이었고, 손바닥만 한 크기 안에 어린이들에게 오랫동안 사랑받던 캐릭터와 신비한 문양이 가득 그려져 있었다. 영리하고 남자답지 못한 아르마딜로가 수완 좋은 사막 짐승들과 함께 모험에 나서는 이야기가 이 제품군의 탄생 신화였다. 이 제품을 만든 모회사가 일찌감치 재건 작업의 공식 후원사로 나섰는데도 버펄로는 지금까지 반창고 외에는 제휴 상품을 사용할 곳을 거의 찾아내지 못하고 있었다. "일본의 뛰어난 공업 기술을 보여주는 이 제품을 너희도 틀림없이 인정하게 될 것이다." 중위가 연필을 고리에 넣었다 빼기를 반복하면서 말했다.

수색대원들은 앓는 소리를 내며, 신비로운 극동의 음료수 냄새가 나는 트림을 내뱉었다. 공기 중에 생강 냄새가 얼룩처럼 번졌다. 중위는 너희를 공연히 귀찮게 해서 미안하다고 평소처럼 유감을 표명했다. 중위는 가벼운 것을 좋아했기 때문에, 자신이 하고자 하는 일에 어긋나지 않을 때는 정해진 절차를 무시했다. 마크 스피츠는 젊고 유행에 밝은 고등학교 교사처럼 자신을 포장하는 것이 부하들을 생기 있게 유지하기 위한 중위의 전략인 것 같다고 짐작했다. 중위 밑에서 일하는 수색대원들은 아무리 좋게 말해도, 민간인 자원자들로 구성된 비전통적인 부대였다. 따라서 그들은 군대 규율의 일상적인 악의에 단련되어 있지 않았다. 그들이 훈련소에서 교육을 받은 것은 찰나의 순간에 결정된, 순전히 무심한 우연에 불과했으나, 그래도 그 덕분에 지금까지 살아남을 수 있었다. (하지만 역병이 등장한 이후 그들 중 대다수가 기본적인 총기 사용법에 대한 집중 강의를 들었다는 사실을 밝혀두어야겠다.) 그들은 새로운 환경 속의 군인이었다. 직장을 얻기 힘든 어른 아이, 왕년의 치어리더, 호화 요트 판매원, 체육 교사, 음식 블로거, 특허 사무원, 카페테리아 직원, 국제 택배회사의 배차원 등 군인이 되기에는 결코 적당하지 않은 그들에게 군대 규율을 엄격히 적용하는 것이 무슨 소용이 있겠는가. 모두 마크 스피츠 같은 사람들이었다. 행운이라는 갑옷의 보호를 받고 있어서 어떻게 해도 죽지 않을 것처럼 보이는 인간 바퀴벌레 같은 존재들. 중위에게 가장 중요한 일은 그들의 팔다리가 무사히 몸에 붙어 있게 해주는 것이었다. 그다음은 위에서부터 찔끔찔끔 내려오는 임무였다. 이미 지나간 시대의 지나간 규율을 지키는 것은 그의 우선순위 중 맨 꽁무니를 차지하고 있었다.

수색대원들의 가장 중요한 타격 목표가 붙박이 망령이라는 사실도 중위가 격의 없는 태도를 취하는 데 도움이 되었다. 맨 처음 대규모 수색이 실시되었을 때 해병대가 맨해튼에서 부닥친 상황에 비하면, 지금 이 만둣집에 모여 있는 대원들의 임무는 쉬운 편이었다. 이런 상황이 아니었다면, 마크 스피츠는 맨해튼에서 일하겠다고 나서지 않았을 것이다. 아무리 뉴욕이 그리웠다고 해도.

"버펄로는 언제나 그렇듯이 너희를 위해 장대한 계획을 갖고 있다." 중위가 말했다. 그리고 가장 가까운 탁자에 아무렇게나 앉아 있는 멍청한 눈빛의 덩치에게 수첩 상자를 던져주었다. 망연자실한 얼굴과는 모순되는 '교수'라는 별명으로 불리는 자였다. 그는 지금보다 시절이

좋을 때 낚싯배의 항해사로 일했다. 휴가 여행을 와서 술에 취한 사람들을 수중 음파탐지기로 찾아낸 물고기 떼에게 데려다주는 것이 그의 일이었다. 중위는 그에게 상자를 수색대원들에게 돌리라는 손짓을 했다. "너희가 무슨 말을 하고 싶은지 나도 알고 있다. 우리에게는 군화가 필요한데, 위에서는 데이터를 이야기하고 있으니."

사실 그들에게는 군화가 있었다. 하지만 대부분의 수색대원들이 고층 건물을 계단으로 오르는 죽음의 행군을 한번 하고 나면, 더 편한 고급 신발을 구하려고 운동화 상점들을 습격했다. 운동화 제조사가 후원사로 나서서 다양한 연령대, 미학적인 취향, 운동 종목에 맞는 여러 제품들을 생산하고 있는 것이 다행이었다. 건물 안 으슥한 곳에 있을 때는 동료가 신은 신제품 운동화 발꿈치에서 깜박거리는 눈곱만 한 빨간색 LED 불빛이 위안이 되었다. 하지만 그런 운동화를 신으면 발목이 노출되는 문제가 있기 때문에 마크 스피츠는 신지 않았다. 중위는 정말로 시급한 물건, 꼭 필요한데 구하기 힘든 물건을 모두 뭉뚱그려서 '군화'라고 말했다. 그 말을 들은 다른 대원들이 지겹다는 듯 몸을 꼼지락거리는 소리가 들렸다. 중위에게 '군화'는 무엇을 의미할까? 질서. 굳건한 규율. 지나간 시절의 보물. 모든 생존자들이 그런 것들을 갖고 있었다. 과거를 다정하게 일컫는 단어들. 베이글, 커피, 야구모자 등등. 모두 과거 좋던 시절의 물건들이었다. 중위라고 해서 자기만의 신전을 갖지 못할 이유가 없었다. 다른 사람들도 모두 그렇게 하니까.

마크 스피츠는 수첩을 뒤적거렸다. 여백에 연한 분홍색과 자주색 선인장들이 피어났다. 버펄로의 계획이 현명하다는 것을 알 수 있었다. 그렇게 데이터를 모은 뒤, 머리 좋다는 놈들이 모여서 추정치를 내놓을 것이다. 어느 기업의 22층짜리 본사 건물, 5층짜리 임대주택, 15층 짜리 아파트 단지 등에서 수색대가 마주칠 망령들의 수가 얼마나 되는지 추정해볼 수 있다는 뜻이다. 건물마다 사정이 다르다는 사실을 그들은 일찌감치 알아냈다. 주거용 건물을 예로 들어보자. 맨해튼 다운타운의 낡은 임대주택에서는 문을 막고 혼자 안에 틀어박힌 뒤 괴물로 변해서 밖으로 빠져나오지 못한 시민을 틀림없이 적어도 한 명 정도는 찾아낼 수 있었다. 역병이 처음 나타났을 때, 사람들은 병에 감염된 뒤 간신히 집까지 돌아가 쓰러졌다. 그 뒤 역병이 머릿속 기억을 싹 지워버리고 뇌를 다시 포맷해버렸기 때문에, 그들은 자기 집에 갇힌 꼴이 되었다. 참으로 안타까운 은둔 생활을 하게 된 것이다. 그들은 손으로 사방을 더듬어 결국 값비싼 보안용 잠금장치를 찾아내려 했지만, 자신이 문 앞에 잔뜩 쌓아둔 훌륭한 현대 가구들 때문에 잠금장치에 손이 닿지 않았다. 마크 스피츠는 먼저 문짝을 떼어낸 뒤 가구들을 전부 치워야만 그 안의 해골을 처리할 수 있음을 깨닫고 자신의 처지에 저주를 퍼부었다. 문 앞에 쌓인 가구들은 다양했다. 파티클보드로 만든 음향 설비, 심플한 덴마크식 한정판 옷장 복제품, 여름에 흘린 땀으로 팔걸이에 검게 때가 묻은 안락의자……. 수색대원들이 보통 만나는 해골이 이런 종류였다. 무해한 붙박이 망령은 아니지만, 믿을 만했다. 하지만 제1구역의 괴물들 중에는 이들의 비중이 적었으므로, 대원들은 계속 차가운 태도를 유지해야 했다.

이제 마크 스피츠는 건물을 보기만 해도 그 안이 어떤 상태인지 알 수 있었다. 가장 오염이 적은 곳은 사무용 건물이었다. 세상이 무너졌을 때 직원들이 출근하지 않았고, 미친 듯이 날뛰는 해골들은 해병대가 꾀어냈기 때문이다. 그래서 붙박이 망령들만 남았다. (어쩌면 붙박이 망령이 개울을 건너고! 유사(流砂)를 통과하고! 위험한 협곡을 지나서! 얼마나 멀리까지 이동했는지 연구하는 사람이 나올지도 모르겠다고 마크 스피츠는 생각했다. 하지만 그것은 먼 미래의 일이었다.) 두에인 거리 135번지처럼 훌륭한 기업들이 들어 있는 건물은 나름의 특징을 지니고 있었지만, 그래도 전체적인 틀에서 벗어나지 않았다. 백화점, 다국적 커피 체인점, 반쯤 짓다 만 콘도. 교회와 베트남식 샌드위치 가게. 수색대원들에게 새로운 그리드가 할당될 때마다 새로 만나는 각각의 건물에는 나름의 특징들이 있었지만, 전체적인 그림은 변하는 법이 없었다.

이런 종류의 건물에는 층마다 붙박이 망령 2.4명, 저쪽 건물에는 0.5명. 제1구역에서 파악된 이런 숫자들을 통해 버펄로는 도시 전역의 상황을 추정할 수 있었다. 세 명으로 구성된 수색대 팀 X개가 북쪽에서 남쪽으로 내려오며 맨해튼의 붙박이 망령들을 차근차근 정리하는 데 시간이 얼마나 걸릴지도 추정할 수 있었다. 그다음에는 다른 도시에도 이 추정치를 적용할 것이다. 뉴욕 같은 도시는 없었지만, 소수의 인구만 남은 도시들이 전국에서 숨을 죽이고 있었다. 그 도시들도 그리드로 나뉘게 될 것이다. 사실 한 지역을 그리드로 나누는 방식은 이미 수십 년 전부터 전국의 도시에 적용되었다. 각각의 그리드 안에서 사람들이 움직이는 방식과 구역 분할의 결과도 알려졌다. 사람들의 활동과 욕망을 길들여서 고분고분하게 만들어야 하는 곳이라면 어디든 그랬다. 남서부 도시들의 고층 건물에서 인터넷으로 많은 돈을 벌어들인 무리들, 특정한 크기의 낡은 부두에 거짓으로 역사적 의미를 부여

해서 관광지로 꾸민 중서부 도시의 빈약한 상점가 등등. 규모의 문제가 있기는 하지만, 맨해튼은 확실히 다른 모든 곳을 가장 크게 확대해 놓은 모습이었다.

이 도시가 한없이 뻗어나갔기 때문에, 그리드도 한이 없었다. 물론 강이라는 지리적 요인이 도시의 팽창을 막고 있기는 했다. 도시를 진압하고 이해하는 것도 가능했다. 곧 수색대 팀들이 대도시 수색대 팀들과 똑같은 임무를 띠고 시골 지역을 누비며 시골만의 방정식을 만들어내고, 해골 분포 패턴에 대한 새로운 이론들에 데이터를 제공해줄 것이다. 그리고 나중에는 이 데이터가 재앙이 끝나는 날과 발전 속도와 예전 생활로 돌아가는 때를 알려줄 것이다. 식당에 앉아서 마크 스피츠는 읽기 힘든 수색대원들의 글씨가 흘러넘치는 작은 수첩들이 중위의 상자에 담겨 군용 헬리콥터로 뉴욕주 북쪽 어딘가로 실려 가는 모습을 상상했다. 근심 어린 표정의 이병이 그 상자를 버펄로 본부의 어느 지하 사무실로 급히 가져갈 것이다. 마치 간 이식을 기다리며 시들어가는 환자에게 누군가의 간을 정성 들여 운반하듯이. 마크 스피츠는 버펄로에 가본 적이 없지만, 요즘 버펄로는 미래를 주조하는 곳으로 떠받들어지고 있었다. 재건의 요람이자 나일강 같은 곳이라고. 가장 머리 좋고 가장 뛰어난 사람들(특히 아직 살아서 숨 쉬고 있다는 점이 가장 중요했다)은 모두 비행기에 실려 버펄로로 보내졌다. 그들은 그곳에서 최고의 음식을 먹고, 24시간 내내 돌아가는 발전기의 혜택을 만끽하고, 온수가 무한히 공급되는 샤워를 원하기만 하면 즐길 수 있었다. 그 대가로 그들은 재앙을 거꾸로 돌려야 했다. 소문에 따르면, 마지막 노벨상 수상자 두 사람이 거기서 일하고 있다고 했다. 평화상이나 문학상 같은 것 말고, 쓸모 있는 상을 탄 사람들이 영양가 높고 머리를 좋게 해주는 음식, 그러니까 버릴 음식에서 건져 온 생선 기름 같은 것을 먹으며 일하고 있다고. 만약 그들이 맨해튼을 재가동할 수 있다면, 전국을 재가동하는 것도 가능하지 않겠는가. 새로 등장한 낙관주의의 근거는 대략 이런 것이었다.

중위는 버펄로가 원하는 데이터의 종류를 설명하고, 타당한 질문들을 휘이휘이 쫓아버렸다("아냐, 조시, 정말로 특별한 경우가 아니면 몸무게 정보는 필요 없어." "집 주소? 그걸로 뭘 하게? 우편물이라도 전달해주려고?"). 그러고는 자신이 가장 좋아하는 소일거리인 〈심야 뉴스〉 전달을 시작했다. 그는 오늘 아침에 들어온 기사들에 조명을 비췄다. 최근 추세에 맞춰 모두 긍정적인 기사들뿐이었다. 이를테면 이런 것들. "올해의 추수가 사상 최대 수준이 될 것이라는 '행복한 땅'의 주장에 유기농 음식 팬들이 기뻐하고 있다……."

다행이라며 반가워하는 소리들이 만둣집을 가득 채웠다. 작년에 신선한 옥수수를 다시 먹을 수 있게 된 것을 모두 잊지 않았기 때문이다. 송곳니와 앞어금니 사이에 낀 옥수수 알갱이 조각을 빼내면서 수많은 사람들이 그토록 즐거워한 것은 인류 역사상 처음 있는 일이었다. 마크 스피츠는 캠프에 들어간 첫날 '행복한 땅'의 곡식과 우연히 조우했다. 군인들과 다른 신병들의 웃음소리에 머리가 어지러워서 바람이나 쐬려고 식당에서 나왔을 때였다. 아직 약탈 규정이 발효되기 전이라서 먹을 것이 점점 줄어들고 있었다. 그날 폐품 청소부들이 초대형 약국 겸 잡화점 하나를 점령한 도적 무리의 소굴을 찾아냈다. 도적들 중 절반은 총격전 중에 목숨을 잃었고, 나머지 절반은 임시정부에 항복하면서 열심히 충성 서약을 읊었다. 그들은 트럭 세 대 분량의 의약품을 가지고 돌아왔다. 모두들 자기 몫을 받아 주머니가 많은 조끼와 배낭을 채웠음은 말할 필요도 없다. 가장 인기 있는 물건은 치석을 예방해주는 치약과 알레르기 약이었다. 여행용 포장이라면 더욱 좋았다. 이런 제품들 덕분에 그들은 계속 구세계에서 움직일 수 있었다. 단순히 플라시보 효과뿐이라 해도 좋았다. 병사들은 쓸모 있는 존재였다.

각자 개인적인 수확에 대해 화려한 이야기들을 교환한 뒤, 대화는 맨해튼에서 담배를 찾아낼 가능성에 대한 추측으로 넘어갔다. 얼마 전부터 담배를 피우기 시작한 사람이 많았다. 뉴욕 시에서 작전이 시행될 가능성이 있다는 소식이 새어 나오기 시작했고, 그날 아침 버펄로에서 나온 신문은 가장 최근에 저 아래 남쪽에서 시행된 작전에 대한 가십을 퍼뜨렸다. 수력발전소 한 곳이 재가동되었다는 소식이었다. 그러고 나서 저격수 한 명(이름이 깁슨이었다)이 해골로 모닥불을 피웠다가 잘못된 이야기를 하자 모두들 박장대소했다. 무력화된 해골을 장작 위에 놓는데, 뇌 일부가 아직 살아서 명령을 내리고 있었던 것 같다고 했다. 불길에 되살아난 해골이 움직이는 모습이 마치 불꽃 속의 '브레이크댄스'처럼 보였다고. 마크 스피츠는 다른 사람들과 똑같이 웃음을 터뜨렸다. 무표정하게 이 이야기를 늘어놓는 깁슨의 표정이 더 웃겼다. 그런데 그때 그의 머리가 갑자기 납덩이에 둘러싸이고 눈도 고장 나버린 것 같았다. 파이프 같은 것으로 머리를 얻어맞았을 때와 비슷했다. 실제로 그는 대학 시절에 청년 무리가 말썽을 피우려고 봄 콘서트장에 난입했을 때 납 파이프로 머리를 맞은 적이 있었다. 지금 생각해보면, 마치 물에 빠진 것 같았던 그때의 그 느낌은 그가 황야에서 돌아온 뒤로 그에게 뭔가 문제가 생기기 시작했음을 알려준 첫 번째 증상이었다.

숨이 막힐 것 같아서 마크 스피츠는 비닐 천막 입구로 빠져나와 줄줄이 늘어선 오두막들 사이를 정처 없이 휘청휘청 걸었다. 빨간색과 노란색 나일론 천막들도 지나갔다. 그 안에서는 새로 들어온 사람들이 역시 '행복한 땅'의 첫 밤을 보내고 있을 터였다. 그는 자신의 느린 발소리에 그들이 뻣뻣하게 굳는 것을 느꼈다. 망령의 발소리처럼 들렸기 때문이다. 그들은 고개를 밖으로 내밀었다가 그를 보고 차분해져서 다시 안으로 들어갔다. 그는 캠프 저쪽 끝에 나트륨등이 늘어선 곳까지 천천히 걸어갔다. 거기에 그것이 있었다. 울타리 뒤에서 구획별로 빛을 받으며, 밝은 미래를 약속하는 이삭의 무게로 고개를 숙이고 있었다. 가슴까지 올라오는 거룩한 줄기들이 저 멀리 어둠 속으로 뻗어 있었다. 그는 하루에 세 덩이의 식량을 먹으면서 사람들이 떠들어대는 농담을 듣고 누더기를 걸친 부랑아 무리를 보았다. 마지막으로 아이들 여러 명을 한꺼번에 본 것이 언제였더라? 그런데 지금 눈앞에 옥수수밭이 있었다. 기적이 일상으로 변했다. 옥수수 줄기가 잡초처럼 쑥쑥 자라고 있었다.

"망할 옥수수밭에서 떨어져, 멍청이." 경비병 두 명이 무기로 그의 머리를 겨눴다. 해골을 쓰러뜨리기 좋다고 추천되는 지점 다섯 군데 중 두 곳이 총구의 과녁이 되어 있었다. 아무리 많아도 열여섯 살을 넘지 않았을 것 같은 파수병들이었다. 그는 임무를 수행하는 그들에게 앙심을 품지 않았다. 곡식은 소중했다. 과거와 현재의 일상을 가르는 것이 바로 곡식이었다. 그는 손을 저어 총을 물렸다. 기가 막혔다. 우습기도 했다. 출입문 바로 앞에서 가벼운 바람을 맞으며 떨고 있는 그들은 인류가 살아 있음을 보여주는 이 캠프의 맛있는 증거로 다가가는 해골들과 흡사했다. 이 밭의 곡식 절반은 십중팔구 버펄로로 갈 테지만 그런 것은 문제가 되지 않았다. 이 밭의 경이로움은 그대로였다. 마크 스피츠는 망할 옥수수밭에서 뒷걸음질을 쳤다.

중위가 말했다. "다시 말하지만, 거기서 무엇을 비료로 사용하고 있는지에 대해 떠도는 소문 따위 무시해버려. 또 뭐가 있나, 제군들, 또 뭐가 있어? 새로 만든 소각로 덕분에 처리 능력이 두 배로 늘어날 것이라고 하는군. 이것이 무슨 뜻인지는 여러분도……."

"재의 수요일(사순절의 첫날)!" 뒤쪽에서 누군가가 소리쳤다.

"목요일과 금요일도 마찬가지야." 중위는 기사를 확인해보고, 거대 의류 제국의 선임 이사 한 명이 '승리의 검' 캠프에 나타나 자기 회사의 물건들을 기증하겠다고 너그럽게 서약했다고 알려주었다. 중위는 대원들에게 1분쯤 시간을 주었다가, 진정하라고 말했다. 대원들의 흥분을 근거 없는 것이라고 몰아붙이기는 힘들었다. 그 회사는 네 종류의 제품을 만들어냈다. 사무실로 출근할 때나 저녁 외출에 알맞은 세련되고 고급스러운 옷, 점잖은 일상복으로 입을 수 있게 대량생산 하는 기성복 정장, 가격을 중시하는 소비자들을 위한 저렴한 상품, 그리고 최근에 사들인 회사에서 생산하는 플러스 사이즈 속옷. 이 회사는 그동안 어려움을 겪었으나, 새로운 모기업의 훌륭한 경영 덕분에 되살아날 수 있었다. 이 의류 제국이 생산하는 옷은 가격과 상관없이 모두 품질이 좋았다. 이 회사가 어린이들을 값싼 노동력으로 이용하는 최신 추세에 발맞추고 있기 때문이었다. "이 회사 전체가 우리에게 문을 열었다." 중위가 말했다. "소매가격이 30달러 이하인 제품 모두에 대해. 그러니 다들 가격표를 확인해! 속셔츠나 트레이닝복 상의 같은 걸 살 때."

"30달러도 안 되는 트레이닝복 상의는 없습니다!"

뒤쪽에서, 그러니까 화장실 옆이라서 다들 싫어하는 자리에서 누군가가 이 말을 반박했다. 할인점에 가면 그보다 싼 값에 트레이닝복 상의를 쉽게 구할 수 있다고. 또 다른 누군가가 이 말이 옳다고 맞장구쳤다.

"게리는 덩치 큰 여자들을 위한 속옷을 입어요." 게리의 오랜 친구 한 명이 소리쳤다.

"우리는 망사 작업복 안에 그걸 입는 게 좋아. 너도 한번 입어봐." 게리가 회색 이를 드러내며 말했다. 게리와 함께 일하는 사람들은 모두 자신을 일인칭 복수로 지칭하는 그의 버릇에 익숙했다. 그는 세쌍둥이 형제 중 한 명이었는데, 다른 형제 둘은 최후의 밤에 목숨을 잃었다. 그런데도 게리는 말을 할 때 언제나 형제들까지 포함해서 자신을 지칭했다. 마크 스피츠는 유전자가 정확히 일치하는 쌍둥이 형제가 없는 모든 사람 앞에서 그가 통일된 형제 전선을 평생 유지하려는 것 같다고 생각했다. 게리와 그의 쌍둥이 형제들이 이동식 주택의 부엌에 서서 과자나 만화책을 달라고 조르는 모습을 상상하면 마음이 불편해졌다. 전투복을 입은 남자가 유령들이 열정적이더라는 이야기를 할 때보다 훨씬 더 불편했다. PASD는 다양한 얼굴을 지니고 있었다. 그리고 황야 시선들의 경우처럼, 사람들은 다른 누군가가 드러내는 PASD 증상을 그냥 무해한 약점으로 보아 넘겼다. 남들이 자신의 증상에 대해 반감을 갖지 않기를 바라는 마음에서 보여주는 소박한 예의였다.

마크 스피츠는 반드시 새 양말을 몇 켤레 사야겠다고 다짐했다. 이제는 약탈 금지 규정이 시행되고 있었으므로, 군인도 민간인도 수색대원도 모두 공식 후원사가 제공한 물건이 아니라면 다른 사람의 물건을 멋대로 약탈할 수 없었다. 위스키든 천연 탈모제든 모두 마찬가지였다. 음식은 예외였으나(일부 지역에서는 지금도 주스 상자가 화폐 역할을 했다), 대부분의 지역에서는 도둑질이 금지되었다. 옛날에는 법이 존재했다. 비록 그동안 공백이 있기는 했지만, 그 법의 희미한 흔적을 따르는 것은 곧 언젠가 법이 되돌아오리라는 믿음을 의미했다. 재건에 대한 믿음을 의미했다.

하지만 금지 규정을 모두가 철저히 따르게 하는 것은 힘든 일이었다. 누구나 다 아는 이유들 때문이었다. 캠프의 민간인들은 캠프 밖으로 나서는 일이 거의 없었으므로 규제할 수 있었다. 하지만 무수히 많은 미국인이 여전히 질서의 경계선 너머에서 광활한 땅을 돌아다니고 있었다. 자신이 해방되었다는 사실을 모르는 노예와 비슷했다. 당국의 승인을 얻은 폐품 수집 팀은 대체로 감독을 받지 않았으며, 병사들은 물품 신청서에 분류되어 있지 않은 물건들에 대한 개인적인 욕구를 지니고 있었다. 병사들이 밀반입한 물건을 자랑하다가 장교에게 들키면 압수당했다. 고급 선글라스, 오토바이 팬이라면 누구나 좋아하는 튼튼한 가죽옷 같은 것들. 하지만 장교들이 내내 병사들만 지켜보고 있을 수는 없는 노릇이었다. 케이틀린은 규정을 중시하는 성격이라 자기 휘하의 두 부하를 계속 감시했다. 특히 게리를 감시했다. 현명한 일이었다. 그는 캠프가 생기기 전 최고의 도적이었을 뿐만 아니라, 케이틀린이 규율을 강조할 때 내는 날카로운 목소리를 오히려 좋아하는 편이었다.

버펄로는 공식 후원사를 구하는 일만 전적으로 담당하는 부서를 만들었다. 후원 대가로 버펄로는 죽음의 신이 물러가고 세상이 다시 제대로 돌아가게 됐을 때 세금을 감면해주겠다고 약속했다. (깨알 같은 글씨 속에서 국민들이 결코 찾아낼 수 없는 다른 혜택들도 있었다.) 최대 규모의 전국적인 약국 체인점이나 자전거 제조사에서 높은 자리에 있던 생존자를 추적해서 찾아내는 일이 어려운 것은 당연했다. 하지만 그런 생존자들이 가끔 제 발로 캠프에 걸어 들어왔다. 그들은 전형적인 상처를 지니고 있으면서도 어떻게든 기여하려는 열성을 보였다. 보통 그들은 자기네 제품에 가격 상한선을 적용하거나 자기네가 보유한 브랜드 중 특정 제품, 그러니까 별로 귀하지 않은 제품의 사양을 자세히 말해 주었다. 그래도 그들의 희생이 고맙지 않은 것은 아니었다. 전국 구석구석의 식품점과 편의점에 있는 어린이용 사과 소스를 모두 기증하는 일? 굳이 머리를 쓸 필요도 없는 일이다. 어차피 유통기한이 지난 제품일 테니까. 규정을 모른 채 저 거친 세상을 헤매고 있는 민간인들도 언젠가는 체제 속으로 들어와 환영받을 것이고, 규정에 따를 것이다.

양말. 그래, 양말. 운동선수들이 신는 질 좋은 양말 세 켤레 한 묶음을 생각하면 마크 스피츠는 언제나 기운이 났다.

중위가 말했다. "현장에서 최신 뉴스를 요구하면서 나를 귀찮게 하는 녀석들이 짜증스러울 정도로 많다. 내가 통신 채널은 그런 데 쓰는 것이 아니라고 계속 말하는데도 말이지. 어쨌든 소식을 알려주마. 트로먼하우저 세쌍둥이가 중환자실에서 나왔다."

모두들 박수를 쳤다. 케이틀린은 신에게 감사했다. 마크 스피츠는 처음 안전구역에 들어간 날 밤에 그녀가 기도하는 모습과 우연히 마주친 적이 있었다. 그녀가 치실을 사용하다 말고 하느님과 대화를 시작했기 때문에, 박하 향이 나는 하얀색 실이 검지에 돌돌 감겨 있었다. 케이틀린은 당황했다. 이미 많은 사람들이 누구나 짐작할 수 있는 이유로 기도를 시작하거나 기도의 빈도를 늘리고 있는데도. 예전에 종교는 금기시되는 화제였지만, 지금은 포위된 백화점 창고나 중서부의 다 쓰러져가는 빅토리아 양식 주택의 다락방 같은 곳에서 즉석 개종 의식이 진행되곤 했다. 숨어 있던 생존자들이 자기가 믿던 신과 내세에 대한 가설을 바꾸는 의식이었다. 그렇게 시간을 보내다 보면 곧 아침이 오고, 시련이 다시 시작되었다. 케이틀린이 사과하듯이 말했다. "그냥 저들이 안전해졌으면 해서." 그는 '저들'이 세쌍둥이를 지칭하는 말임을 깨달았다. 심지어 게리조차 그 아이들에게 관심을 표명했다. 그의 표현에 따르자면, 그런 것이 "쓰레기 같은 시험관 수정 때문에 싸구려가 되어버린" 시대에 그들은 자기처럼 자연스럽게 만들어진 쌍둥이라는 것이 이유였다. 게리는 이렇게 말했다. "그 녀석들도 우리가 지금 알고 있는 것을 알게 될 거야. 우리 같은 사람들에게 세상이 어떤 곳인지."

마크 스피츠는 아무렇게나 손뼉을 쳤다. 도리스 트로먼하우저는 국제적으로 인정받는 은행의 트렌턴 지점에 숨어서 파멸을 견뎌냈다. 그녀와 함께 은행에 틀어박힌 사람들은 놋쇠 징이 박히고 강화하기 쉬운 은행 정문과 위풍당당한 석조건물을 믿었다. 이 두 가지 모두 고객들이 유리 벽으로 되어 있어서 안이 훤히 들여다보이는 동네 은행보다 쉽게 뚫릴 것 같지 않은 모습을 더 좋아하던 시절의 잔재였다. (현재 벌어지고 있는 일들이 이 두 종류의 은행 중 어느 쪽이 나은지를 놓고 벌어지던 논쟁에 영원히 종지부를 찍었다.) 이 용감한 무리는 가끔 약탈을 하러 밖에 나가는 일을 피할 수 없었기 때문에 점점 줄어들었다.

지금 만둣집에 앉아 있는 사람들은 이렇게 무리의 규모가 무자비하게 줄어드는 과정을 아주 잘 알고 있었다. 마지막까지 남은 사람은 도리스와 어쩌면 세쌍둥이의 아빠일 수도 있는 남자였다. 물론 그도 얼마 뒤에 필요한 물품을 구하려 용감하게 나갈 수밖에 없었다. (이로 인해 그가 정말로 아빠인지 확인할 수 없게 되었다. 유감스럽게도 DNA 검사 또한 불가능했다.) 그는 다시 돌아오지 않았다. 흔한 이야기다. 그 뒤로 도리스가 혼자서 과연 무엇을 먹으며 6개월을 버텼는지는 알 수 없다. 섬유질이 많은 예금 서류나 신용카드 팸플릿을 먹었을까. 그녀는 마침내 '콸콸 흐르는 개울' 캠프에서 나온 정찰대에 구조되었다. 하지만 분만을 이기고 살아남지는 못했다. 세쌍둥이의 상태도 나빴다. 은행 서류에는 신생아의 성장에 꼭 필요한 영양분이 없기 때문이다.

파괴의 한복판에서 태어난 새로운 생명. 옥수수와 아기. 트로먼하우저 세쌍둥이 이야기가 북동부 정착지들로 퍼져나갔다. 이런저런 재건이 이루어지고 있다든가 이미 오래전에 지워졌다고 생각한 먼 나라와 연락이 닿았다는 식의 고무적인 소식들이 퍼지는 속도보다도 더 빨랐다. 생존자들은 심지어 죽음마당이 또 발견되었다는 소식에 기뻐하는 것도 잊고 아기들에게 관심을 쏟았다. 죽음마당이 나타나는 빈도가 점점 높아지고 있었는데, 아직 원인을 알 수 없는 이 현상은 역병의 쇠퇴를 암시하고 있었다. 세쌍둥이 중 핀이 눈을 떴다는 소식 들었어? 샤이엔은 아직 아무 반응이 없다던데. 아직 확실하지는 않지만, 딜런은 심장에 이상이 있는 것 같대. 구멍이 났다나, 혹이 있다나. 마크 스피츠는 그들을 지원하고, 그들을 위해 약탈했다. 그는 세상이 종말을 향해 가고 있어서, 이 행성에 현존하는 인구 중 통계적으로 아무런 의미가 없는 소수가 매일 남들보다 조금 더 심각한 불행을 만나고 있을 때 무엇이든 사람이 할 수 있는 일들을 하고 있었다. 지나치게 마음을 쏟고 싶지는 않았다. 전통적인 종교든 아니든 사람들의 마음을 끄는 종교가 부재하는 이 살생의 시대에 그는 비축 탱크의 효용을 굳게 믿었다. 응급 상황에 대비해서, 감정의 비축 탱크 또한 꽉꽉 채워놓아야 했다. 그래서 마크 스피츠는 이 아기들에게 감정을 조금도 주지 않을 작정이었다. 파괴가 한창이던 1년 전이라면 이 아기들은 눈에 잘 띄지 않는 가련한 각주처럼 스러져갔을 것이다. 잔혹한 일의 목록 중에서도 비중이 너무 작아서 사람들은 너무 많은 비극으로 멍해진 머리를 슬프게 한 번 젓고 말았을 것이다. (게다가 각주라면, 과연 무슨 책의 각주일까. 지금 책을 쓰는 사람은 아무도 없었다. 작가들과 저술가들은 모두 모처럼 세상일에 협력하며 시체 더미에 휘발유를 뿌리는 데 여념이 없었다.) 하지만 지금은 상황이 달랐다. 불사조들에게 이 아기들은 희망이었다. 세쌍둥이가 어려움을 이겨내는 것이 그들에게는 반드시 필요했다. 버펄로가 내일 역병의 백신이나 괴로운 역병의 진행 과정을 되돌리는 법을 찾아냈다고 발표한다 해도, 그들은 여전히 트로먼하우저 세쌍둥이 이야기를 할 것이다.

"우리 모두에게 반가운 소식이지, 틀림없이." 중위가 단조로운 목소리로 말했다. "너희가 배급받은 식량 중 일부를 아기들에게 기증하고 싶다면, 나가기 전에 신청서에 이름을 적으면 된다." 중위는 손가락으로 관자놀이를 누르며 천천히 둥글게 문지르기 시작했다. "확실히 긍정적이고 좋은 소식이 하나 더 있다. USS 인데버호가 무사히 출항해서 정상회담을 향해 가고 있다는 소식이다. 이제 여러분의 무거운 마음도 조금 가벼워지겠지."

인데버호는 핵잠수함이었다. 에어 포스 원이 파괴된 뒤, 각하가 여행하려면 이 잠수함을 이용하는 수밖에 없었다. 누가 그를 비난할 수 있을까.

"놈들을 잡아버려, 지나!" 게리가 고함을 지르자 다들 껄껄 웃어댔다. 지나 스펜스는 정상회담에 파견된 이탈리아 특사였다. 재앙이 벌어지기 전, 그녀는 재치 있고 솜씨 좋기로 유명한 포르노 스타였다. 전세계에서 성인 사이트 검색 순위 25위 안에 들 정도였다. 팬들도 있었다. 한번 그 업계에서 은퇴했던 그녀는 세상의 종말 앞에서 컴백했다. 이 영웅담에서 다른 사람들은 모두 청중 겸 조역이었다. 그녀의 이야기는 지금도 진행 중이었다. 일간신문들의 방해로 바지 앞섶에 기록되고 있기는 하지만. 지나는 이탈리아가 망령들과 맞서는 동안 내내 벌어진 일련의 액션 장면에서 자기 몫의 스턴트를 해냈다. 어디까지 믿어야 할지 알 수 없는 이탈리아의 역경들 중에서 예를 들자면, '공포의 협곡에서의 조우'와 전설적인 '형편없는 놈들의 매복 작전' 등이 있다. 유럽 강대국들과 통신이 재개되면서 그녀의 위업이 조금씩 새어 나왔다. 그리고 그녀는 노력의 대가로 조국의 임시정부에 참여하게 되었다. 요즘은 임시정부가 진정한 거물이었다. 웅장한 구식 스타일의 국제적인 유행 같은 것이라고 할 수 있었다.

사회는 자신에게 필요한 영웅을 만들어낸다. 지나가 바로 그런 사람이었다. 역경 속에서 떠오른 그녀는 새로이 정의된 용맹함과 수완이라는 기준에 따라 남들이 우러러보는 자리에 올랐다. 모든 대륙, 필요한 것이 고갈된 모든 나라에서 이런 영웅들이 평범한 사람들 가운데서 나타났다. 미시간 호수에서 마분지 뗏목을 타고 6개월 동안 떠다니며 캐슈너트 한 상자로 목숨을 부지한 데이브 피터스의 이야기에 열광하지 않은 미국인이 어디 있을까. 그는 망령들이 우글거리는 호숫가에 뗏목이 너무 가까이 다가가면 마구 노를 저어 멀어졌다고 했다. 곡물 사일로로 요새를 만들어 살아남은 윌헬미나 고다이바의 이야기에도 모두가 열광했다. 그녀는 녹슨 갈퀴 하나만으로 사투를 벌이며 메릴랜드의 정착지까지 도달했다. 그 갈퀴는 지금 '승리의 검' 캠프 정문 위에 고이 모셔져 있었다. 물론 그녀는 제정신을 잃어버렸지만, 그래도 무사히 빠져나왔다. 그녀의 추종자들은 그녀를 돌보며, 디지털녹음기를 향해 예언을 중얼거리는 그녀의 입가에 매달린 침을 닦아주었다. 바다 건너편의 지나 스펜스는 이탈리아 남부에서 수색 및 섬멸 작전을 지휘하면서 세계적인 화제의 인물이 되었다. 사람들은 폐품 더미 속에서 건져 와 모기를 쫓기 위해 켜놓은 양초 옆에서 그녀의 이야기를 소곤거렸다. 그렇지 않아도 극단적인 일들이 벌어지고 있는 세상에서 터무니없을 정도로 극단적인 상황에서 살아 나온 사람의 이야기가 믿기 힘들면 힘들수록, 그 사람의 명성은 더욱 높아졌다. 지나는 몇 번 화려한 살육을 벌였다. 그래서 확실히 팬을 거느리고 있었다.

"앞으로도 계속 관련 소식을 전해줄 것이다, 당연히." 중위가 말했다. 이제 맨해튼 외부에서 다시 뉴스가 날아오려면 다음 주까지 기다려야 했다. 중위는 대원들에게 새로 그리드를 할당해주었다. 그리고 평소처럼 말을 맺었다. "이제 훌륭한 불사조답게 얼른 뛰어가." 그가 불사조라는 은어를 냉소적으로 발음하자 다들 히죽 웃었다. 일부러 격의 없이 구는 중위의 태도 덕분에 대원들은 현장에서 위안을 얻었다.

그래도 한 명은 재건에 힘쓰고 있다는 위안이었다. 그는 버펄로에서 추상적인 소리를 해대고 있는 사람들 속의 진짜 인간이었다.

대원들은 해산했다. 이제부터 각자 알아서 할 일이었다. "우린 미리 준비 같은 건 안 할 거야." 오메가 팀과 함께 만둣집을 나서며 게리가 말했다. 옛 대원들이 들을 수 있을 만큼 그가 일부러 목소리를 높였음을 마크 스피츠는 알아차렸다. 과거 모든 것이 멈춰버린 음울한 시기에 그들에게 쌀을 강탈당한 얼간이들처럼 도무지 동료로서 믿음직하지 않은 인간들과 한 팀이 되었지만, 게리 자신은 하나도 변하지 않았음을 그들에게 보여주기 위해서였다.

"난 할 거야." 케이틀린이 말했다. "난 학생회 총무로 두 번이나 선출된 사람이야." 마크 스피츠는 적의 이빨에 깨물린 사람처럼 부르르 떨었다. 민망한 기색이라고는 조금도 없이 저런 말을 하다니. 심지어 자랑스럽게 말하다니. 재앙 이후 '학생회 총무'라는 말을 저렇게 하는 사람이 어디 있다고. 그것은 반쯤 기억 속의 존재가 되어버린 자장가와 같았다. 젊은 엄마가 이글거리는 여름날 아기를 향해 고개를 숙이고 다정하게 불러주는 노랫소리가 거리로 새어 나오던 기억. 그것은 순수함을 되살리는 소리였다. 학생회 총무라니. 마침 보기 드물게 구름 속에서 해가 나오는 바람에, 그 효과가 더욱 강해졌다. 장벽까지 거리가 겨우 몇 블록밖에 되지 않는데도, 하늘에는 재가 그리 많이 떠 있지 않았다.

마크 스피츠는 전에 이곳에 와본 적이 있었다. 옛날의 그 차이나타운은 아니었지만, 그의 머릿속 구석진 곳에서 과거의 영상들이 점점 선명해지더니, 옛 차이나타운과 새 차이나타운 사이의 거리가 0으로 줄어들었다. 구불구불한 길들은 군용차량이 지나갈 수 있게 깨끗이 정비되었고, 병사들이 서서히 걸어서 순찰을 돌면서 우스갯소리를 주고 받았다. 가게 간판의 엉터리 영어를 보고 그럴듯한 말을 하기도 하고, 그날 아침에 수송차량을 타고 도착한 여성 상병의 매력을 놓고 왈가왈부하기도 했다. 제1구역에서 이 지역은 현재 뉴욕에서 가장 분주한 곳이었다. (사람이 아직 사람으로 있는 지역의 거리들 중 가장 분주한 곳이라고 해야 할 것이다. 그는 아직 숫자가 파악되지 않은 무리들이 아무 생각 없이 건들건들 돌아다니는 업타운 구석에서 슬금슬금 다가오는 그림자를 생각했다.) 보병과 장교, 수색대원과 기술자가 때가 전혀 묻지 않은 새 작업복을 깔끔히 차려입고 돌아다녔다. 구멍이 뚫리거나 찢어지지 않고 마찰에도 강한 새 망사로 만든 최고급 작업복이었다. 그들은 갖가지 고리와 죔쇠 등이 달린 실용적인 조끼에 무기를 착착 집어넣은 차림으로 사람들이 도시에 왔을 때 하는 일, 즉 임무 틈틈이 숨을 고르는 일을 하고 있었다. 이런 것이 인생이었다.

어렸을 때 마크 스피츠는 혼란스러운 분위기와 해적판을 좇아 차이나타운을 돌아다녔다. 그리고 매번 이곳의 혼잡스러운 모습에 압도당했다. 나소 카운티 출신의 많은 아이들이 그랬던 것처럼. 롱아일랜드에 살면서 나선형으로 뻗은 고속도로를 오가던 어린 시절에 수많은 사람들이 밀치락달치락하며 시끄럽게 떠들어대는 차이나타운만큼 현기증을 일으키는 곳은 없었다. 800미터쯤 되는 거리 안에 말도 빠르고, 걸음도 빠르고, 남을 괴롭히는 데 열심인 뉴욕 사람들의 전형적인 모습이 강렬하게 정제되어 있었다. 너는 여기에 어울리지 않아. 이 괴물이 널 삼켜버릴 거야. 새로이 정비된 제1구역의 북쪽 끝에 위치한 이곳 만둣집 앞에 펼쳐진 작은 혼돈(보급 트럭이 갑자기 울려대는 경적

소리나 지프의 내연기관이 거꾸로 타는 소리 같은 것)은 희망의 소리, 문명이 납골당에서 빠져나오는 소리였다. 예전 차이나타운의 혼란이 이 도시 전체의 분주함이 응축된 형태였다면, 지금 몇몇 거리에서 들려오는 그때 그 혼란의 메아리는 사라진 질서가 다시 확립될 수 있을지도 모른다는 희망을 보여주었다. 그들이 각자 수행하는 임무에 대해 믿음을 갖는다면 아마 그렇게 될 것이다. 하지만 적어도 마크 스피츠가 살아 있는 동안 이 동네가 다시 예전처럼 혼란스럽고 활기차게 변하지는 못할 것이다. 그래서 트로먼하우저 세쌍둥이와 그들의 가족, 다시 인구를 늘려줄 아기들, 태아들이 필요했다. 하지만 마크 스피츠는 자신들이 재건해야 하는 새로운 도시의 일면을 순간적으로 언뜻 본 것 같았다.

오메가 팀은 다음 작전지로 할당된 체임버스×웨스트 브로드웨이, 그리드 98, 주택가/상업지구 혼합지역을 향해 걸어갔다. "여긴 전부 엘리베이터가 없어." 마크 스피츠가 말했다.

"주차장이 조금 더 있어도 괜찮을 텐데." 게리가 말했다.

"아니면 큰 주유소가 있거나." 케이틀린이 말했다.

주차장은 공짜 경품 같았다. 모두들 그 주에 할당된 그리드의 가슴팍에 아늑하게 들어앉은 거대한 주차장에는 결코 손대지 않았다.

"대략 1.5킬로미터야." 게리가 말했다.

"20블록이지." 마크 스피츠가 정정했다.

"킬로미터야."

"블록이야."

"킬로미터라니까." 웨스트 브로드웨이를 향해 계속 행군하면서 게리가 말했다. "우리는 그놈의 아르마딜로가 싫어. 요람에 있을 때부터 징그러웠어."

케이틀린은 우스꽝스러운 수첩에 별로 신경 쓰지 않았다. 오히려 동료들을 자신의 어린 시절 이야기 속으로 끌고 들어갈 수 있는 기회를 반가워했다. "옛날에 나는 그 시리즈를 전부 갖고 있었어. 전부 갖고 있었다고." 케이틀린은 유년 시절의 유물인 갖가지 값비싼 물건들, 포스터, 플라스틱 모형 등을 줄줄이 열거했다. 남자답지 않은 아르마딜로 브랜드의 수많은 제휴 상품들이었다. 게리가 고향의 흔적을 손톱 밑에 숨겨서 몰래 들여왔다면, 이 팀의 대장인 케이틀린은 엉뚱한 대화 주제나 억양 속에 고향의 모습을 실을 줄 알았다. 그녀의 말을 듣고 있으면, 그들 세 사람이 모두 이 죽은 도시에서 어디론가 휙 실려 가서 옛날 그녀의 가족들이 타던 미니밴을 타고서 밝고 화려한 과거 속을 덜컹덜컹 달리는 것 같은 기분이 들었다. 쇼핑몰 식당가 한복판의 분수대 옆에서 친구들과 만나거나 최신 3D 히트작을 사기 위해 줄을 서려고 가는 길이라고 해도 될 것 같았다.

케이틀린의 고향 사람들은 고상함이라는 달콤한 열매를 먹고 살았다. 마크 스피츠는 케이틀린의 과거를 완전히 파악하지 못했지만 계속 노력하는 중이었다. 그녀는 중서부의 신성한 지역, 그러니까 중상층이 만들어낸 비폭력 왕국의 잉태 수조 속에서 생명공학 기술로 만들어졌다. 하지만 지금 여기에서 그녀는 헬멧 밖으로 긴 곱슬머리가 늘어진 머리를 한쪽으로 살짝 기울인 채, 통신기를 통해 지시를 재차 확인하며 칼에 엉겨 있는 핏자국을 무심히 닦아냈다. 컴퓨터와 연결된 스피커에서 성별이 모호한 가수의 노래가 흘러나오는 가운데, 기숙사에서 즐겨 입고 돌아다니는 트레이닝복 바지 차림으로 같은 대학 여학생회 소속인 친구의 머리를 땋아주고 있어야 마땅할 텐데. 물론 그녀는 학생회 총무로 두 번이나 선출된 적이 있었다. 그런 걸 거짓말로 꾸며낼 리가 없었다.

만약 오메가 팀이 해파리 무리 같은 뇌 조각들 속에 거의 발이 파묻힌 채로 멋진 미용실 안에 줄줄이 늘어선 헤어드라이어 앞에 서 있다 해도, 케이틀린은 쾌활하게 수다를 떨어댈 것이다. 어렸을 때 여름마다 할아버지의 오두막에 가서 "다들 하는 일을 했어. 알잖아. 말도 타고 수영장 감시원도 하고." 아니면 "영원한 절친 에이미랑 조던"과 함께 아이스크림 가게에서 아르바이트를 해서 화장품을 살 돈을 벌었다든가. 그럴 리가 없다고? 마크 스피츠는 분명히 알 수 있었다. 케이틀린은 상상력이 풍부하고 사려 깊은 여러 생일파티 이야기를 가차 없이 늘어놓았다. 그녀의 부모가 그토록 생각이 깊은 사람들이었다는 사실은, 부모 세대가 자식 세대에게 내려준 축복이었다. 매년 생일파티는 1년 전의 생일파티를 뛰어넘어 완벽에 가까워졌다. 언젠가 완벽한 생일파티가 실현된다면, 부르주아 유토피아라는 최고의 새 시대가 열릴 터였다. 그들은 멋진 생일파티를 위해 열심히 계획을 짜고, 새로운 마술을 개발한 새 마술사에게 이메일로 연락을 취했다. 어느 날 밤 그는 그들이 그토록 열심히 노력해서 실현하고자 한 것이 어쩌면 유토피아가 아닐 수도 있다는 생각이 들었다. 게다가 역병을 불러들인 사람이 바로 케이틀린 본인이었다. 완벽했던 마지막 생일파티에서 그녀가 케이크를 자르려고 처음으로 칼을 대는 순간 역사가 종말을 고했다. 그녀는 구시대의 촛불을 끄고, 공룡들의 천국을 지워버리고, 커다란 빙상이 바닥을 긁으며 나아가게 했다. 피를 흘리는 사람들이 급속도로 늘어나면서 광기가 찾아왔다.

마크 스피츠는 케이틀린과 함께 맨해튼을 걸으면서, 사라져버린 그 세계에서 꾸준히 날아오는 연락을 받았다. 비바람에 시달려 흐릿해졌어도 아직 읽을 수 있는 수준이었다. 과거의 그 세계는 그녀의 마음속에, 차이나타운의 그 손톱만 한 혼란 속에 끈질기게 살아 있었다. 그녀가 숨을 쉬는 한, 그녀와 비슷한 다른 사람들이 숨을 쉬는 한, 어쩌면 그 세계가 돌아올지도 모르는 일이었다. 오메가 팀이 근무를 끝내고 밤에 긴장을 풀고 있을 때, 케이틀린은 수송기를 가동해 정상적인 사회의 순박한 물건들을 야영지로 불러왔다. "옛날에 모의 유엔 회의에서 우리가 일과 후에 화재경보를 울린 적이 있었어. 미시간에서 온 잘생긴 남자애들이 잠옷을 입은 모습을 보고 싶었거든." 게리와 마크 스피츠는 기가 막힌 표정으로 시선을 교환했다. 지금까지 갖은 꼴을 다 보았는데도, 이런 별난 구석이 고스란히 남아 있는 것이 놀라웠다.

케이틀린은 그날 살아남았다. 마크 스피츠처럼 어리바리한 인간이 그날 수많은 위협 속에서 휘청거리며 어떻게 무사히 살아 나왔는지 게리가 도무지 상상하지 못하는 것처럼, 케이틀린의 생존기도 상상할 수 없었다. 남녀를 막론하고 포트 원턴 사람들은 모두 케이틀린을 처음 만났을 때 그녀의 쾌활한 웃음소리를 듣고 인지부조화를 경험했다. 하지만 그녀 역시 모두들 어쩔 수 없이 겪은 일들을 똑같이 겪었다. 사냥감이 되어 쫓기다가 도망치기도 하고, 남을 죽이기도 하고, 그들이 죽임을 당하는 모습을 지켜보기도 했다. 모두 예전에 같은 여학생회에서 활동하던 친구들이나 토론 파트너로 만난 이들이었다. 그녀가 지금까지 이만큼 버텨낸 것을 보면, 그녀의 부모가 그녀를 기르면서 단순히 밝은 면만 가르친 것은 아닌 모양이었다. 그녀는 살아남았다. 그래서 지금 여기 제1구역에 있었다. 예전에 그녀의 삶이 어땠는지는 전혀 상관없었다.

과학자들은 수색대가 수집한 데이터를 작은 조각들로 이루어진 지도에 덮어씌워서 미래를 예언하고 싶어 했다. 케이틀린이 들려주는 과거 이야기는 재앙 위에 덮어씌워진 또 하나의 자료였다. 그들에게 과거 세상의 모습을 되새겨주는 자료. 사람들은 각자 자기들의 굴속에서 자기들의 도구로 미래를 위해 땀을 흘렸다. "우리가 내일을 만든다!" 구세계를 거칠고 폭력적인 재앙 너머의 안전한 곳까지 운반할 목적이 아니고서야, 그들이 왜 지금 여기 맨해튼에 있겠는가. 마크 스피츠는 속으로 자신에게 물었다. 이런 주장을 믿지 않는다면, 너는 왜 지금 여기 있는 건가.

* * *

오메가 팀은 인사부 사무실에서 작전을 끝냈다. 사무용 건물의 사무실 한 곳만을 대상으로 한 작업이라는 점을 감안하면, 평소보다 더 규모가 크고 번잡한 작전이었다. 병에 걸려 미쳐버린 괴물 넷이 한방에 있었다. 붙박이 망령을 처리하는 임무의 수준을 넘어서는 일이었다. 특히 해병들이 이미 이곳을 무서운 기세로 휩쓸고 지나갔음을 감안하면 더욱 그러했다. 마크 스피츠에게 힘에 부치는 일은 아니었지만, 몇 달 동안 붙박이 망령들을 쓰러뜨리며 지낸 탓에 실력이 줄어든 것 같아서 화가 났다.

평균적인 해골과 붙박이 망령은 달랐다. 대부분의 해골들은 움직였다. 그들은 사람을 먹으려고 다가왔다. 온몸을 다 먹어치우려는 것은 아니고, 역병을 감염시킬 수 있을 만큼 여기저기서 한 입씩 살을 떼어 먹었다. 그런 녀석들의 발목을 자르고 다리를 자르면, 놈들은 쪼개진 손톱으로 바닥을 긁어 힘겹게 앞으로 나아가며 이를 갈았다. 어떻게든 상대의 발목을 후려쳐서 쓰러뜨리려는 수작이었다. 해병들이 이런 놈들을 대부분 제거하고 난 뒤에 수색대가 투입되었다.

붙박이 망령들은 움직이지 않았다. 민간인으로 이루어진 수색대에게 알맞은 타격 목표가 된 이유도 그것이었다. 그들은 도무지 종잡을 수가 없었다. 기능이상을 일으킨 모습도 그렇고, 안전구역과 그 너머까지 나타나는 장소들도 그랬다. 불가사의한 손이 팔다리의 위치를 잡아준 마네킹 군단 같았다. 역병을 모르는 전직 정신과의사가 자신의 일에 필수적인 긴 의자에 앉아 받침대에 발을 올려놓은 채로, 멍하니 환자를 기다리고 있었다. 환자는 언제나 약속 시간에 늦었다. 만약 환자가 온다면, 항상 이렇게 지각하는 이유를 풀어내는 데에만 많은 시간이 걸릴 것이다. 하지만 환자는 오지 않았다. 지각이 습관이 된 사람일 수도 있고, 이미 죽어버렸을 수도 있고, 도끼 하나만 들고 괴물들에게 쫓기면서 늪을 지나고 있을 수도 있었다. 얼굴에 얽은 자국이 있는 신발 가게 부점장은 발 크기를 재는 도구 앞에 웅크린 채 꼼짝도 하지 않았다. 손님은 하나도 없었고, 벽에는 작은 플라스틱 선반에 수많은 신발들의 왼쪽 한 짝만이 줄줄이 전시되어 있었다. 비타민 상점의 점원은 풍요 속에서 고갈된 채로 진열대 사이에서 꼼짝도 하지 못했다. 진열대의 작은 병들에는 젤 속에 들어 있는 고대의 치료제와 플라시보약이 가득했다. 꽃집 주인은 도시형 식물이라고 표시된 화분의 흙 속에 손가락을 담그고 있었다. 이 웅장한 섬의 주민들은 모두 햇빛이 그리 많이 필요하지 않아서 군건히 실내를 지키는 사람들이었으므로, 그 화분도 꽃집을 찾는 손님들과 같았다. 어떤 남자는 자메이카 국기 색깔로 몸을 감싸고 마리화나용 물파이프, 그 최고급 환각제 장치 옆에서 어슬렁거렸다. 공기를 빨아들이는 최신식 방법에 따라 구멍이 숭숭 뚫린 무지개색 공 모양 장치였다. 연기나 불길은 보이지 않았다. 황량한 가전제품 전시장에서 고객에게 값비싼 제품을 권하던 판매원은 말을 하다 말고 그대로 얼어붙었다. 비싼 제품이든 아니든 물건을 살 생각도 없고 아예 이곳에 있지도 않는 회의적인 얼간이 고객에 대해 정신분석을 실시하고 있는 것 같았다. 선글라스 가게에서는 어떤 남자가 유리 카운터 위의 거울을 향해 몸을 구부리고 있었다. 그의 손가락은 보이지 않는 선글라스의 다리를 붙잡은 채였다. 어두운 탈의실에서는 어떤 여자가 웨딩드레스를 품에 안고 기대감이 최고로 치솟은 순간을 한없이 재현하고 있었다. 복사기 뚜껑을 연 채로 굳어버린 남자도 있었다. 다른 누군가가 그들을 우연히 발견하더라도 그들은 움직이지 않았다. 그들은 새로 나타난 다른 누군가의 존재를 알지도 못했다. 그저 자기들이 하던 일만 계속할 뿐이었다.

어느 날 아침 마크 스피츠는 머리가 텅 비어버린 채로 대형 햄버거 체인점의 튀김대 앞에 서 있는 가엾은 녀석을 우연히 발견하고 일반적인 원칙에 따라 그에게 총을 쏘아야 했다. 하고많은 일감 중에 하필 튀김을 고르다니.

그들이 집 안에 있을 때는 안전했다. 텔레비전 앞에 그들이 북적북적 모여서 전기가 다시 들어올 때까지 시간을 보내고 있었다. 문제가 해결되어, 프로그램이 멈췄던 지점부터 다시 시작될 때까지. 세상의 모든 시간이 그들의 것이었다. 그들의 삶은 같은 동작이 한없이 반복되는 고리와 같았다. 그들의 인생에서 남은 것은 한없이 계속되는 이 단속적인 순간뿐이었다. 욕실에서는 수량을 다양하게 조절할 수 있는 샤워꼭지 앞에 옷을 완전히 입은 사람이 서 있었다. 청소기가 닿기 힘들기로 유명한 구석진 곳과 구겨진 커튼을 향해 진공청소기를 기울이고 있는 사람도 있었다. 계절에 맞지 않는 두툼한 이불과 담요 밑에는 의미를 알 수 없는 지난겨울의 흔적이 있었다. 게임기에 디스크를 넣다가 멈춘 사람. 요가 매트 위에서 두 다리를 쫙 벌린 사람. 그릇에서 시리얼을 숟가락으로 푸다가 멈춘 사람. 죽어버린 인터넷 세상을 돌아다니는 사람. 하품하는 사람. 기지개 켜는 사람. 치실로 이를 청소하는 사람. 자기 집에서 혼자 긴장을 풀고 있는 사람.

그들의 주거지가 오메가 팀에게는 제1구역이었다.

인사부 사무실에서 게리는 망령의 지갑을 찾아내서 그들의 나이를 소리 내어 읽었다. 귀찮아서 이름은 읽지 않았다. 이름 따위에 신경 쓰는 사람은 아무도 없었다. 오메가 팀에 속한 그들도, 저 위의 높은 사람들도. 그들이 최후의 밤부터 곧바로 망령들의 기록을 작성한 것이 아니므로, 이제 와서 이름을 밝힌들 의미가 없었다. 그보다는 산 자들의 기록을 작성하는 편이 더 쉬웠다. 우선 작업 대상의 수가 적었고, 생존자 명부가 신성한 기록부로 떠받들어지고 있는 상황이므로 질책당할 우려가 없었다. 그들은 힘든 일을 감내했다. 보급선이 끊어지고, 난민들이 괴멸되는 일들. 요즘은 이런 일이 그리 많지 않지만, 정부가 없던 중간 공백기에는 모두들 은신처를 잘못 찾아 들어갔다가 도망쳐야 하는 일이 빈번했다. 하지만 하루하루 무슨 일이 벌어지든, 생존자들의 이름은 통신선을 통해서, 또는 종이에 갈겨쓴 형태로, 또는 위험한 곳에서 도망쳐 온 무리의 대표가 지친 목소리로 꺼내놓는 기억을 통해서 안전한 구역들 안으로 꾸준히 흘러 들어왔다. 자신들이 살아 있다고 외쳤다.

케이틀린은 게리에게 신분증 확보를 맡겼다. 마크 스피츠가 그 일에 반감을 품은 것을 몇 그리드 전에 알아차렸기 때문이다. 그는 사람들의 지갑과 가방을 뒤지는 일 앞에서 주춤거렸다. 지갑과 가방 안에는 망령들의 세계가 너무나 많이 떠다니고 있었다. 신분증 파편들, 21세기의 삶을 보여주는 잔해들이 갖가지 지갑과 가방의 바닥으로 살살 가라앉았다. 그들이 지구상에 잠시 살았음을 보여주는 흔적들이 마크 스피츠를 기다렸다. 다시는 만들어지지 않을 립밤과 향기 나는 껌, 예전에는 놀림의 대상이었지만 이제는 그들에게 한때 얼굴이 있었음을 보여주는 유일한 증거인 운전면허증의 사진, 아이들과 집에서 기르는 개와 남자 친구의 스냅사진, 혹시 몰라서 가지고 다니는 탐폰. 텅 비어버린 아파트의 열쇠는 모두 피칠갑이 되어 있고, 아파트 안에서는 연인들이 카펫 위에서 썩어갔다. 이 세상에 생존자 외에 다른 형태의 사람들이 살았음을 보여주는 화석 증거였다.

이런 유물들을 만질 때마다 그는 구역질이 났다. 가장 최근에 나타난 PASD의 증상이었다. 그가 처음 이 병에 걸렸을 때, 그의 팀은 파티용품점 수색을 막 끝낸 참이었다. 브로드웨이에서 임대료가 싼 곳으로 쓸려 나간 잡화점 체인 리드의 좁은 구석에 자리 잡은 가게였다. 파티의상들이 먼지를 뒤집어쓴 채 매달려 있는 모습이 고리에 걸어둔 고기 같았다. 카우보이 의상, 폭발적인 흥행을 기록한 공상과학 영화 3부작의 로봇 의상, 어느 종족의 것인지 알 수 없는 어린이 프로그램의 마스코트 의상, 추파를 던지듯 얼굴을 간질이는 용도로 긴 꼬리가 달린 정글 짐승의 의상. 왕국 여러 개를 차리고도 남을 듯한 공주 의상과 조립라인에서 찍어낸 플라스틱 장식품, 그리고 절대 빠져서는 안 되는 외설적인 간호사 의상이 죽어버린 공기 속에 매달려 있었다. '화기 엄금' '놀이용으로만 사용하시오' 같은 말들. 가면은 한국산이었다. 대통령, 유명 영화배우, 대량 학살자 등 전 세계 사람들에게 널리 알려진 서구의 얼굴들이 한국에서 만들어져 다시 서구로 배달되었다. 가면의 고무줄은 가면을 쓰고 5분 만에 필연적으로 끊어지고 말았다. 그런 식의 접붙이기는 성공할 수 없었다.

게리는 그 파티용품점 바닥에 쪼그리고 앉아 염소 모양의 피냐타(파티 때 아이들이 눈을 가리고 막대기로 쳐서 부수게 만들어 놓은 통. 안에는 장난감과 사탕이 가득 들어 있다) 배를 칼로 잘라 열었다. "이런 사탕을 계속 만들고 있는 줄은 몰랐네."

마크 스피츠는 장갑을 벗고 사탕 몇 개를 손 위에서 굴렸다. 그가 한번도 이름을 들어본 적이 없는 과일 향이 나는 사탕이었다. 습도가 높은 먼 곳 어딘가의 정글에서 자라는 과일이었다. "그건 네가 태어나기도 전부터 그 안에 있던 거야." 그가 말했다.

케이틀린은 게리의 손에서 피냐타를 부드럽게 가져왔다. "피곤해. 애들을 데리고 다니느라."

게리는 오랜 시간 힘든 일을 하고 나면 당분이 필요하다고 말했지만 거절당했다. 케이틀린은 수첩을 꺼냈다. "마크 스피츠?"

그는 괴물의 신분증을 찾아다니고 있었다. 사람들은 대개 붙박이 망령이 익숙한 장소에 나타난다고 알고 있었다. 장소에 대해서는 고민의 여지가 없었다. 붙박이 망령이 있는 곳이 바로 그 장소였으니까. 하지만 그들이 거기에 있는 이유는 언제나 불분명했다. 줄지어 늘어선 헬륨 탱크 옆에서 발견된 해골의 경우. 밸브에 손을 대기 직전에 멈춘 그녀는 고릴라 의상을 입고 있었다. 하지만 그녀의 몸이 쪼그라들면서 의상이 어깨에서 흘러내렸다. 고릴라의 머리는 어디로 갔는지 보이지 않았다.

그는 몹시 피곤했다. 지금까지 고층 건물 두 군데를 연달아 수색하면서 많은 망령들을 처리한 탓이었다. 그래도 조사를 하지 않을 수는 없었다. 이 괴물이 왜 하필 이 가게의 이 지점에 잠복하고 있었을까? 현금등록기 옆 벽에 영업개시 첫날 받은 행운의 지폐들과 나란히 덩치 큰 남자의 사진이 테이프로 붙여져 있었다. 그를 에워싼 아이들은 모두 웃는 얼굴로 그가 아이들의 손이 닿을락 말락 한 높이로 들고 있는 사탕 봉지를 향해 손을 뻗었다. 그 남자가 이 가게의 주인이라고 해두자. 마크 스피츠는 그 붙박이 망령의 얼굴을 없애버리기 전에 이 남자와 닮은 구석을 하나도 찾아내지 못했다. 그렇다면 그녀는 이 남자의 아내였을까? 이곳의 직원이거나 전직 직원? 만약 그렇다면 역병 이후 과연 무엇이 그녀를 이곳으로 불러들였을까? 그녀가 입은 의상도 수수께끼였다. 그녀는 고릴라 의상을 입은 상태로 감염된 걸까, 아니면 병세가 점점 깊어가는 와중에 그 옷을 입은 걸까? 후자의 경우라면 왜 하필 그 옷을 수의로 선택했을까? 역병 이전에는 누군가가 고릴라 의상을 입고 거리를 활보하더라도 사람들이 이상하게 생각하지 않았을 것이다. 맨해튼은 맨해튼이니까. 역병 이후에는 그런 광경이 이미 세상을 휩쓴 섬뜩한 공기를 아주 조금 더 부추길 뿐이었다. 그녀가 헬륨 탱크 옆에서 밸브에 손을 대려고 했다는 사실 또한 의문을 더욱 복잡하게 만들었다. 마크 스피츠가 그녀의 머리를 총으로 쐈을 때 그녀는 탱크를 안고 쓰러졌다. 탱크가 바닥에 닿으면서 난 소리는 이 고요한 도시에서 그들이 몇 주 만에 처음으로 들은 큰 소리였다. 그들은 화들짝 놀랐다.

마크 스피츠는 지갑을 찾아보려고 고릴라 의상의 지퍼를 열었다. 해골은 알몸이었다. 몸 곳곳이 역병의 갈색 반점들로 얼룩덜룩했다. 팔뚝에 사과 크기의 살점이 떨어져 나간 자국이 있었다. 그녀의 이전 삶에 대해 안다면 그녀가 여기까지 와서 이 옷을 골라 입은 이유를 짐작할 수 있을지도 모른다. 하지만 그녀가 어떤 사람인지 말해줄 사람이 하나도 없었다. 마크 스피츠의 총알은 그녀의 목 위에 있던 것을 유독성 액체, 물렁뼈, 뼛조각으로 완전히 바꿔놓았다.

케이틀린이 마크 스피츠에게 신원확인을 위해 가게 뒤쪽으로 가서 면허증 같은 것을 찾아보라고 제안했다. 그는 가게 구석으로 들어갔다. 거리에서 새어 들어오는 빛이 하나도 없어서 헬멧의 전등을 켰다. 사무실은 도시의 작은 업체 사무실이 흔히 그렇듯이 어지럽게 흐트러져 있었다. 송장과 재고, 수십 년 분량의 세금 환급 자료 등이 쌓이고 쌓여서 요새를 이루었다. 그 안에 있으면 안전할 것 같은 기분이 들 정도였다. 헬멧 불빛이 서류함과 계절상품 상자들을 훑었다. 플라스틱으로 만든 부활절 달걀과 호박 등불이 매달린 장식 리본도 있었다. 여자의 옷은 보이지 않았다. 다른 단서도 없었다. 그 순간 그는 울고 있었다. 손가락이 조개처럼 구부러져 얼굴을 덮고, 입으로 스며 들어오는 콧물이 달콤했다.

그다음에 사건 보고서를 작성해야 하는 일을 맡았을 때, 마크 스피츠가 뒷걸음질을 치자 결국 케이틀린이 그를 임무에서 빼주었다. 그의 신경이 손상되어 밖에서 입력되는 정보가 안으로 뚫고 들어오지 못했다. 그의 인식범위 가장자리에서 세상이 머뭇거렸다. 단어가 잘 생각나지 않아서 다른 사람들과 이야기를 나누기가 힘들 때도 있었다. 마치 눈에 보이지 않는 막 같은 것이 그와 세상 사이를 가로막고 있는 것 같았다. 감정적인 표면장력 막이라고나 할까. 이런 증세가 그에게만 유일하게 나타난 것은 아니었다. "생존자들은 새로운 애착을 형성하지 못하거나 형성하는 속도가 느리다." 이것이 최신 진단 결과였다. 하지만 냉소적인 사람이라면, 그저 현대적인 삶의 일면이 역병에 맞춰 조정되거나 더 강화되어 나타난 것에 불과하다고 생각할지도 모른다.

현학적인 전문용어들이 되살아났다. 흙 속에서 새로운 전문용어가 나타나 시대정신을 향해 꽃잎을 살짝 기울인 모습만큼 세상이 다시 젊어져 에덴으로 회귀했음을 보여주는 강력한 증거가 어디 있을까. 잡다한 분야의 전문가들은 차분해진 최근의 분위기 속에서 자신의 전문직업을 되찾은 덕분에, 사람들을 보호하고 관리하는 임무에서 벗어나 최고위층들이 사는 버펄로행 표를 얻고 싶어 했다. 빈틈없는 심리치료사로, 재앙이 벌어지기 전에 '인간의 불행에 대한 허카이머 해법'을 알려주는 자기개발서로 거액을 번 닐 허카이머 박사가 커다란 반향을 일으킨 전문용어 PASD를 들고 나왔다. '종말 후 스트레스 장애(Post-Apocalyptic Stress Disorder)'의 머리글자를 딴 이름이다. 닐 허카이머 박사는 이 병명을 만들어낸 직후 버펄로행 헬기에 올랐다. 헬기가 하늘 높이 사라져갈 때 그가 자그마한 창문을 통해 '캠프 엘도라도'의 동료들을 향해 힘차게 엄지손가락을 들어 보이는 모습이 포착되었다. 마크 스피츠는 식당 천막에서 사람들이 완두콩 수프를 먹으며 그 병에 대해 재잘거리는 것을 들었다. 장갑을 씌운 보급용 트럭을 타고 여기 저기 흩어진 캠프를 돌아다니며 열심히 달려드는 생존자들에게 분유와 비타민 보충제 상자를 나눠줄 때도 역시 그런 이야기들이 들려왔다. 모두 PASD를 앓고 있다는 이야기였다. 허카이머는 생존자의 75퍼센트가 그 병을 앓고 있다고 보았다. 나머지 25퍼센트는 그 전에 이미 앓고 있던 정신병에 휘둘리는 사람들이었다. 그들의 정신병은 물론 대재앙으로 인해 더욱 악화된 상태였다. 다시 말해서, 세상 사람들 100퍼센트가 미쳐 있다는 얘기였다. 맞는 말인 것 같았다.

버펄로는 〈PASD를 견디며 사는 법〉이라는 팸플릿을 작업지시서, 이 빈곤의 시대(괴혈병이 다시 등장하고 있었다)를 위한 식단 지침서, 새로운 재건 작업에 대한 기밀 보고서 등과 함께 캠프들로 내려보냈다. 사람들은 이 팸플릿을 침상과 식당 의자에 그냥 놓아두고 돌아다녔다. 버펄로는 생존자 명부를 갖고 있었으므로, 이 팸플릿을 정확히 몇 부나 인쇄해야 하는지 알고 있었다. 마크 스피츠는 변소에서 이 문서에 대해 곰곰이 생각해보았다. 전문가들에 따르면, PASD의 증상으로는 슬프거나 불행하다는 느낌, 아주 사소한 일로도 짜증을 내거나 좌절하는 것, 평범한 활동에 관심을 잃거나 즐거움을 느끼지 못하는 것, 성욕 감소, 불면증이나 지나친 수면, 식욕 저하로 인한 체중감소나 식탐으로 인한 체중증가, 환상이나 회상을 통해 고통의 순간을 다시 생생히 경험하는 것, 흥분이나 초조, 쉽게 화들짝 놀라는 것, 사고능력이나 언어능력이나 몸을 움직이는 속도 저하, 우유부단, 산만함, 집중력 감소, 피로감, 기운이 떨어져서 아주 하찮은 일에도 힘이 많이 드는 것처럼 느껴지는 것, 자신이 무가치하다는 느낌이나 죄책감, 생각이나 정신집중이나 의사결정이 힘들어지고 기억이 잘 떠오르지 않는 것, 죽음이나 자살을 빈번히 생각하는 것, 사라진 세상에 대한 추억 때문에 터지는 울음과는 반대로 공연히 걷잡을 수 없이 울음을 터뜨리는 것, 요통, 고혈압, 심박 증가, 구토, 설사, 두통 등 원인을 알 수 없는 신체 증상이 포함되었다. 물론 악몽도 이 병의 증상임은 말할 필요도 없었다.

아주 광범위한 증상들이 꼼꼼히 정리된 자료였다. 마크 스피츠는 병을 진단하기 위한 기준이라기보다는 삶 그 자체를 요약해놓은 것 같다고 생각했다. 머리글자를 딴 약어가 미국인들의 혀에 일단 달라붙으면, 잔뜩 짓이겨져서 아주 흥미로운 형태로 변형되었다. 예를 들어, 그가 어느 비 내리는 날 지긋지긋한 코네티컷의 회랑에서 작업을 마치고 캠프로 돌아와 그날의 생존자 명부를 확인하려던 그때처럼. 그는 벌써 몇 주째 생존자 명부에서 아는 사람의 이름을 발견하지 못했다. 기록센터까지 절반쯤 갔을 무렵, 통신 교환수인 행크가 바닥에 엎어진 십대 병사 옆에 쪼그리고 앉아 있는 것이 보였다. 그 병사의 장비는 한 번도 사용한 적이 없는 새것 같았다. 십중팔구 위험한 곳에서 이 캠프로 도망친 뒤 처음으로 약탈에 나선 녀석일 것이다. 어린 병사는 태아처럼 몸을 구부렸다가 펴기를 반복하면서, 쓰러졌다가 폭발하듯 일어나는가 하면, 이리저리 뒹굴면서 온몸에 토사물을 묻히기도 했다.

"무슨 일이야?" 마크 스피츠가 물었다. "괴물한테 물렸나?"

"아니, 과거 때문이야." 교환수가 말했다. 신병의 신음소리가 또 들렸다.

"과거?"

"PASD 때문이라고. PASD. 나 좀 도와줘."

인사부 사무실에 들어간 그날 오후 마크 스피츠는 자신의 어려움을 미리 알아차리고 신원확인 작업을 면제해준 케이틀린이 고마웠다. 게다가 게리는 그 작업을 하며 아주 신이 난 것 같았다. "론콘코마(뉴욕주의 작은 마을 이름)?" 그가 인사부 여직원의 면허증 하나를 들고 물었다. "옛날에 우리 사타구니에 그런 혹이 난 적이 있는데(영어에서 각종 종양의 이름이 '-ma'로 끝나는 경우가 많은 것에 착안해서 마을 이름으로 말장난을 한 것)." 케이틀린은 보고서에 이 정보를 적지 않았다.

한편 시체를 시체 가방에 넣는 작업을 할 때는 마크 스피츠에게 아무런 증상이 나타나지 않았다. 그는 배낭에서 시체 가방 네 개를 꺼내서 펼쳤다. 비닐 냄새가 소원을 들어주는 요정처럼 팔다리를 펼쳤다. "저쪽에 있는 사람은 에설 아주머니와 검스야." 게리가 말했다.

마크 스피츠는 가장 무거운 것을 먼저 처리하자는 생각에 분홍색 옷을 입은 해골부터 시체 가방에 넣기 시작했다. 그는 해골의 발목을 쥐고 가방 위로 끌고 와서 발을 안으로 집어넣었다. 팬티스타킹이 돌돌 말려서 발가락에 걸려 있는 모습이 바나나 껍질 같았다.

세월이 많이 흘렀는데도 그는 여전히 올컷 선생님을 생각하면 마음이 약해졌다. 바로 그 선생님의 영어 수업 시간에 자신이 완전히 별 볼일 없는 존재라는 사실을 깨달았기 때문이다. 올컷 선생님은 마크 스피츠를 포함한 학생들에게 매주 목요일 단어 시험을 실시했다. "숙제로 읽으라고 한 글에 나온 이 단어를 이용해서 문장을 만들어보세요."

12월쯤이면 시험 결과가 일정한 패턴을 따라간다는 사실을 알아차릴 수밖에 없었다. 그의 성적은 언제나 철저하게 B였다. 그것이 그의 길이었다. 몇 시간 동안이나 공부를 했는데도, 결과는 언제나 똑같았다. 빨간 동그라미 안의 B가 묘하게 그를 환영하며 소리 없이 그를 용서해주었다. 어떤 때는 아예 책을 펼쳐보지도 않고 인기 시트콤들을 실컷 보기도 했다. 그래도 그의 점수는 B였다. 그는 매주 게임을 하듯이 이런 식으로 시험을 치르면서 본능적으로 점수를 유지해서 평범한 아이들의 세계를 확보했다. 머리가 나쁜 것은 아니었다. 사실 교사들은 토론 시간에 그가 통찰력과 기민함을 보여줄 때가 많다면서, "교실에서 정말 즐거움을 안겨주는 아이"라고 말했다. 교사들이 부드럽고 긍정적인 단어들을 특별히 동원해서 작성한 그의 성적표에는 그가 이 성적표에 적힌 성적보다 더 많은 재능을 갖고 있는 사람으로 묘사되어 있었다. 그는 필요한 것을 모두 갖추고 있었다. 심지어 여분의 부품까지도 있었다. 다만 그 부품들이 잘못 조립되어 있을 뿐이었다.

세월이 흐르면서 마크 스피츠는 자신의 상황을 받아들였다. 그러자 압박감이 사라졌다. 위에서 내리누르는 힘에 맞서 아래에서 그를 띄워주는 힘이 있었다. 그는 평범한 세상을 떠다녔다.

그는 얼굴이 일그러지고 피투성이인데도 초등학교 때 선생님과 닮은 구석이 있는 시체를 가방에 넣고 지퍼를 올린 뒤 문득 잊고 있던 것을 떠올렸다. 그래서 주위를 둘러보다가 복사기 옆으로 기어가서 가발을 주워 왔다. 그는 검은 시체 가방의 지퍼를 다시 열고 가발로 얼굴을 덮었다.

그가 게리에게 빈 시체 가방 하나를 던져주자 게리는 얼굴 없는 해골의 발을 붙잡았다. 마크 스피츠는 마지를 가방에 넣으면서 그녀의 검은 이빨을 바라보았다. 망사 모양의 작업복 섬유가 충격을 대부분 흡수해주었는데도, 그 이빨로 공격당한 여파가 남아서 아직도 팔이 화끈거렸다. 옷 아래의 팔이 어떤 모습일지 보고 싶지 않았다. 아마 일주일 정도 약품을 바른 압박붕대로 팔을 감아야 할 터였다.

마지의 부러진 이빨이 잇몸에서 섬뜩한 각도로 기울어져 있었다. 마크 스피츠는 물 위에 줄줄이 박힌 말뚝들이 부스러질 것처럼 보이던 광경을 떠올렸다. 지난달 그들은 배터리파크의 대형 아파트 단지를 수색했다. 땅을 뒤덮은 갖가지 쓰레기 더미 속에 건물들이 광맥처럼 솟아 있었다. 건물의 서쪽 면에는 저지시티를 바라보는 테라스들이 줄줄이 있었다. 그는 발코니로 나가서 바람을 쐬면서 옛 저지 부두의 쇠락한 모습을 물끄러미 바라보았다. 바다를 오가며 무역을 하던 시대, 지금은 죽어버린 그 시대의 잔해가 거기 있었다. '전망 한번 끝내주는군.' 맨해튼섬의 끝과 팰리세이즈 협곡, 브루클린, 자유의 여신상이 적막한 모습으로 눈앞에 펼쳐졌다. (가난과 굶주림으로 썩어가며 먹을 것을 갈망하는 너희 군중들을 내게 넘기라고 말하는 것 같았다.) 이 건물의 주민들 중 기분 좋게 감탄하면서 '전망 한번 끝내준다'는 말을 한 사람이 몇 퍼센트나 될까? 반드시 100퍼센트이지 않을까. 진부한 말이지만, 아무도 피할 수 없는 말이기도 했다. 간이 주방과 거실을 오가며 전채요리를 채워놓다가 손님들이 "전망 한번 끝내주는군"이라고 속삭이는 소리를 듣고 한껏 자부심을 느낀 주민들은 또 몇 퍼센트나 될까? 역시 100퍼센트일 것이다. 이곳 시민들은 이렇다 할 풍경이 보이지 않는 건물들에 익숙해서, 적절한 조건만 갖춰진다면 그런 말을 내뱉곤 했다. 엉망으로 망가진 수평선 때문에 그들 또한 그만큼 왜소해져 있었다.

네 개 층을 수색한 뒤 마크 스피츠는 이 단지의 청사진을 확보했다. 똑같이 생긴 아파트들의 도면이 또렷한 선으로 그려져 있었다. 오른쪽에는 창문이 없는 구석진 서재 또는 아기방과 욕실이 있고, 복도 끝에는 관과 비슷한 크기의 벽장이 있는 작은 방이 있었다. 그는 바닥을 일부만 덮은 작은 깔개와 촛대와 장식 탁자를 알아보았다. 이곳 주민들도 이 일대 주민들과 똑같이 인기 있는 대형 가구 단지에서 가재도구를 구입했기 때문이다. 그들은 똑같은 아울렛의 전시장을 비틀비틀 돌아다니고, 똑같은 소파를 자기 엉덩이로 시험해보고, 똑같은 온라인 상점에 들어가 메뉴들을 클릭하고, 인터넷 속도가 받쳐준다면 '방 내부 보기'를 선택해서 똑같은 도면 안에 자기가 산 물건들을 배치하는 상상을 해보았을 것이다. 6층의 D열 아파트에서 그는 14층 A열 아파트에서 본 것과 똑같은 격자무늬 오토만을 보았다. 오토만과 평면 텔레비전 사이의 거리도 똑같았다. 이곳 사람들은 정말로 공동체였다.

예전에 비해 정말로 달라진 것은 저지의 풍경뿐이었다. 그의 팀이 펜트하우스에서 계단을 통해 지저분한 지상으로 내려가는 동안 저지의 풍경이 슬슬 시야에 들어왔다. 오메가 팀은 배터리파크의 대형 단지에서 나온 시체들을 다른 곳의 시체들과 똑같은 방식으로 처리했다. 이곳의 훌륭한 전망은 집값에나 영향을 미쳤을 뿐, 그들의 작업과는 아무런 상관이 없었다. 검은 폴리우레탄 가방 안에 담아둔 시체들은 똑같이 보기 흉했다. 절벽을 굽어보는 방에서 발견된 것이든, 통풍구에서 발견된 것이든, 길 건너편의 더 호화로운 아파트에서 발견된 것이든 모두 똑같았다. 허드슨강의 반대편 강둑에는 낡은 말뚝들이 비참한 모습으로 솟아 있었다. 괴물의 입안에서 썩어가는 이빨 같았다. 역겨운 회색 물이 그 말뚝들 주위에서 침처럼 출렁거렸다. 이빨이 사방에 있었다. 저 물을 넘어가면 잡아먹힐 거야. 마크 스피츠는 속으로 생각했다.

그는 마지를 넣은 시체 가방의 지퍼를 올렸다. 피투성이 대걸레 같은 머리에 이르렀을 때는 손길이 더욱 빨라졌다. 이 해골은 뉴욕 토박이였을까, 아니면 마거릿 핼스테드와 그녀의 화려한 룸메이트들에게 홀려서 뉴욕에 온 사람이었을까? 마거릿 핼스테드와 그녀의 친구들은 형편없는 봉급을 받으면서도 어찌 된 영문인지 이런 아파트에 살았다. 꿈도 꿀 수 없는 이런 아파트의 유혹 앞에서 사람들은 힘을 잃고, 시트콤에 단발성으로 출연하거나 여러 에피소드에 출연하는 찬조출연자들이 성형수술과 기타 등등의 방법으로 갈고 닦은 얼굴에 저항하지 못했다. 북적거리는 저녁에 도시의 거리를 찍은 눈부신 장면들에도 넋을 잃었다. 저런 머리모양, 저렇게 미백한 치아, 계산된 주사제들, 이것들이 효과가 있을까? 시골뜨기를 세계적 감각이 있는 사람으로 바꿔줄까? 그들의 얼굴을 한창 유행하던 찡그린 표정으로 다듬어줄까? 이 도시는 사람들에게 한번 해보라고 요구했다. 시민들이 도망치거나 죽으면, 다른 사람들이 그 자리를 메웠다. 쓰레기매립지 너머나 잡다한 것들이 벌집처럼 모여 있는 고층 건물 위까지 위풍당당한 도시의 모습이 확장되면서, 그 공간을 채울 몸들이 필요해졌다. 수색대의 임무가 모두 끝난 뒤, 누가 이 섬의 새로운 주민이 될까? 옛날 항구로 들어온 이민자들처럼, 배의 난간에 배를 기대고 기대에 찬 얼굴로 감탄을 금치 못할 사람들이 누굴까? 옛날의 그 세입자들은 모두 어디로 갔을까? 만약 그들이 도시로 나오지 않고 숨 막히는 고향에 남아 있었다면 얼마나 살아남았을까? 기운을 빼앗아 가는 도시의 빛에 푹 절여진 사람들이 몇 명이나 되었을까?

재방송에 감염된 사람들. 그는 자신의 치아를 빨았다. 지하철이 다니는 터널에서뿐만 아니라 풀밭에서도 사람들은 쉽게 괴물에게 물렸다. 솔직히 말해서 마크 스피츠도 그 텔레비전 시트콤에 홀려 있었다. 문화적 면역체계가 제대로 발달하지 못해서 그 시트콤의 허튼소리에 쉽게 넘어가는 18~34세 그룹에 그도 아늑하게 포함되어 있었다. 물건을 사고 싶은 욕구를 견디지 못해 직불카드를 긁어대고, 마음이 쉽게 흔들리는 사람들. 순종적인 사람들. 드라마가 끝날 때쯤이면 신을 직접 만난 듯한 감격을 가볍게 느끼지만, 그다음 주에는 그런 느낌을 모두 잊어버리는 사람들. 그 시트콤에서 적어도 그 부분만은 진짜였다는 생각이 들었다.

케이틀린이 말했다. "아마 한두 층만 더 내려가면 이 블록 수색이 다 끝날 거야."

"넵, 우리에게는 새로운 구역이 필요해." 게리가 말했다. "이 블록은 이제 지긋지긋해."

"시간이 더 필요해, 마크 스피츠?" 케이틀린이 물었다.

그는 고개를 저었다. 그는 이제 움직일 준비가 되어 있었다. 자신을 일깨워줄 것이 필요했는데, 그것을 찾아냈기 때문이다. '이 일이 다 끝난 뒤' 같은 것은 존재하지 않았다. 오로지 앞으로 5분이 존재할 뿐이었다. 도시인들이 모두 그렇듯이, 그도 새로운 지평선에 익숙해져야 했다.

게리가 마지막 시체 가방의 지퍼를 올리고, 또 담배에 불을 붙였다. 그리고 케이틀린에게 시체 가방을 들고 내려가는 것을 도와달라고 말했다.

그녀는 어깨를 으쓱했다. "네가 가방에 담았으니, 끄는 것도 네가 해."

* * *

처음 몇 주 동안 그들은 시체를 창밖으로 던졌다. 능률적인 방법이었다. 혹시 행인이 다칠 확률은 지극히 미미했다. 아무것도 모르고 길을 걷는 사람, 담배를 한 대 피우러 나온 사람은 거의 없었다. 그들은 창턱까지 시체를 끌고 가서 힘들게 들어 올려 밖으로 던졌다. 안전을 위해 조금만 열리게 되어 있는 창문과 맞닥뜨렸을 때는 총으로 유리를 쏴버렸다. 창문을 열기 싫을 때도 총으로 유리를 쏴버렸다. 그들은 유리가 수백만 개의 조각으로 부서지는 소리, 시체가 콘크리트 바닥에 퍽 하고 떨어지는 소리를 똑같은 심정으로 기다렸다.

그 방법은 시간과 힘을 절약해주었다. 지금 그들이 살고 있는 나라는 지름길을 사랑했으므로, 그 방법을 쓰고 싶다는 충동이 끈질기게 살아남았다. 시체를 12층 아래까지 끌고 내려갔다가 다시 맨몸으로 올라와 수색을 재개하는 방법과는 상대가 되지 않았다. 높은 층일수록 당연히 상황이 심각했다. 결국 처리반이 중위에게, 또는 포트 워턴에서 멍청하게 그들의 말을 들어주는 고위 장교라면 누구에게나 불평을 늘어놓았다. "무슨 소리야?" 장교들은 이렇게 물었다. 위험물질을 막아주는 헬멧 때문에 처리반원들의 목소리가 잘 들리지 않았다.

"창밖으로 던지는 것 말입니다!" 처리반이 더 큰 소리로 외쳤다. 그들은 이런 식으로 무시당하는 일에 익숙했다. 시체를 창밖으로 던지는 방법 때문에 그들의 일이 심히 괴로워졌다. 무례한 방법이자 비위생적인 방법이었다. 솔직히 비애국적인 방법이기도 했다. 시체 가방 안의 모든 것이 충격 때문에 몽글몽글한 점액으로 변해서, 지퍼 틈새로 새어 나온 진홍색 진창이 길바닥에, 수레에, 처리장 바닥에 흔적을 남겼다. 그것도 그나마 시체 가방이 대체로 손상되지 않았을 때의 이야기였다.

마크 스피츠는 처리반의 불만에 일리가 있음을 인정했다. 그가 길가에서 생각에 잠겨 있을 때, 시체 가방 하나가 1미터쯤 떨어진 곳에 퍽 하고 떨어지는 바람에, 엉긴 핏덩어리 같은 무시무시한 것들이 그에게 튄 적이 있었다. 게리는 미리 조심하라고 말하지 않아서 미안하다고 사과했지만, 그 사건은 처음 몇 주 동안 두 사람이 어떤 관계였는지를 보여주었다.

시체를 던지는 방법이 중단된 것은 깨진 창문 때문이었다. 처리반이야 오염 위험에 대해 세상이 망하는 날까지 징징거릴지도 모르지만, 버펄로는 도시가 새로운 세입자들에게 알맞은 거주환경을 갖추기를 원했다. 특히 해병들이 제1구역을 들쑤시고 지나간 뒤의 모습을 감안하면 더욱 그러했다. 비록 해병들의 작전이 꼭 필요한 일이기는 했지만. 당시에는 섬세하게 공을 들일 시간이 없었다. 수천수만 마리의 망령들을 막무가내로 치우는 것이 더욱 시급했다. 하지만 이제는 수색대가 활동하고 있으므로, '미국 불사조'에게 어울리는 방법으로 일을 진행할 수 있었다. 새로운 재건 시대는 미래를 내다보며, 앞으로 이득이 되어 돌아올 세세한 부분에까지 신중하게 주의를 기울였다. 그래서 위에서는 이런 명령을 내렸다. '아름다운 도시의 창문을 더 이상 공격하지 말 것.' 수색대원들은 이 새로운 규정을 받아들여 계단을 이용했다.

마크 스피츠와 게리는 가장 무거운 시체들을 먼저 처리했다. 그들은 습관대로 시체들을 끌고 발로 차며 계단을 내려갔다. 콘크리트블록으로 지어진 건물의 내장 속을 통과하며 그들은 헉헉 숨을 몰아쉬었다. 시체를 옮겨본 사람이 그 광경을 보았다면 공감과 연민을 느꼈을 것이다. 그렇게 몇 층쯤 내려간 뒤에는 해골의 머리가 계단에 부딪힐 때마다 나는 쿵쿵 소리가 기분 나쁘게 질척거리는 소리로 바뀌었다. 시체 가방의 양쪽 끝에는 손잡이가 있었지만, 역병의 시대의 현실은 녹록지 않았다. 사람들은 버려진 공장을 확보해서 그곳에서 원래 생산되던 것과는 다른 물건을 생산하도록 장비를 조정했지만, 결국 조악한 제품이 나올 때가 많았다. 다시 말해서, 시체 가방을 잡을 수 있게 붙여둔 끈이 빈약해서 몇 번 움직이고 나면 떨어질 때가 많다는 뜻이었다. 그러면 수색대원들은 시체 가방의 아랫부분을 손으로 잡았다. 비닐 가방 안에서 시체가 물컹거리는 것이 느껴졌다.

게리가 말했다. "우린 그걸 올가미라고 부를 거야."

마크 스피츠는 대답하지 않았다. 게리의 말이 무슨 뜻인지 전혀 알 수 없었기 때문에 그의 설명을 기다렸다. 아직 시간이 있었다. 거리로 나가려면 지금까지 내려온 만큼 더 내려가야 했다. 비상등이 아직 작동하고 있었으므로, 어둠 속에서 변절자들이 비틀비틀 돌아다니고 있을까 봐 걱정할 필요는 없었다. 두 사람이 워낙 시끄럽게 움직였기 때문에 만약 계단통을 배회하는 악마가 있다면 이미 몸을 드러냈을 것이다.

"해골 잡는 도구 말이야. 그걸 올가미라고 부를 거야."

"언제는 그냥 포획기라고 부른다며." 마크 스피츠가 말했다.

"올가미가 더 세련되게 들리잖아."

쉬는 시간에 게리는 해골들을 제압하는 장비를 연구했다. 그는 현재 지구상에 유일하게 존재하는 테스트 그룹에 마크 스피츠와 케이틀린을 영입해서, 몇 주 전부터 아무 말이나 생각나는 대로 마구 지껄이고 있었다. 가장 최근에 그가 생각해낸 것은 긴 막대 끝에 톱니 고리를 부착한 형태였다. 그 고리에는 망사 가방이 붙어 있는데, 찢어지지도 않고 이빨에 뚫리지도 않는 그들의 작업복과 같은 소재로 만든 가방이었다. 해골과 마주쳤을 때, 해골의 머리에 고리를 걸고 휙 잡아당기면, 고리가 조여들면서 막대와 분리되었다. "그러면 짜잔, 해골이 가방 안에 들어가는 거지." 그렇게 포획된 괴물들은 가방을 이빨로 찢고 나올 수도 없고, 밖을 볼 수도 없었다. 그러니 그들을 마음대로 처리할 수 있었다.

문제는 사로잡힌 해골에게 할 수 있는 일이 죽이는 것뿐이라는 점이었다.

마크 스피츠와 케이틀린은 게리에게 몇 번이나 이 점을 지적했다. 물론 다른 문제점들도 지적해주었다. 게리가 그 도구의 이름을 해골 포획기로 정하든 올가미로 정하든 상관없이(그냥 '게리'라고 부르자는 말도 잠깐 나왔다), 이 도구는 근접거리에서는 아무 쓸모가 없었다. 적의 밀도가 낮은 곳에서만 사용할 수 있었다. 인근에 적이 두 마리 이상 존재한다면, 변수가 너무 많아서 도구를 사용하기가 복잡해졌다. 도구를 양손으로 조작해야 하기 때문에, 필요한 경우 급히 괴물의 머리에 총을 쏠 수 없었다. 하지만 이런 것들은 실행상의 문제였다. 가장 중요한 문제는 당연히 해골을 사로잡고 싶어 하는 사람이 전혀 없다는 점이었다. 초창기에 정부는 감염된 지 얼마 되지 않은 자들과 완전히 변신한 괴물들을 모아 실험을 실시해서 치료법을 찾아내거나 백신을 만들거나 단순히 '과학의 이름으로' 현상을 조사해보려고 했다. 백신 연구는 지금도 진행 중이었다. 우선순위가 기반 시설로 옮겨 갔다고 해서, 전염병 학자들을 쫓아낼 수는 없지 않은가. 버펄로의 지하 실험실에서는 지금도 원심분리기나 전자현미경이 열심히 돌아가고 있었지만, 살아 있는 해골을 원하는 사람은 어디에도 없었다. 산골의 괴상한 던전에서 고문을 즐기는 사람이라면 모를까. 이제는 아무도 '치료법'이라는 말을 입에 담지 않았다. 역병이 인간의 몸을 워낙 심하게 변형시키기 때문에, 감염자가 회복될 수 있다고 믿는 사람은 하나도 없었다. 스위스의 연구 팀이 알프스 산속에 들어가서 병의 진행을 되돌리는 방법을 연구 중이라는 소문이 끈질기게 도는 것은 사실이었다. 하지만 해골과 직접 맞닥뜨린 경험이 많은 대부분의 생존자들은 한번 역병에 걸린 사람이 원래 모습으로 돌아올 길은 없다고 확신했다. 그런 방법은 없었다. 올가미에 걸린 해골에게 할 수 있는 일은 죽이는 것뿐이었다. 그것도 최대한 빨리.

게리는 굴하지 않았다. 그는 특허를 신청하기 위해 도표를 그리고 있었다. 이 땅에는 이제 특허사무소가 존재하지 않는다는 사소한 문제는 무시했다. "난 부자가 될 거야." 그는 대원들에게 열의가 부족하다며 토라진 얼굴로 이렇게 주장했다. 진짜 불사조 같은 말이라고 마크 스피츠는 생각했다. 게리는 성격상 반대되는 측면들을 지니고 있는데도, 나름대로 불사조 낙관주의를 유지했다. 그동안 수많은 일을 겪었으면서도, 미국의 번영이라는 꿈속에 자신을 집어넣는 몽롱한 꿈을 잃지 않았다. 장차 그가 갖게 될 멋들어진 저택에는 죽은 형제들을 추모하는 방이 따로 마련될 것이다. 물론 경기장 규격을 갖춘 수영장과 5000Btu(영국열량단위. 1Btu는 약 1055줄에 해당한다)의 바비큐 그릴도 있을 것이다. 그가 발명 아이디어를 스케치한 그림을 보면서 마크 스피츠는 원시인들이 동굴에 그린 그림을 떠올렸지만, 문화가 급격히 뒷걸음질 친 것을 감안하면 이 그림이야말로 적절하다는 생각이 들었다.

"올가미라." 마크 스피츠가 말했다. "이번엔 제법 좋은 생각을 해냈는데."

출구의 표지판에는 경보가 울릴 것이라고 되어 있었지만, 실제로는 아무 일도 없었다. 두 사람은 시체 더미를 끌며 흑백 타일이 깔린 로비를 지나, 진창 같은 비가 내리는 밖으로 비틀비틀 나갔다. 요즘 내리는 비는 전부 이렇게 진창 같았다.

처리반이 가져갈 수 있게 길 한복판에 시체 가방들을 놓아둔 뒤, 게리는 쏟아지는 비를 피해 건물 안으로 쌩하니 뛰어 들어갔다. 마크 스피츠의 얼굴에 빗줄기가 닿았다. 빗물이 마르고 난 뒤 남은 찌꺼기를 보면, 빗물이 피부에 닿는 것이 내키지 않았다. 마크 스피츠는 빗물 찌꺼기를 보면서, 플로리다의 사촌 집에 갔을 때를 떠올렸다. 바다에 들어갔다가 나오면 가슴과 다리에 갈색 기름방울들이 미끄러지던 광경을. 대규모 기름유출 사건 이후 아주 오랜 시간이 흘렀는데도 여전히 기름방울이 해변으로 실려 오곤 했다. 빗물이 차가운 벌레처럼 옷깃 속으로 슬금슬금 스며드는 가운데, 그는 두에인 거리의 이 블록이 폐허처럼 보이지 않는다는 사실을 깨달았다. 이미 지나간 시절의 어느 평범한 날, 평범한 도시의 거리처럼 보였다. 말하자면, 대부분의 주민들이 아직 잠들어 있는, 동 트기 5분 전의 거리 풍경. 두에인 거리는 그리드로 나뉘지 않았으므로, 어지러운 거리를 치우는 공병들의 손길이 아직 닿지 않았다. 그래서 세상이 무너질 당시에 인기를 끌던 다양한 자동차들이 길가에 늘어서서, 볼일을 보러 가거나 출근을 하거나 집으로 돌아간 주인이 돌아오기를 기다리고 있었다. 출입구가 막힌 건물도 없고, 총격전이나 기타 폭력의 흔적도 없었다. 거리에 어지럽게 흩어져 있던 잔해들은 까다로운 바람에 날려 길모퉁이에 모여 있었다. 마크 스피츠는 제1구역에서 가끔 이런 곳과 맞닥뜨렸다. 마치 죽어버린 세계를 다룬 시대극에 엑스트라로 출연해 세트장을 걸으며 분위기를 파악하고 있는 것 같았다.

이곳 맨해튼에서는 주민들의 소개(疏開)가 신속하게 이루어졌고, 대규모 교전도 일어나지 않았으므로(오클랜드처럼 소이탄 공격이 이루어지지도 않았고, 세인트어거스틴처럼 핵폭탄이 떨어지지도 않았으며, 버밍햄처럼 지옥도가 펼쳐지지도 않았다), 이 도시 전체가 원래 모습을 유지하고 있었다. 물론 모든 곳이 그런 것은 아니었다. 상점들의 전면이 급히 강화되었고, 방어 설비들이 여전히 길가에 설치되어 있었다. 개중에는 해체된 것들도 눈에 띄었다. 충돌 흔적도 보였다. 가로등과 우편함이 충돌한 자동차들의 시체 위에 묘비처럼 서 있거나, 배달 트럭과 경찰 승합차가 슬픈 거대 괴물처럼 인도 위에 올라앉아 있기도 했다. 마크 스피츠 일행은 여러 블록을 걸어서 지나쳤다. 해병대가 이곳에서 많은 해골과 신나게 싸웠음을 깨진 창문과 총알구멍이 말해주었다. 그런데도 이 도시가 재앙 속에서 겉모습을 이만큼이나 지켜낸 것이 놀라웠다. 이 도시를 탐사한 대원들이 이런 보고서를 제출하자,

버펄로의 위원회들은 같은 결론을 내렸다. 일찌감치 재가동할 훌륭한 후보지에 이 도시를 포함시키자고.

죽음이 내려앉은 뉴욕 시는 살았을 때의 모습과 아주 흡사했다. 예를 들면, 택시를 잡기가 여전히 힘들다는 점이 그랬다. 가장 큰 차이점은 사람이 줄어들었다는 것이었다. 그래서 거리를 걷기가 더 편했다. 다른 지방에서 온 우울한 무리가 멋대로 돌아다니지도 않았고, 새치기로 택시를 잡으려고 음모를 꾸미는 아마추어 파시스트도 없었다. 거대한 유기농 식품점 계산대 앞에 사람들이 줄지어 늘어선 광경도 볼 수 없었다. 수색대원들은 상점 안에 들어가서 바닥에 쏟아진 쌀과 유리병이 깨지면서 피처럼 흘러나온 토마토소스와 환경친화적인 포장지 등을 넘어 다녔다. 모두 이 도시에서 잠깐 동안 약탈이 자행될 때 바닥으로 내동댕이쳐진 것들이었다. 최고의 인기를 누리는 식당에는 언제나 최고의 자리가 준비되어 있었다. 인류를 선별해서 제거하는 재앙이 벌어진 뒤로 그들의 특별 메뉴가 갱신된 적이 없는데도, 최고의 자리는 여전히 대기 중이었다. 가끔 괴물들이 돌아다니는 어둠 속에 앉아 있는 것을 견딜 수 있다면, 극장에 들어가서 아무 자리나 원하는 곳에 앉을 수도 있었다.

이 거리는 정상처럼 보였다. 겉모습만 보면 그랬다. 벽 너머에는 이 거리와 비슷한 다른 거리들이 있었고, 도시의 경계 너머에는 방부제를 뿌려놓은 것 같은 땅이 넓게 펼쳐져 있었다. 과거 엽서에 실리던 미국의 풍경이 그만큼 깔끔하게 보존되어 있었다. 시체에 살아 있는 것 같은 환상을 불어넣기 위해 전문가들이 동원되었다. 그러고 나서 누군가가 소리를 내면, 괴물들이 움직이지. 마크 스피츠는 속으로 생각했다.

회색 빗물이 벌레처럼 그의 등을 타고 내려갔다. 그는 어렸을 때부터 살던 집을 최후의 밤에 마지막으로 보았다. 그 집 역시 겉으로는 정상처럼 보였다. 재앙 이전의 시기와 닮은 모습을 정상으로 본다는 새로운 의미에 비추어 봤을 때 그랬다는 뜻이다. '정상'이란 곧 '과거'를 뜻했다. 과거의 목가적인 삶을 뜻했다. 현재는 각각 정도가 다른 두려움이 연달아 이어지는 시대였다. 그럼 미래는? 미래는 그들이 손에 쥐고 주물럭거리는 찰흙이었다.

최후의 밤에, 스프링클러가 돌아가며 그의 집 잔디밭에 물을 뿌렸다. 물은 프로그램 된 그대로 호선을 그리며 떨어졌다. 거실 텔레비전 옆의 램프는 수십 년 동안 그래왔던 것처럼, 연한 파란색 커튼 너머까지 아늑한 불빛을 원뿔 모양으로 뿌려주었다. 그는 열쇠를 쉽게 잃어버리는 사람이 아니었으므로, 20년 전부터 사용하던 현관문 열쇠를 손에 쥐고 있었다. 그리고 몇 분 뒤 그 집에서 도망칠 때 그는 일부러 문을 잠그려고 걸음을 멈출 여유가 없었다.

그와 그의 친구 카일은 애틀랜틱시티에 새로 생긴 부티크 카지노에서 며칠 밤을 보내며 눈부신 풍경 속을 떠다녔다. 그 건물 안에서 그들은 자신이 여물통에 주둥이를 깊이 박고 게걸스레 먹이를 삼키는 자유로운 영혼이라고 상상했다. 줄줄이 늘어선 도박 기계들이 이곳에서만 통용되는 돈의 언어로 치링, 딩동, 후후 소리를 냈다. 텍사스 홀덤 포커 테이블에서 그들은 패가 잘 들어왔을 것이라고 상상하며, 딜러에게 지나치게 친하게 구는 녀석들을 놓고 불안한 얼굴로 우스갯소리를 주고받았다. 그런 녀석들은 밤중에 먹이를 구하러 나온 상어 같은 놈들이었다. 그들은 웨이트리스에게 칩으로 팁을 주고, 계산은 철저히 해야 한다는 원칙에 따라 그날의 비용 계산에서 그 액수를 제했다. 그리고 크랩스 게임(주사위 두 개로 하는 게임)을 시작하기 전에 미신의 힘을 빌리려는 듯이 손가락으로 주사위를 어루만졌다. 간헐적으로 돈이 쏟아질 때면 그들은 낯선 사람들 사이에서 잠시나마 영웅이 되어 갈채를 받았다. 클럽에서는 등받이가 없는 높은 의자에 앉아 혼자 있는 여자들에게 윙크를 하며 운에 대해 이야기하고, 지난번 이곳에 왔을 때 이곳을 거의 정복할 뻔했던 일을 떠올렸다. 뷔페식당에서는 음식이 식지 않게 불을 켜놓은 곳에서부터 차례대로 음식을 꿰어 담은 뒤 간장을 살짝 뿌린 작은 도자기 접시 위에 겨자소스를 둥글게 빙빙 뿌렸다. 그렇게 36시간을 보낸 뒤 그들은 언제나 그랬듯이 이 건물을 떠난 적이 한 번도 없음을 깨닫고, 현대적인 카지노라는 인공적인 거처에 행복하게 몸을 맡겼다. 그들은 밖으로 나가고 싶지 않았다. 모든 것이 이 안에 있었다. 그들이 큰돈을 딸 수 있다는 가능성과 실패의 경험에 홀려 감질나는 기대를 품고 영원히 같은 일을 반복하는 동안 그들의 뇌는 안개가 낀 것처럼 흐릿해졌다.

카지노는 지난번보다 사람이 없었다. 전성기를 넘긴 영업장들이 있던 자리, 철근이 삐죽삐죽 박혀 있는 공터에서 새로운 카지노들이 쑥쑥 올라왔다. 아마도 치열한 경쟁 때문에, 그리고 최신 놀이터의 유혹 때문에 그렇게 된 것 같다고 그들은 생각했다. 모두들 한 번도 들어본 적이 없는 새 카지노에 가 있었다. 게임이 벌어지는 탁자들 주위에서 밀치락달치락하는 사람들은 그리 많지 않았고, 크랩스 게임판 주위에서는 사람들이 낮게 숨죽인 소리를 질러댔으며, 룰렛 게임판은 비닐로 덮여 있었다. 하지만 슬롯머신 앞에는 눈빛이 흐리멍덩한 불량품들이 꾸준히 모여 있었다. 그들은 잠을 잘 줄 모르고 손을 놀리는 원시인들이었다. 그들이 가장 좋아하는 블랙잭 딜러 재키는 산전수전 다 겪은 계집으로, 축 늘어진 오렌지색 벌집 아래에서 미소를 날리곤 했지만 그날은 아파서 나오지 않았다. 그리고 그녀의 자리를 대신한 녀석은 계속 엉망으로 카드를 나눠주었다. 하지만 그들은 그의 위압적인 얼굴을 살펴본 뒤, 그의 상급자에게 불만을 제기하려던 생각을 접었다. 확실히 이번에는 혼자 온 여자들이 예전보다 조금 적었다. 그들은 지친 얼굴로 방종하게 굴면서, 무도장에서 고무 음경을 나른하게 휘둘러댔다. 이번 여행이 기대에 미치지 못할 것 같다는 생각이 자꾸만 들어서 그들은 도수를 낮춘 술을 마시며 슬퍼했다. 어쩌면 이제는 이런 일에 열광하기에 너무 나이를 먹은 것 같았다. 과거가 죽어버렸다는 사실을 이제야 깨달은 것 같기도 했다.

그들은 뉴스를 보지 않았고, 바깥에서 들어오는 소식도 듣지 않았다.

그들은 날이 훤하게 밝을 때까지 돌아다니다가 빈털터리가 되어서, 뒤늦은 체크아웃이라는 세속적인 형태로 죄 사함을 받았다. 그들은 북쪽으로 향하는 일요일의 군중 속에 끼어들어, 톨게이트 편의점에서 산 김빠진 콜라와 칠면조 랩 샌드위치를 게걸스레 먹어치웠다. 랩 샌드위치는 라벨에 표시된 대로 30일 만에 분해되어 친환경적인 기체로 변한다는 비닐에 싸여 있었다. 교통체증이 지독했다. 스치듯 지나가는 짧은 순간 동안 아주 중요한 의미를 지니는 기념비적인 사건, 예를 들어 결혼식 같은 것에 늦었을 때 맞닥뜨리는 전설적인 교통체증이 무색할 정도였다. 틀림없이 저 앞에서 사고가 나서 한심하고 불가피한 일들이 펼쳐지는 바람에 모두가 수렁에 빠져 속도를 늦추게 된 것 같았다. 차량 하나하나가 모여서 불행의 주문을 만들어냈다. 운전자를 포함해서 차에 탄 사람들이 모두 형편없는 인간으로 변신해서 갓길로 빠져 느릿느릿 기어가는 불운한 사람들 옆을 쌩하니 달려갔다. 어떤 사람들은 아예 차를 버리고 갈 것처럼 굴기도 했다. 중앙선을 비틀비틀 걷는 사람들이 보였다. 소방차와 경찰차는 여느 때처럼 히스테리를 부리며 달려갔다. 카일과 마크 스피츠는 서로의 플레이리스트를 교환했다. 그래서 그들의 디지털 음악 재생기에 들어 있는 노래들이 자동차 스피커를 통해 흘러나왔다. 터널을 통과한 뒤에도 교통체증은 풀리지 않았다. 롱아일랜드 고속도로는 양방향 모두 이름값을 하지 못했다.

"오늘 밤에 큰 경기나 콘서트가 있는 모양이야." 카일이 말했다.

"다들 머리를 식혀야 하나 보지." 마크 스피츠가 말했다. 월요일이 죔쇠처럼 사람들을 죄었다. 주말의 절망, 오락의 죽음이 이곳을 지배했다. 고속도로와 톨게이트의 모든 사람이 그것을 느끼고 있다고 그는 확신했다. 모두들 기대가 증발하는 것을 느끼고 있을 것이라고. 그들이 생각해낸 반란이라고 해봤자 기껏해야 힘없이 경적을 울리거나 최고급 욕을 내뱉는 정도였다. 돌이켜 생각해보면, 그때 그가 느꼈던 강렬함이나 압박이 장대한 작별 인사였던가 싶었다. 그것은 작별의 교통체증이었다. 늦어서 죄송하다고 이런저런 변명을 해댈 마지막 기회, 죽어가는 세계에서 마지막으로 맛본 불편함이었다.

그들은 한참 만에 마크 스피츠의 동네에 도착했다. 소년들 몇 명이 거리의 반대편 끝에서 농구를 하고 있었다. 이미 날이 너무 어두워져서 아이들은 게임을 그만두려던 참이었다. 그는 아이들이 누군지 얼굴을 살펴보았지만, 좋은 가정교육을 받은 이 동네 아이들이 아닌 것 같았다. 저 애들이 정말로 농구를 한 걸까? 바닥에 작고 둥근 것이 있고, 아이들은 한데 모여 허리를 숙이고 있었다. 그가 아는 얼굴은 없었다. 둥글게 움츠린 어깨들이 일요일 밤이면 항상 느끼는 기분, 즉 노는 날이 끝났다는 실망감을 드러낼 뿐이었다.

마크 스피츠는 어릴 때부터 알던 친구 카일에게 마지막으로 작별 인사를 하고 인도를 걸어갔다. 원래 벽돌로 포장되어 있던 이 길에서 넘어져 무릎이 까진 적이 아주 많았는데, 얼마 전에 끝난 공사로 지금은 벽돌 대신 판석이 깔려 있었다. 대학 시절과 여기저기 잠시 돌아다닐 때(캘리포니아에서 그는 어떤 여자의 뒤를 쫓아다녔는데, 그녀가 남자보다 여자를 좋아한다고 고백했지만 그는 그 말을 믿지 않았다. 그 밖에 브루클린에서는 남의 집 소파를 빌려 잠을 자며 한 계절을 보낸 적이 있었다)를 제외하면 그는 이 집에서 평생을 보냈다. 엄밀히 말하면, 그의 거처는 지하실이었다. 어렸을 때 쓰던 방이 이미 오래전에 어머니의 작업실로 바뀌었기 때문이다. 하지만 아버지가 지하실을 새로 수리한 덕분에 마크 스피츠는 자신이 '휴게실'로 방을 옮겼다고 말할 수 있게 되었다. 아버지는 중년의 폭우에 휘말려 전복된 수많은 동료들과 달리 지하실 수리 작업을 하면서 자신을 유지할 수 있었다. 마크 스피츠의 방은 단순한 지하실이 아니었다. 방 안의 환경을 조절할 수 있는 터치스크린과 조명 프로그램이 갖춰져 있어서, 그가 자기 인생의 다음 단계라는 행성을 향해 조종해 나아갈 수 있는 우주캡슐과도 같았다.

집의 겉모습은 정상처럼 보였다. 커튼이 드리워져 있고, 전깃불은 꺼져 있었다. 앞에서 말한 램프, 그러니까 거실 미디어센터 옆의 램프에만 불이 들어와 있었다. 아주 오랫동안 그를 맞이해준 믿음직한 불빛이었다. 어머니는 특유의 말투로 "그리 뜨겁게 달아오른" 느낌이 들지 않는다고 말했다. 그는 부모님이 2층의 디지털비디오 플레이어 앞에서 반쯤 졸고 있을 것이라고 추측했다. 텔레비전 화면 속에서는 드라마의 지난주 방송분 중 마지막 15분이 단조롭게 이어지고 있을 것이다. 판사들이 판결을 내리고 희생양이 추방당하는 장면. 독불장군처럼 구는 지방검사가 잘 알려지지 않은 판례를 인용하는 장면. 사람들이 진짜 범죄를 형편없는 연기력으로 재연하는 장면. 그의 부모는 저녁 식사 후에 옛날 신혼 시절 분위기로 돌아갈 때가 많았다. 그러면 고급 비디오/오디오 기기와 음료수 걸이까지 갖춰진 가죽 안락의자 두 개는 모두 아들의 차지가 되었다. 휴게실은 텔레비전만 빼면 어느 모로 보나 놀랍기 그지없었다. 텔레비전은 보통 인터넷의 사용 후기들을 헌신적으로 뒤져보고 본인이 직접 그 오합지졸 합창대에 합류해서 별 두 개나 세 개짜리 평가를 내리기도 하는 아버지가 보기 드물게 충동구매 한 물건으로, 최근 화소가 망가져서 화면 일부가 검게 변할 정도로 한물간 실패작이었다. 이 한심한 물건을 핑계로 가족들은 2층에 다 같이 모여서 커다란 텔레비전으로 스펙터클한 이야기들을 감상했다. 쪼개진 나라가 주기적으로 통일되는 내용이었다.

그는 르네상스 양식의 거실 찬장 안에 들어 있는 우편물을 보고 인상을 구겼다. 또 어느 이상한 놈이 자신을 야당 당원으로 만들어버렸는지 모르겠다는 생각이 들었다. (재앙이 일어났을 때, 그 악마 같은 주소록도 파괴되었다. 그래서 사람들은 폐허가 된 여러 기업이나 정당 중에서 원하는 것을 새로 선택할 수 있었다.) 그는 자신이 딴 돈을 자랑하기로 했다. 그래서 계단을 올라가다가 아무것도 깔리지 않은 나무 바닥에 운동화 밑창이 닿으면서 나는 소리에 화들짝 놀랐다. 길에 판석을 새로 간 것은, 육각형의 넓은 부엌에 타일을 새로 붙이고 계단의 카펫을 없애는 방대한 집수리 계획의 일환이었다. 발이 닿는 바닥만을 대상으로 한 캠페인이라고나 할까. 그의 부모님은 끊임없이 집을 수리했다. 이런 프로젝트에는 시간이 걸렸다. 아직 비교적 젊은 나이였지만(대중매체의 수문장들이 언젠가 맞이할 죽음을 인식하는 나이가 점점 낮아지면서, '젊다'는 기준도 계속 어려졌다), 그들의 집수리 계획에는 죽음의 의표를 찌르려는 내심이 살짝 드러나 있었다. 폴리비닐 염화물로 만들어진 튜브에서 즐거움이 뚝뚝 떨어질 물놀이 기구를 뒷마당에 설치하다가 죽은 사람이 어디 있는가? 잠자리에 든 뒤에도 두 사람은 카탈로그를 뒤지며 포스트잇을 붙이고, 인질을 교환하듯이 그것들을 교환했다. 모든 방이, 두 사람이 거듭 생각해서 화려하게 꾸민 구석구석이 불멸을 향한 잠식이었다. 청사진, 사양, 편지 봉투 뒷면에 급히 휘갈긴 추정치들. 그것이 두 사람을 지탱해주었다. 다음에 수리할 곳은 손님용 욕실이었다.

바닥을 변화시키는 일을 하다가 기진맥진한 부모님은 잠시 수리를 쉬고 있었다. 그렇지 않았다면, 두 분이 지금도 살아 있었을지 모른다.

여섯 살 때 그는 방에 들어갔다가 어머니가 아버지에게 입으로 서비스해주는 모습과 맞닥뜨렸다. 며칠 전 언뜻 눈에 들어온 텔레비전 화면에서 세렝게티의 힘겨운 삶에 대한 공영방송 프로그램을 본 그는 두려움을 알게 되었다. 두려움이 밤마다 그를 괴롭히고 있었다. 킹킹 울어대는 하이에나가 악몽 속에 등장했다. 그는 아주 어렸을 때 그랬던 것처럼 부모님의 킹사이즈 침대에 기어들고 싶었다. 최신 자녀 양육법에 따라 그가 다 큰 아이 취급을 받으며 혼자 쓰는 침대로 추방당하기 전에 그랬던 것처럼. 이제는 그에게 금지된 일이었지만, 그는 어쨌든 부모님 방에 가기로 했다. 그래서 타박타박 복도를 걸어, 초록색 눈처럼 생긴 일산화탄소 감지기 앞을 지나갔다. 그것은 눈에 보이지 않는 악마에 맞서 언제나 경계를 늦추지 않고 사람을 보호해주는 기계였다. 그는 욕실과 이불 벽장도 지나갔다. 그리고 부모님 방의 문을 열자 어머니가 아버지를 게걸스레 삼키고 있었다. 아버지는 들뜬 신음을 멈추고 아들에게 당장 나가라고 소리를 질렀다. 식구들은 두 번 다시 이 일을 입에 담지 않았고, 그는 몹시 억울한 일들을 모아두는 머릿속 다락방 구석에 이 일의 기억을 가장 먼저 저장해두었다. 물론 그 뒤로 다락방에는 다른 기억들이 덧붙여졌다.

그가 애틀랜틱시티에서 돌아와 부모님의 침실 문을 열었다가 어머니가 아버지에게 섬뜩한 짓을 하고 있는 광경을 보았을 때 그가 가장 먼저 떠올린 것은 당연히 그때의 일이었다. 어머니는 아버지의 몸 위에 웅크리고 앉아서 아버지의 창자 한 조각을 홀린 듯이 열정적으로 갉아 먹고 있었다. 어둑한 텔레비전 화면의 불빛 때문에 창자 조각이 남근처럼 보였다. 그는 여섯 살 때의 일을 곧바로 떠올렸다. 눈앞의 광경이 그때와 비슷했을 뿐만 아니라, 인간의 정신은 스트레스와 맞닥뜨렸을 때 평화로운 기억 속에서 피난처를 찾는 경향이 있기 때문이다. 이를테면 어린 시절의 기억을 공포에 맞서는 바리케이드로 삼는 식이다.

그것이 그가 겪은 최후의 밤의 시작이었다. 모두 저마다 그런 기억을 갖고 있었다.

마크 스피츠와 게리는 법률사무소로 돌아와 시체 두 구를 더 끌고 내려갔다. 케이틀린은 아래로 내려가는 두 사람의 등 뒤에서 휘파람을 불었다. 그러고 나서 그녀가 점심을 먹자고 제의해서 그들은 이 건물 입주자들의 이름이 적혀 있는, 로비의 유리 상자 아래에 쪼그리고 앉았다. 유리 상자 안에는 검은 펠트 바탕에 쉽게 갈아 끼울 수 있는 하얀 글자들로 이름이 새겨져 있었다. 대부분의 명단이 그렇듯이, 이 목록도 이제는 망자들의 명단이 되어버렸다. 색깔이 역전된 신문 부고란인 셈이었다.

"이거 후원사 제품이야?" 게리가 물었다. "배고파." 그는 바닥에 쏟아진 사탕, 입 냄새 제거제, 손 소독제 중에서 찾아낸 초코바를 들어 보였다. 로비 매점은 출입구가 뜯겨 나가고, 누군가에게 약탈을 당한 흔적이 있었다. 십중팔구 해병들의 짓일 것이다. 아니면 소개 작전 뒤에도 남아 있던 생존자가 먹을 것이 떨어져 습격을 감행했거나.

"아직은 아니야." 케이틀린이 말했다.

"하지만 다음 주에는 후원사가 될지도 모르지. 그럴 수도 있어. 그렇다면야 좋은 일이고."

케이틀린은 고개를 저었다.

"해병대가 여기를 휩쓸고 지나가면서 원하는 걸 다 가져갔어. 걔들이 프로 미식축구 유니폼을 어디서 구했을 것 같아?"

"그거야 규정이 생기기 전의 일이지. 지금은 간이 식량에 초코 칩 쿠키가 포함되어 있잖아."

게리는 초코바를 던져버리고 평소에 자기가 하던 농담을 거부했다. 보통 누가 금방 먹을 수 있는 간편식, 즉 군용 식량을 언급하면 게리는 생존자가 해골의 간이 식량이라고 말하면서 자갈이 굴러가는 것 같은 소리로 키득거렸다. 어쩌면 게리는 지친 건지도 모른다. 주말이니까. "여기 사는 사람들이 먹겠지." 그가 말했다. "망할 불사조 새끼들."

"네가 여기에 배치될지도 모르겠다." 마크 스피츠가 말했다. 하지만 정말로 그렇게 될 거라고 믿지는 않았다.

버펄로는 수색대가 일을 마친 뒤 맨해튼에 다시 정착하게 될 사람이 누구인지 아직 밝히지 않았다. 하지만 게리는 자신이 그중에 뽑힐 것 같지 않다고 오래전부터 생각하고 있었다. "우리가 결국 여기에 살게 될 것 같아? 우리가 뭐 특별하다고. 아마 부자들을 여기에 배치할걸. 정치가나 프로 운동선수. 요리 프로그램에 나오는 셰프."

"복권 추첨이랑 비슷할 거야." 케이틀린이 한숨을 내쉬고는 고기 튜브를 열어 입안에 짜 넣었다.

"복권이라니, 쳇." 게리가 말했다. "우리는 스태튼섬에 배치될걸."

"네가 섬을 좋아하는 줄 알았는데." 마크 스피츠가 말했다. 게리는 섬에서는 역병을 이기고 살아남을 수 있다는 가설을 굳건히 믿는 사람이었다.

"우리는 섬을 좋아하지. 천연 장벽이 있으니까. 우리가 섬을 좋아하는 건 너도 알잖아. 하지만 놈들이 백신을 나눠주고 여객선에서 내리자마자 우리 거시기를 손으로 만져준다면 우리는 스태튼섬에서 살지 않을 거야."

"DNA 검사로 사람들을 고를 거야. 그러니 문 앞에서 거절당하지만 않아도 다행이지." 감마 팀의 수색대원인 트레버는 버펄로가 유전적으로 바람직한 형질을 지닌 사람들만 골라서 정착시키는 시스템을 만들고 있다는 소리를 들었다고 주장했다. 마크 스피츠는 그 말을 믿지 않았지만, 자신이 어딘가 좋은 곳에 배치될 가능성이 적지 않다고 속으로 합리화했다. 능력 있는 사람들이 많이 목숨을 잃은 것은 사실이므로, 마크 스피츠처럼 평범한 사람들에게는 한 단계 올라갈 기회가 생긴 셈이었다.

케이틀린이 헤드폰을 멍하니 두드렸다. 여자 친구와 주말 계획을 짜려고 했는데, 상대방과 통화가 되지 않는 사람 같았다. 네 전화기가 잘못된 거니, 아니면 내 전화기가 잘못된 거니?

"뭣 좀 먹을래?" 마크 스피츠가 물었다.

그녀는 고개를 저었다. 포트 원턴과 연락이 끊긴 지 일주일째였다. 이 그리드에 온 뒤로 줄곧 연락이 되지 않았다. 통신기가 워낙 자주 고장 나기 때문에 짜증스러웠다. 상태가 아주 좋은 날에도 신호가 잘 잡히지 않았다. 건물들에 신호가 부딪혀 건물들 사이를 떠돌기 때문이었다. 하지만 가장 큰 주범은 군용 통신 소프트웨어 깊숙한 곳에 파묻힌 못된 버그들이었다. 기계가 멈춰버리면 사람이 기계를 재부팅해야 하는데 그런 식으로 장비를 다시 초기화하는 데는 영원처럼 긴 시간이 걸렸다. 입찰에서 통신기 납품을 따낸 업체가 장차 기소될 가능성은 극히 희박했다. 역병으로 인해 텅 빈 법정에서 법복 차림으로 판사의 망치를 쥐고 있는 붙박이 망령만 빼고 사법부 사람들이 모두 사라지는 일이 일어나지 않았어도 상황은 마찬가지였을 것이다.

통신 장애는 짜증스러웠지만, 다행히 수색대는 다음 그리드가 어디인지만 알고 있다면 달리 상부의 명령을 받을 필요가 없었다. 그리고 그리드 할당은 원턴에 돌아가 있을 때 이루어졌다. "움직이자." 케이틀린이 말했다. "일요일에 돌아가서 보고하면 돼."

그들은 장비를 챙기다가 시체들이 사라졌음을 깨달았다. 그들이 주의를 기울이지 않는 사이에 처리반이 와서 가져간 것이다. 으스스할 정도로 능률적인 그 솜씨가 바로 그들의 상징이었다. 원턴 외부에서 대원들은 밝은 하얀색 방역복 차림으로 축 늘어진 처리반원들이 수레를 끌고 한 블록이나 두 블록 떨어진 길모퉁이를 돌아 사라지는 광경을 보는 것이 고작이었다. 말이 끄는 그 수레는 옛날 센트럴파크에서 관광산업의 일익을 담당하고 있었다. 하지만 지난 몇 년 동안 관광산업이 확실히 큰 타격을 입었으므로, 수레는 어딘가로 배치되기를 기다리며 비바람을 이겨냈고, 말은 포트 원턴이 자리를 잡을 때까지 대초원에서 풀을 뜯어 먹으며 살아남은 것으로 짐작되었다. 초기 업타운 정찰 때 발견된 그 말은 헬기에 실려 안전구역으로 이송되었다. "그렇게 하는 것이 옳을 것 같다." 태빈 장군은 이렇게 말했다. 실제로도 말을 구출하기 위해 작전을 짜고 실행하는 과정에서 사람들의 사기가 크게 오르기도 했다. 맥주 도매상이 후원사로 결정되었다는 소식이 알려졌을 때보다 훨씬 더 효과가 컸다.

북동 회랑에서 마크 스피츠를 실어 온 헬기 조종사는 목적지를 향해 비행하는 동안 내내 관광가이드처럼 떠들어대며, 이상할 정도로 쾌활한 태도로 동쪽 연안 지방의 볼만한 곳들을 알려주었다. 마크 스피츠는 그가 혹시 약에 취한 것이 아닌가 의심했다. 헬기가 맨해튼에 다다르자 조종사는 센트럴파크 상공을 재빨리 한 바퀴 돌았다. "예수님도 처음 보는 사상 최대 규모의 풍치 계획으로 프레더릭 로 옴스테드가 기획한 겁니다." 마크 스피츠는 인근에 잔뜩 몰려 있는 커다란 고층 건물 창가에서 공원 풍경을 내려다본 적이 있지만, 헬기에서 내려다보는 풍경은 또 색달랐다. 담요를 깔고 한가로이 소풍을 즐기는 사람들은 없었다. 벤치에서 게으름을 피우는 사람도 없고, 포물선을 그리며 날아가는 프리스비(플라스틱 원반)도 보이지 않았다. 하지만 초봄 어느 날의 공원 풍경이 그대로 남아 있었다. 헬기는 그 풍경을 감상하겠다고, 죽어버린 사람들을 보겠다고 멈춰 서지 않았다. 망령들은 풀밭과 보행로를 정처 없이 돌아다녔다. 이쪽저쪽 아무렇게나 방향을 바꾸다가 무엇에 정신이 팔렸는지 멍청이처럼 또 방향을 바꿨다. 이것이 역병이 도래한 뒤 마크 스피츠가 처음으로 본 맨해튼의 풍경이었다. 그는 속으로 생각했다. 세상에, 관광객들한테 점령당했잖아.

디젤연료의 보급이 제대로 이루어지지 않았으므로, 말을 이용하는 것이 현명했다. 늙은 말이지만, 처리반이 거리를 순회하며 수색대원들이 쌓아둔 시체를 치울 때 커다란 금속 수레를 너끈히 끌었다. 시체들을 밖에 내놓기만 하면 되었다. 처리반 친구들은 적어도 남들 앞에서는 절대로 방역복을 벗지 않았다. 심지어 근무를 끝내고 다른 사람들과 마찬가지로 원턴을 돌아다닐 때도 그랬다. 어쩌면 저놈들은 우리가 모르는 정보를 갖고 있는지도 몰라. 마크 스피츠는 처리반이 군용 식량을 받아 잠복 중이던 건물로 서둘러 돌아가는 모습을 보면서 이런 생각을 했다. 그들은 샤워커튼 봉을 수레의 대시보드에 테이프로 고정하고, 놋쇠 종도 묶어두었다. 멀리서 들으면 그 종소리가 왠지 섬뜩하기보다는 명랑하게 들렸다.

게리가 처리반이 놓아두고 간 새 시체 가방들을 냉큼 챙겼다. 그들은 꼼꼼하게 현황을 확인해서, 수색대의 시체 가방이 부족해지면 이렇게 새것을 놓아두고 갔다. 세 사람은 건물 수색을 마저 끝내기 위해 계단을 올라갔다.

조금 전 끝장낸 해골들을 던져둔 길바닥이 다시 깨끗해진 모습을 보면 언제나 기분이 찜찜했다. 마치 해골들이 제 발로 사라진 것 같아서.

* * *

그들은 터널을 막고, 다리의 통행을 차단했다. 미리 정해진 역에서 지하철도 막았다. 여기서 정해진 역이란, 최초의 장벽이 세워질 지점의 남쪽에 있는 모든 역을 뜻했다. 헬기가 콘크리트판들을 하나씩 차례로 내려놓아 커낼 거리를 막았다. 망령들은 입을 쩍 벌린 채, 프로펠러가 일으킨 먼지구름 속을 뚫고 나왔다. 개중에 적잖은 수가 안타깝게도 프로펠러에 분쇄되었다. 어쩌면 조종사가 일부러 한 짓 같기도 했다. 마지막 콘크리트판이 강가에 놓였다. 그렇게 안전구역이 생겼다.

군인들은 배터리파크의 작전지역, 즉 한국전쟁 기념비 근처에 내렸다. 군대 수송선을 타고 온 해병들이 가장 먼저 수색에 나섰다. 버럴로가 커낼 거리 남쪽의 해골 밀도와 비교해서 작성한 추정치는 완전히 엉터리였다. 하기야 커다란 건물 안에 숨어 있는 놈들의 수를 어떻게 헤아릴 수 있었겠는가. 군인들이 내는 소리를 듣고 망령들이 거리로 쏟아져 나왔다. 사실 그것이 작전계획의 일부였다. 해병들은 스스로를 미끼로 사용했다. 그들이 내뱉는 욕설, 전투 함성, 노래 등이 기관총 포화 속으로 수많은 망령들을 유인했다.

그들은 무장 헬리콥터에서 자일을 타고 중요한 교차로로 내려와 부들부들 떨고 있는 수많은 해골들을 처치한 뒤, 다시 자일을 몸에 고정하고 공중으로 올라갔다. 그들은 위장복을 입은 파괴의 요정이었다. 기총소사와 일제사격이 이루어지고, 그들은 총으로 상대의 머리를 쏘고 척추를 쏘는 일에 아주 익숙해졌다. 두개골 속에서 총알이 폭발하면, 망령들은 길가의 신문 판매대, 소화전, 대테러 화분, 뭐가 뭔지 도무지 알 수 없지만 하여튼 기업이 후원했다는 공익 예술작품 등에 부딪혔다. 군인들은 비상구에서도 적을 사살했다. 그러면 망령들은 철로 세공한 거미줄에 걸린 나방처럼 늘어졌다. 살상 테크닉의 유행이 돌고 돌았다. 군인들이 서로 요령을 가다듬어 알려주고 우연히 좋은 방법을 알아내면서 이번 주에 유행하던 방법이 다음 주에는 사라지는 일이 되풀이되었다. 모두들 나름대로 일을 처리하는 요령을 알고 있었다. 추적조의 빨간 눈물 같은 불빛들이 대로를 질주하고, 빗나간 총알들이 은행, 교회, 콘도, 체인점 등 도시 사람들이 숭배하던 모든 곳의 얼굴에 푹푹 파인 자국을 만들었다. 최고급 유리창이 음악 소리와 함께 박살 나면서 세계 역사상 한 번도 존재한 적이 없는 기하학적인 모양들을 만들어냈다. 그리고 그 조각들은 또 새로운 모양으로 쪼개지거나, 눈부신 흰색 가루로 변했다. 탄피들이 아스팔트 위에서 누군가가 던진 담배꽁초처럼 통통 튀며 춤을 췄다. 고층 건물들과 그 사이에 크레바스처럼 자리 잡은 대로가 만들어낸 공기의 흐름 때문에 총구에서 나온 연기 줄기들은 커튼 속으로 빨려 들어갔다. 고층 건물과 대로는 산과 계곡이었다. 연기가 사라지고 나면, 괴물들이 또다시 단단한 방비를 갖추고 줄지어 쏟아져 나왔다.

군인들은 저녁 식사를 하면서 일 이야기를 했다. 입천장에 붙은 고기 반죽을 빼는 힘으로 떼어내면서 그들은 상점과 건물이 저마다 특유의 리듬과 관습을 만들어낸 현실을 생각했다. 보통 계산대나 도우미 데스크, 또는 지하 상점가에 걸려 있는 내부 지도 주위에 용의자들이 어슬렁거릴 가능성이 높았다. 젊은 독신자를 겨냥한 지하 헬스클럽에는 단골손님들이 있었다. 초대형 공립 고등학교의 교사 휴게실에서는 잡다한 괴물들이 역병 이전에 그랬던 것처럼 커피머신이 있는 조리대에 부딪혔다가 튀어나오곤 했다. 대형 패스트푸드 체인점들은 시간이 흐르면서 일정한 환경을 제공하게 되었고, 합리적인 가격으로 해산물과 육류를 한꺼번에 제공하던 체인점들은 서글픈 패러디처럼 계속 존재하는 도시에서 나름대로 강화된 메뉴를 갖췄다.

어느 날 그들은 적이 썰물처럼 사라지고 있음을 감지했다. 그걸 모를 수가 없었다. 적들의 기괴한 행렬이 점점 줄어들었으니까. 살육의 속도도 줄어들었다. 처음에 10여 마리씩 무리를 지어 삐걱삐걱 다가오던 망령들이 이제는 다섯 마리로, 그다음에는 두 마리로, 그다음에는 한 마리로 줄어들었다. 그리고 시체 더미 위에 새로운 시체가 되어 쌓였다. 군인들은 시체들 위에서 균형을 잡고 적을 겨냥했다. 시체가 산처럼 쌓였다. 금융가의 구불구불한 길에 썩어가는 시체들의 둔덕이 생겨났다. 그들은 사우스 거리 항구에서 토박이들과 관광객들을 구분하지 않고 모두 제거했다. 그러자 바다에서 불어온 바람이 엄청난 악취를 실어 갔다. 저격수들은 여섯 블록이나 일곱 블록 떨어진 곳에서 흔들리는 생물들의 윤곽을 조준했다. 오랜 세월 효용을 인정받은 현명한 그리드 분할 방식 덕분에 총알이 음속으로 거리를 통과할 수 있었다. 괴물의 수가 줄어들자, 군인들은 이제 스스로를 미끼로 내걸지 않았다. 그들은 한가로이 걸어 다니며 괴물을 사냥했다. 거리를 따라 한들한들 돌아다녔다. 군인들은 세계적인 작전의 최선봉이었다. 그들은 저항을 극복하고 방아쇠를 당길 때마다 그 사실을 새삼 깨닫고 뿌듯해졌다. 휴식 시간이 길어진 군인들은 새로운 종류의 블랙 유머를 고안해냈고, 그런 우스갯소리가 뿌리를 내렸다. 그들은 자기들이 세포 단위에서부터 근본적으로 변하고 있음을 알고 있었다. 그들은 다른 생존자들과는 종류가 다른 트라우마의 영역으로 들어가고 있었다. 셈페르 피델리스('항상 충실하게'라는 뜻의 라틴어로, 미국 해병대의 표어). 이제 그들은 건물 안으로 들어갔다.

그들은 중요 건물을 하나씩 차례로 처리했다. 젊은 부사장과 회계 책임자가 흘러넘치는 국제기구의 본부, 돈과 보험이 모여드는 거대한 하수구, 콘크리트블록으로 지어진 미궁 속에 청바지를 입은 미노타우로스들이 살면서 공공주택 프로젝트를 짜던 곳, 중산층을 노린 복합상영관과 전쟁 전에 만들어진 협동조합 등등. 그들은 누구나 쉽게 알아볼 수 있게 입구 위의 커다란 돌판에 업무 내용이 새겨져 있는 시청 관련 건물들에도 진입했다. 처음에는 정부 건물 내부에서 수많은 해골이 이리저리 쿵쿵 부딪히며 돌아다니는 모습에 깜짝 놀랐지만, 다시 생각해보니 이해가 갔다. 그들은 헬기를 타고 옥상으로 내려와 계단 문을 부쉈다. 환한 낮이라서 다행이었다. 전혀 예상하지 못했던 곳에 괴물들이 우글거렸다. 그 이유를 짐작도 할 수 없었다. 음료수대가 다른 곳에도 있는데 왜 여기에만 우글거리지? 왜 하필 이 싸구려 식당, 유대교회당, 서점, 99센트 가게에만 우글거리는 거야? 그리핀(그리스 신화에서 독수리의 머리와 날개에 사자 몸을 한 괴수), 바다뱀, 키메라의 부조가 유서 깊고 기념비적인 건물들을 장식하고 있었다. 지금과는 다른 시대의 장인들이 생각한 괴물의 모습이 거기에 있었다. 얼굴이 산산이 부서진 망령들은 처마 밑 가고일상의 얼굴보다 더 보기 흉했다. 비록 투자 은행가들이 몰려 있는 곳이기는 해도, 역병 이전에는 흉한 얼굴들이 이렇게 많지 않았다.

해병대는 밖에서 돌아다니는 붙박이 망령들을 제거했다. 무자비하게 돌격하는 망령들과 달리, 옆에서 구경하는 자들이었다. 노점상을 하던 괴물은 머스터드가 굳어서 달라붙은 작은 막대기를 휘둘렀다. 스케이트보드를 타던 괴물은 제가 가장 좋아하던 비탈길 아래의 맨홀 뚜껑 위에서 자세를 잡고 있었다. 윈도쇼핑을 하던 괴물은 판자로 막힌 백화점 진열창 앞에 홀린 듯이 서 있었다. 지금은 다 사라진 지 오래지만 한때 훌륭하게 진열돼 있던 시시한 물건들을 바라보는 것 같았다. 과연 제정신이 남아 있는지 의심스러운 그들의 머릿속에서 무슨 생각이 진행되고 있는지, 그들이 세상에 대해 어떤 망상을 품고 있는지 누가 알까. 해병들은 해로운 놈이든 그렇지 않은 놈이든 가리지 않고 모든 괴물의 머리를 쏘아 죽였다.

해병들 중 일부도 목숨을 잃었다. 쏟아지는 총성 때문에 제때에 경고를 듣지 못한 사람. 눈앞의 섬뜩한 광경에 혼란스러워져서 과거를 지나치게 이상화한 상념 속으로 빠져들어 가 압도당한 사람. 괴물에게 물려 팔과 다리에서 야구공 크기만 한 살점을 잃은 사람. 괴물 떼에 에워싸여 모습이 사라진 사람. 때로는 장갑 낀 손 한 짝이 삐죽 튀어나오기도 했지만, 쓰러진 병사가 자의로 손을 내밀어 흔드는 것인지, 아니면 괴물들이 병사의 몸으로 잔치를 벌이는 와중에 손이 밀려 나온 것인지는 불분명했다. 장례식은 간결하게 축소되었다. 망령들과 함께 동료의 시체를 불태우는 것으로 끝이었다.

그들은 불도서와 넘프트럭에 디젤연료를 채웠다. 공중에서는 수많은 파리들이 붕붕거렸다. 예전에는 버스들이 횡횡 달리는 소리, 구급차의 날카로운 사이렌 소리, 사람들이 휴대전화에 대고 주문처럼 읊어대던 이상한 말소리, 하이힐을 신고 또각또각 걸어가는 소리 등 살아 있는 도시의 다양한 소리들이 환상적인 오케스트라처럼 허공을 가득 채웠는데. 그들은 망령들을 차에 실었다. 핏자국은 나중에 빗물에 씻겨 사라졌다. 뉴욕 시의 하수시설은 지난 수백 년 동안 황폐한 세월을 겪으며 이보다 더 심한 일도 감내한 적이 있었다.

해병들이 재배치되었다. 일부는 북부의 작전 완수를 앞당기기 위해 뉴욕주 북부로 올라갔고, 나머지는 서쪽의 은밀한 작전에 파견되었다. 그 외에는 자세한 상황이 별로 알려지지 않았다. 육군이 도착하고, 그 다음에는 다음 단계의 작전을 실시할 공병단이 왔다. 그들은 이 거대 도시의 청사진과 각종 배선 약도들을 둥글고 긴 통에 담아 겨드랑이에 끼고 있었다. 버펄로가 실내 환경이 조절되는 정부 창고를 찾아내 그곳의 자료들을 발굴한 끝에 그들에게 들려 보낸 것이었다.

20층 이하의 건물들은 종류를 막론하고 모두 수색대에게 할당되었다. 그렇게 해서 마크 스피츠가 등장했다. 그의 팀은 135번지의 수색을 마침으로써, 두에인×처치, 주택가/상업지구 혼합지역 수색을 모두 끝냈다. 이제 다음 그리드로 넘어갈 차례였다.

"적이 그렇게 많지는 않을 거야." 케이틀린이 말했다. 그들은 두에인 거리 135번지의 계단을 다시 올라가기 시작했다. 수색대원들은 군대식 용어를 열성적으로 받아들여 사용했다. 새로 생긴 속어들과 뒤섞인, 이 재앙 이후의 새로운 단어들은 그들에게 최후의 장갑판이었다. 그들은 그 단어들을 작업복 아래, 심장 부위에 고이 간직해두었다. 총알을 막아줄 거룩한 말씀처럼.

다른 유행어들은 그만큼 기운을 북돋아주지 못했다. 멸절이니, 최후의 날이니, 세상의 종말이니 하는 말이었기 때문이다. 이런 말에는 찡하게 울리는 맛이 없었다. 폴리 어쩌고라는 이름의 소재로 만든 공기 매트리스에 늘어진 사람들을 부추겨 재건에 온 힘을 다하겠다고 맹세하게 만들지 못했다. 재건을 시작한 초창기에 버필로는 생존을 다른 이름으로 포장하는 일이 현명하다는 데에 동의했다. 그들은 캠프에서 머리가 뛰어난 사람들을 쏙쏙 뽑아다가 괴짜 동물원 같은 전문가 그룹을 운영했다. 이 사람들이 하루 종일 하는 일이라고는 미래를 갈고 닦는 좋은 방법을 생각해내려고 애쓰는 것뿐이었다. 그들은 화이트보드에 여러 기호를 띄워놓기도 하고, 지하 카페테리아에서 자기들끼리 모여 앉아 토론을 하기도 했다. 외부인들이 오렌지 주스를 담은 쟁반의 균형을 잡으며 옆을 지나가면 그들은 목소리를 낮췄다. 개중에는 새로운 언어를 만들어보겠다고 열심히 애쓰는 사람들도 있었다. 그리고 그들이 괜찮은 결과물을 적잖이 내놓았다. 그들이 맞서야 하는 적에게는 심리전이 통하지 않았지만, 그렇다고 해서 심리전의 원칙을 무용지물로 놔둘 필요는 없기 때문이었다.

새로운 시대였다. 이제 사람들은 단순한 생존자, 반쯤 정신을 놓은 난민, 정신적 외상에 시달리는 때투성이의 가엾은 무리가 아니라 '미국 불사조'였다. 사람들은 이 말을 그냥 '불사조'로 줄여서 부르기 시작했고, 이 말이 정착지에서 인기를 끌었다. 정착지들 역시 새로이 포장되었다. 캠프 14는 '새로운 전망'으로 이름이 바뀌었고, 로어노크는 '콸콸 흐르는 개울'이 되었다. 마크 스피츠가 처음으로 경험한 민간 캠프의 이름은 '행복한 땅'이었다. 사람들은 전기가 흐르는 철조망 옆 출입문에 걸려 있는 이 이름을 보고 실제로 표정이 조금 밝아졌다. 마크 스피츠가 보기에는 후드티나 선바이저 같은 상품들도 커다란 도움이 되었다. 최후의 밤이 오기 전 몇 달 동안 크게 유행하던 디자인 트렌드에 맞춘 로고의 차가운 색감과 부서질 듯한 선들. 마치 중단되었던 문화가 다시 돌아가고 있는 것 같았다.

오메가 팀은 두에인 135번지 4층에서 붙박이 망령 한 마리와 부닥쳤다. 그들이 회의실을 처리한 뒤에는 모두가 깨끗했다. 해골은 한 마리도 없었다. 주거용 건물이 아니었으므로 괴상하게 생긴 강아지 비숑 프리제나 흠집이 난 청록색 복도 타일 바닥에서 썩어가는 알레르기의 원흉 새끼 고양이 같은 것은 없었다. 4층은 이리저리 칸막이를 설치해서 방이 한두 개씩 있는 수많은 사무실로 변형되어 있었다. 토끼 굴처럼 모여 있는 이 사무실들은 대부분 창문이 없었다. 채무 추심 회사나 파산 재판을 피해 마지막으로 노력을 기울이는 사람들의 사무실. 그들은 사업의 전망이 점차 시들시들해지면서 계속 가련하고 조악한 사무실로 내려앉았다. 역병이 도래하기 전에도 이미 반쯤 숨이 멎은 상태이던 그들을 지상에서 쓸어버린 것은 그 심각했던 마지막 겨울이었다.

붙박이 망령은 텅 빈 사무실 뒷방에 있었다. 전에 이 사무실이 어떤 사업체였는지는 알 길이 없었다. 반쯤 찌그러진 마분지 상자들이 베이지색 카펫 위에 놓여 있고, 그 옆에 떨어져 있는 구겨진 종이들에는 가장 인기를 끌던 스프레드시트 프로그램의 검은 선들이 가득했다. 낡아빠진 전화기는 기어서 도망치려다가 탯줄 같은 전화선 때문에 멈춘 것 같은 모양새였다. 복사기가 뒷방을 거의 다 차지했다. 복사기 버튼은 손길에 파인 듯한 모습이고, 종이 트레이가 두툼한 초록색 혀처럼 삐죽 튀어나와 있었다. 붙박이 망령은 오른손으로 복사기 커버를 열고 살짝 허리를 숙인 자세였다. 모든 붙박이 망령이 그렇듯이, 그도 수색대원들이 다가오는 것을 보고도 움찔거리지 않았다. 그는 유리로 덮인 복사기 내부, 구부러진 종이 클립, 빠른우편 봉투 등 방 안의 잡다한 물건들을 바라보았다. 먼지처럼 조용하게.

"복사실 청년 네드는 자기 일을 좋아했군. 지나치게 좋아했어." 마크 스피츠가 말했다.

"이런, 네 솜씨가 그것밖에 안 돼?" 케이틀린이 말했다.

붙박이 망령은 젊은 남자였고, 모든 해골들이 그렇듯이 옷 속의 몸이 쪼그라든 상태였다. 하지만 빨간 나비넥타이가 옷깃을 죄었다. 괴물에게 겨드랑이를 물렸는지, 마른 핏자국이 그곳에서부터 원뿔형으로 퍼져 있었다. 마치 로켓의 배기가스를 울퉁불퉁하게 재현해놓은 것 같았다.

게리는 잠시 생각해보다가 한마디 했다. "토너가 필요해, 빨리!"

케이틀린이 재빨리 뒤를 이었다. "세상에, 하얀 점투성이잖아. 저기 찍힌 대둔근(둔부의 근육)의 주인이 바로 범인이야." 그리고 마지막으로 한마디 더 덧붙였다. "여기서 우리 집이 보이네."

'붙박이 망령의 수수께끼' 게임은 그들의 하루에 별 볼 일 없는 즐거움을 선사했다. 케이틀린에게서 새로운 유머 감각도 이끌어냈다. 그

녀가 친구, 가족, 자주 드나드는 소셜미디어 네트워크의 회원들에게
만 언뜻 보여주던 유머였다. 수색대원들은 또한 이런 게임을 통해 재
앙의 삭고 구석진 부분, 그들을 괴롭히는 수수께끼까지도 능숙하게 다
룰 수 있는 경험을 쌓았다. 복사실 사환인지 복사기 수리 기사인지 토
녀 성애자인지 알 수 없는 이 남자는 어쩌다 이 방에 혼자 남게 되었을
까? 최후의 밤부터 줄곧 여기에 있었을까, 아니면 몇 킬로미터나 떨어
진 곳에서 여기까지 왔을까? 오래전 이곳이 회계사 사무실이나 다이
어트 전문점일 때 여기서 일하던 사람일까? 모든 추측 중에 가장 무서
운 것은, 그가 이 사무실과 아무런 연관이 없으며, 순전히 우연으로 이
4층 사무실에서 발작을 일으켰다는 것이었다. 그가 이곳에 있게 된 것
이 우연이라면, 세상 전체 또한 우연에 좌우되지 말란 법이 없지 않은
가? 붙박이 망령의 수수께끼 게임은 순수한 혼란 속으로 빠져든 세상
을 한 입 갉아 먹는 것과 같았다.

하지만 그들의 또 다른 소일거리인 '핏자국에 이름 붙이기!'보다
는 확실히 덜 냉혹했다. 네 눈에는 저 핏자국이 어떻게 보여? 저 녀석
의 클라우드 게임이 잘못된 것 같은데. 러시모어산, 텍사스, 우주 셔틀,
꿈의 집, 우리 엄마의 무덤……. 모든 수색대원들과 마찬가지로 그들
도 눈앞의 괴물을 조롱했다. 저 걸스카우트가 어쩌다 이 권투 경기장
에 오게 됐을까? 버스 운전기사 제복을 입은 남자는 왜 아이스크림 가
게 냉동고 안에 머리를 박고 말라붙은 진흙을 푸고 있는 거야? '붙박
이 망령의 수수께끼'에 그들이 제시하는 답은 그날그날 분위기에 따라
논리적이거나 공상적이거나 터무니없었다(예전에 케이틀린은 "바나
나!"라는 답을 외친 적도 있었다).

해골들을 훼손하는 것도 인기 있는 놀이지만 케이틀린이 함께 있을 때는 즐길 수 없는 게임이었다. 마크 스피츠도 그 게임을 그리 좋아하지 않았다. 그가 보기에 게리는 코네티컷에서 무시무시한 일에 푹 빠졌을 것 같았다. 그곳에서는 그런 게임이 관습으로 자리 잡았으니까. 아주 드물게 누가 왜 그런 짓을 하느냐고 물으면, 사람들은 "그냥 재미로" 한다고 핑계를 댔다. 제압된 해골은 사디즘을 실천할 수 있는 완벽한 상대였다. 그냥 그 괴물을 끝장내기 전에 잠깐 시간을 끌면서 장난삼아 손가락이나 귀를 잘라내는 사람도 있고, 해골을 괴롭히는 새로운 방법을 고민하느라 밤새 잠을 설치는 마스터급 사디스트도 있었다.

붙박이 망령들은 사진을 찍으려고 포즈를 취한 채로 굳어버린 것 같았다. 자기 삶의 한 장면을 담은 스냅사진 속에 갇힌 꼴이었다. 그렇게 마비된 채 꼼짝 못 하는 상태라서, 사람들은 더욱더 당혹스럽고 다양한 학대를 가하고 싶다는 유혹을 느꼈다. 그래서 붙박이 망령의 얼굴에 히틀러 수염을 그려놓는 사람도 있고, 후원사가 제공한 담배를 붙박이 망령의 입술에 찔러 넣는 사람도 있었다. 바지춤을 잡아 올려 바지가 엉덩이 사이에 끼게 만들어도 전혀 반응이 없었다. 그들은 모든 것을 받아들였다. 그러다가 사람들은 놈들을 파괴했다. 목을 베거나 머리에 총을 쏘아 뇌수를 터뜨렸다. 허카이머가 캠프의 정신과의사들과 함께 개최한 PASD 세미나에서는 이 주제가 언급되지 않았지만, 사람들은 대체로 이런 행동이 건전한 기분 전환이라고 생각했다. 직업상 스트레스를 치료하는 방법의 일환이라고.

마크 스피츠는 사람들이 일반적인 해골을 '그것'이라고 지칭하는 반면 붙박이 망령은 '그' 또는 '그녀'라고 지칭하는 것을 몇 번이나 보았다. 그 의미가 무엇인지 궁금했다. "저 사람 이름이 뭐야?" 그가 말했다.

"그게 무슨 소리야? 이름이 뭐냐니?" 게리가 말했다.

"뭔가 이름이 있을 것 아니야."

"버펄로는 이름을 원하지 않아."

"그래도."

"저 사람 이름은 복사실 청년 네드야."

"저 사람을 그냥 내버려두는 게 어때?" 마크 스피츠는 자기가 왜 이런 말을 했는지 알 수 없었다. "누굴 해치지도 않잖아. 이 방을 봐. 이 도시를 통틀어 가장 우울한 방이야."

그의 동료들은 시선을 교환할 뿐 아무 말도 하지 않았다. "이 녀석을 처리하자." 케이틀린이 말하고는 그의 머리를 쏘았다.

만약 그들이 '핏자국에 이름 붙이기!' 게임을 했다면, 마크 스피츠는 '북아메리카'라고 답했을 것이다. 앞으로 새로운 창문을 많이 만들어야 할 것 같다고 그는 생각했다. 표백제도 많이 필요할 것이다. 그런 것들이 번창하는 산업이 되어 많은 기회를 제공해주겠지. 어쩌면 게리가 올가미 연구를 그만두고, 핏자국을 닦아내는 사업에 뛰어드는 편이 나을지도 모른다. 1층부터 들어가서 얼룩을 지우는 일.

복사실 청년은 그 건물에서 마지막으로 발견한 붙박이 망령이었다. 케이틀린이 그의 상세한 특징을 수첩에 기록한 뒤, 그들은 어스름한 거리로 시체를 끌고 내려와 놓아두고 하루 일을 마감했다. 멀리서 처리반의 종소리가 들려왔다. 마크 스피츠는 점점 멀어지는 그 종소리에 귀를 기울였다. 지금은 망각 속에 묻힌 종교에 등장하는 죽음의 신이 내는 소리 같았다. 멍청하게 속임수에 빠진 수많은 신도들을 거느리고 제대로 자리를 잡은 종교, 종교를 믿는 척하는 사람들을 오만하게 깔보는 종교. 그 옛날 동굴에서 원시인들이 모닥불을 피워놓고 천둥을 설명하기 위해 만들어낸 신이나 사방에 퍼져 있는 신전에서 신나게 신도들의 탄원을 유도하던 신은 모두 가짜였다. 오랜 세월이 흐른 지금 죽음의 신이 마침내 돌아와서, 묘지로 변해버린 도시를 돌며 한껏 우쭐거리고 있었다. 그의 왕국이 마침내 일어섰으므로.

* * *

그의 팀은 예전에 섬유 창고였다가 화려한 원룸아파트로 개조된 곳에서 지난 나흘 밤을 보냈다. 절벽처럼 깎아지른 도시의 건물에 새겨진 화려한 다락방 같은 곳이었다. 그들이 고른 아파트는 소규모 록밴드의 드러머가 살던 곳이었다. 한 구절 한 구절 노래를 부를 때마다 스태미나의 의미가 무엇인지 파악하려고 애쓰는 근육의 찬가를 강령으로 삼은 밴드였다. 그들이 괄목할 만한 성공을 거둔 덕분에 들어온 저작권료로 이 아파트의 비싼 계약금을 충당했음이 분명했다. 크게 확대해서 벽에 붙여둔 잡지 표지에서, 이 집 주인은 항상 다른 멤버들에게 화면 밖으로 밀려나기 직전인 것처럼 보였다. 다른 멤버들은 또한 그에 비해 우월한 매력을 지니고 있었다. 원래 드러머의 위치가 그런 것이었다. 커다란 목욕탕의 중앙에 자리 잡은, 난간이 있고 널찍한 흥청망청 욕조.

오메가 팀은 거실의 하얀 조립식 가구에서 번갈아가며 잠을 잤다. 아파트 안은 쾌적했다. 어느 날 밤에는 심지어 모닥불을 피우기도 했다. 케이틀린은 욕실 수납장 안에서 자신이 즐겨 쓰던 로션을 찾아내 얼굴에 발라보다가 게리에게 들켰다. 그는 쯧쯧 혀를 차면서 갖고 있던 주의 사항 카드 다발을 꺼내, 그중에서 열린 냉장고 문에 빨간 사선이 그어져 있는 카드를 골라서 흔들어댔다. 지나치게 커다란 창문에는 커튼도 블라인드도 없었지만, 어차피 창문 너머에서 소문거리를 찾는 이웃도 없고 잠을 방해하는 가로등도 없으니 괜찮았다. 아예 불빛이 전혀 없었다.

하지만 그들은 마크 스피츠의 요청에 따라 이 그리드에서 보내는 마지막 밤을 135번지의 18층에서 보냈다. 원래는 굳이 말할 필요도 없는 이유들 때문에 낮은 층에서 야영을 하는 것이 보통이었다. 따라서 평소 같았으면 케이틀린과 게리가 마크 스피츠의 요청을 거부했겠지만, 이번에는 아무 말 없이 그의 손을 들어주었다. 마크 스피츠는 공격을 받은 뒤로 유난히 조용했다. 복사실 청년을 위해 이상하게 나섰을 때만 예외였다. 만약 그가 이 건물 18층에서 뭔가 자신에게 필요한 것을 찾고 싶은 거라면, 그들은 기꺼이 계단을 올라가 그를 도와줄 용의가 있었다. 이번에는.

그들은 어떤 컨설팅 회사의 회의실에서 바닥에 침낭을 펼치고, 거대한 책상을 벽으로 밀어붙이고, 그 앞에 배낭을 내려놓았다. 그러고는 간이 식량을 먹은 뒤, 복도에 동작 감지기를 설치하고 밤마다 되풀이하는 일상을 시작했다. 게리는 담배를 피우면서 외국어 오디오 북을 건성으로 들었고, 케이틀린은 죽은 유명 인사들의 전기를 속독으로 읽었다. 마크 스피츠는 방 안을 서성거렸다. 거친 곳에서 워낙 오랜 시간을 보낸 탓에, 마크 스피츠는 지금도 몸과 마음을 진정하는 데 한참이 걸렸다. 게리는 약을 먹으라고 말했지만, 그는 약 기운으로 둔해지고 싶지 않았다. 밤이면 날뛰는 PASD의 증상이 오히려 그를 살아 있게 해주었다.

청록색 카펫 위에 펼친 침낭이 제법 편안했다. 하지만 그는 가지에 걸린 연처럼 나무 위에서 자던 시절이 그리웠다. 죽어버린 지역과 인접한 숲에서, 원시적으로 변해가는 공원에서, 그리고 침술 한의원의 뒷마당에서 잉어가 자라는 연못을 내려다보며 잠을 청하던 시절. 재앙이 벌어지고 얼마 되지 않은 그 시절에 그는 혼자 떨어진 다른 사람들처럼 텅 빈 집들을 전전하며 임시변통으로 삶을 이어갔다. 그는 농장 주택이든 같은 층의 바닥에 차등을 둔 건물이든 상관없이 밤이 오기 전에 미리 잠잘 곳을 답사해서 어느 입구로 들어갈지 정한 다음, 방마다 뒤지고 다녔다. 지하실, 벽장, 빨래건조기(절대 방심할 수는 없는 법이다) 등을 확인하고, 혹시 안에 해골이 있다면 밖으로 끌어내려고 시험 삼아 소리를 냈다. 하지만 밖에서 무리를 지어 돌아다니는 놈들이 들을까 봐 소리를 너무 크게 내지는 못했다. 그런 과정에서 그는 형편없는 결혼식을 찍은 사진을 모아둔 앨범처럼 다락방에 처박힌, 불행한 역병 환자들을 발견했다. 푹신한 천으로 감싼 야한 수갑으로 침대 기둥에 묶여 체액을 줄줄 흘리는 놈들도 보았다. 그는 개인의 방이나 아이들 놀이방에서 나오는 해골을 전부 쓰러뜨렸지만, 상황이 너무 급박해지면 서둘러 후퇴했다. 여러 잔해들로 뒤덮인 계단을 한꺼번에 두 칸씩 내려가거나 창문으로 뛰어내려 마당처럼 꾸며진 곳에 형편없이 떨어질 때도 있었다. 그는 도망쳐야 하는 때를 잘 알았다. 새 학년 첫날 처음 교실에 들어갔을 때 어떤 자리를 골라야 하는지 저절로 깨달았던 것과 같았다. 선생님에게 이름이 불릴 가능성을 줄이려면, 똑똑한 아이들과 습관적으로 손을 번쩍번쩍 드는 아이들이 잔뜩 몰려 있는 곳에 앉되 선생님의 시야에서 확실히 미스듬히 비껴난 자리를 골라야 했다. 그래야 마크 스피츠 자신이 원하는 대로 선생님의 시선을 끌거나 혹은 관심에서 벗어날 수 있었다. 직장에 다닐 때도 그는 '문제'를 일으키지 않고 최대한 늦게 출근할 수 있는 시각을 정확히 알아냈다. 그가 이 재주를 얼마나 자주 써먹었는지. 상사가 칸막이들 사이를 돌아다니며 규칙을 우습게 여기는 자들을 저인망식으로 찾아낼 때면, 그는 항상 바쁜 척했다. 그는 또한 정확히 언제 '사랑한다'는 말을 해야 여자 친구들이 계속 멋진 모습으로 만족스러운 표정을 짓는지, 마감 시한을 미루면서 상대방의 반발을 사지 않는 수준이 어느 정도인지, 식당이나 커피 전문점에서 좋은 자리를 배정받거나 크림 추가 서비스를 받으려면 직원들에게 어떻게 웃어줘야 하는지도 잘 알고 있었다. 그가 생각하기에 삶이란 자신의 행동이 불러오는 결과를 최소화하는 것이었다. 역병으로 인해 위험이 올라갔지만, 그는 평생 이런 상황에 적응하는 훈련을 받은 거나 마찬가지였다.

게리가 말했다. "데이 하-메이 인 포즈. 데이 하-메이 인 포즈."

그는 날씨가 허락한다면(고풍스러운 소풍 용어) 몇 달 동안이나 계속 나무에서 잤다. 안에 다양한 망령들이 있을 가능성이 높다는 사실을 알면서 텅 빈 집을 잠자리로 삼는 것이 싫어서였다. 어쩌면 이때부터 그가 신원 파악 작업에 반감을 갖게 된 것인지도 모른다. 침실 문 앞으로 책상을 밀면서, 그 위에 있던 번지르르한 장신구 상자나 청록색 향수병이나 약한 플라스틱 액자에 든 가족사진 같은 잡다한 물건들이 바닥으로 우당탕 떨어지는 모습을 지켜보던 그 시절부터. 붙박이 망령과 맞닥뜨렸을 때는 더 심각했다. 비록 당시에는 '붙박이 망령'이라는 말을 몰랐지만. 목욕 가운 차림으로 스웨덴산 커피머신에 커피 가루를 계량해서 넣던 여자가 그대로 굳어 있었다. 어떤 십대는 펑키하게 꾸민 제 방에서 라크로스 채를 휘두르는 모습으로 서 있었다. 그 옆 마을에서는 머리를 하나로 묶은 어린 공주가 낡은 보드게임의 마분지 게임판 위에 잇자국이 가득한 유니콘들을 배치하고 있었다. 설명과 규칙이 너무 많거나 너무 적어서 대대로 전해지지 못하고 일시적인 유행에 그친 게임이었다. 그는 물론 야구방망이로 놈들의 머리를 후려갈 겼다. 놈들이 해롭지 않다는 사실을 금방 깨달았지만, 굳어 있던 녀석들이 어느 날 갑자기 깨어나 사냥에 나서지나 않을지 그때는 확신할 수 없었다. 역병은 사람들에게 자신의 규칙을 알려주지 않았다. 상자 안에 규칙이 인쇄되어 있지 않았다. 그러니 사람들이 직접 하나씩 하나씩 체득해야 했다. 대다수의 해골들은 미쳐 날뛰었지만, 붙박이 망령이라는 하위 그룹이 있었다. 하지만 아직 일이 벌어진 초기라서 그들의 몸이 쪼그라들지 않았기 때문에, 해골이라는 이름도 존재하지 않을 때였다. 그래서 상황이 더욱 힘들어졌다. 어스름한 불빛 속에서 괴물에게 물린 상처를 직접 볼 때까지 그는 실수로 엉뚱한 집을 골라 들어온 도둑 행세를 했다. 원래 옆집을 털려고 했다면서 집에 있는 사람들에게 사과를 하려고 했다. 실제로 사과한 적도 몇 번 있었다. 하지만 아무 대답이 없었다. 집 안에 있던 사람들은 모두 평범해 보였지만, 곧 신체의 일부가 사라진 부분이나 곪기 시작한 상처에 대충 감아둔 붕대 같은 것이 눈에 들어왔다. 그들은 울고 있는 천사상이나 검게 변색된 아기 천사상 등 공동묘지를 장식한 조각상처럼 자기들의 무덤 위에 서 있었다. 그냥 쭉 나무에서 자자. 그는 속으로 중얼거렸다.

게리가 말했다. "콴-토 퀘스타? 콴-토 퀘스타? 콴-토, 콴-도."

그는 꼼짝도 않고 누워서 옅은 잠으로 서서히 빠져드는 법을 터득했다. 위험이 닥치면 바로 인식하고 반응할 수 있을 정도의 잠이었다. 해골들이 위로 시선을 들었다가 나무 위의 그를 발견할 때를 대비해서 그네를 타듯 다른 나뭇가지로 재빨리 옮겨 가기/도망치기/땅으로 뛰어내리기 세트도 연습했다. 하지만 해골들이 위를 바라보는 일은 한 번도 없었다. 놈들은 그가 잔뜩 경계하고 있을 때는 결코 나타나지 않았다. 그가 과거에 한 발을 걸치고, 이미 죽어버린 '안전'이라는 말을 떠올리고 있을 때 나타났다. 그가 생각하기에, 어차피 괴물들에게 둘러싸일 상황이라면 피할 수 없었다. 그의 운이 거기까지라면, 그가 나무 위에 있든 식민지 부흥 양식의 주택에 있든 다를 것이 없었다.

그가 처음으로 다른 생존자와 같은 나무에서 자게 됐을 때, 그녀가 말했다. "그래서 뭐? 다들 가끔 나무에서 자잖아." 비참한 시기에 사람들은 모두 똑같았다. 맨해튼은 흉포하게 변해버린 다른 도시들의 거푸집과 같았고, 마크 스피츠 본인도 일종의 거푸집인 것 같았다. 모두들 사연이 똑같았다. 최후의 밤을 맞은 곳이 롱아일랜드든 랭커스터든 루이스빌이든 상관없었다. 아슬아슬한 도주, 한 치 앞도 모르는 상태로 식량을 찾아다닌 경험, 점점 커지기만 하는 상실감. 인근 부동산 소개소 옥상에 올라가 거리에서 혹시 눈에 띌까 봐 잔뜩 웅크리고 있었는데 유일한 출구를 게걸스러운 망령들이 둘러싼 바람에 반쯤 굶어 죽을 뻔했다는 사연. 식당의 스테인리스 수납장 안에 구겨진 채로 아침이 밝아 또 다른 덧없는 피난처를 찾아 도망칠 때를 기다렸다는 사연. 언제나 발소리가 들릴까 봐 귀를 기울였다는 사연. 불면증 환자들의 힘든 현실이 지구상 도처에서 모든 사람의 현실이 되었다. 지상의 모든 사람이 한때는 자신이 지구에 남은 최후의 인간인 것 같다고 생각하기도 했다. 그런데 이렇게 최종적이고 돌이킬 수 없는 고립감이 그들 모두를 하나로 묶어주었다. 비록 그들 자신은 그 사실을 모른다 해도.

케이틀린이 말했다. "그거 여기서 안 하면 안 돼? 이봐…… 간접흡연도 사람을 죽인다고."

마크 스피츠는 게리가 저 평범한 스페인어 문장을 그가 항상 쓰는 '우리'라는 주어에 맞춰 어떻게 변형시킬지 궁금했다. "게리, 너 그 섬에 갈 때 잠수함을 얻어 탈 거야?"

게리는 헤드폰을 벗었다. "그 방법밖에 없다면 그래야지. 잠수함에 타는 데는 아무 문제 없을걸. 우리가 여기서 그놈들을 위해 한 일이 얼만데."

"넌 아무래도 해군이 되어야 할 것 같다." 케이틀린이 말했다.

"해군 절반이 괴물한테 먹혔어. 우리는 걱정 안 해. 필요하다면 갑판 닦는 일이든 뭐든 할 거야." 그는 헤드폰을 다시 쓰고 커다란 목소리로 말을 덧붙였다. "섬에 도착하기만 하면, 지금처럼 고층 건물 계단을 오를 일은 다시 없겠지."

게리는 어떤 섬을 생각하고 있는지 밝히지 않았다. "다른 사람들한테 털어놓으면 계획이 다 망가져." 마크 스피츠는 그가 스페인 여행 안내서에 손을 뻗는 모습을 두 번이나 보았다. 게리는 조용한 아파트를 수색할 때 책꽂이에서 그 책들을 몰래 뽑아내려다가 포기했다. 남쪽의 땅과 군도들이 별 볼 일 없다고 생각했기 때문이다. 그렇다면 목적지는 지중해였다. 해안선에서부터 안쪽으로 샅샅이 수색이 끝나기만 한다면, 섬에서 햇볕을 듬뿍 받으며 근심걱정 없는 생활을 할 수 있으며 섬이 쉽사리 사라지는 일도 없을 것이라는 논리에 반박하기가 힘들었다. 바다는 아름다운 장벽, 무엇보다 장엄한 바리케이드였다. 섬에서는 편안히 살 수 있을 것이다. 기술 따위 잊어버리고 코코넛으로 가구를 만들고, 아이들을 많이 낳아 제멋대로 풀어놓으면 아이들은 사랑스러운 말들을 할 것이다. "아빠, '주문형 시스템'이 뭐예요?"

하지만 현실에서는 언제나 문제가 발생했다. 예를 들어, 남북캐롤라이나. 누군가가 본토로 몰래 돌아갔다. 페니실린이나 스카치 때문이었을 것이다. 배를 타고 노를 저어 간 사람들도 있었다. 그들은 충격을 받아 쓰러진 일행까지 버려두지 않고 데려갔다. 서글픈 오렌지색 구명조끼가 가쁘게 들썩거리는 그들의 가슴을 감싸고 있었다. 이 새로운 초소형 사회는 필연적으로 내부 폭발을 일으켰다. 섬의 출입구에서, 다시 장악한 교도소에서, 유일한 교통수단인 케이블카가 파괴된 산꼭대기 스키 휴양지 호텔에서, 마침내 사용하게 된 지하 방공호에서. 규칙들이 무너졌다. 지도자들은 정신적 결함을 드러내며 잘못된 명령을 연달아 내리고 변덕을 부렸다. "양쪽에게 완전히 공정해지려면, 우리는 이 아기를 반으로 잘라야 한다." 손으로 만든 멋없는 왕의 상징을 걸친 지도자가 선언하자 그 일이 실제로 이루어졌다. 그의 부하가 아기를 반으로 자른 것이다. 새로운 섹스 규칙 또한 사람들을 혼란 속으로 몰아넣었다. 각자에게 할당된 콩 다섯 알 외에 한두 알을 몰래 훔친 자들의 재판을 지켜본 사람들은 모두 적잖은 환멸을 느꼈다. 위장을 위해 덤불들을 전략적으로 배치해두었는데도, 망령들과 인간 습격자들이 유일한 도로를 따라 강처럼 몰려왔다. 그는 길게만 느껴지던 몇 달 동안 이런 일들을 직접 보았다. 인간은 변하지 않는다.

다시 커다란 집단들이 만들어졌다. 엘리트들은 졸개들을 내치고 싶어 안달하고, 졸개들은 너무나 오랫동안 지시를 받지 못했기 때문에 목적의식에 굶주려 있었다. 어느 날 마크 스피츠가 주위를 둘러보니 캠프 안에 모르는 사람만 가득했다. 그들이 어떻게 여기까지 왔고 가까운 사람들 중 누구를 잃어버렸는지 그는 전혀 알지 못했다. 그가 모르는 사이에 정착지가 하나의 공동체를 이루고 있었다. 버펄로는 식량 배급망을 만들고, 죽어버린 거리를 뒤져 식량을 구해 오는 전문 팀을 만들었다. 재앙 이전에 각자가 하던 일에 맞춰 일을 할당했다. 그러자 생존자들은 임시변통으로 만들어 가지고 다니며 별명을 붙여주고 깊은 밤에 불쌍하게 말을 걸던 무기 외에 뭔가를 손에 쥘 수 있게 되었다. 지도자들은 제1구역처럼 세계관을 바꿔놓는 사업들을 세세히 다듬는 데 골몰했다. 그렇게 해서 광기 속에서 아미노산으로 이루어진 생물들의 관습에 따라 시험적인 관료주의가 등장했다.

마크 스피츠는 버펄로가 주도권을 쥐고 과거의 정부 구조를 다시 만들어내고 있는 지금이 더 낫다는 사실을 인정할 수밖에 없었다. 우선 제대로 된 식사를 할 수 있다는 점이 좋았다. 육포와 미지근해진 당분 투성이 콜라로 끼니를 때울 때는 속이 엉망진창이었다. 시스템이 과거로 회귀하는 것에 저항하는 사람들도 있었다. 그래서 가끔은 군인들이 제대로 무장을 갖추고 요새처럼 거처의 방비를 강화한 종말론자들에게 밖으로 나와도 안전하다고 설득해야 했다. 농장에서 수경재배를 시도하는 히피들을 밖으로 끌어내기 위해 거칠게 굴 때도 있었다. 그들이 수경재배에 성공했든 성공하지 못했든 상관없었다. 어쨌든 과거의 법률로 회귀하는 것이 효과가 있는 듯했다. 재건 과정에서 어디만큼 왔는지 알 수 있기 때문이었다.

그가 포트 원턴에 도착한 것 자체가 다시 활성화된 시스템에 몸을 깊게 담그는 행동이었다. 조종사는 센트럴파크를 한 바퀴 돈 뒤 맨해튼 중심부의 고층 건물들 위를 지나 냅다 남쪽으로 향했다. 마크 스피츠는 아래의 풍경을 내려다보며 스카이라인 여기저기에 구멍이 뚫린 것을 보았다. 애당초 잘못 지어진 건물들도 있었다. 유리로 표면을 덮은 건물들은 쓸쓸하고 단조로워 보였다. 위에서 내려다보니 건물들이 그리 장대하게 보이지 않았다. 오히려 한심해 보였다. 무한한 야망을 품고 하늘을 향해 돌진하는 군대라기보다는, 자라다 만 꼬마들의 무리 같았다. 실패한 승천이었다. 그와 함께 아래를 내려다보고 있는 다른 승객도 마찬가지로 무덤덤했다. 하지만 그 이유는 그와 달랐다. 그는 여행하는 동안 내내 말을 하지도 않고, 마크 스피츠의 존재를 알은척하지도 않았다. 그는 말쑥한 검은색 정장을 입고 스파이를 연상시키는 선글라스를 쓴 모습으로, 손목과 사슬로 연결된 검은색 원통을 무릎에 놓고 가끔 천천히 쓰다듬었다. 그는 로봇처럼 주기적으로 창밖을 흘깃 보고 고개를 끄덕일 때 외에는 거의 창밖을 내다보지 않았다. 그가 주기적으로 창밖을 보는 것은 머릿속으로 짐작한 헬기의 행로와 저 아래 보이는 풍경을 비교하려는 행동인 것 같았다.

헬기가 강변에 착륙하자, 원통을 든 남자는 자신과 비슷한 옷을 입고 비슷하게 말이 없는 두 남자의 마중을 받았다. 마크 스피츠와 그들은 서로에게 투명 인간이나 마찬가지였다. 그는 제1구역에서 임무를 수행하는 동안 이 비밀 부서의 요원들을 한 번도 만나지 못했다. 그들은 직접 징발한 익명의 건물이나 재앙을 견뎌낸 관공서 단지를 본부로 사용하고 있는 모양이었다. 지하 발전기가 윙윙 소리를 내며 돌아가는 곳.

조종사는 마크 스피츠에게 엄지를 한 번 들어서 보여주고 날아올랐다. 그래서 마크 스피츠는 밝은 반사 페인트로 X라고 표시된 착륙지점에서 꼼짝도 할 수 없게 되었다. 공항이나 기차역으로 마중 나오기로 한 친구가 깜박 잊고 나오지 않았을 때와 같은 기분이었다. 그는 이런 생각을 하는 것을 보니 자신이 생각했던 것보다 훨씬 더 머리가 망가진 것 같다는 결론을 내렸다. 옥상 가장자리로 걸어가 아름다운 장벽을 보자 그의 실망감이 치유되었다. 조금 전 헬기를 타고 이곳으로 접근하면서 그는 말라붙은 해골들이 길에서 무언극을 하듯이 멍하니 꿈틀거리는 모습을 언뜻 보았다. 거기서 봤을 때 이 장벽 너머의 다른 땅, 즉 인간들이 살고 있는 곳도 잠깐 보았다. 하지만 가까이에서 본 모습은 그때 본 것과 달랐다. 받침대 위에 세운 좁은 통로처럼 생긴 둥지에서 기관총 사수들이 간헐적으로 나타나는 해골들에게 맹공격을 퍼부어 벌집을 만들어놓았다. 건장한 크레인 운전수들은 질척한 시체들을 퍼 올려 버찌 색깔의 생물학적 위험물질 통에 철퍽 내려놓았다. 저격수들은 여기저기 옥상에 한가로이 흩어져서 브로드웨이를 향해 제멋대로 총질을 하며 빈둥거렸다. 역병이 창궐해서 해골들이 꼭두각시처럼 고통스럽게 돌아다니는 지역과 이곳 사이에는 얄팍한 콘크리트벽 하나가 있을 뿐인데도, 이쪽은 이렇게 정말로 사람들이 살아가는 곳다운 풍경이 펼쳐져 있었다. 세상은 그가 오랫동안 헤매던 황야와 이곳으로 나뉘어 있었다. 시끄럽고 무례하며 서늘하고 근면한 이곳은 새로운 질서를 지키는 최전선이었다. 그는 제대로 환영받지 못한 자신의 처지에 삐진 마음을 내려놓았다. 여기는 닭고기 수프 같은 곳이었다.

계단으로 통하는 문이 열리자, 통제 속에서 격렬히 진행되고 있는 군사작전 모습이 있는 그대로 드러났다. 그는 전에 새로운 기지들에서 근무하며 임시 본부의 이동형 트레일러에서 지시를 받은 적이 있었지만, 여기 맨해튼에서는 사정이 달랐다. 여기는 도시 같았다. 전기가 흐르는 울타리에서 질서 있는 풍경이 끝나는 것이 아니라 그 너머까지 성큼성큼 나아가 모든 거리와 모든 건물 안쪽까지 뻗어 있는 것 같았다. 황량한 창문과 거리 입구 너머 모든 곳에서 분주한 도시 풍경이 다시 펼쳐지고 있었다. 그는 곧 이런 것을 당연한 듯 받아들이게 되었다. 임무를 마치고 원턴으로 돌아와 복귀 신고를 한 뒤 모퉁이만 돌면, 갑자기 활기찬 거리가 펼쳐졌다. 건물 복도에서는 병사들, 사무원들, 장교들이 북적거렸다. 그는 아직 군대식 계급제도를 이해하지 못했다. 닫힌 문 뒤의 사무실에서 통신 장비들이 칙칙거리거나 윙윙거리는 소리가 들렸다. 벽에 붙어 있는 그림문자들과 여러 게시판은 위생을 강조하며 사람들을 을러댔다. 버펄로가 좋아하는 활자체로 파괴행위를 금지하는 포고문도 붙어 있었다. 그는 배낭을 대롱대롱 손에 들고, 오가는 사람들의 흐름 한복판에 서서 가까워졌다 멀어지는 대화 소리에 귀를 기울였다. 황홀한 소음이었다.

눈만 깜박이며 서 있는 마크 스피츠를 향해 이병 세 명이 킬킬거렸다. 그는 대도시의 밝은 불빛에 멍해진 시골뜨기였다. 그는 저주받은 코네티컷주 브리지포트의 어떤 경찰서 사물함에서 가져온 옛날

SWAT 제복을 입고 있었다. 북동 회랑에서 일하는 민간인들은 비번일 때 정규군과 구분되기 위해 옛날 경찰복을 입었다. 마치 그들의 행동 거지만으로는 구분이 쉽지 않다는 듯이. 지난 몇 달 동안 마크 스피츠는 이 경찰 제복을 여러 군데 꿰매 입었다. 형편없는 솜씨였다. "어이, 너 한 군데 빼먹었어." 군인 하나가 수색대원들의 전형적인 농담을 던지며 그를 놀렸다. 그러니까, 이를테면, 비질을 하다가 한 군데를 빼먹은 것처럼. 마크 스피츠도 들은 적이 있는 농담이었다.

포트 원턴의 중추는 낡은 은행 건물에 있었다. 오랫동안 필연적으로 이루어진 합병, 채무청산, 인수 등을 통해 건물 주인이 여러 번 바뀌었지만, 건물은 아직도 우뚝 서 있었다. 다운타운에서 지난 100년 동안 미친 듯이 쭉쭉 올라간 고층 건물들 사이에 자리 잡은 작은 화강암 오두막 같았다. 사무실들은 장벽의 주요 교차점인, 브로드웨이와 커낼 거리가 만나는 지점을 굽어보았다.

서류철을 한 더미 들고 가던 군인이 휘파람을 불었다. "당신 스피츠?"

파비오라는 그 군인이 마크 스피츠를 사무실로 데려갔다. 그는 갑자기 들려온 기관총 소리에 마크 스피츠가 움찔하는 것을 보고 이렇게 말했다. "요즘은 놈들이 대개 세 번씩 몰려와. 꽤 규칙적이라서 우리는 그걸 각각 아침, 점심, 저녁이라고 부르지." 짧은 시간 동안 화력이 더욱 집중되었다. "지금 저건 점심이야." 파비오가 말했다.

중위의 사무실은 동쪽과 북쪽을 향하고 있었다. 아마 예전에는 건강하게 쏟아져 들어오는 아침 햇빛을 즐길 수 있었겠지만, 지금은 고층 건물들이 들어선 데다가 태양이 안전구역에 축복을 잘 내려주지 않기 때문에 그런 현상을 볼 수 없었다. 안전구역 내의 여러 지역들을 표시한 지도가 벽에 걸려 있고, 그 위에 갖가지 색깔의 알 수 없는 표지가 산뜩 있었다. 니스를 칠한 낡은 책상을 보고 마크 스피츠는 2차 세계 대전에 참전하려고 태평양 어딘가의 섬에 온 것 같다는 생각을 했다. 천장 높이는 3.6미터이고, 반달 모양의 커다란 창문들이 장벽을 굽어보았다. 머리를 하나로 묶은 군인 한 명이 비계 위에서 게으르게 어슬렁거리며 바리케이드 건너편을 바라보고 있었다. 그녀가 보는 것이 사물인지 사람인지는 알 수 없었다. 그녀는 재빨리 총을 한 방 쏜 뒤, 몸에서 물기를 털어내는 개처럼 몸을 부르르 떨고는 기지개를 켰다.

PASD에 속박된 사람들은 몸가짐이 달랐다. 허카이머의 말처럼 각자 특징이 있었다. 그가 본 사람들은 모두 심리적인 절름발이처럼 걸어 다녔다. 어깨가 축 처진 사람도 있고, 반항적인 눈을 반쯤 감고 다니는 사람도 있었다. 현재는 온몸이 구겨진 것 같은 사람들이 가장 많았다. 마치 그들의 영혼이 안으로 폭발하고 있거나, 아니면 정신이 신체의 말단을 안으로 빨아들이고 있는 것 같은 몰골이었다. 마크 스피츠도 가끔 이런 꼴로 돌아다녔다. 감상에 빠져 있을 때. 그러다 아드레날린이 분비되어 다시 마음이 강해진 뒤에야 비틀린 몸을 폈다. 자세가 완벽한 사람은 누구든 멀쩡한 척 가장하는 거였다. 그것은 확고하게 자리 잡은 트라우마를 감추려는 과장된 행동이었다. 중위의 경우에는 마지못해 행동하는 듯한 느낌이 확연히 드러났다. 그는 아주 사소한 몸짓을 할 때도 반드시 조금 머뭇거리곤 했다. 그는 모든 몸짓과 행동을 자세히 살피고, 이중삼중으로 확인한 뒤에야 뚱한 얼굴로 실행에 옮겼다. 밖에서 들어오는 정보는 믿을 수 없었다. 사라진 세계의 논리가 다시 자리를 확보하려고 몸부림치는 것 같았기 때문이다. 그런 일은 결코 일어나지 않을 것이다.

중위는 마크 스피츠를 발견하고 한 손을 들어 올려 이쪽으로 오라고 천천히 손짓했다. "앉아, 앉아, 앉아." 중위가 말했다. 그는 엄지를 관자놀이에 대고 검지를 이마 한 가운데에 꼭 붙인 채로 가늘게 뜬 눈으로 책상을 바라보았다.

"네 서류가 여기 내 앞에 있어." 중위가 말했다. "후원사가 제공한 종이로 만든 서류지. 위에서 어떤 재활용업계 거물을 협박해서 승낙을 얻어냈거든. 종이에 글을 쓰니 꼭 석기시대로 돌아간 기분이군. 옛날에는 모든 걸 클라우드에 저장했는데 말이지. 여기저기 떠 있던 작은 데이터 구름들. 그런데 이제 다시 종이를 사용하게 됐어. 사람들이 하는 얘기 들었나? 케이블 TV, 농구가 그립다는 거야. 인근 농장에서 기른 유기농 채소를 찬물에 세 번씩 씻어서 먹던 것도 그립고. 나는 클라우드가 그리워. 거기에 내 모든 것이 있었는데. 필요한 서류며 이메일이며 중요한 사진 같은 것들. 증거도." 중위는 주먹을 입에 대고 콜록거렸다. "지금은 전부 사라져버렸어. 그나마 하늘에 구름은 남아 있으니 다행인가. 너는 어때?"

"저 말입니까, 중위님?"

"너는 뭐가 그리워?"

마크 스피츠는 앉은 채로 허리를 곧게 폈다. "도로에 차가 다니던 풍경입니다."

"그럼 너는 뭉게구름과 새털구름 중 어느 쪽이지?"

"통통한 쪽입니다."

"뭉게구름이군! 나름대로 좋은 점이 있어. 로르샤흐검사(잉크 얼룩을 반으로 접어 눌러서 좌우대칭형을 만든 뒤, 피검사자에게 그 모양을 보고 연상되는 것을 묻는 인격 진단 검사) 같은 모양이라는 점. 나는 날 때부터 새털구름 쪽이야. 새털구름이 스스로 알아서 하늘에 차곡차곡 쌓인 모습은 어디에도 댈 수 없지. 석양을 보면서 시라즈 와인 한 병을 앞에 놓고, 평범하게 중의적인 말을 주고받는 것. 옛날에 흔히 하던 일이야. 어쨌든 네가 어디 출신인지는 알겠군, 청년."

중위는 서류철과 마크 스피츠를 번갈아 힐끔거리며 그의 존재를 확인했다. 중위의 들뜬 말투는 머뭇거리는 몸짓을 상쇄해주는 효과가 있었다. "여기 보니까 네가 I-95 그리드를 훌륭하게 청소했다고 돼 있네. 캠프 생활을 하다가 임무 수행에 나서서 훌륭히 적응했다고. 다만 다리에서 일이 있었다고? 대단한 사람들이었군. 하지만 너는 거기서 무사히 도망쳤지. 그게 중요한 거야, 그렇지? '위대한 불사조가 날개를 펼치리라.' 너를 뭐라고 부르면 되지?"

"마크 스피츠면 됩니다." 그가 말했다. 사실이었다. "이미 자리 잡은 이름이니까요."

"확실히 해둬야 할 것 같아서 물어봤어. 사람들은 자기가 좋아하는 이름으로 불리고 싶어 하니까. 킨더 상병 밑에서 복무했다고?"

"네, 중위님."

"젠장맞을 멍청이들. 이 일대에서 1단계 작업 중인 두뇌 집단 중 일부가 이 섬을 막는 걸 깜박했어."

마크 스피츠도 이른바 기술적인 어려움에 대해 사람들이 하는 말을 들은 적이 있었지만, 중위의 설명을 듣고 싶었다. 이 인물이 슬슬 마음에 들었다. 그는 '행복한 땅'에서 다양한 형태의 지저분한 PASD를 참고 견뎌야 했다. 무례하게 빤히 바라보는 사람, 쉴 새 없이 침을 질질 흘리는 사람, 강박적으로 손가락 냄새를 킁킁 맡는 사람. 그 덕분에 거의 세련되게 보이는 중위의 압박이 신선했다. 그 코흘리개 시골뜨기들에 비하면, 중위는 세련된 도시 사람이었다.

"우리가 이 섬을 격리시켜야 돼." 중위가 말했다. "그래야 여길 깨끗이 청소할 수 있으니까. 지하철, 다리, 터널 등등. 대부분의 사람들이 잘 모르는 비밀 출입구도 있고. 어쨌든 민간인들은 잘 모르지만 우리는 알지. 우리에게는 지도가 있으니까 말이야. 이 맨해튼섬에는 온갖 구멍들이 있어. 아주 깜짝깜짝 놀랄 정도야. 총을 마구 갈겨대면서 제1구역을 한바탕 휩쓴 뒤에 장벽을 세웠는데도 또 뭔가가 눈에 띈단 말이야. 매일 점점 더 많은 해골들이 벽 앞에 나타나고 있으니. 해병들이 놈들을 쓰러뜨렸는데도. 자네도 이리로 들어오는 길에 그 50구경짜리 중화기들을 봤을 거야. 그래도. 제대로 된 화기가 중요한 게 아니야. 사람이 중요하지, 젠장.

결국 사람들이 한자리에 모여서 허물없이 의논하는 자리가 마련되었지. 이 복도 저편에 있는 방에서. 카터 장군이 버펄로에서 내려와 문제가 뭔지, 해골들이 다 어디서 나오는 건지 묻더군. 맨해튼 업타운에서 내려온다고 보기에는 놈들이 너무 많았으니까. 그때 똑똑한 친구 하나가 이렇게 물었지. '혹시 놈들이 조지워싱턴 다리를 이용하는 게 아닐까요?' 그러니까 서시에서 통근하고 있는 게 아니냐는 소리였어. 그제야 다들 퍼뜩 깨달은 거야. 커널 거리 위쪽을 완벽히 차단하지 않았다는 걸. 그 망할 구역이 여전히 활짝 열려 있다는 걸. 링컨 터널, 조지워싱턴 다리, 트리버러 다리가 전부 열려 있었다고. 다들 까맣게 잊고 있었던 거야. 그러니 그 해골들이 이 난장판이 벌어지기 전에 다니던 길로 뉴욕을 찾아온 거지. 브로드웨이 낮 공연을 보러고 관광버스에 줄지어 탈 때처럼."

"와우."

"하지만 그때는 이미 군대가 미친 난장판이 벌어지고 있는 볼티모어에 배치된 다음이었어. 몇 달 동안 업타운을 차단할 인력을 구할 길이 없었다는 얘기야. 해병들도 다른 데서 임무 수행 중이었으니까. 다들 정신이 나간 거지. 버펄로는 수색대한테 일을 맡기라는 식이었어. 나중에 제2구역 작업을 시작할 때쯤 자기들이 나서서 사소한 문제들을 해결하겠다고. 옛날 같았으면 군사재판이 열렸을 거야. 하지만 이 총체적 난국의 책임자인 태팅어 님께서 일주일 뒤에 괴물들한테 얼굴을 물어뜯기는 바람에, 그냥 넘어가버린 거지. 아마도." 중위는 고개를 절레절레 저었다. 마치 각각의 근육에 차례로 명령을 내리듯이 아주 공들인 동작이었다. "그건 그렇고, 날 굳이 '중위님'이라고 부를 필요는 없어. 너는 민간인이잖아. 원래 민간인들을 위해 봉사하는 게 우리일이지. 비록 그걸 잊어버린 사람들이 좀 있는 것 같긴 하지만."

갑작스러운 총소리가 대화를 방해했지만, 중위는 이야기를 계속했다. "붙박이 망령을 다룬 경험이 많나? 그게 회랑에서 너의 전문 분야는 아니었을 텐데."

"남들과 비슷한 정도입니다. 그쪽에서는 어쩔 수 없는 일이었어요. 놈들을 쏘아서 쓰러뜨리는 방법밖에는." 말로는 참 쉬운 일이었다.

"처음은 어디였지?"

마크 스피츠는 깜짝 놀랐다. 이런 질문을 하는 사람은 없었다. 마크 스피츠는 전에 혐오스러운 코네티컷을 돌아다녔다. 반쯤 짓다 만 주택 단지 뒤편에 벌판이 있었는데, 거기에 또 주택단지를 개발하려고 불도 저들이 땅을 씹어 먹은 흔적이 있었다. 그 벌판 저편 끝에 남북으로 뻗은 고속도로가 있었다. 그곳이 그에게 할당된 구역이었다. 그는 거기 서 흙먼지 날리는 벌판 한복판에 서 있는 남자를 보았다. 처음에는 허수아비인 줄 알았다. 남자의 자세가 전형적인 허수아비와는 거리가 멀었고 주위에 농장이 없었는데도, 그렇게 착각할 정도로 움직임이 없었다. 남자의 오른팔이 하늘을 움켜잡으려는 것처럼 쭉 뻗어 있었다. 마크 스피츠는 남자가 움직이기를 기다렸다. 그는 주위를 훑어본 뒤, 일을 시작한 지 얼마 되지 않은 그 당시에 자주 사용하던, 그 얼간이처럼 속삭이는 목소리로 남자의 주의를 끌려고 해보았다. 만약 남자가 해골이라면, 죽일 것이다. 주위에 다른 사람은 보이지 않았다. 나중에 문제가 되지 않을 것 같다는 판단이 선다면, 놈들이 다른 사람을 감염시키지 못하게 처치하는 것이 규칙이었다.

마크 스피츠는 남자에게 살금살금 다가갔다. 홈런타자가 방망이를 단단히 쥐고 벼를 때처럼 움직였다. 남자는 나이가 조금 많아 보였고, 빨간 폴로셔츠와 카키색 바지 안에서 점점 쪼그라드는 중이었다. 그의 손에서부터 이어진 끈 하나가 대충 만든 방패연으로 이어져 있었다. 보아하니 아주 먼 곳에서부터 힘들게 연을 끌고 온 것 같았다. 이 남자는 지금 쇼크 상태인 건가? 마크 스피츠는 남자의 몸이 쪼그라든 것이 영양실조 때문인지 역병 때문인지 알 수 없었다. 사실 알고 싶지도 않았다. 그는 그것의 어깨를 형식적으로 한번 흔들어보았다. 다른 사람들과 마찬가지로 그도 이미 몸을 움직이기 힘들어진 생존자들을 버려두고 온 경험이 있었다. 모두를 구할 수는 없는 법이었다.

남자는 정신이라는 것이 아예 사라진 상태였다. 마크 스피츠가 귓가에서 손가락으로 딱 하는 소리를 내도 남자는 움찔거리지 않았다. 눈도 깜박이지 않았다. 남자의 시선은 너무나 황량해서 과연 시선이라고 불러도 될지 의심스러울 정도였지만, 어쨌든 지평선 위의 허공을 향하고 있었다. 그의 내면에서 무슨 일이 벌어지고 있는지는 몰라도, 모든 것이 하늘 위의 그 한 점에 알 수 없는 메시지를 쏟아내는 일에 동원되고 있었다. 마크 스피츠는 필요하다면 펄쩍 뛰어서 물러날 준비를 하고 남자의 어깨를 흔들었다. 남자는 저기서 무엇을 보고 있는 건가?

그는 남자를 벌판에 그대로 버려둔 채 자리를 떴다. 그런데 그다음부터는 옛날에 새로운 형태의 재킷이나 복잡한 형태의 머리모양이 일시적으로 확 유행할 때처럼, 사방에서 그들이 눈에 띄기 시작했다. 버스 정류장에 참을성 있게 앉아 있는 사람, 햇빛을 향해 이파리 하나를 들어 올린 사람, 불도저가 밀고 들어오기 전 어렸을 때 놀던 벌판에 서 있는 사람. 그가 잠시 함께 어울리던 무리에게 이런 사람들을 언급하자, 그들이 그에게 '붙박이 망령'이라는 용어를 가르쳐주었다. "아주 엉망진창이 된 사람들이야."

마크 스피츠는 이 이야기를 각색해서 중위에게 들려주었다. 중위는 회의적인 표정으로 턱을 어루만졌다. "어떤 사람은 골칫덩이 해골이 되고, 또 어떤 사람은 붙박이 망령이 되는 이유가 무엇인지 버펄로가 지금도 알아내려고 애쓰고 있지. 붙박이 망령이 되는 사람은 1퍼센트야. 하지만 버펄로는 여전히 아는 게 하나도 없어. 놈들은 어떻게 자기들 몸을 먹이로 삼아 그렇게 오랫동안 돌아다닐 수 있나. 놈들은 왜 피를 흘리지 않나. 버펄로는 역병이 인간의 몸을 변형시켜, 병을 퍼뜨리는 완벽한 수단으로 만든다고 말하지. 그것 참 반가운 뉴스야. 하지만 거기서 벗어난 그 1퍼센트는 뭐냐고."

마크 스피츠가 말했다. "저도 모릅니다." 그가 궁금한 점을 이어서 물어볼 수도 있었을 것이다. 붙박이 망령들은 어떻게 비가 오나 눈이 오나 한자리에 가만히 서 있게 된 건가? 1년 중 가장 더운 날에도, 우기에도 그들은 아무것도 모르는 표정으로 불쾌한 냄새를 풍기며 서 있었다. 거미줄에 걸린 생물처럼.

"놈들은 실수로 생긴 거야." 중위가 말했다. "해야 하는 일을 안 하는 놈들이지. 자네 영국의 초기밀 벙커에 대해 아나? 거기 친구들은 진짜야. 노벨상 수상자가 버펄로보다 세 명이나 더 많다고. 그 사람들이 이걸 연구하고 있지. 열심히 세균을 들여다보고, 잘라도 보고 하면서. 그런데 그 영국 친구들이 찾아낸 거라고는 붙박이 망령이 실수의 산물이라는 것뿐이야. 뭐든 아는 사람은 하나도 없어."

마크 스피츠는 시야의 가장자리에 잡힌 움직임에 주의를 돌렸다. 창밖에서 재가 졸음에 겨운 듯 떨어지고 있었다.

중위가 말했다. "네가 혹시 알아내거든 나한테도 알려줘. 개인적으로 나는 그 친구들을 좋아해. 이런 말을 남들 듣는 데서 하면 안 되지만, 내 생각에는 그 친구들이 제대로야. 우리는 잘못된 99퍼센트에 속하고." 중위는 마크 스피츠가 창문에서 시선을 돌리기를 기다렸다. 그는 책상을 톡톡 두드리며 좀 더 가벼운 목소리를 내려고 애썼다. 그러자 마크 스피츠의 시선이 다시 그에게 돌아왔다. "누가 알겠나? 그게 효과가 있을지. 상징적인 의미 말이야. 뉴욕 시를 되살릴 수 있다면, 세계를 되살릴 수 있다. 제1구역을 깨끗이 청소하고 그다음 구역으로 계속 나아가 14번가까지, 34번가까지, 타임스스퀘어까지 쭉. 맨해튼을 가로지르는 버스노선들. 예전에 여기 살 때 나는 버스를 타고 다녔어. 저 유명한 뉴욕 캐릭터들의 찬란한 모습을 보려고 말이지. 침을 뱉고, 긁어대고, 다양한 목소리로 말하고. 그 캐릭터들이 그랬다는 얘기야. 내가 아니라." 중위는 통통한 파리 한 마리를 후려쳤다. "우리는 그것들을 되찾을 거야. 바리케이드를 하나씩 통과하면서. 어때, 마크 스피츠? 너는 낙천적인 성격인가?"

"그럼요."

"이건 확실해." 중위가 빙긋 웃었다. "저기 저 장벽이 틀림없이 효과를 발휘해야 한다는 것. 바리케이드는 혼란 속에 남은 유일한 은유야. 마지막까지 남은 유일한 것. 혼돈이 들어오지 못하게 막고, 질서를 유지해주지. 혼돈은 나무로 된 문을 똑똑 쿵쿵 두드려서 발톱 하나를 안으로 집어넣어. 그러면 그 나무판자들이 아침까지 버텨줄까? 너도 지금까지 살아남은 사람이니 내가 무슨 소리를 하고 있는 건지 알겠지? 아파트 문을 막아둔 건 작은 바리케이드지. 주택 출입문을 판자로 막아둔 곳도 있고. 캠프나 정착지는 큰 바리케이드야. 도시도. 우리는 더 큰 장벽을 향해 나아가는 중이야." 방 맞은편에서 파비오가 중위의 시선을 끌려고 애썼지만, 중위는 그를 향해 손가락만 한 번 튕겼다. 파비오의 표정을 보니, 그는 중위의 화려한 비유들에 익숙한 모양이었다. "이런 얘기를 하다 보면 자연스레 '포위'라는 말이 생각나지만, 우리는 그 말을 무시해버려. 그 말이 우리에게서 능동성을 빼앗아 가거든. 그래, 이건 확실히 내가 할 수 있는 일이지. 이 안에 있으면 우리는 밖에 있는 것들로부터 안전해. 옛날에 우리는 현대적인 편의시설들을 누리며 살았지. 원시의 풍경이 다시 나타나지 못하게 기계들이 막아줬다고. 나는 클라우드를 애용했고, 너 역시 애용하는 것이 있었겠지.

이제 보니 너는 멍하니 손바닥을 바라보지 않는군. 좋은 일이야. 가끔 그런 얼간이들이 실려 올 때가 있거든. 넋이 나가버린 인간들. 그런 사람들은 아주 빨리 휩쓸려 가. 힘들고 어렵게. 그래서 요즘은 내가 사람을 가려서 받고 있지. 눈빛을 보고 그 머릿속을 짐작하는 거야. 너는 합격이군. 아직 살아 있어. 축하해. 심지어 손가락도 전부 멀쩡하잖아. 이런 일을 하는 데는 그것이 아주 큰 장점이 되지."

중위가 파비오를 향해 한 손을 들어 보였다. "이야기가 거의 끝났어. 내 이야기를 마저 끝까지 들은 다음에 가봐도 좋아. 사람들이 여기 제1구역에 오면 가장 먼저 하고 싶어 하는 것이 바로 걸어서 돌아다니는 거지. 이것저것 구경하면서." 밖에서는 점심 집중사격 소리가 다시 폭발적으로 들려오기 시작했다. 중위가 눈동자를 굴렸다. "살다 보면 익숙해져. 여기서 좀 지내다 보면 저런 것에 익숙해진다고. 네가 자원한 이유는 뭔가? 농사가 마음에 들지 않았나? 난 농촌 출신인데."

마크 스피츠는 그때는 알지 못했다. 안전구역에서 얼마쯤 지낸 뒤에야 그는 이유를 알게 되었다. 그가 말했다. "그저 제 몫을 하려는 겁니다."

"좋은 답변이야! 그 할 수 있다는 불사조 정신. 나는 개인적으로 고수(향신료의 일종)가 들어오면 깨우라고 하고 싶지만. 가족이 있나?"

마크 스피츠는 로이드 삼촌을 떠올렸지만 할 말이 없었다. "모르겠습니다."

"대부분은 농담을 하던데. 내가 생각을 해봤는데 말이지, 옛날에는 특수부대 놈들이 온갖 미친 짓을 했잖아. 낙하산으로 적지에 침투해서 구식 암살 작선을 펼쳤지. 까치발로 막사에 실금실금 들이가 장군의 목을 조르는 거야. 어디 가서 나한테 이런 말을 들었다고는 하지 말고. 어쨌든 이 미친 살인 기계들은 항상 독신이었어. 남자든 여자든 전부 가족이 없는 독신. 그러니 잃을 것도 없지, 안 그래? 하지만 지금은 전부 가족이 없잖아. 다들 죽어버렸으니까. 휴가 때 찍은 사진들은 클라우드에 저장된 채 떠돌고 있고. 그래서 생각을 해봤지. 이제는 우리 모두가 미친 살인 기계구나. 염병할 할머니들도 뜨개바늘을 휘둘러대겠구나. 내 얘기가 옆길로 샜군."

중위는 머뭇거리다가 지친 얼굴로 고개를 끄덕였다. "우리가 여기 제1구역에서 하는 일은 자살 임무가 아니야. 그냥 붙박이 망령들만 조금 처리하면 돼. 우리 팀에 들어온 것을 환영하네."

중위가 마크 스피츠를 빤히 바라보았다. 마크 스피츠는 이제 그만 나가봐도 된다는 건지 알 수 없었다. 그때 중위의 입에 또 발동이 걸렸다. "그리드에서는 어디든 자고 싶은 데서 자면 돼. 마음대로 골라. 주위의 물건들을 깨뜨리거나 망가뜨리지만 않으면 되니까. 요즘 그런 사고를 치면 아주 시끄러워지거든. 일요일에는 이리로 돌아와서 귀환 보고를 하고. 그 외에는, 놈들을 빵 쏴서 가방에 넣고 끌어다 놓는다, 이거면 돼. 질문 있나?"

"아주 간단한 일인 것 같습니다." 마크 스피츠가 말했다. "많은 도움이 되는 말씀이었습니다." 파비오가 그에게 서류를 건네주었다. 그가 밖으로 나가 문을 닫는데 안에서 목소리가 들렸다. "오늘 비가 올 것 같은데. 하늘의 구름을 보니 그래."

정말로 비가 내렸다. 그날부터 거의 끊임없이 비가 내렸다. 회의실 창가에서 마크 스피츠는 엄숙하고 어둑어둑한 풍경을 내다보았다. 하얀색 둥근 지붕 모양으로 빛을 매달고 있는 포트 윈턴만이 어둠을 방해했다. 빛은 커널 거리의 건물들 몇 층을 곰팡이처럼 스멀스멀 기어올라갔다. 그는 군사용 램프들이 콘크리트벽을 고집스레 비추는 모습을 상상해보았다. 불빛 때문에 장벽이 햇볕에 오래 노출된 뼈처럼 하얗게 빛나는 가운데, 야간조 저격수들은 자기네 둥지에 앉아 있거나 좁은 통로를 순찰하며 디지털 음악 기계로 죽어버린 노래들을 듣고 있을 것이다. 크레인은 꼼짝도 하지 않았다. 처리반이 크레인에 소독약을 잔뜩 뿌려놓은 것 같기도 했다. 내일 아침 사격 때 저 기계들은 휭하고 벽을 넘어가 단단한 금속 손으로 시체들을 붙잡아서 이쪽 편에 떨어뜨려놓을 것이다.

케이틀린과 게리는 잠들었다. 마크 스피츠는 케이틀린이 손에 쥐고 있는 문고판 책을 빼주고 싶다는 충동에 저항했다. 그랬다가는 케이틀린이 반사적으로 움직여 그의 눈을 찔러버릴 것이다. 그녀의 머릿속 한구석이 그 정도로 계속 깨어 있기 때문이었다. 마크 스피츠는 어렸을 때 밤에 아버지가 살펴보러 오면 잠든 척했다. 그는 방문이 열리기도 전부터 항상 깨어 있었다. 우리 아들이 잘 자는지 들여다봐야겠다는 생각으로 복도를 걸어오는 아버지 특유의 걸음걸이를 그의 머리가 알아차리면, 그의 의식이 그를 깨워주었다. 아버지가 문고리를 돌려서 삐걱거리는 소리와 함께 10도쯤 문을 열었다가 다시 삐걱거리는 소리와 함께 55도쯤 문을 더 여는 순간에 딱 맞춰서. 복도의 은색 불빛이 그의 눈꺼풀을 찔러댔다. 그리고 그는 누군가가 자신을 지켜보고 있다는 사실을 의식한 채로 잠들었다.

게리와 케이틀린은 자기들만의 위험 감지기가 작동하거나 아침이 올 때까지 계속 잘 것이다. 그들의 수면은 모범적이었다. 그들은 밤새 잠들지 못하고, 과거에 겪은 무시무시한 일들을 줄줄이 다시 돌려보는 사람들이 아니었다. 그런 일에 집착하려거든 깨어 있을 때 하는 편이 훨씬 더 효율적이었다. 그때는 그런 기억을 행동의 동력으로 삼을 수도 있으니까.

지금 그의 가족은 누구일까? 삼촌의 유령은 북쪽으로 800미터쯤 올라간 곳에 있는 파란 건물 안을 떠돌고 있었다. 그리고 지금 그의 옆에는 이 두 얼간이가 있었다. 마크 스피츠는 최후의 밤에 부모를 잃었고, 게리의 형제들도 처음 역병이 발생했을 때 스러졌다. 세쌍둥이 형제가 모두 근처 고등학교에서 사태에 대응하기 위해 조직된 수색대에 들어가 활동하다가 벌어진 일이었다. 그때만 해도 마을 사람들은 격리구역을 설정하면 효과가 있을 것이라고 믿었다. 요정들이 나오는 옛날이야기를 믿던 시절이었다.

학부모 회의는 평소보다 더 난장판이었다. 밀턴 고등학교가 원래 개탄스러운 수준이었는데, 그보다도 더 심했다. 적극적인 사람, 화가 나서 펄펄 뛰는 사람, 삶에 뚫린 구멍을 다시 메우는 것만이 목표인 사람 등이 한자리에 모여 그해 봄의 커다란 추문을 놓고 갑론을박을 벌였다. 졸업반 학생 중 레즈비언 한 명이 자기 여자 친구를 졸업무도회 파트너로 데려오겠다고 선언한 것이 문제였다. 이 사건은 전국적인 뉴스가 되었다. 케이블 채널에서는 자막 뉴스로 소개되었고, 전문가들이 나와 찬반 토론을 벌였으며, 저녁 뉴스에서는 굴욕적인 그래픽을 동원했다. 소송이 제기되고, 심야 프로그램에서는 명언들이 나오고, 동네 사람들은 앞으로 이런 일을 예방할 방법을 찾아내려고 했다.

어쨌든 그 전날 오후에 운동화를 싸게 파는 체인점 주차장에서 나이가 좀 있는 두 부인의 싸움을 말리다가 역병에 감염된 교감이 그날 하루 종일 생물 실험실에 숨어 있다가, 시끄러운 소리에 이끌려 밖으로 나와서 아주 기운차게 회의를 방해했다. 현장에 출동한 경찰은 신종 유행병에 대해 정부가 인터넷에 올린 동영상에 나온 대로 학교 문을 걸어 잠그고, 물린 사람과 물리지 않은 사람을 체육관과 회의실에 각각 격리시켰다. 그리고 당국의 추가 지시를 기다렸다. 하지만 이때 이미 당국은 그리 중요하지 않은 소도시 경찰이 보낸 음성사서함 메시지를 들을 수 있는 상태가 아니었다. 그러니 긴급 대응 팀을 보내는 문제는 말할 것도 없었다. 어차피 그런 일이 중요하지 않은 상황이기도 했다. 이미 때가 늦은 뒤였으니까. 당국은 언제나 뒤늦게 움직였다.

게리와 형제들은 수색대에서 중요한 일을 한다는 생각에 잔뜩 들떠 있었다. 배지가 모자라서 전부 나눠줄 수 없다는 말을 들었을 때도 들뜬 마음은 아주 조금만 가라앉았다. 예전에 그들은 둘리 보안관이 이끄는 경찰관들과 몇 번이나 충돌하던 사이였다. 하지만 달라진 세상에서는 그들이 비록 시골뜨기라 해도 함께 있으면 좋은 사람들이라는 사실을 쉽게 알아볼 수 있었다. 그들은 무엇이든 허투루 넘기지 않았다. 전에는 이런 성격이 출세에 방해가 되었지만, 지금은 오히려 기회를 만들어주었다. 게리 형제들에게는 심지어 총까지 지급되었다. 게리는 그 뒤로 거의 1년 동안 난장판 속에서도 그 총을 줄곧 가지고 다녔지만, 사우스캐롤라이나의 폐광에서 도망치다가 실수로 떨어뜨리고 말았다. 걸음을 멈추고 총을 집어 들 시간이 없었다.

학교를 폐쇄하고 내부 상황을 모르는 채로 열두 시간이 지난 뒤, 보안관이 내부 돌입을 결정했다. 그들은 두껍고 개성 없는 문의 유리창으로 안을 들여다보았다. 철사로 강화된 유리창이었다. 그들이 찬란하던 십대 시절에 일진처럼 으쓱거리며 멍청한 짓을 하고 돌아다니던 복도에서 보이는 것은 그림자들뿐이었다. 과연 여기가 그들이 기억하던 그 건물이었을까? 그들이 이곳을 잘 아는 곳이라고 착각한 것이 패착이었다. 지금 이곳은 완전히 다른 곳이 되어 있었다. 일반적으로 신입 수색대원은 고참 수색대원만큼 작전 성공률이 높지 않다는 사실을 명심해야 한다. 수색대원들의 업무 숙련도는 경력에 따라 가파른 커브를 그린다.

케이틀린은 펜실베이니아주 랭커스터에 사는 절친한 친구 에이미를 만나려고 여행길에 오른 뒤로 부모를 다시 만나지 못했다. 그때 대학 시절 같은 방을 쓰던 또 다른 친구도 필라델피아에서부터 차를 몰고 와서, 모두들 졸업한 뒤로 별로 변한 것이 없다는 이야기를 나눴다. 주변을 어른거리는 남자들도 옛날의 그 재미없고 멍청한 녀석들이었다. 케이틀린과 친구들은 그들을 그냥 내버려두거나 무시했다. 옛날에 세 사람 사이에서만 통하던 농담들이 저절로 흘러나왔다. 혹시 친구들이 예전과 달라졌을까 봐 잠을 설치기도 했는데. 하지만 그 주말이 끝난 뒤, 선셋 데이라이너라는 이름의 기차는 그녀를 집까지 데려다주지 않았다. 식당 칸에서 모종의 사고가 발생했다는 보고를 받은 차장이 크로포즈빌 외곽에서 브레이크를 당기고, 주 방위군을 기다리기로 결정한 그 순간부터, 기차는 꼼짝도 하지 않았다. 그 자리에 묶여버렸다. 케이틀린은 그 이후로 이루 말할 수 없는 불행들을 겪은 뒤 뉴욕으로 왔다.

마크 스피츠는 램프를 껐다. 밖에서는 배불뚝이 수송기 한 대가 빨간 불빛을 뒤로 흘리며 하늘을 갈랐다. 비행기 안의 접의자에 앉은 군인들과 전문가들이 이리저리 흔들렸다. 어디로 가는 길일까? 버펄로? 아니면 캠프 외곽의 임시 착륙장? 그들은 각자 다양한 무기를 지니고 있었다.

안전구역에 도착한 뒤 며칠 동안 마크 스피츠는 바리케이드에 관한 중위의 가설을 곰곰이 생각해보았다. 우리의 믿음을 담을 수 있을 만큼 튼튼한 그릇이 바리케이드뿐이라는 말은 맞았다. 하지만 개인적인 바리케이드도 존재한다는 생각이 들었다. 사람과 사람이 만나는 순간부터 그랬다. 타인이 깊숙이 들어오는 것과 우리의 광기가 밖으로 새어 나가는 것을 막아 우리가 계속 살아갈 수 있게 해주는 바리케이드들. 우리는 항상 그렇게 살아왔다. 이 나라의 기반이 된 것도 그것이었다. 역병은 단순히 그 바리케이드를 더 정확히 드러냈을 뿐이다. 혹시 눈치채지 못한 사람이 있을까 봐 바리케이드의 존재를 명확히 설명해주었다. 개인적인 바리케이드 없이 어떻게 하루를 살아갈 수 있을까? 하지만 지금의 나를 봐. 그는 속으로 생각했다. 케이틀린과 게리는 그의 가족이었고, 그들에게도 그가 가족이었다. 이 두 사람 외에는, 그리고 그가 해골들의 얼굴에 겹쳐보는 죽은 이들의 얼굴, 그가 주머니에서 싸구려 고무 가면처럼 꺼내보는 그 얼굴들 외에는 그가 가진 것이 전혀 없었다. 그런 가면을 가지고 다니는 것이 한심한 일이라는 사실은 잘 알고 있었다. 그런 감상주의는 치명적이었다. 하지만 그것이 금지된 생각을 쫓아주었다. 죽은 이들의 얼굴은 그의 개인적인 바리케이드의 일부였다. 긴 콘크리트벽 같은 그 바리케이드 꼭대기에 그 얼굴들이 창에 꽂힌 채 세워져 있었나.

회랑에 계속 남기로 한 다른 구조대 작업자들과 달리 그가 제1구역 작업에 자원한 것은 이 지역 출신이기 때문이었다. 부서진 도시에는 불빛이 별로 없었다. 장벽 주위에 흐릿한 불빛 몇 개가 별빛처럼 어른거리고, 저 멀리 대원들이 잠복하고 있는 원턴의 건물 창문에서 그보다 더 작은 불빛들이 후광처럼 새어 나왔다. 다운타운 전역의 조용한 건물들에서는 마크 스피츠 같은 일개미들이 각자 작은 불을 피워놓고 그 불을 손바닥으로 오목하게 감싸고 있었다. 장벽 북쪽은 어둠이었다. 망령들이 그 어둠을 긁어대며 지나갔다.

도시는 재건할 수 있었다. 재건 작업이 끝나면, 예전의 모습을 얼추 되찾을 것이다. 그들이 억지로라도 옛날과 비슷한 모습을 만들어내면, 새로운 시민들이 와서 대도시에 불을 밝힐 것이다. 새로운 불빛이 점점 많아져 여기저기서 어둠을 찔러대면, 언젠가 독창적이고 반항적이던 과거의 스카이라인이 돌아올 것이다. 새로운 불빛들은 거즈를 뚫고 새어 나오는 핏방울처럼 어둠의 베일을 뚫고 스며 나와 마침내 그 베일을 모두 적실 것이다.

그래, 그는 옛날부터 줄곧 뉴욕에서 살고 싶었다.

토요일

"시대가 더욱더 빠르게
일그러진 모습을 요구했다."

꿈을 꿀 수 있을 만큼 밤이 안전할 때의 얘기지만, 원래 꿈은 고전적인 불안을 더 선호했다. 그는 예전 삶의 구조와 제도, 즉 학교라든가 단조로운 직장 같은 것들에 붙들려 있었다. 함께 학교에 다니던 학생들과 교사들, 직장 동료들과 상사들은 모두 이 세상 사람이 아니었다. 역병에 낙점되어 급격히 부패하는 망령이 되었다. 그들이 움직일 때마다 팽팽하게 당겨진 피부 아래에서 뼈가 미끄러지듯 움직이는 것이 눈에 보였고, 우스갯소리를 하거나 기존 환경에 복잡한 요소(오늘 시험을 치른다는 얘기나 상사가 노발대발했다는 얘기)를 도입할 때는 검게 변한 잇몸이 드러났다. 그들의 상처는 납빛으로 변해서 죽처럼 흐물거렸다. 그들의 상처, 눈, 귀, 물린 자국에서 항상 체액이 새어 나왔다. 꿈에서는 그들의 이런 외모가 거슬리지 않았다. 그들도 그의 외모에 개의치 않았다. 그들은 그에게 너만 빼고 우리 모두 시험공부를 했다, 대형 과제의 마감 시한이 다음 주가 아니라 오늘 점심식사 이후다, 업무 성적 평가가 벌써 진행 중이며 비밀 카메라가 동원되고 있다고 말했다. 하지만 그는 평생 업무 성적 평가를 받아본 적이 없었다. 그러니 꿈에서 진짜 어른들이 쓰는 이색적인 말투를 동원해서 그에게 이렇게 겁을 주는 것은 그의 잠재의식이 생각해낸 일종의 신경증적인 변화구였다. 그들은 역병에 걸린 망령이나 붙박이 망령이 아니었다. 그들은 예전에 그의 절친한 친구, 방심할 수 없는 과학 교사, 산만한 직장 상사였을 때와 거의 똑같이 행동했다. 역병이라는 요소만 빼면, 그가 옛날부터 오랫동안 꾸던 꿈과 다를 것이 없었다.

그런데 그가 처음으로 대규모 정착지에 도착한 순간 꿈이 바뀌었다. 이제는 그가 신청한 기억도 없는 수업의 기말시험에 늦거나, 높은 사람들 앞에서 중요한 프레젠테이션을 하려다가 딱 하나뿐인 원고를 택시 뒷좌석에 놓고 내렸음을 갑자기 깨닫는 내용이 나오지 않았다. 그의 꿈은 평범한 환경 속에서 펼쳐졌다. 갑자기 사건들이 정신없이 이어져서 심장박동이 빨라지지도 않고, 이렇다 할 위험도 없었다. 그는 열차를 타고 출근했다. 바삐 돌아가는 피자 가게의 오븐에서 자신이 주문한 페퍼로니 피자가 나오기를 기다렸다. 여자 친구와 수다를 떨었다. 그런데 꿈에 등장하는 모든 조연들이 망령이었다. 망령들이 말했다. "우리, 집에서 영화나 보자." "프렌치프라이도 주문하실 겁니까?" "지금 몇 시인지 알아?" 그런 말을 하는 그들의 얼굴 앞에서 파리가 붕붕 날아다니며 알을 낳을 수 있는 부드러운 살을 찾아 헤맸다. 그들의 앞니 사이에는 인간의 살점이 시금치 조각처럼 끼어 있고, 팔은 팔꿈치에서 뚝 끊어져 하얀 복숭아 같은 뼈와 그 주위에 대롱거리는 근육과 힘줄이 드러나 있었다. 그가 말했다. "그래, 편안히 집에 있자. 오늘 힘든 하루였어." "아뇨, 샐러드를 먹겠습니다." "지금 5시 10분 전이야. 이맘때는 날이 일찍 어두워지지."

그가 예약이 필요 없는 요가 수업에서 강아지 자세를 취하고 있을 때, 옆에 있던 해골은 같은 자세를 시도하다가 반으로 부러졌다. 이 광경을 보고도 뭐라고 말하는 사람이 없었다. 마크 스피츠도, 망령인 요가 교사도, 유연한 동작을 열성적으로 따라 하는 주위의 망령들도, 꽃무늬 삼베로 덮인 매트 위에서 둘로 부러져 있는 해골도 말이 없었다. 해골은 요가 강습이 끝날 때까지 기괴하게 몸을 뒤집었다. 진짜 기동경찰대원 같았다. 마크 스피츠는 라커룸에서 옷을 갈아입었다. 옆에서는 여피족 해골이 값비싼 시계를 질질 끌듯이 움직여 손목에 찼다. 피부에 새로 앉아 있던 딱지들이 함께 끌려갔다. 마크 스피츠는 나가는 길에 카페에서 충동적으로 딜럭스 콤보 주스를 하나 사면서, 여드름쟁이 해골이 바나나 한 조각을 믹서기에 넣는 것을 보고도 아무 말 하지 않기로 했다. 바나나를 몹시 싫어하는데도. 그는 제대로 갈리지 않은 과일 덩어리가 줄무늬 빨대를 막지 않게 빨대를 향해 입김을 불어가면서 주스를 마셨다. 그리고 집으로 돌아가는 망령들의 러시아워 속으로 걸음을 내디뎠다. 변호사 사무장, 유대인 아기에게 할례를 해주는 사람, 직장을 그만둔 임시 직원, 자전거를 타고 서류를 배달하는 사람, 어깨를 축 늘어뜨린 마사지 치료사 등 다양한 시민들이 서서히 부패해가며 단말마의 고통에 시달리고 있었다. 역병은 세심한 장인 같아서, 아주 신중하게 조금씩 효과를 발휘했다. 그들의 몸은 부서지고 있었지만, 완전히 부서질 때까지는 오랜 시간이 걸릴 터였다. 그제야 비로소 역병의 작업이 끝났다. 그때까지는 모두들 멀쩡히 걸어 다녔다.

마크 스피츠는 통근열차로 갈아타기 위해 지하철을 타고 가면서 열차 안의 손잡이 기둥을 손가락으로 감쌌다. 조금 전까지 그것을 붙잡고 있던 해골의 체온이 아직 남아 있었다. 눈보다 조금 높은 곳에 붙어 있는 광고에서는 에어브러시로 그려진 망령들이 상업학교나 약 같은 것들을 선전했다. 예의 바르게 열차에 오르는 망령이 있는가 하면, 무례한 망령도 있었다. 마크 스피츠가 플랫폼으로 나가려는데 무례한 망령들이 어깨로 남을 밀치며 열차에 올랐다. 모두들 집으로 돌아가려고 애쓰고 있었다. 통근열차를 기다리는 플랫폼에서 그는 정기권이 지갑 속에 잘 있는지 확인한 뒤, 그날 밤을 어떻게 보낼지 머릿속으로 그려 보았다. 가는 길에 단골 가게에서 테이크아웃으로 먹을 것을 산 뒤, 집에서 맥주 한 캔을 따서 마시며 사흘 전에 DVR로 녹화해둔 리얼리티 쇼를 볼 것이다. 그는 기차가 터널을 빠져나와 지상으로 올라오는 순간 잠에서 깨어났다.

이 꿈에서 유일하게 거슬리는 점은 그가 평생 요가 수업을 들어본 적이 없다는 점이었다.

연속적으로 이어지는 이 꿈은 악몽의 범주에서 교묘히 벗어나 있었다. 잠에서 깨어나면 푹 쉬고 일어났을 때처럼 몸이 개운했다. 아니, 적어도 몇 달 동안 아침마다 그를 괴롭히던 두려움에서는 벗어날 수 있었다. 꿈에서 그렇게 옛날을 연상시키는 모습들을 보고 나면, 그는 묘하게 무심해졌다. 망령들이 가벼운 잡담을 나누고, 내일의 한랭전선에 대한 추측을 읊어대고, 예전과 똑같이 맡은 일을 멍하니 차례대로 해냈다. 하지만 그들은 환자였다. 마크 스피츠는 꿈에 관한 옛날 이론 하나를 떠올렸다. 꿈이 소원을 보여준다는 것. 꿈에 나오는 사람이 모두 꿈을 꾸는 사람 자신이라는 이론도 있었다. 모든 이론이 똑같이 그럴 듯하면서도 결정적이지는 않아서, 결국 그는 이런 이론을 분석하는 데 시간을 많이 쏟지 않았다. 요즘 그는 바쁜 사람이었다.

무사하기를 기원하며 다음 그리드로. 그와 동료들은 휴대용 간이 식량에 들어 있는 베이컨-달걀 페이스트를 혓바닥 위에 짰다. 호박색 바탕에 갈색이 섞인 빨간색이 소용돌이 모양으로 섞여 있었다. 그러고 나서 장비를 챙겼다. 케이틀린은 읽고 있던 유명 인사 전기를 창턱에 놓았다. 마치 햇빛이 쏟아지는 휴양지에서 다음 손님을 위해 선물로 남겨두는 것 같았다. 일행이 계단까지 거의 다 왔을 때 케이틀린이 동작 감지기를 두고 온 것을 알아차리고 되돌아갔다. 요즘은 그런 일이 아주 많았다. 작전을 시작한 뒤 한 번도 경보를 울리지 않은 기계라도 갖고 있으면 마음이 놓였다.

그들에게 새로 할당된 곳은 풀턴×골드, 주택가/상업지구 혼합지역으로, 동쪽으로 몇 블록 떨어진 곳이었다. 가랑비가 내리기 시작했다. 굳이 신경 쓰지 않아도 될 만큼 빗줄기가 가늘었지만 마크 스피츠는 재 때문에 판초를 걸쳤다. 빗줄기가 강해지자 다른 사람들도 그의 뒤를 따랐다.

그들은 아무 말 없이 계속 나아갔다. 걸으면서 아직 잠을 깨는 중이었다. 케이틀린이 휘파람으로 '정지! 독수리의 포효가 들리나?'(〈재건〉의 주제곡)를 불렀다. 그 억누를 수 없는 불사조 찬가를 들으면서 그들은 여기저기 회색으로 물이 고여 있는 길을 척척 걸어갔다. 한참 뒤에 게리가 입을 열었다. "우리가 거기 도착했을 때 놈들이 벌써 다 쓰러져 있으면 어쩌지? 놈들도 마침내 저 죽음마당의 해골들이랑 같은 상태가 돼서, 이제부터 우리가 할 일이라고는 놈들을 가방에 담아 옮기는 것뿐이라면?" 게리는 새로운 그리드로 향할 때마다 이런 소리를 했다.

"그러면 좋지." 마크 스피츠가 말했다. 그해 봄에 죽음마당이 발견되면서 많은 재건 작전을 앞당길 수 있게 되었다. 처음에는 새로운 생존자들이 비틀비틀 캠프 안으로 들어와 터무니없는 이야기를 늘어놓았다는 소문이 들려왔다. 초원과 쇼핑몰 주차장에 쓰러진 망령들이 가득하다는 이야기였다. 누군가가 놈들을 처치해서 쓰러뜨린 뒤 시체를 처리하지도 않고 가버린 것 같지는 않았다. 생존자들 말에 따르면, 시체들의 머리에 총상이 없다고 했다. 그들은 그냥 그 자리에서 픽 쓰러진 것처럼 보였다.

문명의 대기실로 다시 들어오는 것은 언제나 힘든 일이었다. 생존자들이 밖에서 보낸 시간이 길수록, 돌아오기가 더 힘들었다. 하지만 뜨거운 물로 샤워를 하고, 열두 시간 동안 내리 죽은 듯이 잠을 자고, 옥수수를 맛본(모두들 옥수수를 추수한 것에 대해 몹시 자부심을 느끼고 있었다. 그럴 만도 했다) 뒤에도 피난민들은 그 터무니없는 이야기를 계속했다. 그 뒤 정찰대가 해안을 따라 수색하며 찍은 동영상을 가지고 돌아와 그들의 말을 확인해주었다. 널찍하게 탁 트인 곳에서 망령들이 집단으로 쓰러지고 있었다. 저 먼 롤리의 고등학교 축구장에도 시체가 울퉁불퉁 쓰러져 있고, 트렌턴의 공원에서는 검은 파리들이 붕붕거리며 잔치를 즐겼다. 버펄로는 싱크 탱크에서 흘러나온 뜬소문을

160

퍼뜨렸다. 역병이 마침내 인체의 모든 것을 고갈시키는 필연적인 단계에 이르렀다는 얘기였다. 약탈이나 파괴에는 한계가 있다. 그리고 이것은 세상이 황폐해지는 데도 한계가 있다는 뜻이었다.

여기저기서 죽음마당이 발견되었다는 보고들이 동시에 들어왔다. (몇몇 사람들의 주장에 따르면) 이것은 역병의 진행 시간을 짐작할 수 있는 단서였다. 그런 소식에 사람들은 기운이 났다. 다른 나라들과 안정적인 통신이 확보되면서, 정보가 이쪽저쪽으로 바다를 건너다녔다. 여기에 역병에 감염되지 않은 집단들과 일족들이 계속 연합해서 힘을 강화하고, 해골의 출몰 빈도와 공격 빈도가 어느 모로 보나 줄어들었다는 사실까지 합쳐지자, 먼지를 뒤집어쓰고 있던 그 옛날의 낙관론을 다시 꺼내 올 수 있게 되었다. 재 속의 흐릿한 움직임만 봐도 알 수 있었다. 이것이야말로 다시 일어나는 '미국 불사조'였다. 적어도 티셔츠에는 그런 말이 적혀 있었다. 버펄로에서 방금 도착한, 생분해성 마분지 상자에서 꺼낸 티셔츠들 중에는 심지어 이제 걸음마를 뗀 아기들 사이즈도 있었다.

마크 스피츠는 해골의 숫자가 줄어든 것을 직접 관찰할 수 있었다. 돌아다니는 해골들이 정말로 예전보다 적었다. 그가 저주받은 코네티컷과 그 너머의 회랑에 있을 때에는 그것이 축복이었다. 하지만 죽음마당을 제외하면(사람들이 곧바로 불을 피워 시체들을 태워버리곤 했기 때문에, 이 잡다한 시체들의 수가 얼마나 되는지 확실하지 않았다), 그 해골들이 다 어디로 가버렸는지 알 길이 없었다. 어떤 학파는 혹독한 겨울 날씨에 그들이 쓰러진 것이라고 주장했다. 하지만 이런 원인을 추측하는 것은 마크 스피츠의 봉급 등급을 넘어서는 일이었다. 그나마 지급되는 봉급도 돈이 아니라 양말과 선크림이었으니 말할 필요도 없었다.

케이틀린이 말했다. "도시에서는 그것이 발생했다는 얘기를 아직 들은 적이 없어." 그녀는 시무룩해진 게리의 표정을 알아차리고는 평소의 충동을 억누르며 이렇게 덧붙였다. "하지만 모르는 일이지."

마크 스피츠는 케이틀린을 막기 위해 그녀의 가슴 앞으로 팔을 획 뻗었다. 이것은 그가 부모에게서 배운 동작인데, 그의 부모 또한 그들의 부모, 그러니까 안전벨트가 아직 등장하지 않은 시절을 기억하는 사람들에게서 이 동작을 배웠다. 그가 팔을 뻗은 것은 길 건너편에서 뭔가가 움직였기 때문이었다.

황야에서 지켜야 하는 절차들이 되살아났다. 시대에 뒤떨어진 것이라 해도 상관없었다. 그의 뇌는 창고 속에 저장해두었던 여러 가상 시나리오들과 예전의 교전 경험을 되살려 지금 풀턴 거리에서 펼쳐지는 광경과 비교했다. 뛰어가는 상대의 자세, 장비, 표정 등을 머릿속 데이터베이스에 넣고 돌려보았다. 망령과 도둑, 붙박이 망령과 생존자를 구분하기 어려울 때가 많았다. 그들이 말을 하는가? 이것이 첫 번째 시험이었다. 그들이 아직 언어를 사용할 수 있는지 알아보는 것. 그것이 출발점이었다. 캠프들이 생기기 전에는 누구든 마주치는 사람을 주의해야 했다. 망령들의 행동은 예측할 수 있지만, 사람들의 행동은 아니었다. 대부분의 사람들은 마크 스피츠처럼 혼자 돌아다니며 힘겹게 살아남았다. 퀴퀴한 에너지바를 하나씩 먹으면서. 그러다 갑자기 사람과 마주쳐 서로 상대에게 이성이 남아 있음을 확인하고 나면, 조심스레 접근해서 이야기를 나눴다. 어디서 오는 길입니까? 어떤 신기루에 희망을 걸고 있나요? 옛날 기준으로 사람이라 할 수 있는 사람들을 만난 적이 있습니까? 우리가 절대 가지 말아야 하는 곳은 어딥니까? 반드시 필요한 정보들이었다.

　만약 두 사람이 한동안 같이 다니기로 한다면, 나중에는 반드시 최후의 밤에 겪은 일들을 서로에게 털어놓았다. 생존자들은 황폐하고 위험한 곳을 돌아다니며, 상상 속의 신화처럼 창조해낸 정착지와 요새로 어떻게든 느릿느릿 나아가려 했다. 그런 곳에서는 역병이 다른 도시의 비극을 전하는 뉴스로만 존재할 것이고, 그나마도 일기예보 직전에 시간을 메우는 용도로만 이용될 것이다. 그곳에는 전기도 있고, 인근에서 생산된 농산물도 있고, 아이들이 뛰어놀고, 작은 토끼가 깡충깡충 뛰어다닐 것이다. 천국이었다. 사람들이 각자 최후의 밤에 겪은 일을 털어놓는 것은 또 다른 환상적인 피난처, 즉 진실이라는 피난처를 향한 한 걸음이었다. 마크 스피츠는 최후의 밤에 자신이 겪은 이야기를 세 가지 버전으로 다듬었다. 그중에 실루엣 버전은 오랫동안 함께 돌아다닐 생각이 없는 생존자들에게 들려주었다. 그는 해골의 시선을 피해 농가의 지하창고 문 옆이나 자동차 전시장의 금속 탐지기 옆에 서 있는 낯선 사람들에게 금방 무심해졌다. 그래서 세상과 자신을 이어주는 것들이 모두 죽어버렸다는 절망감을 소재로 맑은 수프 같은 실루엣 버전을 만들어냈다. 최후의 밤 경험담은 알맹이만 놓고 보면 모두 똑같았다. 그들이 오고, 우리가 죽었고, 나는 도망치기 시작했다는 내용. 그러니 실루엣 버전만으로도 충분했다. 그의 심장까지, 속마음까지 넘겨줄 필요는 없었다. 그들은 제대로 이야기를 시작하기도 전에 서로 헤어질 사람들이었다.

옛날에 일가족이 운영하던 그리스 식당이나, 카펫에서 잡초들이 자랄 만큼 황폐해진 트레일러 주택이나, 햇빛을 피할 수 없지만 그래도 360도 사방을 모두 감시할 수 있어 다행인 톨게이트 요금소 지붕 위에서 아마도 하룻밤 정도 함께 보낼 만한 사람에게는 뼈대에 살을 조금 더 붙인 일화 버전의 이야기를 들려주었다. 규모가 있는 무리에 합류하고 싶을 때도 이 일화 버전을 자랑스레 들려주었다. 그들에게 실루엣 버전을 들려준다면 무례하게 보일 우려가 있었다. 하지만 추모 기사 버전은 손전등 불빛을 중심으로 대충 모여서 웅크리고 있는 사람들에게 들려주기에는 너무 내밀했다. 일화 버전에는 애틀랜틱시티에 놀러 갔다가 집으로 돌아온 이야기를 그럴듯하게 윤색한 내용(지금 생각해 보면 불행의 전조였다. 유령들이 농구를 하다니)이 포함되었으며, 마지막에는 "나는 부모님을 찾아냈지만, 곧 도망치기 시작했다"는 말로 이야기를 끝냈다. 그는 낯선 사람들이 침낭에서 자다가 그에게 둔기로 얻어맞을지 모른다는 걱정 없이 그를 받아들여 함께 잠들어도 좋다고 허락하게 만들려면 최소한 이 정도 이야기는 해줘야 한다는 것을 알게 되었다. 반면 그는 낯선 사람들 무리가 그의 이야기를 듣고 보답으로 들려준 이야기가 아무리 상세하고 진실해도 결코 편안히 잠들지 못했다.

추모 기사 버전은 비록 몇 달 동안 다듬은 데다가 미리 연습한 듯한 분위기도 있었지만, 거기에는 그의 진심이 들어 있었다. 그의 진정한 자아가 한 번 이상 슬쩍 드러날 뿐만 아니라, 그와 카일의 평생에 걸친 우정과 그 옛날 애틀랜틱시티 여행에 대한 그리움, 생애 최후의 카지노 여행이었던 그 주말의 들뜨고 '한가한' 분위기, 그리고 집에 와서 맞닥뜨린 정지화면 같은 광경과 그 여파에 대한 철저한 묘사 등 곁가지 이야기도 풍부했다. 나중에는 이야기를 하면서 중립적인 형용사가 많이 나오게 되었지만, 추모 기사 버전은 지금의 이 모습으로도 신성했다. 듣는 사람들도 대개는 이 이야기에 상응하는 반응을 보였다. 하지만 평생 가장 길었던 그 밤의 일들을 되새기다가 기억상실증에 빠져버리는 사람도 가끔 있었다. 그들은 한동안 함께 지냈다. 어쩌면 그들은 서로에게 죽기 전에 마지막으로 만난 인간일 수도 있었다. 두 사람 모두 이야기를 하는 역할과 듣는 역할을 번갈아 하면서 상대에게 기억되기를 원했다. 추모 기사 버전은 세상이 다시 평온해지고 우리가 이미 세상에서 사라진 지 오래인 먼 미래의 어느 날, 사람들이 낯설기만 한 우리의 이름을 다시 불러줄 여유가 생겼을 때를 위해 지금의 모든 것을 담은 이야기였다.

물론 모퉁이를 돌면 골칫거리들이 나타났고, 그들을 2분 동안 살펴보는 것만으로도 충분했다. 그들은 이미 그만큼이나 변해 있었다. 그들은 환자였다. 역병이 아니라, 이 황야에서 열심히 움직이는 사람들을 더욱 심하게 괴롭히는 폐렴이나 류머티스성 관절염 같은 질병 때문에. 이런 병을 치료하는 일반적인 약을 구하려면, 약탈당한 약국에서 암호를 해독하듯 약들을 살펴봐야 했다. 어느 모로 보나 제정신이 아닌 사람들도 있었다. 머릿속이 싹 날아간 이 반(半)해골들이 어떻게 지금까지 살아남았을까? 예전에 어린이와 주정뱅이를 살펴주시던 하느님이 이제는 아무도 살펴주지 않는데도, 이 불운한 자들은 어떻게든 아직도 살아 있었다. 필요한 물건이라고는 하나도 없고, 무기도 없고, 가진 것이라고는 입고 있는 옷과 상처뿐인데도. 어쩌면 그들이 순식간에 퍼뜩 정신을 차릴지도 모른다는 생각이 들었다. 물만 부으면 되는 즉석 닭고기 수프 하나로 기침이 사라질 것 같기도 했다. 하지만 그는 재빨리 후퇴했다. 해골 수백 마리에게 쫓길 때보다 더 빨리 움직였다. 그들 때문에 목숨을 잃을지도 모른다고 가정하는 쪽이 더 안전했다. 옛 시골길의 오르막 위에서 부모와 자식이 한 조가 되어 불쑥 나타날 수도 있었다. 창백한 얼굴로 상대를 경계하면서. 마크 스피츠는 그런 사람들을 꺼렸다. 그들의 겉모습이 아무리 그럴듯해도 상관없었다. 자식이 있는 사람들은 예측할 수 없었다. 그들은 자식의 능력이나 안전을 고려하느라 중요한 순간에 머뭇거렸다. 상대가 자신의 자식을 강간하거나 잡아먹으려 한다는 망상에 시달렸다. 그들이 아기의 걸음에 맞춰 움직이기 때문에 그의 걸음도 덩달아 느려졌다. 그들의 변덕스러운 행동을 고민하느라 그의 정신이 산만해졌다. 그들은 도적 무리보다 더 나빴다. 도적들은 오로지 상대의 물건을 빼앗을 생각뿐이라서 현장에서 바로 강도 짓을 하거나, 아니면 나중에 기회가 생겼을 때, 그러니까 상대가 잠을 자거나 소변을 볼 때 총을 들이대고 강도 짓을 했다. 하지만 자식이 있는 사람들은 상대의 귀한 물건을 원하지 않는다는 점에서 위험했다. 그들이 이미 갖고 있는 귀한 것이 그들의 이성을 방해했다.

마크 스피츠는 한동안 낯선 사람들과 함께 다니면서 새로운 인사법에 따라 더러운 크랜베리 소스병이나 주스 상자를 교환하고, 망령들의 집결지 같은 커다란 정보와 세상 돌아가는 형편 같은 사소한 정보도 교환했다. 세상이 붕괴하고 몇 달이 지난 지금, 바보들만이 정부나 군대, 미리 지정된 구조 센터 같은 것에 대해 질문을 던졌다. 그리고 그런 바보들의 숫자는 날이 갈수록 줄어들었다. 마크 스피츠는 어울려 다니던 사람들과 목적지가 갈리거나, 그들이 해골의 행동에 대한 가설이나 우그러진 통조림 속에 식중독 균이 잠복해 있는지 알아보는 법 등에 대해 논쟁을 벌이기 시작하면 따로 떨어져 나왔다. 요즘 사람들은 기괴하기 짝이 없는 일에 열을 냈다. 그가 어울려 다니던 사람들이 공격을 받거나 죽는 바람에 그가 혼자 떨어져 나올 때도 있었다. 때로는 그들이 너무 수다스러워서 그가 그들을 버리기도 했다.

그는 사람을 만났을 때 자신이 가장 먼저 하는 일이 과연 그들보다 빨리 뛸 수 있을지 계산하는 것이라는 사실을 깨닫고 다른 사람들과 어울려 다니는 일을 그만두었다.

밈의 일 이후에 마크 스피츠는 행운을 빈다거나 나중에 또 보자는 작별 인사는 하지 않았다. 그냥 동이 트자마자 살금살금 움직였다. 그가 움직이면서 내는 작은 소리에 임시 동료들이 깨어나는 소리가 들렸지만, 그들은 그가 가족사진이 잔뜩 들어 있는 외장하드나 건전지 같은 자기들의 소지품을 도둑질하려는 게 아니라는 사실을 깨닫고 더러운 침낭 속에서 꼼짝도 하지 않았다. 그들도 작별 인사에는 관심이 없었다.

그날 오후 풀턴에서 마크 스피츠는 길 건너편의 세 형체가 무엇인지 파악한 뒤 평소의 환영 인사를 접었다. 그들은 사람이었다. 판초를 걸치고 있었다. 자유의지라는 저주에 걸린 존재가 아니라면 판초를 걸쳤을 리가 없었다. 망령들은 판초를 입지 않았다. 게리가 크게 인사를 건네며 상대를 애칭으로 불렀다. 그들 무리도 열성적으로 대답하면서, 옛날 케니 로저스와 돌리 파튼이 부른 노래 '해류 속의 섬들' 중 감상적인 한 소절을 합창하듯 읊조렸다.

그들은 앤절라, 노 마스, 칼로 이루어진 브라보 팀이었다. 중위의 그리드 할당 패턴이 난해하다는 점을 감안하면, 수색대 팀들이 안전구역

내에서 서로 마주치는 것은 아주 드문 일이었다. 열 개의 수색대 팀은 할 일 목록을 하나씩 지워가며 움직이는 사람들처럼 다운타운에서 종횡무진 움직였다. 당일 배달을 약속하는 택배점에 가서 배달을 재촉한 뒤 곧바로 세탁소로 달려갔다가, 파티 주최자에게 내가 먹을 것을 좀 가져가도 되겠느냐는 멍청한 질문을 한 탓에 이국적인 치즈를 한 덩이 사려고 치즈 전문점으로 다시 달려가던 이 동네 주민들 같았다. 그러다 다른 수색대 팀과 우연히 마주치면 서로 반가워했다.

게리는 이번에 만난 수색대원들과도 역시 사연이 있었다. 안전구역에 배치되기 전, 미친 듯이 돌아가는 코네티컷에서 소탕 작전에 참가했을 때 그들 세 명과 모두 함께 일한 적이 있었다. 당시 코네티컷에서는 고름 덩어리들이 한없이 흘러나왔고, 언제나 새로운 불운이 얼굴을 내밀었다. 밤에는 별 하나 볼 수 없고, 아침이면 허기에 시달리는 코네티컷, 기진맥진한 대원들이 서로 뭉치게 만드는 코네티컷. 그에 비하면, 다른 곳에서 온 소수의 수색대원들과 마크 스피츠는 언제나 처음으로 임무에 나선 새파란 신참이었다. 마크 스피츠는 특히 노 마스가 싫었다. 그가 붙박이 망령들의 굴욕적인 모습을 모은 스크랩북에 대해 자랑스레 떠벌리며 원턴을 돌아다녔기 때문이다. "이번 주에는 어떤 걸 봤어?" 일요일 밤 휴식 시간에 어떤 수색대원이 이렇게 부추기면, 노 마스는 자신이 가장 최근에 저지른 못된 짓을 순순히 털어놓았다. 그는 조끼 주머니에 커다란 빨간색 마커를 가지고 다니다가 붙박이 망령들의 늘어진 얼굴에 히죽 웃는 광대 입술을 서투른 솜씨로 그려주고, 그들 각자에게 광대라는 직업에 걸맞은 이름을 새로 지어주며 좋아했다. 그러고는 자기가 미스터 키득키득이니 레이디 그리젤다 전하 같은 이름을 지어준 붙박이 망령의 관자놀이에 총구를 대고, 싱긋 웃으면서 앤절라에게 사진을 찍게 한 다음, 그들의 두개골을 날려버렸다. 본부에서 일요일 밤에 노 마스와 침상을 같이 쓰는 젊은 사무원은 노 마스의 기념품인 그 사진들을 인화해주었다. "킥킥 선장을 보거든 나한테 알려줘. 내가 아주 싫어하는 놈이거든." 그의 이야기를 듣던 사람 한 명이 이렇게 응수하며 'I♥New York'이라고 새겨져 있는 머그잔에 위스키를 가득 담아 내밀었다. 모두 그냥 재미로 하는 소리였다.

　앤절라와 칼은 자신들의 일탈행위에 대해 좀 더 신중했다. 적어도 다른 팀 사람들과 함께 있을 때는 그랬다. 하지만 마크 스피츠는 그들이 예전에 도적 무리와 함께 다니면서 힘이 약한 생존자들에게서 아스피린이나 온열 속옷을 빼앗던 시절을 추억하는 것을 들은 적이 있었다. 그들이 그 외에 또 어떤 나쁜 짓을 했는지는 알 수 없는 일이었다. 그는 그들이 미국 불사조에서 뇌물로 높은 자리까지 태평하게 올라가는 모습을 쉽게 상상할 수 있었다. 그들이라면 불법적으로 보급품을 구하다가 단속에 걸린 사람들("저렇게 많은 신발이 왜 내 벽장에 들어 있는지 모르겠습니다만, 신기하지 않습니까?")을 조사한 뒤, 그들에게서 압수한 물건을 암시장에 내놓을 것이다. 아니면 뉴욕 시에서 건물주가 되어 신참들에게 자기들 마음대로 아파트를 배정하게 될 수도 있었다. 누군가가 더 좋은 건물, 더 좋은 동네, 남향 집 등을 원하면 그들은 뇌물이나 성 상납을 받을 터였다. 욕실 두 개, 공원이 보이는 전망, 지하창고가 있는 건물만 있다면 그들이 새로운 세상에서 다시 성세를 누릴 수 있었다. 그들은 또한 건강하지 못한 관료주의의 화신이 될 것이다. 그들은 코네티컷 출신이었다. 역겨운 코네티컷.

빗줄기가 또 두 배로 굵어졌다. 두 수색대 팀은 도넛과 커피를 파는 인기 상점의 자주색과 오렌지색 차양 아래에 모여 앉아 그 주의 작전 상황을 서로에게 브리핑했다. 브라보 팀은 우크라이나 교회의 신도석에서 썩어가던 자살자들의 시체를 한나절 동안 치웠다고 설명했다. 태평하게 빨리 끝낼 수 있는 평범한 일이었다. 브라보 팀은 시체의 손에서 십자가를 억지로 빼내는 것을 중간쯤부터 포기하고 그냥 시체와 십자가를 함께 시체 가방에 넣고 지퍼를 올려버렸다.

오메가 팀은 두 개 그리드에서 천천히 움직인 이야기를 했다. 케이틀린은 신중함을 발휘해서, 마크 스피츠가 굴욕을 당한 일을 빼놓았다. 하지만 중국식 비밀 나이트클럽에 대해서는 어쩌다 보니 이야기하게 되었다. 오메가 팀은 말라붙어서 망령의 손가락처럼 보이는 한약재를 파는 상점 위, 그러니까 부서질 것 같은 계단으로 두 층을 더 올라간 곳에 있는 그곳이 조폭들의 소굴이었을 것이라는 결론을 내렸다. 뒤쪽 방에는 전기로 돌아가는 도박 기계, 손잡이를 테이프로 고정한 권총, 미성년자들의 야한 사진이 가득했다. 벽 속의 움푹한 공간에 웅크린 첨단 금고에는 아편이나 잡다한 범죄 증거가 가득 들어 있었다. 그녀는 영화에 나오는 마피아 소굴 그대로였다고 그들에게 말했다. 그들이 2주 전에 그곳을 먼저 발견해서 그 이야기를 이미 사람들에게 들려주었다는 사실을 까맣게 잊어버린 탓이었다. 아무도 케이틀린의 말을 막지 않았다. 비가 내리고 있었다. 그들은 지금 커피를 마시며 잠시 쉬는 중이었다.

마크 스피츠는 눈을 비볐다. 수리점 안의 그 슬픈 붙박이 망령 이야기를 브라보 팀에게 해줄 수도 있었겠지만, 그 붙박이 망령에 대한 생각이 왜 머리를 떠나지 않는지 그 자신도 잘 설명할 수 없었다. 그 수리공은 엄청나게 어지러운 작업대에서 속을 드러낸 VCR 위로 허리를 구부린 상태로 발견되었다. 손 주위에 놓인 VCR의 금속 케이스가 얄팍한 금속 스카이라인을 그리고 있었다. 그 노인을 에워싼 것은 온통 한물간 물건들뿐이었다. 한 세대 전에는 음악을 듣거나 토스트를 굽는 최고의 기계였을 물건들이 볼품없이 놓여 있었다. 일부러 인터넷을 검색해서 이런 가게를 찾아올 만큼 이 고장 난 기계들을 아끼다니 도대체 어떤 바보들인가. 머더보드에 올라앉은 먼지를 털어내려고 일부러 시간을 내서 여기까지 오다니. 이런 일을 하려고 가게를 임대하는 바보가 세상에 존재한다는 사실을 아는 바보들일 것이다. 그들은 서로의 망상에 자양분을 공급해주었다. 그곳에 쌓여 있는 물건들을 보면서 마크 스피츠는 보철물 도매상을 수색했을 때를 떠올렸다. 반쪽짜리 분홍색 팔과 발이 천장에 대롱대롱 매달리거나 상자에서 기어 나온 것 같은 모양새로 사방에 널려 있던 모습. 모두 불완전한 사람들. 그리고 죽어버린 신체 일부들.

노 마스와 게리가 담배에 불을 붙이자 케이틀린이 두 사람을 노려보면서 일부러 과장되게 콜록거리기 시작했다. 앤절라는 오늘이 토요일이라 내일 원턴에서 하룻밤 쉴 생각을 하니 정말 좋다고 말했다. 그리고 오메가 팀에게 근처에서 다른 사람들을 본 적이 있느냐고 물었다.

케이틀린은 고개를 저었다. "망령들뿐이야."

"웨스트 브로드웨이에서 테디랑 놈들을 마주쳤지." 칼이 말하면서 씩 웃었다. "연기가 먼저 보였어. 야외 요리 파티를 벌이고 있던데."

게리가 쿡쿡 웃었다. 케이틀린은 좌표를 요구했다.

"기억 안 나." 칼이 말했다. 그의 몸에서 지린내가 코를 찔렀다. "휴대용 그릴을 꺼내서 어떤 호화 콘도의 커다란 유리 천장 밑에 펼쳐놨더라고. 길에는 빨간 테이블보를 펼쳐서 상도 제대로 차려놨고."

"뭘 요리하고 있었는데?" 케이틀린이 물었다. 틀림없이 밀수 가공육으로 만든 버거를 상상하는 것 같았다. 그릴도 훔친 것이고, 테이블보도 훔친 것이겠지. 그것만으로도 벌써 규율 위반 두 건이었다.

브라보 팀의 태도가 점점 조심스러워졌다. 코네티컷 스타일이었다. "우리에게 지급된 간이 식량을 요리하고 있었던 건지도 모르지. 놈들한테 직접 물어봐."

"내가 아는 건 냄새가 아주 좋았다는 것뿐이야." 노 마스가 말했다.

"그것만으로도 보고가 들어갈 수 있어." 케이틀린이 중얼거렸다. 게리는 어깨를 으쓱했다. 앤절라가 화제를 바꿔, 오메가 팀에게 어디로 가던 중이었느냐고 물었다.

게리가 한 발 앞으로 나서서 도로표지판을 확인했다. "여기로."

"틀렸어." 칼의 얼굴이 팽팽하게 긴장했다. "여긴 우리 구역이야."

두 팀에게 할당된 그리드가 똑같았다. 풀턴×골드. 그들은 교차로로 이동해서, 혹시 인접한 블록을 착각하고 말싸움을 벌이는 건지 다시 한번 확인했다. 그러다 보니, 골드 거리의 동쪽이 3~4층짜리 타운하우스들이 늘어선 축복받은 거리라는 사실을 알아차릴 수밖에 없었다. 풀턴의 북쪽에는 커다란 야외 주차장이 있었다. 노다지였다. 최대 나흘짜리 일이지만, 솜씨를 제대로 부린다면 원턴 몰래 한가로이 일하면서 엿새나 이레까지 기간을 늘릴 수 있었다. 이건 서로 싸울 만한 일이었다.

"우리가 먼저 왔어." 노 마스가 말했다.

"먼저 온 건 중요하지 않아." 마크 스피츠가 말했다. 주차장은 거의 비어 있었다. 심지어 운전대에 늘어진 시체도 하나 없었다. 자동차 트렁크까지 확인해보라는 지시는 내려오지 않았다.

"여긴 우리 거야."

"중위가 실수를 했을 것 같지 않은데." 케이틀린이 말했다. "너희 통신기로 중위를 불러봐. 우리 건 고장 났어."

"통신기?" 노 마스가 말했다. "우린 이번 주 내내 그딴 거 없이 다녔어."

"불사조 할망구들이 만드는 물건이잖아. 뭘 바라?" 칼이 말했다.

게리가 욕설을 내뱉었다. "이호 데 푸타('개자식'이라는 뜻의 스페인어). 파비오. 전에 그 자식이 마시한테 그리드를 할당했는데, 알고 보니 그게 장벽 뒤편이었던 거 기억나? 스프링 거리였다고. 그 인간 지금 약을 끊었을 거야." 게리가 노 마스를 바라보았다. 마크 스피츠는 노 마스가 재빨리 거리 저편을 훑어보는 모습을 포착했다.

파비오가 그리드를 할당해준 것은 지난 일요일이었다. 중위가 버펄로에 불려 간 탓에 그의 부관인 파비오가 일을 대신하고 있었다. 파비오는 수색대원들에게 대장이 없으니 굳이 사무실까지 나올 필요가 없다고 통보했다. 또한 평소처럼 밖으로 나가 휴식을 즐기지 말라는 지시도 내렸다. 처리반이 순찰을 도는 길에 군용 식량을 배급해줄 것이라고 했다. 그는 통신기를 통해 그리드 배정 결과를 알려주며 행운을 빌었다. "다시 나가서 휴식시간을 즐겨야 해." 게리가 동료 대원들에게 말했다. "안 그러면 골치 아픈 일이 벌어질걸."

"놈이 얼마나 일을 엉터리로 했는지 우리가 말해주면, 중위가 가만 있지 않을걸." 앤절라가 말했다.

그들은 차양 밑으로 돌아와 비가 그치기를 기다렸다. 자동소총만 없다면, 옛날에 비를 긋던 평범한 시민들 같았다. 아니, 소총 외에 다른 장비들도 없다면. 굵은 빗방울 하나가 마크 스피츠의 손등에 떨어졌다. 그는 장갑을 끼지 않은 상태였다. 회색 미세입자들이 그의 피부 위에서 빗방울의 윤곽을 그렸다. 빗물에 재가 함께 딸려 온 탓이었다. 그는 거리를 내다보며 빗방울들이 길게 회색 줄무늬를 그리며 떨어지는 광경을 상상했다. 거인들이 그의 머리 위에서 더러운 행주를 쥐어짠 것 같았다. "이걸 좀 봐." 그가 게리에게 말하면서 자신의 손등을 가리켰다.

게리는 인상을 찌푸렸다. "우리는 아무것도 못 봤어."

마크 스피츠가 어렸을 때, 아버지가 가장 좋아하던 핵전쟁 영화를 그에게 보여준 적이 있었다. 구름 낀 날 오후에 아버지와 아들은 그렇게 유대를 다졌다. 새로 이름을 알리기 시작한 신선한 얼굴들(끝내 대스타는 되지 못했다)과 험상궂은 얼굴의 성격배우들이 산성비와 재속을 행군했다. 군인답게 꿋꿋이 버티는 중에 히스테리를 부리는 동료가 생기면 그들은 뺨을 때렸다(정신 차려. 우리는 해낼 수 있어). 그렇게 성지가 있다는 소문을 좇아 움직이다가 한 명씩 차례로 쓰러졌다. 마크 스피츠가 물었다. "묵시록이 무슨 의미예요, 아빠?" 그러자 아버지는 일시정지 버튼을 누르고 입을 열었다. "미래 세상이 지금보다 훨씬 더 나빠질 거라는 뜻이야."

대학 시절 마크 스피츠는 냉전에 관한 역사 필수 강의를 평소처럼 편안하게 들었다. 사람들이 원자를 쪼개는 데 성공한 것은 곧 스스로 파멸을 확정한 행동이었다. 그들은 역병이 그려내는 파괴의 청사진 앞에서 장님이나 다름없었지만, 그 뒤에 남은 재는 볼 수 있었다. 가차 없이 사방으로 스며드는 회색 재는 대기 중의 이상 현상이었으며, 미국 불사조를 만들겠다는 버펄로의 구상에는 들어 있지 않던 풍경이었다. 하지만 지금 상황에 잘 맞았다. 재 속에서 다시 태어나는 불사조.

칼이 잠시 침묵했다. 다른 사람들은 고개를 돌렸다. 망령 하나가 거리를 걸어오고 있었다. 그동안 겪은 일들을 생각해보면, 이렇게 탁 트인 곳에서 이런 광경과 맞닥뜨린 기분이 묘했다. 그것도 그들의 거리에서. 마크 스피츠가 이곳에 온 뒤로 혼자 자유로이 돌아다니는 해골을 본 것은 딱 한 번뿐이었다. 지금 이놈은 해병대의 소탕 작전 때 어떻게든 도망친 모양이었다. 옛날 볼링장에서 낡은 신발을 넣어두던 창고나 수블라키(그리스식 꼬치 요리) 식당 지하실처럼 지저분한 곳에 갇혀 있다가 비로소 자유로워졌을 것이다. 해골은 수색대원들이 다투는 소리에 놀라 길 한복판에서 방향을 바꿔서 외국산 소형 자동차 두 대 사이로 기어 들어가 천천히 인도로 올라섰다. 비를 맞으며 걷는 놈의 모습은 그 누구와도 달랐다. 마구 쏟아지는 폭우 속에서 몸을 떨지도, 인상을 찌푸리지도 않고 걷는 모습이라니. 빗물이 놈의 머리와 어깨에 맞고 튀어 올라 각다귀 무리처럼 확 퍼졌다. 놈은 흔들림 없이 확실한 걸음으로 그들에게 다가왔다. 그 가차 없는 걸음걸이가 친숙했다.

해골은 심하게 더러워진 줄무늬 양복에 진홍색 넥타이를 매고, 발에는 숨이 달린 어두운 갈색 로퍼를 신고 있었다. 마크 스피츠는 희생자라는 말을 떠올렸다. 놈은 이제 해골이 아니라, 고난의 시대 이전을 보여주는 어떤 것이었다. 회사에서 해고당했으면서도 가족들을 위해 출근하는 척 집에서 나와 군데군데 판자가 부서져 있는 공원 벤치에서

비둘기들에게 잘게 찢은 베이글 조각을 먹이며 하루를 보내는 회사원이었다. 그의 서류 가방에는 빈 감자칩 봉지와 마사지 업소의 전단지만 가득할 것이다. 이 도시에는 이미 오래전부터 특유의 역병이 번지고 있었다. 그 병에 걸린 사람들은 흘러간 과거의 실패자 무리에 합류했다. 그들은 돈 한 푼 없으면서 망상에 빠져 헤쳐 나오지 못하는 사회 부적응자, 불운이 버릇이 된 사람으로 변했다. 그들은 작은 원룸이나 가난한 친척의 소파 베드에서 밤을 보내고 일어나 비참하고 힘든 하루를 위해 휘청휘청 햇빛 속으로 나왔다. 그는 그들이 고뇌에 찬 얼굴로 천천히 길을 걸어가는 모습을 본 적이 있었다. 보건부의 단속이 없을 때 구석지고 더러운 식당에서 크림을 지나치게 많이 얹은 커피 한 잔을 소중히 감싸고 있는 모습을 보기도 했다. 지금 그들 앞에 있는 저 생물은 버스에서 아무도 옆에 앉으려고 하지 않는 남자 같았다. 붐비는 지하철에서도 초췌한 사람들이 비명을 지르며 피하는 존재. 신입 사원들은 이런 선배를 보며 절대 저런 꼴은 되지 않겠다고 맹세하지만, 물론 그들 중에도 그렇게 변하는 사람이 있었다. 그것은 비율의 문제였다.

칼이 놈에게 총을 쏜 뒤 그들은 다시 협상을 시작했다.

"이 망할 놈의 상황이 저절로 해결될 리는 없어." 케이틀린이 말했다. "마크 스피츠, 가서 상황을 파악해."

"왜 쟤가 가?" 칼이 말했다. 마크 스피츠는 악당이 입을 삐죽거리는 모습을 처음 보았다.

"직선으로 똑바로 걷는 법을 아니까."

브라보 팀의 대장인 앤절라는 반발하지 않았다. 그녀는 이 그리드를 잃을 것 같다고 이미 체념하고, 이다음에 닥쳐올 불편한 상황에 대비해서 마음을 다잡고 있는 것 같았다. 그 불편한 상황이라는 것이 무엇이 될지는 모르겠지만.

케이틀린은 자동소총을 어깨에서 내리고, 배낭도 내려놓았다. 그리고 콘크리트 바닥에 책상다리로 앉았다. "자, 이제 누가 저기 가서 저 해골을 가방에 담을 거야?"

* * *

그는 장난감 가게에서 밈을 만났다. 편의점, 창고형 아울렛, 약국 등 수상한 장소들을 모두 철저히 수색한 뒤였기 때문에 마크 스피츠는 장난감 가게들을 뒤지기 시작했다. 역병 덕분에 그는 원초적인 실망감을 다시 경험하고 있었다. 어렸을 때 '건전지 미포함'이라는 작은 글씨 때문에 괴로웠던 적이 아주 많아서 지금도 그 흔적이 분명하게 남아 있었다. 그는 자신의 전술이 독창적이라고 생각했다. 실제로 카운터 뒤편에 아직도 건전지가 남아 있는 장난감 가게들이 적지 않았다. 심지어 그 지긋지긋한 코네티컷도 마찬가지였다. 그는 코네티컷에서 한낮의 습격 중에 밈을 만났다. 해골 몇 마리가 중앙 대로를 건들건들 걸어왔다. 그들의 몸속 나침반은 언제나 북쪽이 아니라 앞쪽의 광장을 가리켰다. 그는 종업원 주차장으로 빙 둘러 돌아가서 쇠지레로 뒷문을 열어보겠다고 안달하며 섬뜩한 10분을 보냈다. 그때 안쪽에서 작은 목소리가 들려왔다. "누구세요?"

그가 말했다. "살아 있는 사람입니다." 안에서 여자가 문을 열어주었다.

그녀의 이름은 미리엄 코헨 레비였다. 그 뒤로 오랫동안 그는 자신의 이름을 제대로 모두 말해주는 사람을 만나지 못했다. 그녀는 처음부터 상난감 가게들을 뒤졌다고 말했다. "아이가 셋 있어요." 그녀가 나중에 그에게 말해주었다.

두 사람은 로봇 진열대 앞에서 가벼운 이야기를 나눴다. 그녀의 장비는 깔끔하게 정돈된 밝은색 나일론 배낭들에 담겨 발치에 놓여 있었다. 그녀가 고른 무기는 빨간색 소방 도끼였다. 어딘가의 초등학교나 시청 건물에서 가져온 것 같은 물건이었다. 진열창을 통해 희미하게 새어 들어오는 불빛 속에서도 도끼는 반짝반짝 빛이 날 만큼 깨끗했다. "세균을 조심해야죠." 그녀가 말했다. "그래도 언제든 할 수만 있다면 뛰는 게 좋아요. 심장이 튼튼해지게."

마크 스피츠는 이 건물의 입구가 두 군데뿐이라는 사실을 확인했다. 그가 나선형 계단을 가리키자 그녀가 친절한 집주인처럼 말했다. "위층에도 상난감이 있어요. 당신 배낭은 거기에 둬도 돼요. 버펄로로 가는 길인가요?"

"거기에 뭐가 있는데요?"

"지금의 정부가 거기 있어요. 커다란 단지가 잘 정돈되어 있죠."

마크 스피츠는 처음 듣는 얘기였지만, 소문으로 떠도는 성소라는 곳이 그가 단 한 번도 가볼 생각을 하지 않았던 곳에 있을 것 같다는 그 자신의 가설과 잘 맞아떨어지는 소식이었다. "내가 알기로 사람들은 클리블랜드로 향하고 있던데요."

"그건 옛날 얘기죠."

"버펄로가 새로운 클리블랜드로군요."

사람들도 그렇게 말한다고 그녀가 말해주었다. 밈은 버펄로로 향하는 순례자 무리와 일주일 동안 함께 다닌 적이 있는데, 그때 일종의 배 앓이가 생겨서 하루 종일 옆으로 누워 있어야 했다. 조금이라도 도움이 되는 방법은 그것밖에 없었다. 순례자 무리는 미안하다고 사과하면서도 아픈 그녀를 그대로 두고 떠나갔다. 개인적으로 서운하게 생각할일이 전혀 아니었으므로 그녀도 기분이 상하지 않았다. "그런 것이 규칙이죠." 그녀가 마크 스피츠에게 이렇게 말하면서 짧게 어깨를 으쓱하듯이 불쑥 들어 올렸다.

밈은 가장 최근의 거처인 대리엔(코네티컷주의 지명)의 어느 저택에서 난장판을 경험한 뒤, 계속 이동하며 지냈다. 그녀는 그곳에서 여름과 가을 대부분을 지내며 하루에 두 끼 반을 먹었다. 돌담과 발전기가 있는 집이었다. 주인들은 죽었지만, 정원사의 아들인 테일러가 열쇠를 갖고 있어서 저주스러운 역병이 발생한 초기에 그곳을 본거지로 삼았다. 그는 어렸을 때 그 집 마당에서 우주전쟁 놀이를 했기 때문에 금주법 시대에 만들어져서 신을 부정하던 시대에 계속 유지된 비밀통로들을 잘 알고 있었다. 혹시 한 통로에 해골들이 잔뜩 들어차더라도 다른 통로와 출구가 아주 많았다. 테일러는 휘발유를 구해서 돌아오는 길에 만난 생존자들을 집으로 데려오거나, 담장을 넘는 생존자들을 붙잡았다. 그들의 배낭에는 통조림과 기타 물건들이 가득 들어 있었다. 그는 무엇이든 마음에 드는 구석이 있는 사람에게 이 집에 머물러도 좋다고 권했다. 옷차림은 근육질 오토바이족 같았지만, 성격은 아주 다정했다. 그래도 그 옷이 일종의 의상 같은 역할을 해서 사람들은 그에게 복종했다.

"미친 사이비종교 같은 분위기는 아니었어요." 밈이 단백질 보충제

가루를 빨아 먹고, 손가락에 묻은 것까지 핥아 먹으면서 말했다. "테일러가 미친 짓을 하려고 한 적은 없어요. 예를 들어 매주 목요일 자정에 가장 나이 많은 사람을 숙이라고 지시하는 일 같은 것 말이에요. 테일러는 그저 사이좋게 지낼 수 있는 사람들을 원했을 뿐이에요. 그게 주로 마약중독자들이었죠." 대리엔의 그 저택, 윌로비 장원에는 가장 많을 때 서른 명이 살았다. 조직도 잘되어 있는 편이었다. 물품 조달을 위한 외부 출정도 조직적으로 이루어졌고, 실행위원회도 있었다. "깡패처럼 구는 사람도, 강간도 없었어요. 우리가 조용히 지냈기 때문에 망령들이 집 밖에 어른거리는 일도 없었고요." 해가 진 다음에는 반드시 불을 끄는 것이 규칙이었다. 그리고 나서 사람들은 포도주 저장고에 모여 포도주를 맛보며 향기로운 저녁을 보냈다. 갈림길이 많은 비밀통로로 내려가면, 시간을 보낼 수 있는 오락거리도 많았다. 그들은 브루넬로 포도주병들 사이에서 포커를 치고, 아르헨티나 빈티지 포도주 앞에서 샤레이드 게임을 했으며, 미완성으로 남아 있는 방에서 귀한 시트콤을 보았다. 그 방은 사실 수영장 아래에 있는 것이었으니, 생각하면 대단한 일이었다. 밈은 거리를 헤매다가 우연히 맞닥뜨린 해골 무리에게서 도망치는 와중에 거리 계산을 잘못해서 대리엔 중앙 대로에서 위기에 몰렸을 때 그들을 만났다. "그런 일을 당하면 싫지 않아요?" 그녀가 물었다. "자기 앞가림만 신경 쓰면서 립밤을 구하려고 나갔다가 놈들과 쾅 부딪히는 것." 윌로비 사람들은 그녀를 답삭 들어서 SUV에 태웠고, 그녀는 그들의 일행이 되었다.

"잘된 일인 것 같은데요."

"정말 좋았어요. 사실 나는 거기 길에서 해골들이 지나갈 때까지 기다려야 하나 했거든요." 그녀의 목소리가 바뀌었다. 그녀도 다른 사람들처럼 그의 표정을 오해한 모양이었다. "난 지금도 믿고 있어요. 우리가 이 역병을 물리칠 수 있을 거라고. 시간이 얼마가 걸리더라도 반드시 그렇게 될 거예요. 그러면 모두 집으로 돌아갈 수 있겠죠."

마크 스피츠는 가면 같은 표정을 유지하려고 이를 악물었다.

그들의 전원생활이 끝난 것은 그들 무리의 일원인 에이벨 때문이었다. 그는 역병에 대해 자기만의 이론을 갖고 있었으며, 종말은 도덕적인 위생의 문제라는 주장에 동조했다. 또한 대학교 2학년생처럼 사회주의에 살짝 기울어져 있었다. 망령들이 나타난 것은 지구상에서 자본주의와 광대한 부르주아 상부구조를 쓸어버리기 위해서라는 것이 그의 이론이었다. 식탁의 도일리(접시 바닥에 까는 작은 깔개), 헬리콥터처럼 자식의 주위를 맴도는 부모, 동영상 스트리밍 등이 그런 부르주아 상부구조였다. 그는 이런 것들이 사라지고 나면, 사람들이 자연으로 돌아가 건강한 공동체 생활을 하게 될 것이라고 주장했다. 밈은 사람들이 그의 주장에 별로 관심을 보이지 않았다고 말했다. 황폐해진 거리를 돌아다니다 보면 에이벨보다 더 정신 나간 사람들도 얼마든지 볼 수 있었고, 에이벨의 일솜씨는 훌륭한 편이었다.

마크 스피츠도 밈을 만나기 전 몇 달 동안 신의 징벌을 주장하는 사람들을 많이 만났다. 그들은 때를 만났다는 듯이 활개치고 있었다. 폭우가 쏟아질 때 지하철 출구 앞에 서 있는 우산 장수와 같았다. 그들은 인류가 역병이라는 불행을 당해노 싸다고 말했다. 지구를 독으로 오염시켜서 역병을 자초한 것이나 마찬가지라는 이야기였다. 신의 죽음, 세계화된 경제체제의 계산된 잔혹성, 원시 생물들을 멸종시킨 것 등이 바로 역병의 원인이었다. 또한 핵분열에서부터 리얼리티 쇼와 거리 주차 2부제(거리 양편에 모두 주차하는 것이 아니라, 한쪽 편에만 번갈아가며 주차하게 하는 세도)에 이르기까지 모든 것이 가치관의 완전한 붕괴를 보여주는 증거였다. 마크 스피츠는 이들의 이런 장광설을 기껏해야 1~2분 정도 들어주다가 그냥 자리를 뜨곤 했다. 지루했다. 역병은 역병일 뿐이었다.

"그러던 어느 날 밤에 모든 것이 끝났어요." 밈이 말했다. 저택 거주자들은 대부분 지하의 포도주 저장고에 내려가 있었다. 밤이라서 다들 그곳에서 놀고 있었다. 그때 에이벨이 내려와, 이 집 사람들이 역병의 판결을 무시하는 걸 더 이상 가만히 두고 볼 수 없다고 말했다. 세상 모두가 정당한 처벌을 받고 있는데, 우리는 무슨 권리로 웃고 떠들며 놀기만 하는가? "그래서 내가 문을 열었습니다." 에이벨이 말했다.

사람들은 위층으로 뛰어 올라갔다. 에이벨은 단순히 문을 열기만 한 것이 아니었다. 망령들이 마당을 완전히 차지하고서 "결혼식이 끝난 뒤 칵테일이 어디에 있는지 찾아다니는 하객들처럼" 베란다를 통해 큰 방으로 들어왔다. 에이벨이 먹을 것이 잔뜩 있다고 암시하며 그들을 꾀어 들였음이 분명했다. 저택은 엉망이 되었다. "뭐, 평범한 혼란이 벌어졌죠." 밈이 말했다. 그녀는 다른 사람들과 떨어져 혼자 남았지만, 혹시 이런 일이 생길 경우를 대비해서 미리 한쪽 담장 근처에 숨겨둔 물건들을 수습할 수 있었다. "정착해서 사는 건 좋지요. 정해진 대로 일을 하면서 토마토에 물을 주는 것도 좋고요. 하지만 언제나 비상 배낭을 숨겨둬야 해요. 언제나 파국이 오니까요." 밈이 말했다.

마크 스피츠는 그녀가 엄청 마음에 들었다. 그녀가 버펄로를 믿고 있는데도 상관없을 정도였다. 버펄로는 신기루였다. 다음 언덕 너머의 커다란 정착지, 이틀만 걸어가면 되는 군사기지, 강 건너편의 유토피아 공동체와 같았다. 그런 곳은 애당초 존재한 적이 없거나, 내가 도착할 때쯤이면 적이 이미 휩쓸고 지나간 지 한참 뒤라서 시체의 악취와 연기를 피워 올리는 불길만 있을 뿐이었다. 아니면 미치광이들이 새로운 사회를 만든답시고, 파시스트 헌법이나 정신 나간 규칙을 만들어 시행하고 있을 수도 있었다. 이를테면 모든 여자들은 인구를 늘리기 위해 반드시 남자들과 잠을 자야 한다는 규칙 같은 것들. 아니면, 그런 정착지에 도착해서 며칠을 지낸 뒤 무서운 비밀을 알게 될 수도 있었다. 그래서 도망치려고 하면, 이미 놈들이 내 무기와 즉석수프를 숨기거나 훔쳐 가버린 뒤였다. 마크 스피츠는 당분간 무리를 피해서 돌아다니고 있었지만, 마음에 맞는 사람들이 나타난다면 밈처럼 비상 물품을 숨겨두는 방법을 쓰기로 했다.

마크 스피츠는 밈이 먼저 건전지를 고르게 할 생각이었지만, 밈은 둘이서 건전지를 공평하게 나눠야 한다고 고집했다. "내가 이 모든 걸 다 들고 다닐 수는 없어요. 그건 말도 안 되죠. 마음껏 가져가세요." 마크 스피츠가 배낭을 가득 채웠을 때, 밈이 욕하는 소리가 들렸다.

그녀는 창가에 있었다. "날씨가 나빠요." 그는 눈이 내리나 보다 했다. 아침부터 곧 눈이 내릴 것 같은 냄새가 났기 때문이다. 그는 그녀 대신 창가로 가서 중앙 대로를 내려다보았다. 무릎에 힘이 풀렸다. 뒷문이 잠겨 있나? 그랬다. 그와 밈은 유아용 장난감, 아기 인형, 누르면 소리를 내는 곰 인형, 기타 싸구려 플라스틱 물건 등의 진열대 뒤에서 살금살금 움직였다. 망령들이 저렇게나 많이 몰려오는 건 몇 달 만에 처음 보는 광경이었다. 음산한 행렬이 눈에 보이지 않는 지옥의 피리 부는 사나이를 따르는 쥐 떼처럼 길을 꽉 메운 채 걷고 있었다. 동창회 날, 창립자의 생일, 종전기념일을 연상시키는 광경이었다. 소도시에서는 전선에서 돌아온 군인들을 환영하는 행사가 지금도 멀어지나? 힘든 시련을 견디고 돌아온 기적에 경례하면서? 역병의 퇴치, 혼돈과의 휴전을 기리는 축제라도 지금 밖에 펼쳐진 광경과는 상대가 되지 않을 것 같았다. 그런 행사에서 깃발을 들 사람조차 지금은 부족할 테니까. 마크 스피츠는 고개를 저었다. 망할 코네티컷.

망령 무리가 장난감 가게 진열창 앞을 행진하며 지나갔다. 역겨운 행렬이었다. 마크 스피츠는 새로운 동료가 된 밈과 함께 창고로 물러났다. 어쩌면 날씨 때문에 망령들이 저렇게 커다란 무리를 지은 것일 수도 있었다. 구멍이 숭숭 뚫린 스펀지처럼 변해버린 그들의 뇌에서 다시 목표를 찾은 시냅스들이 해안을 눈보라처럼 휩쓰는 바람을 피해 움직이라고 그들에게 명령하고 있는 건지도……. 저 망령의 군대가 바람을 피해 숨어 들어간 곳을 어떤 재수 없는 사람들이 우연히 발견하게 될 것이다. 하지만 마크 스피츠는 아니었다. 그와 밈은 건물 뒤편에 계속 남아 있었다. 망령 무리가 마침내 모두 사라진 뒤, 길에는 커다란 눈송이들이 달라붙어 있었다. 수도관에서 물이 쏟아지고 다양한 케이블 채널이 전파를 쏘아대던 옛날에는 땅바닥의 온도가 높아서 저렇게 눈이 금방 쌓이지 못했다. 하지만 지금은 죽어버린 땅에 눈이 금세 쌓였다.

두 사람은 최후의 밤에 대한 이야기를 앞두고 머뭇거렸다. 마크 스피츠는 밈이 뒷문을 열고 어둠 속에서 모습을 드러냈을 때, 자신이 그녀에게 추모 기사 버전을 들려주게 될 것임을 깨달았다. 그의 상상 속이야기는 이제 인간의 얼굴 대신 해골의 얼굴로 가득했다. 뼈 위에 피부가 팽팽하게 걸쳐진 얼굴들이 앞니를 크게 드러낸 채로 무자비하게 상대를 빤히 바라보았다. 그녀의 부드러운 눈과 둥글고 활기찬 얼굴에 고집스럽게 남아 있는 평범함은 과거의 기념품이었다. 그녀가 머리를 질끈 묶은 노란색 끈은 빗물이 콸콸 흐르는 도랑에서 도토리와 잔가지를 꺼내는 일, 지난여름에 고기를 구워 먹은 바비큐 그릴에서 검게 탄 흔적을 긁어내는 일 등을 주말에 해치우기로 했다는 증거였다. 멀고 먼 옛날의 일들. 그녀는 마크 스피츠와 비슷했다. 계속 앞으로 밀고 나아가는 보기 드문 사람이라는 점에서. 두 사람은 정상이었다.

그들은 최후의 밤 이야기 대신, 고향에 대한 이야기에 빠져들었다. 역병 이전에 비해 지금은 고향 이야기가 더 긍정적인 방향으로 흐르곤 했다. 마크 스피츠가 보기에는 그랬다. 마치 모든 생존자들이 지금까지 살아온 삶의 여기저기에 서로를 은밀하게 연결해주는 고리가 있는 것 같았다. 아니면 단순히 그가 모든 것과 단절된 상황 속에서 우연의 일치에 쉽사리 경외감을 느끼게 되었기 때문이거나. "어, 월크스배리 출신이라고요? 그럼 게이브 에덜먼 알아요?" "진짜요? 재밌네요. 우리가 옛날에 애크런에서 열린 판매 회의에서 만난 적이 있다니." 그는 치과의사 두 명, 기운 넘치는 트럭 운전수, 손해사정인, 기타 슬픈 눈을 한 사람들과 자신의 인생에 겹치는 부분이 있는 것을 알게 되었다. 그런 부분들이 전부 무의미한 것이라는 점은 중요하지 않았다. "그 뒤로 저 여자가 재활치료를 받은 모양이야. 옛날에는 전혀 이렇지 않았거든." 이런 대화는 저 너머의 위대한 땅을 가린 베일을 뚫기 위한 강령회와 같았다. 실체가 없는 영혼의 이런 노크를 받은 사람들은 어두운 마음속 한 귀퉁이가 잠시나마 밝아지는 것을 느꼈다. "나도 전에 거기 간 적이 있어요. 어떤 커피숍에서 식사를 했는데, 거기 애플파이가 최고였지요. 거기 알아요? 그래요, 맞아요." "내 사촌이 거기 간 적이 있어요. 하지만 나이가 훨씬 많아서, 당신과 마주친 적은 없을 거예요." 그들은 아침을 앞당겨 각자 뿔뿔이 흩어졌다. 때로는 그때까지 버티지 못할 때도 있었다. 밤에 망령들에게 발각될 때도 있었다.

그는 그녀 옆에 머물렀다. 황혼녘이 되기 전에 벌써 그녀를 반쯤 사랑하게 된 탓이었다. 그들에게는 서로 겹치는 부분이 없었지만, 시간이 흐르면서 자기들이 똑같은 텔레비전 프로그램을 좋아한다는 사실을 알게 되었다. 하지만 그건 옛날에 누구나 좋아하던 프로그램이었고, 대중문화는 사람이나 장소와는 의미가 달랐다. 그는 엄청난 인기를 끌었던 시트콤과 경찰 드라마 등이 지금도 지구상 어딘가에서 방송되고 있을 것이라는 생각을 떨칠 수 없었다. 인위적으로 삽입된 웃음소리와 광고 방영 전에 점점 커지는 소리가 언제나 어두운 이 세상에 울려퍼지며 무겁게 앞으로 나아가고 있을 것 같았다. 그런 프로그램들이 어디서나 방송되고 있어서 이제는 그것들을 보는 데 전기도 필요하지 않을 것 같았다. 적어도 생존자의 지하 휴게실이나 정부 시설(버펄로의 존재가 아직 드러나기 전이었다)에서는 리얼리즘의 새 지평을 연 병원 드라마의 시즌 1부터 7까지, 그리고 비평가들의 인정을 받은 직장 코미디 박스세트가 화면에서 펼쳐지는 가운데, 사람들은 특별한 순간을 위해 아껴두었던 치즈 과자 같은 귀한 물건들을 내놓을 것인가를 놓고 옥신각신하고 있을 것이다. 그러나 그들이 셀로판 포장지를 뜯으면 바로 특별한 순간이 끝났다. 광고가 예전의 그 광고가 아닐 테니까. 그는 가벼운 등유 통(망령을 급히 태울 때 좋아요!), 안티사이프 런트(역병에 감염되지 않은 의사 다섯 명 중 네 명의 공통된 의견: 효과적인 항생제는 역시 이것뿐!) 등의 광고를 어두운 마음으로 상상했다. 사람들은 이런 광고를 빨리 감기로 건너뛰지 않았다. 요즘 사람들에게 필수품이기 때문이었다.

그와 밈은 재앙을 겪었다는 점을 빼면 공통점이 전혀 없었다. 둘 다 보잘것없는 사람들이었다. "난 그저 아이를 키우는 엄마예요." 그녀가 말했다. 시제가 엉망이었다. 처음 만난 그날 밤 두 사람은 생일 양초 한 통을 뜯었다. 실제로 따뜻해지지는 않았지만, 그래도 불을 피웠다는 생각에 마음이 따뜻해졌다. 마크 스피츠는 뒷문에서 새어 들어오는 찬바람을 막으려고 아르마딜로 등 여러 봉제 인형들을 문 앞에 한 줄로 세워두었다. 그녀가 먼저 이야기를 시작했다.

그녀는 남편의 고향인 패터슨에 살았다. 두 사람은 아기가 생겼음을 알았을 때 곧바로 그곳으로 이주했다. 그녀의 친정 부모는 자아도취에 빠져서 아무 도움이 되지 않았지만, 남편 해리의 어머니는 믿을 만한 사람이었다. 게다가 이미 퇴직한 뒤라 시간도 많았다. 밈은 패터슨을 사랑하게 되었다. 그리고 그 지역의 부모 지원기관을 통해 온라인으로 예비 엄마들을 몇 명 만났다. 그들은 산모가 불안해하는 산후 며칠 동안 한데 모여 도와주었다. 그 뒤로 10년 동안 이 예비 엄마들은 아주 많은 아이를 낳았다. 밈은 여러 단체 중에 진실한 곳 하나를 골라서 자동 알림 목록에 집어넣었다. 아이들이 학교에 다니기 시작한 뒤에는 전에 동네 놀이터에서 만난 엄마들(그리고 아빠 한 명)과 친구가 되었다. "카페 룰루 옆에 있는 어린이 놀이터에 다니지 않았어요?" "더위가 기승을 부릴 때 만났죠. 그때 우리 딸 이브에게 물 풍선 두 개를 주셔서 감사했어요."

남편 해리는 옛날 노래를 틀어주는 방송국들에 사실처럼 떠돌아다니는 여러 이야기를 모아서 공급해주는 회사의 영업부에서 일했다. 이 기운찬 노래는 1964년 여름에 사상 최초로 12주 동안 차트를 지배했습니다. 히트곡 제조기라고 불리는 이 사람은 1946년 오늘 태어났습니다. 지역 DJ들이 수다를 떨 때 이런 정보를 일종의 발효제처럼 이용했으므로, 향수(鄕愁)마저 기업화된 시대에 해리가 다니는 기업의 미래는 탄탄했다. 세대가 바뀔 때마다 사람들은 신랄한 신세대로부터 자신을 보호하기 위해 특별히 좋아하던 것들을 하나로 모아서 즐기곤 했다. 해리는 출장을 많이 다녔지만, 종교적인 인터넷 채팅방 덕분에 멀리 떨어져 있어도 이야기를 나눌 수 있었다. 아기가 생기기 전, 둘뿐이던 시절에는 특히 그랬다. 두 사람이 함께 자그마한 카메라 렌즈를 향해 얼굴을 찡그리거나 웃음을 터뜨릴 때면 마치 그가 그녀와 함께 소파에 앉아 있는 것 같았다. 밈의 바로 옆에 있는 노트북 속에 해리가 정말로 있는 것 같았다. 산부인과에서 셋째 아이의 임신을 알게 되었을 때, 두 사람은 패터슨에서 네 번째이자 마지막 집이 된 곳으로 이사했다. 신축 건물이었다. 해리는 자신이 어린 시절을 보낸 거리의 낡은 집들을 무척 좋아했지만, 밈은 그 집들의 어디가 매력적인지 알 수 없었다.

글래디스의 막내아들 올리버가 다섯 살이 되었다. 미리엄의 아들 애셔는 그 전주에 생일이 지났다. 주말마다 생일 파티가 가득한, 아주 활발하고 마법 같은 시기였다. 엄마들(과 아빠 한 사람)은 서로 일정을 맞추려고 애썼다(그쪽에서 토요일에 파티를 하면, 우리는 일요일에 할게. 내년에는 서로 요일을 바꾸는 거야). 그리고 인기 좋은 어린이 시설을 예약하거나, 아직 아무도 모르는 새로운 시설을 발견하거나, 투명한 사탕 봉지를 무엇으로 채울지 한참 동안 고민했다. 끈적끈적하고 유연하고 충치를 부르는 사탕들. 서로 선의의 경쟁을 벌였다. 글래디스는 이런 경쟁에 지쳤는지, 구식으로 돌아가 올리버의 생일 파티를 집에서 열었다. 글래디스는 아직 아무도 모를 거라고 자신하던 부모 사이트에서 최신 놀이와 기타 정보를 내려받았다. 그때쯤이면 수영장 공사가 마침내 끝날 터이니, 날씨만 좋다면 새 수영장을 개시하는 화려한 파티가 될 예정이었다.

하지만 수영장 공사는 끝나지 않았다. 글래디스는 남편 러몬트가 더 이상 참을 수 없다며 시공업자와 계약을 끝내려 했다고 밈에게 말했다. 하지만 다른 업자들의 예약이 모두 밀려 있어서 어쩔 수 없었다. 집 뒤쪽이 공사 장비로 온통 엉망이었으므로, 사람들은 혹시 모를 사고를 방지하기 위해 실내에만 있어야 했다. 게다가 설상가상으로 러몬트가 독감에 걸려 2층에 누워 있었다. 하지만 그날 오후의 파티에서 적어도 한 가지 측면만은 흠잡을 데가 없었다. 부모들이 아이들만 맡겨두고 가도 되는 파티였다는 것. 걱정할 것이 많은 부모들의 삶에서 그날의 파티는 두 시간 동안의 오아시스 같은 존재였다. 네일 숍에 가서 손톱과 발톱 손질을 받거나, 몰래 낮잠을 자거나, 괜찮은 로제 와인을 한두 잔 마실 수 있는 시간이었다. 밈은 그 집에 아이들을 맡겨두었다. 태어났을 때부터 아는 사이인 또래 친구들이 그곳에 함께 있었다. 애셔, 잭슨, 이브는 심지어 엄마에게 작별 인사도 하지 않고, 다른 아이들이 소란스럽게 놀고 있는 방으로 뛰어가버렸다. "행운을 빌어요." 밈은 에어컨 때문에 서둘러 문을 닫는 글래디스에게 이렇게 말했다.

한 시간 반 뒤(그동안 그녀는 자신의 사무실을 정리할 생각이었지만 결국 십자말풀이만 하고 말았다) 돌아와보니 밖에 구급차가 서 있었지만, 그녀는 곧 놀란 마음을 가라앉혔다. 그녀의 아이들에게 무슨일이 있었다면 글래디스가 이미 전화로 알려주었을 것이라는 생각이 들었기 때문이다. 곧 경찰차들이 쌩쌩 달려오는 바람에 그녀는 길가로 밀려났다. 하마터면 글래디스의 집 앞 잔디밭으로 들어가 글래디스가 사랑하는 수국 꽃밭을 망칠 뻔했다. 밈은 생각했다. 글래디스의 아이들한테 무슨 일이 생겨서 연락할 시간이 없었나 봐. 정말이었다. 글래디스는 연락할 여유가 없었다.

열두 시간 뒤 밈은 다른 사람들과 마찬가지로 열심히 도망치고 있었다. 갑자기 황량한 스텝 지대에 내동댕이쳐진 것 같았다. 마크 스피츠는 해리에 대해 묻지 않았다. 최후의 밤 이야기에서 갑자기 사라져버린 사람들에 대해서는 묻지 말아야 했다. 이미 답을 알고 있으니까. 역병은 이런 식으로 이야기를 끝내버리는 재주가 있었다.

마크 스피츠는 원턴으로 걸어가면서 밈과 장난감 가게를 생각했다. 브라보 팀과의 조우 때문이었다. 뜻밖의 만남에 깜짝 놀란 사람들. 새로운 세상은 사람들과의 관계에서 다른 결과를 빚어냈다. 역병 이전에는 그가 맨해튼에서 이렇게 다운타운 깊숙한 곳까지 내려와 논 적이 별로 없었다. 이쪽 거리에서 아는 사람을 만난 적도 없었다. 따라서 임무 중에 앤절라와 그녀의 대원 두 명과 맞닥뜨린 기분이 묘했다. 마크 스피츠는 회사원 해골이 다가왔을 때 자신이 전혀 동요하지 않은 것에, 황야를 헤매던 시절에 비해 이만큼이나 달라졌다는 사실에 깜짝 놀랐다. 그는 중무장한 군인 다섯 명과 함께 있었다. 지금은 잔인한 일들이 벌어지던 최후의 밤이 아니었다. 여기는 제1구역이라는 새로운 왕국이었다. 오랜 고생 끝에 찾은 그의 구역이었다.

도시, 그러니까 무수한 함정과 음모가 있던 재앙 이전의 도시에서 그는 위협을 느꼈다. 여기 맨해튼섬에서 살지도 않았다. 그는 더워서 땀이 줄줄 흐르는 8월을 부시윅에서 대학 친구와 부대끼며 보냈다. L선 기차에 발이 묶인 것은 사실이었지만, 돈을 긁어모으면 신병훈련소 같은 한심한 아파트를 얻을 수 있는데도 시내로 이사하는 것이 싫었다. 그는 어렸을 때 살던 집에서 첼시의 직장까지 통근하는 것은 돈을 절약하기 위해서라고 속으로 되뇌었다. 커다란 결단을 미루는 사람은 마크 스피츠 말고도 더 있었다. 어렸을 때 함께 자란 많은 사람들이 대학을 마치고 롱아일랜드로 돌아왔다. 이곳이 안전하다는 확신 때문이거나, 세상에서 이리저리 얻어맞고 멍이 든 뒤에 그 사실을 깨달은 때문이었다. 아예 고향을 떠나지 않은 사람도 있었다.

지금 생각해보면 어리석은 짓이었다. 캘리포니아에서 잠시 살다 온 그는 나아갈 방향을 찾은 뒤 멋진 일자리나 아직 구체적으로 알 수 없는 성공을 거두고 나서 맨해튼으로 이주하고 싶었다. 그런 것, 그러니까 이 세상에서 자신의 위치를 나타내주는 상징들이 의미가 있던 시절이라니. 지금은 녹슨 마체테(남미의 날이 넓고 큰 칼) 한 자루와 아몬드 한 자루만 있으면 중요한 사람으로 대접받는다. 마크 스피츠는 맨해튼 중심부에서 세계의 목을 조르고 있는 어떤 회사의 달콤한 인턴 생활을 기대하며…… 아니, 사실 분주하게 들끓는 뉴욕의 거리를 편안한 기분으로 걸을 수 있게 해줄 일이 달리 무엇이 있을지 떠오르지 않았다. 그는 이 도시를 무서워하고 있었다. 그가 할 줄 아는 것이라고는 개헤엄뿐이었다. 요즘은 남이 지나가지 못하게 길 한복판을 달려가는 사람, 지하철에서 경쟁하듯 빈자리로 먼저 뛰어가는 사람이 하나도 없었다. 그가 길에서 마주치는 사람들은 모두 느릿느릿 움직이는 무법자나 그처럼 이곳의 치안 유지를 담당한 동료들뿐이었다.

깃털처럼 얇은 플라스틱 조각 하나가 그의 신발에 붙어 길바닥에 닿으면서 소리를 냈다. 그는 그 조각을 떼어냈다. 이제는 침묵이 익숙해서, 자신의 일부처럼 느껴졌다. 거즈와 안티사이프런트와 함께 배낭 속에 넣어 가지고 다니는, 무게 없는 장비 같았다. 그는 강철 괴물들 사이의 길 한복판을 걸었다. 아무것도 없는 창문들이 지나갔다. 그가 맡은 구역은 해병들의 구역과 달랐다. 병사들이 함성을 지르며 총을 쏘아대면, 망령들은 그 소리를 저녁 식사 종소리로 듣고 건물에서 쏟아져 나왔다가 병사들의 손에 쓰러졌다. 하지만 임대주택과 고급스러운 고층 건물을 돌아다니는 그의 일은 그보다 차분하고 조용했다. 그는 이곳의 방들을 해석할 여유가 있었다. 텅 빈 방들은 색인 카드였다. 거기에는 대도시의 이해하기 힘든 연대기, 인구 비율의 현실 같은 것이 기록되어 있었다. 돈의 위력, 조잡한 생활 방식과 휴식 습관 같은 것들. 그가 보기에는 인구밀도가 기적적으로 유지되는 것 같았다. 텅빈 방들에 그 증거가 차고 넘쳤다. 그들이 처리하거나 처리하지 않은 붙박이 망령들, 파괴된 바리케이드, 소파 베드 위에서 목숨을 잃어 누군가가 임시로 양팔을 가슴에 포개놓은 친척들의 시신이 증거였다. 친척들 사이의 관습이나 금기 같은 인류학적인 단서들도 남아 있었다.

그들이 고인의 시신을 대한 방식이 바로 그런 단서였다.

부자들은 도망친 것 같았다. 깨끗한 건물 전체가 텅 비어 있었다. 오메가 팀은 로비로 통하는 유리문의 이음매를 찾아보려다가 그냥 부수고 들어간(규정상 금지된 일이지만 어쩔 수 없었다) 뒤, 건물이 텅 빈 것을 알게 되었다. 너도나도 우르르 도망치던 시기에 부자들은 고르고 고른 소지품들을 유럽산 캐리어에 넣었다. 수천 달러짜리 스탠드는 그대로 뒤에 남아 은색 표면에 먼지가 쌓인 채로 나중에 찾아오는 사람들에게 이곳이 과거에 얼마나 호화로웠는지를 보여주었다. 외국산 카펫 위로 고개를 숙인 모습이 수양버들 같았다. 가난한 사람들 중에는 도망치지 않고 남은 사람의 비율이 높았다. 그들은 할부로 산 책상과 텔레비전 받침대를 문 앞에 끌어다 놓았다. 의식적으로 상황에 눈을 감거나, 멍청하거나, 재앙의 규모가 너무 커서 제대로 판단을 내리지 못하고 남은 사람들도 있었다. 그 밖에 수만 가지 이유로 집을 떠나지 못한 사람들도 있었다. 이를테면 여자 친구나 어머니나 영혼의 동반자가 집에 올 때까지 기다려야 한다든가, 자유로이 거동할 수 없는 처지라든가, 가족 중에 허약한 사람이나 목발을 짚은 사람이나 너무 어린 아이가 있다든가 하는 이유들. 세상이 종말을 맞았다는 생각이 너무 엄청나서 받아들이지 못한 사람들도 있었다. 그는 그들이 지금 이곳에 없다는 사실에서 그들이 존재했음을 알 수 있었다.

그는 주인이 버리고 간 보금자리에서 미국인들의 건강한 식단 중 중추를 이루는 채소가 들어 있던 빈 깡통에 발길질을 했다. 겁에 질린 가족들이 여기서 덜덜 떨며, 제발 문을 열어달라는 이웃의 비명이 그치기를 기다렸을 것이다. 그리고 비명이 그친 뒤에는, 현관문의 렌즈 구멍 앞을 지나가는 무서운 그림자들의 행렬이 끝나기를 기다렸을 것이다. 역병에 걸려 맹목적으로 움직이던 7J호와 9F호의 주민들은 가끔 엘리베이터에 함께 갇혔을 때 열심히 서로를 무시하던 사이였다. 만장일치로 이 아파트 운영위원으로 선출된 사람들이었다. 그런 그들이 지금은 규칙을 위반한 사람들의 살을 노리고 복도를 돌아다니다가, 문 앞에서 걸음을 멈췄다. 안에서 웅크리고 있는 놈들이 소리를 죽이려고 갖은 수를 써도 자기들 귀에는 그들의 숨소리가 들린다는 듯이. 엘리베이터가 없는 아파트 5층의 어느 집 거실에서는 연인들이 손으로 만든 값비싼 담요 여러 장으로 침대를 만든 흔적이 있었다. 침대 가장자리에는 그들이 원래 디너파티나 낭만적인 저녁 식사 때 사용하던 양초에서 흘러내린 촛농이 웅덩이처럼 고여 있었다. 그들은 그 불빛 아래에서 서로에게 새로이 만들어진 애정의 말을 중얼거렸을 것이다. "아냐, 마지막으로 남은 건 자기가 먹어. 난 어제 먹었잖아." "당신이 지금 내 옆에 없었다면, 난 이미 오래전에 자살했을 거야." 이 사람들은 모두 도망칠 수 있는 순간을 기다리고 있었다. 재앙이 발생한 초창기의 얘기다. 이 사람들 외에도 주로 혼자 지내던 사람들, 마음이 맞는 소수의 사람들하고만 사귀던 사람들, 고향을 그리워하는 학생들, 은퇴해서 집에만 틀어박혀 있던 교사들, 세상의 불쾌한 일에 놀라는 것은 이미 먼 과거의 일이라고 생각하는 노인들, 하필이면 운 나쁘게 그때 이 도시에 처음 도착해서 친구도 없고 뭔가 거짓으로나마 힘이 되어줄 요소조차 전혀 없던 사람들, 인류에게서 해방되고 싶다는 괴팍한 꿈을 오래전부터 꾸던 괴짜들도 있었다. 그들은 자기 방에 틀어박혀 싸구려 수납장 속에 들어 있던 모든 것을 먹어치웠다. 가구 커버만 빼고 모든 것을 하나도 남김없이. 심지어는 커버에도 가끔 잇자국이 남아 있었다. 그러다 결국 그들은 가장 안전할 것 같은 때를 골라 밖으로 튀어나가서 혼란스러운 머리가 지시하는 방향으로 뛰었다. 바다로 나아갈 수 있는 배를 찾아 강과 다리로, 또는 천사들을 손짓으로 부를 수 있는 옥상으로. 어쨌든 밖으로, 밖으로.

그들은 역병의 시대에 이 도시에 살았다. 남은 음식을 모두 먹어치우고 구조될 것이라는 희망도 끝장난 뒤, 자그마한 가방을 꾸렸다. 그렇게 그들은 아파트를 떠나거나, 아니면 대중문화가 제시하는 방법에 따라 스스로 자신의 목숨을 거뒀다. 그는 황야를 헤맬 때도 캠프에 도착했을 때도, 최후의 밤으로부터 처음 며칠이 지난 뒤 도시에서 성공적으로 도망친 사람을 한 명도 만나지 못했다. 그들은 떠나면서 문을 잠그지 않았다.

그는 버려진 바리케이드에 새겨진 시(詩)의 전문가가 되었다. 문 앞에 쌓아 올린 가구들과 아파트 문 사이의 아주 작고 척박한 쐐기 모양 공간. 사람들은 그 작은 공간을 통해 밖으로 도망쳤을 것이다. 고층 건물 때문에 난쟁이가 되어버린, 유서 깊은 교회 건물의 널찍한 아치형 문은 이 블록에서 유일하게 열려 있는 문이었다. 계단의 지저분한 것들이 우르르 도망치는 사람들의 발에 차여 날아간 덕분에 생겨난 길은 신혼여행을 떠나기 위해 리무진으로 걸어가는 신랑 신부 앞에 펼쳐진 카펫 같았다. 시골로 나가면, 농가의 1층 창문들이 모두 판자로 막혀 있는 가운데 딱 한 군데만 뻥 뚫려 있고, 문 앞의 깔개에는 박살 난 유리 조각들이 떨어져 있었다. 이 집 안에 숨어 있던 사람들이 밖으로 도망친 것이다. 그들의 이야기는 그것으로 끝이었다. 그들이 도망치는 데 성공했을까? 바리케이드가 적에게 압도당한 흔적보다는 그래도 덜 우울한 광경이었다. 무너진 바리케이드 위에서는 시체들이 비바람에 시달리며 썩어가고, 바리케이드 표면은 표현주의 화가들이 감정을 폭발시키기라도 한 것처럼 진홍색으로 얼룩져 있었다.

옛날에 재난영화나 공포영화를 볼 때 그는 영화 속 죽음의 시나리오가 실제로 펼쳐져도 자신은 살아남을 것이라고 스스로 다짐했다. 초대형 폭탄이 떨어졌을 때 자신은 우연히 다른 동네에 가 있거나, 낙진을 싣고 가는 바람의 반대편에 있거나, 벙커의 환기구를 절연테이프로 막을 것이라고. 해일이 밀려온다면, 그는 산 위로 올라가 네 활개를 펼치고 누워서 가쁜 숨을 고를 것이다. 지구가 우주선(線) 때문에 부서지는 일이 생긴다면, 그는 지구를 탈출하는 우주선(船) 탑승자를 고르는 추첨에서 마지막으로 뽑힐 것이고, 그 행운의 번호는 공교롭게도 그의 생일일 것이다. 그는 언제나 그랬듯이, 그런 재앙 속에서도 성공적으로 빠져나올 수 있을 것이라며, 언제나 대충 넘어갔다. 그는 1막에서 추레한 예언자가 한 말에 주의를 기울이는 유일한 배우였다. 그래서 인육을 즐기는 일가족이 그를 묶어두고 옆방에서 언제 그를 요리할 것인지 옥신각신하는 동안, 그는 조상 대대로 내려오던 행운의 나이프를 양말 속에서 꺼내 자신을 묶은 끈을 톱질하듯 자르는 용감한 녀석이었다. 그는 영화가 모두 끝난 뒤, 영화 속 참혹한 일들을 믿지 않는 세상 사람들에게 설명해주는 역할을 맡은 사람이었다. 그는 아무짝에도 쓸모없는 경찰관들, 언론사 승합차, 현장에 도착하는 데만 영화 상영시간 절반을 쓴 공무원들 앞에서 피에 흠뻑 젖은 모습으로 머뭇머뭇 말을 이었다. 미친 소리처럼 들리겠지만, 놈들은 방사선에 오염된 인구

밀집 지역에서 왔어요, 내가 왔을 때 여학생회 회원들은 이미 죽어 있었습니다, 선사시대의 바다 괴물이 범인이에요, 호수 바닥을 훑어보세요, 놈의 소화기관 속에서 시체를 찾을 수 있을 겁니다, 확인해보세요. 그가 보기에 진짜 영화는 화면 속의 영화가 끝난 뒤, 불가사의하게도 모든 것이 예전 모습으로 돌아갈 때부터 시작이었다.

* * *

이것이 그 마지막 일요일에 마크 스피츠가 들려준 이야기였다. 물린 상처에서는 이제 피가 솟아나지 않았다. 케이틀린이 다른 방에서 통신기 때문에 고민하는 중이라, 이 방에는 그와 게리 둘뿐이었다. 게리가 물었다. "사람들이 왜 널 마크 스피츠라고 불러?"

"나는 '행복한 땅'에서 몇 달 동안 지내면서 이런저런 일을 했어. 그러면서 점점 거기를 벗어나고 싶어졌지. 캠프 바깥이 그리워지더라고. 내가 점점 이상해지고 있었어. 이상한 꿈을 꾸고, 아주 망가진 것 같은 느낌이 들고…… 군대가 날 발견해서 데리고 온 뒤로 내내."

그 부대가 '소리 지르는 독수리' 캠프를 떠날 때, '행복한 땅'은 아직 PA-12로 불리고 있었다. 이틀 뒤 그가 그곳에 도착했을 때 새로운 이름을 알리는 새로운 표지판들이 하얗고 향기롭게 자리 잡았고, 쓰레기통 옆에는 거기에 이름을 새기는 데 사용된 스텐실 용지들이 돌돌 말린 모양으로 잔뜩 쌓여 있었다. 버펄로는 정착지들의 이름을 바꿈으로써 시장에서 이미지 전환을 꾀했다. 그래서 CT-6는 '기드온의 승리'가 되었고, VA-2는 '콸콸 흐르는 개울'이 되었다. 어쩌면 마크 스피츠도 공허한 눈빛의 상처투성이 방랑자에서 사회에 기여하는 미국 불사조로 이미지가 변환되던 중이었는지도 모른다. 그는 창고에서 땅콩기름이나 아스파라거스가 얼마나 들고 나는지 추적해서 확인하고, 인근의 여러 캠프들 사이를 오가는 보급선에 발생한 문제를 처리하는 일을 했다. 캠프 밖의 세계에서 군대가 회수해 온 방부제가 '행복한 땅'에 공정하게 분배되고 있는지, 새로 발견된 대량의 치실이 적절히 할당되고 있는지도 확인했다. 특히 '나팔꽃' 캠프가 사악한 마음으로 화장지를 쟁여두고 있는지, 아니면 단순히 '나팔꽃' 캠프 전체가 소화기관과 관련된 재난에 휘말렸는지 확인하는 것이 중요했다. 그는 후원사가 제공한 재생용지에 모든 것을 기록했다. 컴퓨터 이전의 어두운 시대에 그랬던 것처럼 속기가 아닌 일반적인 글씨로. 그러다 보면 시간이 잘 흘러갔다.

북동 회랑 작전에 대한 소식이 들려왔을 때 마크 스피츠는 변화에 굶주려 있었다. 그는 자신의 이름을 상자 안에 넣었다. 휴게실 벽에 그날의 신입 생존자 명단과 나란히 또 다른 명단이 게시되었을 때, 그는 마지막 애틀랜틱시티 여행에서 카일이 크랩스 게임에서 연달아 행운을 거머쥐는 바람에 크랩스 테이블에서 한동안 난리가 났던 그날 이후 처음으로 환호했다. 회랑을 깨끗이 정리하는 작업은 그리 무시무시할 것 같지 않았다. 질서 있는 정착지 생활의 장점과 황야에서 약탈할 때의 짜릿함을 한꺼번에 느낄 수 있는 일 같았다.

종말을 다룬 영화에서는 텅 비어버린 도시로 들어가는 차선은 아주 깨끗한 반면, 도시에서 빠져나가는 차선은 꼼짝하지 못하는 차량들로 꽉 막힌 장면이 자주 나온다. 유성이 시내를 강타할 가능성이나 유전공학으로 탄생한 살인 바퀴벌레가 도시를 장악할 가능성을 정부의 슈퍼컴퓨터들이 의심의 여지 없이 확실하게 계산해내든 말든, 시내로 들어가는 길에는 아무런 장애물이 없다. 이런 장면은 시각적으로 눈에 확 들어온다. 이런 상황에서 제정신이 아닌 주인공은 자식이나 여자친구를 구하기 위해, 또는 재앙을 해결할 수 있을지도 모르는(순전히 가능성일 뿐이다!) 암호화된 컴퓨터 파일을 찾기 위해 멸망한 도시로 돌아간다. 그가 시속 160킬로미터의 속도로 차를 몰면서 파괴된 지역으로 들어가는 동안 다른 사람들은 모두 겁에 질려 눈을 크게 부릅뜨고 입에는 하얀 거품을 문 채로 급히 도망친다.

마크 스피츠가 목격한 세상의 종말에서 인간들은 규칙을 지키지 않고 엉망진창으로 굴었으며, 들고 나는 차선 모두, 모든 도로가 밖으로 도망치는 차들로 꽉 막혀 있었다. 내장이 모두 삐져나와 속이 텅 비어버린 도시는 무질서한 쪽으로 기울어진다. 고결한 주인공이 이 상식적인 흐름에 맞서 싸우려 한다면, 다소 고생할 것이다. 한동안은 겁에 질려 도망치는 사람들이 재앙의 근원으로부터 어떻게든 멀어지려고 애쓰기 때문이다. 자동차들이 불쑥 앞으로 나아가다가 멈추면서 부르르 소리를 낸다. 결국 누군가가 참지 못하고 갓길로 빠져나가면 새로운 차선이 하나 생긴다. 기름을 꿀꺽꿀꺽 잡아먹는 사륜구동 고급 차량들은 아예 도로를 버리고 절반쯤 조경사의 손길이 닿은 고속도로변의 초록색 풀밭을 짓밟고 나아간다. '모트빌 어르신 합창단이 23번 도로 이 구역의 조경을 맡고 있습니다'라고 적힌 표지판도 차에 짓밟혀 쓰러진다. 운전자도 동승한 사람들도 죽음을 원하지 않는다. 그들은 다른 사람들의 무시무시한 최후를 목격하고 겁에 질렸으며, 자기들이 문명의 소도구를 그토록 빨리 내던져버린 것에 부끄러움을 느끼고 있다. 그들 중 일부는 무사히 빠져나와 라디오에서 이야기하던 구조 센터까지 갈 것이다. 반드시 그렇게 해야 한다. 하지만, 이봐, 내가 착각한 건가? 라디오에서 아나운서가 벤저민 프랭클린 초등학교를 요즘은 말하지 않는 것 같지 않아? 거기에 아직도 구조대가 있을까?

차량들이 멈춘다. 눈으로 볼 수 없는 저 앞쪽에서 뭔가가 길을 막고 있는 모양이다. 괴롭다. 톨게이트에서 크게 고함치는 사람들의 목소리에 실려 소문이 도로를 따라 퍼진다. 에설 아주머니가 뒷좌석에서 꼼지락거린다. 그녀의 새로운 뇌가 연달아 명령을 내리자 마크라메 레이스로 짠 숄이 그녀의 가슴에서 떨어지고, 그녀가 조카 제프리 피츠시먼스의 목에서 커다란 살점을 물어뜯는다. 그러자 제프리가 2년 전에 산 SUV가 피터슨의 일본산 소형차를 들이받는다. 그 소형차 안에는 대대로 내려온 가보와 생수와 비상 용품이 아주 빽빽해서 샘 피터슨은 창문을 통해 밖을 내다볼 수도 없다. 하기야 피츠시먼스의 차가 다가오는 것을 그가 미리 보았다 해도, 그 차를 피해 움직일 여유가 없었을 것이다. 쾅, 우지끈. 그리고 에어백이 펑 하고 터지는 소리, 자동차 충돌시험을 했던 전문가들도 예측하지 못한 형태로 금속이 사람의 살을 쑥 파고드는 소리. 자동차 여덟 대가 이렇게 차곡차곡 쌓이자, 고속도로 북행 차선의 흐름이 완전히 멈춰 선다. 돌아갈 길도 없다. 후진할 수도 없다. 옴짝달싹할 수 없다. 그때 나무에서 망령들이 나타나기 시작한다.

이제 차선을 열어야 할 때였다. 잘만 된다면, 북동 회랑이 마침내 워싱턴에서 보스턴까지 연결되어 귀한 화물(의약품, 탄환, 식량, 사람)이 아무런 장애 없이 해안을 따라 오갈 것이다. 마크 스피츠가 속한 구조대는 지독한 상태이던 코네티컷에서 I-95번 도로의 일부를 맡았다. 쾌적한 포트 골든게이트에서부터 간간이 뻗어 나온 지선도로도 그들의 책임이었다. 세상이 멸망하기 전에 그곳은 코네티컷주에서 가장 큰 은퇴자 마을 중 하나였으며, 알츠하이머의 최신 치료법을 시행할 수 있는 시설이 있는 곳으로 유명했다. 머릿속이 안개처럼 흐릿해진 사람들을 안전하게 지키기 위해 빙 둘러 세워진 빨간 벽돌담이 지금은 완전히 다른 종류의 정신적 장애를 지닌 자들의 진입을 막고 있었다. 당연히 총을 대고 쏠 수 있는 받침대도 옛날보다 많았다.

건물에 창문이 많아서 기운을 북돋워주는 석양을 계속 감상하며 즐거움을 느낄 수 있었다. 사실 마크 스피츠는 벙커에서 생활하다 왔기 때문에 그렇게 유리창이 많은 환경에 쉽게 적응할 수 없었다. 예전에 혼자서 충분히 거동할 수 있어서 활동적으로 살아가는 노인들이 살던 방갈로는 정착지 캠프의 공동 침상에 비하면 대단히 좋은 시설이었다. 식당은 밝은 파스텔색이었으며, 음향 시스템도 좋았다. 어느 날 제멋대로 구는 직원이 옛 음향 시스템을 제멋대로 가동시켰을 때 아무도 불평하지 않았다. 마음을 차분하게 가라앉혀주는 연주곡들이 식사 때마다 흘러나왔다. 이미 완전히 사라져버린 옛 팝송들이 그 음악을 통해 끊임없이 반복되었다. 이 건물들에 자리 잡은 대원들은 전기자동차를 타고 콘크리트 길을 털털거리며 움직였다. 밤마다 창문에는 텔레비전 화면에서 새어 나온 푸르스름한 빛이 비쳤다. 이곳의 방대한 비디오 자료실 덕분에 재건 일꾼들이 옛 오락물을 볼 수 있었기 때문이다. 그들에게 이것은 대단히 의미 있는 일이었다. 한때 화면 속의 그 얼굴들이 실제로 존재했다는 것, 가능성과 매력을 지닌 그 아름다운 얼굴들이 실제로 존재했다는 것을 믿기 힘들었다.

브리지포트의 교외에 있는 포트 골든게이트는 초창기 재건 활동의 중심지였다. 마크 스피츠는 핵 기술자, 토목기사 등 다양한 기반 시설 전문가들과 포커를 쳤다. 최초의 정찰대가 맨해튼 작전의 가능성을 알아보려고 용감히 출발한 곳도 바로 골든게이트였다. 몇 달 뒤, 그와 함께 카드놀이를 하던 친구들 몇 명이 '제1구역'이라는 말을 언급하던 것이 기억났다.

골든게이트의 대원 대다수는 북동부 출신이었다. 폐허의 인구분포와도 일치했다. 정부가 없던 중간 공백기라서 사람들은 한 지역에만 머물면서 같은 자리만 뱅뱅 맴돌았다. 남쪽으로 두 개 주를 내려간 곳에 보이지 않는 장벽이 있는 것 같았다. 웅장하게 그림자를 드리운 산맥 때문에 겁을 집어먹은 그들은 다른 방랑자들이 계속 지껄이던 생존자 공동체로 향했다. 급식을 받기 위해 줄을 늘어선 마크 스피츠의 동료 재건 일꾼들은 부들부들 떨면서 틱 현상을 일으켰다. 마치 비참한 PASD 미인 대회에 출전한 사람들 같았다. 마크 스피츠는 그들을 지켜보면서, 문명의 재탄생 확률을 반반으로 보았다. 내일 당장 해골들이 한 마리도 남김없이 쓰러진다 해도, 이 비참한 순례자들에게 그 죽음의 나선에서 빠져나올 힘이 남아 있을 것인가? 이 우울한 생존자들이 통통하게 살이 오른 신생아를 낳을 수 있을까? 끈기 있게 때를 기다리던 옛 질병들과 노화 중 무엇이 이들의 목숨을 거둬 갈까? 캠프의 주민들이 망령 난 유물처럼 변해가는 모습을 쉽게 상상할 수 있었다. 그들이 이미 너무 심하게 망가져 있기 때문에, 인류는 점차 줄어들어 한

두 세대 만에 멸종해버릴 것이다.

가능성이 반반이라. 그는 자기만의 침대가 생긴 것이 반가웠다. 널찍하고 세련된 방갈로의 거실에 놓인 소파 베드였다. 이 집 주인들은 세계 최고의 크루즈선을 타고 열심히 돌아다니며 인생의 황혼을 보냈다. 커다란 배들이 사진 속에서 그의 침대 머리 쪽 벽을 향해했다. 이 집에 살던 노부부가 한두 번 그의 꿈에 나타난 적이 있었다. 망령들이 원반 밀어치기 놀이를 하고, 아침 일찍부터 뷔페식당에서 접시를 들고 돌아다녔다. 이 식당에는 밤마다 다른 나라의 음식이 등장했다. 이곳에서는 무슨 음식이든 먹을 수 있었다.

방갈로에는 마크 스피츠 외에 콰이어트 스톰과 리치가 함께 살았다. 그들 세 사람은 한 구조대의 대원 절반이었다. 구조대들은 튼튼한 견인차와 사다리차를 몰았다. 재앙 전에는 아주 당당해 보이던 차였다. 해골을 막기 위해 차체와 그릴을 최신 방식으로 개조한 이 사다리차는 디젤엔진의 힘으로 순혈 미국인의 거친 성정을 보여주는 물리적인 상징이 되었다. 꽉 막힌 도로에 붙들린 사고 차량을 대원 네 명이 살살 떼어내는 동안, 나머지 두 명은 적이 나타나자마자 즉시 쓰러뜨리기 위해 망을 보았다. 마크 스피츠와 리치는 해골을 처리하는 파수병 역할을 맡았다. 과거의 부조종사 또는 기상캐스터가 망령이 되어 사고 차량들 한복판에서 슬금슬금 나타나거나 뒷좌석에 갇혀 있으면, 그들은 무조건 총을 쏘았다. 망령들은 뒤집힌 택시, 라디오 방송국 홍보 차량, 장의차 등의 뒷좌석에서 피로 물든 차창을 쾅쾅 두드려댔다. 구조대원들은 결코 이들을 놓고 수수께끼 게임을 하지 않았다. 답이 뻔했기 때문이다. 그들에게는 차를 몰고 도망치거나 죽는 것, 이 두 가지

선택지밖에 없었다.

파수병은 가만히 있는 시간이 더 많았다. 당시 해안의 그 지역은 망령의 밀도가 낮은 편이었다(그들은 그 이유를 고민하지 않고 그냥 현실을 받아들였다). 엔진 소리에 이끌려 나타난 망령들이라고 해봤자, 두어 시간마다 한두 마리 정도였다. 차에 갇힌 해골들, 그러니까 양손을 잃어버린 채로 잽싸게 움직이는 어린이 야구선수나 온몸이 꽁꽁 묶인 채로 미친 사람처럼 노발대발 으르렁거리는 여장부는 기껏해야 연습용 표적에 불과했다. 그나마도 몇 마리 되지 않았다. 도망치던 사람들이 역병에 무릎을 꿇은 가족을 생각하는 마음이 깊었다면, 이렇게 버리고 가지는 않았을 것이다. 그러나 그들은 자동차 문을 활짝활짝 열어둔 채 도망쳤다. 급한 와중에도 별로 중요하지 않은 일은 잊지 않았다. 엄마의 보석 장신구, 낚시 도구 상자, 쌀자루, 비타민 통을 챙겨서 가져가는 일. 그러고 나서 그들은 도망치는 이웃들 무리에 합류해, 정부가 없는 공백기의 절망적이고 공허한 풍경 속으로 사라졌다.

"아마 밴더빌트 80일 거야, 그렇지?" 게리가 물었다.

"뭐?"

"견인차 말이야. 견인 트럭. 착한 애들이지."

"나야 전혀 모르지."

일은 간단했다. 열쇠가 꽂혀 있는 차도 있고 그렇지 않은 차도 있었다. 마스터키가 작동할 때도 있고 그렇지 않을 때도 있었다. 경우에 따라 자동차를 그냥 길가로 밀기도 하고, 견인차를 몰고 와서 차대에 사슬을 연결해 망가진 차를 갓길로 끌어내기도 했다. 도로의 규모와 차선 수에 따라, 병목현상의 원인과 종류에 따라, 발이 묶인 자동차들의 수에 따라, 그들은 차량을 끌어내 도로와 직각으로 또는 비스듬히 세워두거나, 아니면 소형차, 하이브리드 스포츠카 등으로 고속도로변에 새로운 담장을 쌓았다. 이 담장에 가끔 끼어 있는 아이스크림 트럭의 냉동고에서는 녹은 아이스크림이 철벅거렸다. 이론상으로는 그랬다. 콰이어트 스톰은 다른 명령을 따르고 있었다.

마크 스피츠는 도로에 남은 증거에서 여느 때처럼 수수께끼와 맞닥뜨렸다. 800미터 정도 빈 도로가 이어지다가, 모든 문이 활짝 열린 채 범퍼가 서로 맞닿을 정도로 다닥다닥 붙어 서 있는 자동차들이 나타났다. 원인을 알아보려고 앞으로 가면, 트레일러트럭이 반으로 구부러진 채 서 있거나, 일가족이 탄 승합차들이 충돌사고를 일으켰거나, 지역 당국이 조심한답시고 바리케이드를 세우는 근시안적인 짓을 저지른 것이 보였다. 반쯤 뜯어 먹힌 시체들이 조수석에 늘어져 있거나, 안전벨트를 맨 채로 운전석에 앉아 있었다. 입술 역시 뜯어 먹히고 없는데도, 그들이 꽉 막힌 도로를 향해 욕설을 퍼붓고 있었다는 사실을 충분히 알 수 있었다. 욕설이 근육 속에 그렇게나 깊이 박혀 있었다. 근처에 시체가 많으면, 구조대는 시체들을 모아 불을 질렀다. 하지만 그렇게 하지 않더라도 비바람과 미생물이 알아서 청소 작업을 훌륭하게 해내고 있었다.

하루 일을 끝마친 뒤, 자신이 청소한 고속도로를 달려 집으로 쌩하니 돌아올 때면 기분이 좋았다. 새로운 세상을 향해 자신이 얼마나 나아갔는지, 눈에 보이는 도로를 통해 확실히 측정할 수 있었다. 근육통 역시 그가 하루 종일 일했다는 증거였다. 창고에서 물건들의 목록을 작성하는 일을 할 때는 그런 증거가 없었다.

"아직 왜 마크 스피츠인지 말하지 않았어." 게리가 말했다.

"피가 또 배어 나오네." 마크 스피츠는 메디패치 하나를 또 뜯으면서 말을 이었다.

"나는 콰이어트 스톰과 함께 선두의 견인차에 타고 있었어." 그가 말했다. 콰이어트 스톰은 궁핍한 현실을 기념하기 위해 머리를 삭발하는 새로운 스킨헤드족의 일원이었다. 이 스킨헤드족은 그때 캠프에서 한창 인기를 끌었다. 이런 방법이 아니고서야 비참한 사람들 중에서도 가장 비참한 자신을 인정할 방법이 없지 않은가. 그녀는 버펄로의 복구 팀이 초창기에 구조한 생존자였으며, 소도시 경찰서의 지하 감옥에서 1년을 보냈기 때문에 얼굴이 창백했다. 광인이 지배하던 그곳에 대해 그녀는 이야기하지 않으려고 했다.

그녀는 날씬한 그레이하운드 같았다. 난민 생활 중에 망령들의 공격을 너무 많이 받은 사람처럼 지나치게 신경이 곤두서 있기도 했다. 누구나 그런 공격을 받은 적이 있었지만, 그중에도 유난히 자주 그런 일을 경험한 사람들이 있었다. 그들은 아예 잠을 자지 않았으며, 눈을 깜박거리는 일도 드물었다. 콰이어트 스톰은 그래도 말도 하고, 가끔 입술을 살짝 벌려 미소도 짓는다는 점에서 대부분의 스킨헤드족보다는 괜찮은 상태였다. 그녀는 세상이 망하기 전에는 묘목원에서 일하면서, 서민들이 귀족의 집을 엿보지 못하게 막아주는 산울타리를 돌보고 가꿨다. 장벽으로서 그리 효과적인 소재는 아니라고 마크 스피츠는 생각했다. 그녀의 직업에 대해 알게 되자마자 저절로 떠오른 평가였다. 모든 것이 무기 아니면 장벽으로 분류되어 쓸모를 평가받는 시대였다.

그들의 대장인 그녀는 아스팔트 위에 차량을 세워놓는 모양에 대해 상당히 까다롭게 굴었다. 아마도 장기적인 전망을 중시하는 예전 직업의 성향이 그녀에게 영향을 미치고 있는 모양이었다. 콰이어트 스톰의 지시를 받았을 때, 그녀의 의도를 짐작할 수 없는 경우가 있었다. 그녀의 지시가 직관과 어긋나는 경우도 그만큼 많았다. 길을 막고 있는 차가 겨우 다섯 대 정도라면 별다른 일이 없는 한가로운 고속도로 구간이라고 할 만했다. 콰이어트 스톰은 이 자동차들을 직각으로, 또는 45도 각도로 엇갈리게 세워놓으라고 지시했다. 갓길에 공간이 충분해서 자동차들을 일렬로 똑바로 세울 수 있는데도 그랬다. 어떤 사람들은 차를 일렬로 똑바로 세워놓으면, 수송대의 소음에 이끌려 다가오는 망령들을 막는 차단기 같은 역할을 한다고 주장했다. 버펄로도 한동안 이 일파의 주장을 확실하게 지지했다. 마크 스피츠는 콰이어트 스톰이 다섯으로 나눌 수 있는 패턴을 선호한다는 사실을 알아차렸다. 그녀는 또한 크기별로, 때로는 색깔별로 자동차들을 모아놓았다. 때로는 이 패턴을 완성하기 위해 자동차를 견인차에 매달고 몇 킬로미터나 이동하기도 했다. 콰이어트 스톰은 태블릿 화면에 띄운 지도를 들여다보며 스타일러스 펜으로 상형문자 같은 표시를 했다. "명령이다." 그녀가 말했다. 마크 스피츠는 그녀의 행동을 무의미한 군대식 세부 통제 또는 그녀만의 PASD 증상으로 치부했다. 어느 쪽이든 그녀가 꾸준히 망가져가고 있다는 증거였다. 그는 나중에야 자신의 생각이 옳았음을 확인했다.

"그게 무슨 소리야?"

"곧 내 이름 얘기가 나올 거야."

구조대는 쓰레기의 바다를 가르고, 비틀린 것을 펴고, 혼돈을 정리했다. 말 없는 차량들이 거대한 산처럼 쌓여 몇 킬로미터나 뱀처럼 구불구불 이어져 있으면, 구조대가 그것을 해체했다. 그들은 질서를 회복시켰다. 마크 스피츠는 때로 자기들이 청소한 도로의 길이만큼 비극 또한 반전시키고 있다는 상상을 했다. 이 차량들에 타고 있다가 사라진 사람들이 어떤 불행을 만났는지 몰라도, 그것을 없었던 일처럼 되돌리고 있다고. 하지만 이런 생각을 하자마자 곧 크게 당황해서 곧 다가올 충돌에만 신경을 고정했다. 한 달 뒤, 보급 차량 몇 대가 그들이 청소한 도로를 이용해 리마 콩(연녹색의 둥글납작한 콩)을 서쪽으로 실어 날랐다. 급수 트럭들도 함께 이동했다. 재건의 연금술이었다. 남북으로 뻗어나가 활동하는 구조대들이 궁극적으로 곳곳을 이어줄 것이다. 예전에 대륙을 가로지르는 철도가 그랬던 것처럼. 고립되어 있던 캠프와 요새를 하나씩 이어주고, 이제 막 국가의 품으로 유혹당해 들어온 독립적인 도시들을 연결하고, 생명을 이어가는 데 반드시 필요한 물자들이 다시 흐르게 할 것이다. 그들은 그 길을 확보하면서 꾸준히 앞으로 나아가고 있었다.

고속도로에서 마크 스피츠는 저격수가 되었다. 지원 병력이 있고 시야도 확보된 상태에서, 서서히 접근하는 상대를 느긋하게 겨냥하는 사치를 누린 덕분에, 그는 버펄로가 해골을 쓰러뜨리는 방법으로 가장 강력히 추천하는(직접 테스트를 실시하고 구두 증언을 수집한 결과였다) 두개골의 겨냥 포인트 다섯 곳을 모두 마스터했다. 어떤 날은 구조대에게 레이저 조준기가 지급되기도 했다. 골든게이트를 거쳐서 지나가는 군대나 해병대가 남겨두고 간 것이 있을 때의 얘기였다. 얼마쯤 시간이 흐른 뒤 마크 스피츠는 상대를 죽이기 위해 총을 겨누거나 도끼를 휘두르거나 야구공 크기의 화강암 조각을 휘두를 때 레이저가 없어도 루비처럼 빨갛게 빛나는 자기만의 타격점을 찾아낼 수 있게 되었다. 그가 머릿속의 차분한 컴퓨터를 작동시키면, 그 컴퓨터가 거리와 풍속을 계산하고 표적의 특징적인 움직임과 도주로까지의 거리 및 접근성 등을 감안해서 결과를 내놓았다. 놈들을 쓰러뜨리는 훌륭한 기술의 새로운 탄생이었다.

그는 가만히 내버려두면 자신을 파괴할 것들을 제거했다. 파괴된 땅에서 모든 위험을 피하기 위해 평생에 걸쳐 갈고 닦은 여러 생존 전략들이 이 새로운 세계에 맞춰 스스로 변화했다. 아니, 어쩌면 그 전략들이 이제야 비로소 자신의 진정한 싸움터를 찾은 것일 수도 있었다. 애당초 그 전략들이 이 전장을 위해 창조된 것 같았다. 평생 동안 사소한 시련과 경쟁, 크고 작은 사회적 위험 또는 상징적 위험의 회피를 통해 결함을 제거하고 수정한 전략들이었다. 역병이 발생한 뒤에는 치명적인 위험도 이겨냈다. 만약 그가 마크 스피츠라는 별명을 얻은 그날 자신의 뇌 속에서 정신없이 진행되던 그 과정들, 서로 중복되고 겹치던 그 과정들을 설명할 수 있었다면, 아마 다른 이름을 얻었을 것이다. 그의 머릿속에서 진행되는 완전히 냉혹한 과정에 걸맞은 이름을.

"어떤 의미에서 나는 그제야 비로소 완전해졌어."

"무슨 소리인지 모르겠네."

"미안."

그날 그들이 맡은 곳은 I-95번 도로의 엉망이 된 구간이었다. 뉴잉글랜드 재건 사업 현황을 직접 시찰하려고 골든게이트에 온 장군들 중 한 명이 지금은 죽어버린 옛날 그 시대에 휴일을 맞아 가족들의 집에 다니러 갈 때 이 고속도로를 이용했다. 그래서 그가 애용하던 지름

길이 회랑에 공식적으로 포함되었다. 해골은 1.6킬로미터당 한두 마리 정도로 상황이 좋은 편이었다. 구조대는 이미 죽음마당을 일상의 일부로 아무렇지도 않게 여기고 있었다. 그럴 수밖에 없었다. 위험 앞에서 싸울 것인지 도망칠 것인지를 고민하는 본능이 허구한 날 작동하다 이제는 무뎌진 탓이었다. 대원들은 도시와 도시 사이에서 도로가 깨끗한 구간을 발견했다. "자동차가 몇 대 필요해." 콰이어트 스톰이 마크 스피츠에게 말했다. "머릿속에 영감이 떠오르고 있어."

그들이 구름다리에 다다랐을 때 콰이어트 스톰의 입에서 만족스러운 웃음소리가 흘러나왔다. 망가진 자동차들이 우울하고 어지럽게 1.6킬로미터쯤 되는 거리를 차지하고 있었다. 애당초 차가 막힌 원인을 찾으려고 앞으로 가보니, 콘크리트 다리의 북쪽 끝에서 호텔 셔틀과 철조망이 길을 완전히 막고 있었다. 그 너머에서는 경찰차 세 대가 서로 범퍼를 맞대고 있었다. 시골 보안관이 자기 지역에서 역병을 몰아내려고 시도한 모양이었다. 물론 보안관의 노력은 실패했고, 도로 봉쇄는 이 사람들이 탈출하는 것을 방해하는 역할을 했을 뿐이었다. 그 결과가 치명적이었음은 말할 것도 없었다. 보안관의 행동을 탓하려는 것이 아니었다. 이 순례자들이 여기서 역병에 당했든 몇 킬로미터 더 간 곳에서 당했든, 결과는 똑같았다.

구조대는 흩어졌다. 마사, 지미, 멜이 한 팀을 이뤄서, 탈출하려다 실패한 차량들의 남쪽 끝을 맡았고, 마크 스피츠를 포함한 나머지 세 명은 구름다리를 맡았다. 흐릿한 물이 다리 밑에서 기분 좋은 멜로디를 만들어냈다. 물이 속삭이는 소리에 마음이 편안해졌다. 철조망을 처리하는 일이 쉽지 않을 것 같아서, 마크 스피츠는 먼저 다리부터 청소하자고 제안했다. 알고 보니 이 구간에 대한 콰이어트 스톰의 구상과 딱 맞아떨어지는 제안이었다. 그들 앞에는 친숙한 차량들이 펼쳐져 있었다. 사람들이 어떻게 이곳을 버리고 도망쳤는지 상상이 갔다. 오토바이 네 대가 자동차들 사이를 뚫고 철조망까지 갔지만, 거기서 막혔다. 긴급 재난방송에서 단조로운 목소리로 일러주는 대로 온갖 물건을 잔뜩 실은 다용도 트럭들은 살아가는 데 꼭 필요하다고 챙겨 온 물건들을 이 봉쇄된 도로에 버렸다. 안에 사람이 가득 차서 문을 모두 활짝 열어놓았던 세단은 이제 모두가 자리를 비우고 사라져서 아무런 흔적도 남아 있지 않았다.

유일하게 범상치 않은 차량은 도로를 비스듬히 막고 서 있는 트레일러트럭이었다. 옆구리의 로고를 보니, 이 차는 어느 대형 소매점 소속이었다. 구조대의 임무에 이런 차를 뒤져 쓸 만한 물건을 건져내는 일은 포함되지 않았다. 그들은 도로 청소가 모두 끝난 뒤, 차량에 남아 있던 기름을 일일 할당량만큼 사이펀으로 꺼내 갈 수 있었으며, 작업 중 발견된 음식은 개인이 먹을 용도로만 가져갈 수 있었다. 그래봤자 에너지바나 방부제가 잔뜩 든 스낵이 전부였다. 리치는 쓸 만한 물건을 가져가는 일을 맡은 팀이 나중에 다시 올 가치가 있을지 확인해보려고 트레일러 뒷문을 열었다. 나중에 그가 대원들에게 들려준 이야기로는 그랬다. 리치는 골든게이트에 처음으로 파견된 부대가 마스코트로 받아들인 십대 소년으로, 까다로운 성격이었다. 도로의 망가진 차들을 청소하는 일은 그가 캠프의 담장 밖에서 처음으로 맡은 일이었다.

누가 망령들을 무슨 이유로, 어떻게 그 안에 몰아넣었는지는 알 수 없었다. 콰이어트 스톰은 정부가 한 일이라는 의견을 내놓았다. 정부가 망령들을 데려다 실험하는 것을 우선시하던 초창기에 실험체로 지목된 놈들이라는 것이다. 그녀는 버펄로의 컴퓨터에 이 트럭 안의 화물들이 MIA(작전 중 실종)로 기록되어 있을지도 모른다고 말했다. 마크 스피츠는 언젠가 치료제가 나올지도 모른다는 희망을 품고 역병에 걸린 사랑하는 사람들을 휴게실이나 차고에 묶어둔 사람들의 이야기를 바탕으로 의견을 냈다. 구름다리에 이렇게 바리케이드를 세운 것도 그런 낙관적인 행동이 한창 성행하던 시대와 잘 맞았다. 그때만 해도 사람들은 우리가 이겨낼 수 있어, 이건 그저 일시적인 현상일 뿐이야, 우리가 정신만 똑바로 차리면 돼, 라고 생각했다. 마크 스피츠는 이웃들의 사이가 아주 밀접한 교외, 고속도로변의 계획도시(골프장이 바로 옆에 있고, 아울렛 쇼핑몰도 차로 조금만 가면 되는 곳)에 사는 사람들이 역병에 걸린 가족을, 엄마와 아빠를, 스미스 씨 일가와 존스 씨 식구들 중 절반을 이 트레일러트럭에 몰아넣고 떠나는 광경을 상상했다. 그들을 치료할 수 있는 곳이나 자유롭게 풀어줄 수 있는 곳, 또는 그나마 품위 있게 종교적인 관습에 따르는 흉내라도 내면서 그들의 목숨을 끊어줄 수 있는 곳으로 갈 생각이었을 것이다. 운전자는 골프장 캐디에서 출발해 동네 영화관의 주인이 된 이 마을의 기둥 같은 존재였다. 막다른 길에 있는 그의 집은 이 동네에서 가장 크고 화려한 성 같아서, 가끔 밤에 보면 혼자서 부르주아 구름을 타고 주택단지 위에 둥둥 떠있는 것처럼 보였다. 동네 사람들은 아이들을 차에 태워 영화관에 데려가는 문제로 고민할 필요가 없었다. 영화관 주인이 직접 데려다줄 테니까.

그때 리치가 트레일러의 문을 향해 손을 뻗었고, 콰이어트 스톰은 운전석 대시보드 앞에 자리를 잡고서 기계와 소통하고 있었다. 마크 스피츠는 독일산 미니밴 안에 웅크리고 앉아서, 초콜릿을 씌운 땅콩의 포장지를 벗기는 중이었다. 리치가 소리를 질렀다. 리치가 동료들을 향해 트럭의 측면을 뛰어왔다. 그리고 그 뒤로 그가 방금 풀어준 해골들이 엄청나게 몰려오고 있었다. 60마리? 70마리? 아니 더 되나? 나중에 그들이 이 이야기를 들려줄 때마다 사람들은 과장하지 말라고 핀잔을 주었다. 그래서 '핀의 머리 위에서 춤출 수 있는 천사가 몇 명이나 될까요'의 현대판인 '트레일러 안에 망령이 몇 마리나 들어갈 수 있나요'를 놓고 사람들이 논쟁을 끝낼 때까지 몇 분 동안 이야기를 이어나 갈 수 없었다. 사람들의 결론은 언제나 똑같았다. "적잖이 들어가지."

어쨌든 구조대원들은 다리 한복판에서 육지와 분리되어 있었다. 세 사람에게 무기는 두 정뿐이었다. 이런 임무를 나올 때 그 이상 무기가 필요했던 적은 한 번도 없었다. 그래서 콰이어트 스톰은 굳이 소총을 챙겨 나오지 않았다. 이미 몇 주째 총을 사용한 적이 없기 때문이었다. 그나마도 리치가 복통 때문에 나가떨어졌을 때 딱 한 번 사용했을 뿐 이었다. 상황이 점점 나아질 때의 문제점이 바로 그거였다. 사람이 느슨해진다는 것. 망령들은 흔들거리며 차량들 사이의 좁은 틈으로 빠져 나왔다. 플라스틱 지붕이 갈기갈기 찢어진 초록색 컨버터블과 배관공의 승합차 사이로. 리치가 조준선에서 몸을 빼내자, 마크 스피츠는 망령들을 쓰러뜨리기 시작했다. 피투성이 수술복을 입은 해골이 쓰러졌다. 놈이 그렇게 지저분해진 때가 근무시간 중이었는지 쉬는 시간 중이었는지는 알 길이 없었다. 카우걸처럼 차려입은 해골이 쓰러졌다. 모조 다이아몬드 장신구가 햇빛을 받아 서늘하게 반짝였다. 마크 스피츠는 그들의 얼굴과 그 아래의 모든 것을 없애버렸다. 그와 동료들이 망령들을 모두 잡는 것은 불가능했다. 망령들이 몇 마리나 되는지도 알 수 없었다.

"우리 힘으로는 이놈들을 뚫을 수가 없겠는데." 콰이어트 스톰이 말했다. 그들은 차분하게 상황을 평가했다. 이 도시의 보안관이 부하들과 함께 자기들의 작은 천국으로 들어오는 길을 상당히 효과적으로 막아버렸다. 구조대가 난간 쪽으로 에둘러서 철조망을 지나가는 것조차 불가능할 정도였다.

"꽤 깊을 것 같아." 리치가 다리에서 물속으로 뛰어들면서 말했다.

강은 다리에서 6미터 아래에 있었다. 리치의 머리가 하류 쪽으로 9미터쯤 내려간 곳에서 불쑥 튀어나왔다. 그가 동료들에게 물로 뛰어들라고 손짓했다. 콰이어트 스톰은 짧은 머리카락이 까슬까슬한 머리를 손가락으로 긁으며 연달아 욕설을 내뱉더니 리치의 뒤를 따랐다.

불가능한 일이었다. 마크 스피츠는 한꺼번에 몰려오는 망령들의 숫자를 셌다. 신에게 버림받은 악마들이 멍청하고 더러운 모습을 한 채 자동차들 사이를 지나 먹을 것을 향해 더듬더듬 다가왔다. 머릿속이 텅 비어버린 놈들 앞에서 방금 먹잇감이 3분의 2나 줄어버린 참이었다. 하지만 놈들은 뇌가 없기 때문에, 트레일러에 한없이 갇혀 있다가 간신히 나와서 마크 스피츠 한 사람을 모두가 나눠 먹어야 한다는 사실에 실망할 줄도 모를 것이다. 마크 스피츠는 그렇게 생각했다. 그가 놈들 옆을 무사히 지나칠 수 있는 가능성은 전혀 없었다. 놈들이 너무 많았다. 이런 상황에서는 도망치는 것이 답이다. 부끄러워할 필요도 없는 간단한 계산 결과였다.

리치가 강가에서 소리쳤다. 다른 팀으로 갈라진 구조대원 세 명이 총소리를 들었을 테니 곧 달려올 것이라고. 본능을 따랐다면, 마크 스피츠는 지금쯤 다리에서 떨어져 물속에 있어야 했다. 하지만 그는 움직이지 않았다.

나중에 그가 수영을 할 줄 모른다고 동료들에게 말하자 그들은 웃음을 터뜨렸다. 끝내주는군. 이제부터 네 이름은 마크 스피츠야. 하지만 사실 그는 물을 두려워하지 않았다. 물속에 믿을 만한 동료들이 있고, 그에게는 행운이 따랐으니까. 또한 물속에서 팔을 헤엄치듯 몇 차례 움직일 수도 있었다. 그런데도 그는 신형 스테이션왜건의 엔진덮개 위로 뛰어 올라가 총을 쏘기 시작했다. 가장 먼저 운동복 차림의 할머니 같은 망령이 쓰러지고, 그다음에는 더러운 축구팀 유니폼을 입은 십대가 쓰러졌다. 마크 스피츠가 그렇게 한 것은 자신이 죽을 리 없다는 확신이 있기 때문이었다. 그는 검은 세단 위로 뛰어올라 가 해골 두 마리의 두개골을 또 부숴버렸다. 놈들이 쓰러지자 뒤에 있던 다른 놈들이 그들을 밟으며 앞으로 나섰다. 자신이 죽을 리 없다는 것은 마크 스피츠의 짐작이었다. 그런데 이 황야에서 하루를 보낼 때마다 그 짐작을 확인해주는 증거가 늘어났다. 여기는 그의 세계였다. 터무니없이 지저분한 세계. 이곳에서 지성과 독창성과 재능은 완고함과 비겁함과 멍청함만큼이나 무의미했다. 그는 초록색 렌즈의 조종사 선글라스를 쓴 해골의 이마 한가운데를 쏘았다. 사냥복 차림의 망령에게는 가슴에 두 발을 먹여주었다. 그러고 나서 마지막 한 방을 더 쏘아 놈에게 굴욕을 안겨주었다. 마크 스피츠는 죽지 않을 것이다. 망령 두 마리가 또 아스팔트 위로 쓰러졌다. 놈들의 두개골이 완전히 부서져 있었다. 이 세계에서 아름다움은 빛을 볼 수 없고, 끔찍한 것들은 너무 지천으로 널려 있어서 별로 중요하지 않았다. 안전한 곳은 그 중간의 어디쯤뿐이었다.

그는 유능하지도, 무능하지도 않은 평범한 사람이었다. 그의 인생도 평범했다. 엄청나게 평범하다는 점만이 평범하지 않은 인생이었다. 이제는 세상 전체가 평범했기 때문에, 그가 완벽해졌다. 그는 속으로 자문했다. 내가 죽을 리가 없잖아. 난 항상 이랬어. 지금은 더욱더 나다워졌고. 그에게는 무기가 있었다. 그는 놈들을 모두 쓰러뜨렸다.

* * *

쓸쓸한 트라이베카(맨해튼 다운타운의 일부 지역을 지칭하는 이름). 마크 스피츠는 업타운에서 서쪽으로 방향을 틀어, 예전에 일을 마치고 딱 한 번 제니퍼를 만나 술을 마신 적이 있는 길모퉁이 술집 앞을 지나가면서, 자신의 잠재의식이 이곳으로 발길을 이끌었을 가능성을 인정했다. 10시가 되면 술집 경비원들이 벨벳 끈을 끌어다 놓고 생존자들을 선별하기 시작했다. 하지만 초저녁이라 그들의 태도가 그리 강경하지는 않았다. (이것은 건강한 사람과 환자를 나누는 또 하나의 바리케이드였다.) 해피아워에는 추레한 일개미들이 나지막하고 부드러운 소파와 등받이 없는 의자에 모여 있어서 안으로 뚫고 들어갈 수가 없었다. 그들은 누구의 불만이 가장 큰지 서로 견주면서, 힘든 하루를 묻어버려도 다음 날 아침이면 힘든 하루가 또다시 관에서 몸을 일으킨다는 사실을 잊어버리려고 애썼다. 제니퍼가 만나자고 보낸 문자는 열렬한 호응을 얻었다. 그녀는 술을 빨리 마시는 편이었는데, 동료들에게도 으름장을 놓고 야유를 퍼부어서 자신과 같은 속도로 마시게 했다. 그녀는 마크 스피츠가 약을 용량만큼 모두 갖고 있는지 확인할 터였다.

그가 맡은 일이 지나치게 성가신 것은 아니었다. 그가 가장 싫어하는 것은 롱아일랜드에서 통근하는 것과 정체된 것 같은 느낌이었다. 그는 다국적 커피 회사의 뉴미디어부에서 고객관리를 맡고 있었다. 대학 친구가 넌지시 알려준 일자리였다. "너한테 딱 맞아. 경력이 필요한 일도 아니고." 이 커피 회사는 북서부의 태평양 연안에서 특허 받은 로스팅 기법을 바탕 삼아 카페 하나로 시작했다. 이 회사의 소유주는 이때 일을 물어보면 언제나 의미를 알 수 없는 희미한 미소를 짓곤 했다. 카페 하나가 둘이 되고, 다시 10여 개로 늘어나 국제적인 프랜차이즈로 변신했다. 아직 약소하지만 불굴의 추진력을 지닌 이 프랜차이즈 기업은 고객들이 이미 오래전에 자기도 모르는 사이에 받아들인 생활 방식을 물리적인 형태로 표현한 상품들을 팔았다. 그리고 이제는 완전히 원숙한 단계에 올라서 있었다. 커피 원두에서 커피를 우려내는 장치에도 로고가 잔뜩 그려져 있어서, 같은 취향을 지닌 고객들이 전국에서 이 커피점을 드나들고 있다는 사실을 되새기게 했다. 그 장치를 들여놓은 각자의 집이 바로 그들만의 개인적인 프랜차이즈 점포였다. 하지만 집에서는 화장실에 반드시 손을 씻으라는 말을 써서 붙여둘 필요가 없었다.

이 마법의 원두는 유기농법으로 재배되어, 제대로 인간적인 대우를 받는 노동자들의 손에 수확되었다. 이 커피 회사는 섬뜩할 정도로 잘 맞아떨어지는 마케팅 전략을 고안해서 가차 없이 밀어붙였다. 마크 스피츠가 맡은 일은 인터넷을 지속적으로 지켜보면서 사람들에게 제품을 알리는 씨앗을 심고 브랜드 친밀도를 높일 수 있는 기회를 찾아내는 것이었다. 그의 상사가 설명한 말에 따르면 그랬다. 그는 이 말이 여러 웹사이트와 소셜미디어를 뒤져서 이 기업의 브랜드를 언급한 사례를 찾아낸 다음, 인사를 건네라는 뜻임을 곧 알게 되었다. 그는 인터넷 세계로 전자 봇들을 파견했다. 그들은 전 세계의 다양한 웹사이트와 개인 게시물 속에 섞여 들어가서 원하는 것을 찾아내 그에게 신호를 주었다. 그러면 그는 이런 메시지를 보냈다. "와주셔서 감사합니다. 화장실이 마음에 드셨다니 기뻐요!" "다음에는 모카 버스트를 한번 드셔보세요. 저한테 고맙다고 하실걸요." 그는 2진법 독수리처럼 고압선 위에 앉아 작은 조각들을 찾아다녔다. 그러다 고기가 눈에 띄면 그대로 달려들었다. 그가 보낸 메시지에 답이 올 때도 있고 오지 않을 때도 있었다.

인터넷 공간의 주민들은 불안하게 자기 꼬리를 잘근거리면서 자기들 일상을 시시콜콜 강박적으로 털어놓았다. 마크 스피츠가 찾는 사람들은 반드시 제품명을 직접적으로 언급한 사람들만이 아니었다. 두 층 아래에서 컴퓨터 시스템의 구축과 실행을 맡고 있는 창백한 말라깽이 청년들이 키워드를 넓혀서 커피 소비와 커피 애호의 모든 면을 포함시켰기 때문에, 카페인, 나른함, 과도한 흥분, 무기력감, 일상 속에서 사람들이 벌이는 모든 종류의 분투 등이 언급되기만 해도 그의 컴퓨터에 띠링 하고 신호가 울렸다. 그러면 그는 메시지를 보냈다. "다음에는 이번 시즌에 저희가 내놓은 자메이카 블렌드를 한번 드셔보시는 게 어때요?" "아이스 7번을 한잔 신나게 드셔야 할 것 같네요!" 그는 느낌표를 제한적으로 사용했다. 점심때쯤에는 느낌표를 저주하다가 다시 사랑에 빠졌다.

회사 프로그램이 고객들을 계속 감시했기 때문에, 만약 고객들이 생일파티나 몇 달 뒤의 중요한 일을 언급하면 그는 알맹이 없는 "더 많은 혜택!"을 메시지로 보내서 인접한 주에서도 사용할 수 있는 기프트카드를 제공했다. 경우에 따라 "헤어지셨다니 안타깝네요. 차라리 잘된 일인지도 몰라요"라는 메시지와 함께 기프트카드를 보낼 때도 있었다. 이렇게 기프트카드를 보낼 때는 기분이 좋았다. 고객들이 그에게 보안 채널을 통해 개인정보를 보내야 한다는 조건이 붙어 있었지만. 회사는 그에게 매일 몇 번씩 기프트카드를 광고하라고 지시했다. 사용하지 않고 그대로 사라진 카드, 유효기간이 만료된 카드, 30센트쯤 잔액이 남은 카드 등을 모두 합하면 수입이 쏠쏠했다.

언제나 홍차만, 그것도 카페인을 제거한 홍차만 마시는 상사는 마크 스피츠에게 소셜미디어에서 그만의 페르소나를 구축하라고 말했다. 상사가 보낸 이메일에는 욕설과 정치 이야기는 안 되고, 상식을 활용하라는 내용이 자세히 설명되어 있었다. 알고 보니 그는 책략을 쉽게 썼다. 가짜 인간관계와 공감하는 척 가장하는 데에 타고난 재능이 있었다. 그는 사람들에게 도움이 되는 메시지를 보내고("계핏가루를 솔솔 뿌리면 특별하게 톡 쏘는 맛이 더해질 거예요"), 수동-공격적인 훈계를 하고("우리는 당신을 행복하게 해주려고 꼭두새벽에 일어나는데, 왜 경쟁사 커피점으로 갑니까?"), 위로의 말도 망설이지 않았다 ("좋은 커피 한잔이면 세상이 다시 살아나지 않나요?"). 이런 인간적인 맛이 없으면, 안경잡이 괴짜들이 만들어낸 초보적인 인공지능 알고리듬과 다를 것이 없다고들 했다. 하지만 상품 평가를 위한 소비자 그룹이 등장하기 전에도 사람들은 인공지능이 실패작임을 모두 알고 있었다. 영혼이 없으니까.

일을 시작하고 두 날 뒤, 회사 웹사이트의 트래픽에서 그의 몫이 5퍼센트 늘어났다. 마크 스피츠가 다정한 연기를 했기 때문인지, 아니면 새로운 관련 프로그램의 도입 덕분인지는 분명하지 않았지만, 그는 상사의 상사에게서 아주 좋은 내용의 이메일을 받았다. 그녀는 매년 휴가 때 묵상을 하면서 깊은 고민 끝에 마크 스피츠가 하고 있는 일을 새로 만들어낸 사람이었다. 그녀의 이메일에는 다음 분기 평가서에서 그의 훌륭한 실적을 언급하겠다는 약속도 들어 있었다. 하지만 엄밀히 말하면 그가 아직 수습 직원이었기 때문에, 그의 실적은 사실 다음다음 분기에나 언급될 수 있었다.

그가 했던 일 중에서 그 일이 최악은 아니었다. 최후의 밤이 꽝 하고 터진 것은, 그가 그 회사에서 일하면서 밤이면 휴게실에 앉아 변호사 시험 준비 노트를 긁적이곤 하던 시기였다. 커피 회사의 뉴욕 본부는 첼시에 있었다. 장벽 너머 2.5킬로미터쯤 떨어진 곳이었다. 누가 무사히 탈출했고 누가 아직도 복도를 떠돌아다니는지 그는 그저 짐작만 할 뿐이었다. 그의 소셜미디어 페르소나는 십중팔구 계속 정해진 시각에 일을 시작해서 허공과 잡담을 나누며 짐짓 다정한 척하는 문장을 지어내 철자법에 틀린 곳은 없는지 확인한 뒤 '보내기' 버튼을 누르고 있을 터였다. "방금 피를 다 빨려서 생긴 우울증을 치료하는 데는 거품 콧수염이 생길 만큼 거품이 풍부한 음료가 최고죠, 제 생각에는요." "그렇게 아침 일찍 화장장에 불을 피운다니 너무 싫다. 수마트라 커피 큰 컵으로 한 잔 어때? 그래야 할머니를 불 속에 던져 넣을 때 즐지 않을 거아냐. 설마 화장을 하는 동안 내내 자고 싶은 건 아니지? ㅋㅋㅋㅋㅋ"

마크 스피츠는 선견지명을 발휘해서 리드 거리를 흘깃 내려다보며 두 블록 앞에 있는 그 식당 특유의 표지를 훔쳐보고 즉시 마음의 평안을 얻었다. 지금까지 온 만큼만 더 가면 원턴이었다. 그의 위장이 파닥거렸다. 반상회에서 사람들이 소란스럽게 떠들어대는 소리가 머릿속에서 들리는 듯했다. 그 식당이 문을 연다는 소식에 주민들이 반발하는 소리였다. 우리 동네에는 안 돼요. 동네가 망가질 거예요. 주점과 그 위층의 식당은 트라이베카에서 인기 있는 음식들을 내놓았다. 천박한 체인점 음식이 아니었다. 아니지. 마크 스피츠는 속으로 생각했다. 이 식당은 어디에나 어울려. 여기 음식을 구할 수 없는 곳에서 사는 것은 비극이었다. 하지만 이 식당 체인점들이 편리한 위치에 많이 있기 때문에 그 비극을 쉽게 피할 수 있었다.

그는 시간에 여유가 있었다. 그래서 걸쇠를 자르고 금속 격자를 말아 올렸다. 뒷문 상태가 어떤지 봐야 하겠지만, 일단 그는 섬뜩했던 최후의 밤 이후 이곳에 발을 들여놓은 최초의 건강한 사람이었다. 약탈하기에 더 쉬운 장소는 여기 말고도 어디에나 있었다. 사람들은 슈퍼마켓과 식품점과 잡화점에서 먼저 쓸 만한 물건을 쓸어 간 뒤에야 식당에 들렀다. 하지만 도시에서는 수준 높은 약탈 기술이 결코 완전히 꽃을 피우지 못했다. 해병대가 진군하기 전까지 해골들이 워낙 많았기 때문이다. 망령들이 이 섬의 주인이었다. 마크 스피츠가 원하는 것은 업소용 대형 깡통에 들어 있는 버펄로 소스나 감자 가루 같은 것이 아니었다. 하지만 이것들은 냉동고 뒤편에 틀림없이 남아 있었다. 썩어버린 단풍-사과 향 소시지와 조용한 공장에서 가공 포장 된 연어 패티와 나란히.

그는 자신이 내는 소리를 듣고 멍하니 깨어나 움직이는 망령이 있는지 귀를 기울여보았다. 아무런 소리도 들리지 않았다. 그는 햇빛이 들지 않는 곳에 헬멧의 불빛을 비추며 일가족이 모여 잔치를 열 수 있을 만한 공간을 에워싼 황동 난간을 훑어보았다. 진한 색 나무에 니스 칠을 한 바에는 팔꿈치 자국이 남아 있었다. 탁자 아래에 웅크리고 있다가 팔다리를 펴면서 슬슬 움직이는 놈이 없는지 확인하려고 격자무늬 타일 바닥도 훑어보았다. 빨간색과 하얀색 격자무늬가 메뉴판과 간판과 직원 유니폼 가장자리에도 들어가 있어서 믿음직해 보였다. 하지만 지금은 직원 유니폼이 보이지 않는 것이 천만다행이었다. 바싹 말라버린 몸에 그 옷을 헐렁하게 걸친 망령이 절룩거리며 주방에서 접시들을 들고 나와 "주문하시겠습니까?"라고 물으려는 것처럼 입을 헤벌리고 서 있지 않는 것이. 유니폼을 입으면 웨이터와 웨이트리스 모두 유명하지 않은 음식 경연 대회의 심판으로 변신했다. 새우밖에 없는 화요일에는 상황이 좀 까다로워졌다. 그의 아버지도 여기서 주먹다짐을 벌인 적이 있었다. 오렌지색 젤라틴 속에서 흔들리던 오리엔탈 새우의 마지막 한 스푼 때문에. 그의 가족들에게 이 일은 그 프랜차이즈점에 갈 때마다 농담거리가 되었다. "오늘 누구 얼굴에 주먹을 한 방 먹이고 싶은 기분인걸." 아버지가 이 말과 함께 일부러 쓰레기 같은 말들을 쏟아내면, 마크 스피츠는 그날 저녁에 그 식당에 갈 예정임을 알 수 있었다.

그 식당은 그의 식구들이 충동적으로 들르거나, 아니면 생일파티 등 축하할 일이 있을 때 가는 곳이었다. 오랫동안 그랬다. 어렸을 때 그는 칸막이 좌석에 기어올라 가 앉아서 거대한 메뉴판 뒤에 숨어 있곤 했다. 그러다가 종업원이 와서 "안녕하세요? 저는 ＿＿＿입니다" 하고 인사하는 소리가 들리면, 그는 그 목소리만으로 그 또는 그녀의 생김새를 상상해보았다. 웨이터들은 대개 그의 상상보다 콧수염이 길었고, 웨이트리스들은 가슴이 컸다. 어쨌든 그가 사춘기를 맞을 때까지는 그랬다. 식당 안의 벽에는 골드 레코드와 플래티넘 레코드 복제품, 기념비적인 사건이 실린 신문 1면, 콘서트 포스터, 운동경기 트로피 등이 줄줄이 걸려 있었다. 거기에 등장하는 유명 인사도 역사적인 사건도 음악 밴드나 스포츠 팀도 커다란 화제가 되었던 플레이오프 경기의 뒷이야기도 히트곡의 제목도 그에게는 전혀 익숙하지 않았다. 하지만 이렇게 벽에 걸려 있는 것을 보면 뭔가 의미가 있음이 분명했다. 그렇지 않고서야 이렇게 벽을 장식할 리가 없지 않은가. 그는 처음으로 다른 식당에 갔을 때 벽에 똑같은 것들이 걸려 있는 것을 보고 낙담했다. 향수(鄕愁) 산업과 처음으로 맞닥뜨린 순간이었다. 해외의 기념품 공장들이 저임금 노동력을 이용해서 이런 물건을 찍어낸다는 말을 그는 나중에 자신을 돌봐주던 베이비시터에게서 들었다. 대학 3학년인 그녀는 그때 처음으로 두 눈을 뜨고 있었다. 각각의 사업자는 여러 기념품 중에서 마음에 드는 것을 고를 수 있었지만, 어차피 제품 목록에는 한계가 있었다. 따라서 가게마다 장식품이 서로 겹치는 일을 피할 수 없었다. 그것은 처음부터 내재되어 있는 문제였다. 예전에 그는 선수의 사인이 있는 야구공, 벽에 걸린 기타 등이 모두 진품인 줄 알고, 세계를 여행하고 모험하면서 신기한 물건들을 수집한 사람의 식당에서 음식을 먹고 있다는 생각에 묘하게 기운을 얻었다. 그런데 대학에 입학하기 직전 여름에 그는 그 프랜차이즈점 주인이 횡령 혐의로 구속되었다는 소식을 신문에서 읽었다. 아마추어 포르노 사이트에 사진도 올렸다고 했다. 주인의 사촌이 식당을 인수했고, 마크 스피츠가 겨울방학 때 집으로 돌아와 보니 식당은 휘청거리면서도 아무 일도 없었다는 듯이 영업하고 있었다.

그곳에 갈 때마다 클래식 록이 그들을 맞이했다. 마감 시한을 못 박았다거나 무시했다는 이야기, 불안한 비밀 이야기, 그날 오후 부부 심리 상담에 다녀온 이야기, 전동공구 이야기를 그 음악이 휘저어댔다. 가끔 새로운 음악가들이 외설스러운 음악으로 그 음악의 신전에 밀고 들어왔다. 자정이 가까워지면 이 식당은 상대를 구하는 남녀들이 모이는 곳으로 시큼하게 꽃을 피웠고, 바에 잔뜩 모여든 사람들은 그 음악에서 영감을 얻어 자화자찬을 해대며 상대를 유혹했다. 테이블 위의 망가진 주크박스들은 제대로 작동하는 법이 없었지만, 그는 아버지에게서 언제나 25센트 동전 두 개를 빌렸다. 치링 하는 금속성 소리 자체가 충분히 음악적이었다. 이 식당은 소중히 간직한 연극이 공연되는 무대였다. 이곳에 올 때마다 그의 부모는 처음 온 사람들처럼 메뉴를 샅샅이 살폈고, 마크 스피츠는 여기에 크레용이 있느냐고 물었다. 다른 아이들이 반쯤 씹어놓은 박테리아투성이 크레용 조각들이 여러 칸으로 된 마분지 틀에 담겨 이 식당의 서랍을 가득 채우고 있다는 사실을 이미 알면서도 그렇게 했다. 어머니는 항상 스페셜 요리가 있는지 모르겠다고 소리 내어 중얼거렸다. 하지만 저녁 메뉴 가격으로 잘못 분류된 전채 요리가 '스페셜'이라는 말을 들었다면 틀림없이 움츠러들었을 것이다. 그는 음식이 나오기를 기다리면서 초록색 크레용 조각으로 어린이용 접시받침에 쭉 선을 그어 점과 점을 연결했다. 거기에 그려진 동물들을 하나하나 모두 연결해서, 모든 것을 산산이 갈라놓은 외계인 광선의 효과를 되돌리기 위해서였다. 그는 어린이 메뉴를 초토화했다. 연한 고기와 별 모양으로 빚어놓은 생선 살과 시럽처럼 달콤한 탄산음료 코스를 처음부터 끝까지 늑대처럼 무시무시하게 씹어 삼켰다. 훌륭한 미국 요리였다.

마크 스피츠는 메뉴판을 하나 가져왔다. 어제 공격받은 팔이 계속 욱신거렸다. 그가 놈들이 자신의 살을 뜯어 먹게 내버려둔 탓이었다. 본사가 마침내 메뉴에 손을 대서, 지중해 페스티벌 샐러드와 레몬그라스 치킨을 커다란 접시를 가득 메운 콜레스테롤 음식 목록에 덧붙여 놓은 것이 눈에 띄었다. 각각의 요리 사이를 아교처럼 메운 것은 걸쭉하고 수상쩍은 소스였다. 각각의 요리 옆에서는 칼로리와 정부 지침이 휘휘 휘파람을 불어대며 고객들의 허리선을 조롱했다. 마크 스피츠의 아버지는 언젠가 조물주를 만나러 갈 때가 되면, 거대한 더블 치즈버거를 하나 먹은 뒤 자다가 심장발작을 일으켜 순식간에 죽어버리기를 기도하고 있다고 자주 우스갯소리를 했다. 어머니는 농담이랍시고 던지는 이런 말이 마음에 들지 않는다는 듯이 쯧쯧 혀를 찼다. 아버지를 끝장낸 것은 심장발작이 아니었다.

그는 황동 난간을 손으로 쓸면서 배회했다. 전에 와본 적이 있기도 하고 없기도 했다. 그것이 프랜차이즈의 마법이었다. 실내장식의 작은 차이들을 빼면, 정해진 테이블 배치 형태는 맨해튼의 차원을 넘어섰다. 천장에서는 주홍색 전등갓이 과거를 연상시키는 우아한 모습으로 전구를 붙들고 있고, 벽에는 등롱 모양의 조명등이 미리 정해진 간격으로 고정되어 있었다. 그는 지금의 이 삶으로 밀고 들어오고 있는 다른 생애에 이곳에 와본 적이 있었다. 그는 유리에 이마를 붙이고 자신의 몸을 내려다보았다. 다섯 살짜리 소년처럼 생긴 덩어리. 게으르게 흐트러진 열여섯 살 때의 자신. 부모님의 결혼 30주년 모임에 참석해서 아무도 보지 않을 때 풍선들을 꼬집는 모호한 모양의 생명체. 현기증이 났다. 화장실이 급해서 달려갔다가 부모의 자리가 어디인지 잊어버린 아이가 된 것 같았다. 그가 부모의 자리에 도착했을 때는 이미 다른 가족이 거기에 앉아 있었다. 그와는 아무런 상관도 없는 그들은 암흑가 출신이었으며, 수상쩍고 낯선 시선으로 그를 훑어보았다. 머릿속에서 원초적인 두려움이 넘실거려서 그는 고개를 획 돌렸다. 그 바람에 헬멧의 불빛이 먼지가 둥둥 떠 있는 어둠을 획 가로질렀다. 아무리 열심히 찾아봐도 이번에는 식구들을 찾지 못할 것 같았다.

그는 유령이었다. 붙박이 망령이었다.

어렸을 때 본 괴물영화가 머리에 남아서 그는 만약 역병이 자신의 피를 독으로 변화시킨다면 자신은 어떤 해골이 될지 음산한 심야에 자주 생각해볼 수밖에 없었다. 일반적인 해골에게는 당연히 개별적인 특징이 없었다. 그도 혐오스럽게 변할 것이다. 하지만 붙박이 망령이 된다면 어떤 모습일까? 그가 사랑하는 것은 무엇이고, 그에게 중요한 장소는 어디일까? 그의 기운이 집중되는 곳은 직장일까, 집일까. 그는 집을 사랑했다. 그러니 어쩌면 집에 있게 될 수도 있었다. 그가 하도 많이 앉아서 낡아버린 소파 오른쪽(오디오/비디오 설비를 마주 보았을 때 오른쪽. 하기야 달리 무엇을 마주 보겠는가)에 자리를 잡고서. 아마 그럴 것이다.

그는 자신의 사회생활 기록이 적혀 있는 낡은 장부를 살펴보았다. 그가 붙박이 망령이 되더라도, 여름에만 두 번 일한 적이 있는, 장인정신이 느껴지는 샌드위치 가게의 계산원을 피해서 멍하니 돌아가는 모습은 언뜻 떠오르지 않았다. 사회에서 실패한 자들의 재즈 파티장, 아니 그가 일하는 동안 머릿속에 그렇게 각인된 장소에서 망령으로 변한 몸이 부서져 얇은 조각들로 변할 때까지 회색 걸레로 바를 닦는 데 온 힘을 다 바치는 모습도 상상이 가지 않았다. 미국 불사조의 일원으로서 제1구역과 그 너머의 다른 구역들로 출동해 이 나라 전역을 청소하다가 어느 날 미래의 수색대원이 쏜 총에 머리를 맞는 모습도 마찬가지였다. 그러니까, 이런 일이 벌어지려면 애당초 그가 혼자 있을 때 감염되어야 한다는 뜻이었다. 만약 내가 물리면 날 쓰러뜨려라. 이다음 총알은 내게 쏘아라. 이것이 그들 사이에 암묵적으로 존재하는 죽음의 계약이었다. 물론 그가 붙박이 망령이 된 뒤 첼시까지 가서 죽어버린 인터넷에 재기발랄한 칭찬의 말들을 입력하는 모습으로 굳어버리는 일도 없을 터였다. 만약 붙박이 망령이 된다면, 혹시 여기로 올지도 몰랐다.

어느 일요일 밤에 외출한 지 얼마 되지 않았을 때, 그가 만두 가게에서 케이틀린과 함께 후원사가 제공한 포도주를 마시고 있는데 중위가 뛰어 들어왔다. 마크 스피츠과 케이틀린은 버펄로로 향하는 한 해병 소대가 이미 수백 번이나 들은 케케묵은 해골 농담("내 머리를 먹지 말고 네 머리를 달라니까")을 하기 시작하자, 딤섬 가게의 모임에서 빠져나왔다. 게리가 포함된 코네티컷 무리는 해병들의 농담을 듣고 경쟁이라도 하려는 듯이, 해골의 신체 훼손과 참수에 관한 고전적인 이야기들을 늘어놓기 시작했다. 더 이상 듣고 있을 수가 없었다.

"여기가 내 진짜 사무실이지." 중위가 말했다. "지성소야." 두 사람이 일어서자 중위는 앉으라고 손짓했다. "자리를 피하지 않아도 돼. 내게는 지혜가 있고, 너희는 지혜를 찾는 자로군." 마크 스피츠는 밤을 맞아 중위가 술에 취했음을 깨달았다. 그의 모공에서는 낮에도 들척지근한 술 냄새 같은 것이 새어 나왔다. 그런데 지금은 늦은 저녁이었다. 마크 스피츠는 이런 문제와 관련해서 다른 사람들이 엉뚱한 짓을 하더라도 함부로 비난하지 않는다는 원칙을 고수했다. 자칫하면 비슷한 상황에서 자신도 비난받을 수 있기 때문이었다.

중위는 마크 스피츠의 옆자리, 케이틀린의 맞은편에 쓱 앉았다. "아일랜드의 장례식 밤샘." 그가 말했다. 그가 마시는 위스키병에는 라벨이 없었다. 후원사 제품이 아니라는 사실을 감추기 위해서였다. 콧물 같은 노란색 아교 띠가 병 위에 둥둥 떠 있는 것 같았다.

케이틀린이 몸을 부르르 떨면서 양팔을 가슴 앞으로 모았다.

중위가 말했다. "닭살이 돋았군. 밤바람 때문인가, 떠도는 방사능 때문인가?" 그는 자신의 입꼬리를 문질렀다. "우리는 원전을 안전하게 확보했어. 원전과 포트 녹스와 거물들의 벙커를 확보했지. 하지만 다른 사람들도 모두 성공한 건 아니야. 그래서 멜트다운으로 새어 나온 물질들이 안개처럼 태평양 상공을 떠다니고 있지. 보이지 않는 눈(雪)처럼."

"재도 있죠." 마크 스피츠가 말했다.

"재도 있지." 중위는 안전구역에 대해 물었고, 두 사람은 일이 뜻밖에도 너무 쉬웠다는 최신 현황을 보고했다. 여기서 한 마리, 저기서 한 마리를 빵빵. 시체 가방에 넣어서 지퍼를 찍. 거의 문제가 없었다고. 케이틀린은 어쩌면 버펄로의 예상보다 일찍 일이 끝날지도 모르겠다고 중위에게 말했다. "붙박이 망령들밖에 없어서 다행이에요." 그녀가 말했다.

"우리 모두에게 다행한 일이지." 중위가 말했다. "다행이야. 만약 역병에 걸린 사람들의 99퍼센트가 붙박이 망령으로 변한다면 세상이 어떻게 될지 상상해봐. 아주 골치가 아파질걸." 사람들이 과연 이런 생각을 해본 적이 있을까?

두 수색대원은 생각해본 적이 없다고 인정했다. 중위는 물잔 두 개를 가져다가 위스키를 채우더니, 포도주 잔과 챙 하고 부딪혔다. "신선한 조합." 그는 이렇게 말하고 나서 테이블 위로 몸을 웅크렸다. "날 좀 도와줘. 붙박이 망령 99퍼센트를 상상해봐. 다들 어떻게 물려서 병에 걸리는지는 생각하지 말고. 그냥 균이 공기 중을 떠돌아다닌다고 가정해보지, 뭐. 그러면 우리가 붙박이 망령을 어떻게 해야 할까? 그냥 가만히 서 있는 해골들인데. 치료할 수도 없고. 놈들을 고향의 '친숙한 환경'으로 데려다줘도, 아마 놈들은 곧바로 일어서서 처음 발견된 곳까지 걸어서 돌아갈 거야. 아마 그냥 그 자리에 놈들을 내버려두는 수밖에 없을걸. 놈들이 선택한 장소가 어디든. 칸막이가 된 사무실에 앉아 있거나, 낮에는 물론 밤에 버스가 차고로 들어간 뒤에도 계속 버스를 타고 있거나, 바닷가에서 햇빛을 조금 받으며 열을 식히고 있거나. 놈들은 뭐가 어떻게 돌아가는지 몰라. 아마 평소와 똑같다고 생각하고 있을 거야. 언제나 그랬듯이 평범한 하루를 보내고 있다고."

"듣기만 해도 역겨운데요." 케이틀린이 팔짱을 끼며 말했다. "중위님, 제정신이 아닌 것 같아요." 케이틀린은 부모에 대해 이야기할 때는 항상 과거형을 썼다. 부모가 고향에서 굶주린 상태로 멍하니 돌아다니고 있을지도 모른다는 상상을 거부하기 위해서였다. 마크 스피츠가 보기에 그녀는 엄마와 아빠가 뒷마당의 가스 그릴 앞에서 영원히 얼어붙은 듯 서 있는 모습을 상상하고 있는 것 같았다.

거리에서 광적인 경적 소리가 들려왔다. 어떤 지프의 운전자가 일요일 밤의 주정뱅이들에게 앞에서 물러나라고 경고하면서 경적을 울리고 있었다. 중위는 비닐로 감싸인 긴 의자에 평소처럼 나른한 움직임으로 등을 기댔다. "그래, 너희가 옳아. 놈들을 인간적으로 바라보면 안 되지. 놈들이 우리와 다르다는 사실을 근본적으로 확신하지 않으면 모든 것이 무너져버려. 난 저 짐승과 다르다. 우리는 이렇게 속으로 되뇌지. 편의점 뒤쪽에서 주저앉으면서, 양동이에 오줌을 싸면서, 더러운 다람쥐들을 저녁 식사로 요리하면서." 중위는 시끄러운 소리를 내며 후루룩 술을 마셨다. 마크 스피츠는 그가 깎아내리고 있는 것이 케이틀린인지, 아니면 중위 본인의 짓밟힌 환상인지 알 수 없었다. "나는 지금도 역병 이전의 나와 똑같다. 우리는 이렇게 속으로 자꾸만 말해. 어느 빌어먹을 쇼핑몰 주차장에서 괴물들에게 쫓겨 죽어라 달리고 있으면서도. 난 아직 저렇게 전락하지 않았다. '어이, 이 시체의 카트에 먹을 것이 좀 있을지도 모르겠어.'"

케이틀린은 말을 할 것처럼 입을 움직이다가 그만두었다. 그녀는 전에도 게으른 교사들을 상대해서 이긴 적이 있었다. "만약 역병이 공기를 통해 전염된다면, 붙박이 망령들을 가만히 내버려둘 수 없죠." 그녀가 말했다.

"난 지금 추상적으로 생각해보는 거야."

마크 스피츠가 말했다. "얼마쯤 지나면, 우리는 아예 놈들의 존재를

230

알아차리지도 못하게 될걸요."

중위가 창백한 얼굴을 움직여 찡그린 표정을 지었다. "내가 그래서 붙박이 망령을 좋아해. 놈들은 자기가 뭘 하고 있는지 알거든. 열정과 목적의식이 있다고. 하지만 우리한테는 뭐가 있나? 두려움과 위험이 있지. 우리가 잃어버린 모든 사람들의 추억도 있고. 일반적인 해골들은 완전히 망가진 상태지만, 붙박이 망령은 그렇지가 않아. 놈들은 언제나 자신한테 가장 완벽한 순간을 살고 있지. 자기한테 가장 어울리는 곳을 찾아낸 거야." 중위는 잠시 말을 멈췄다가 다시 이었다. "마크 스피츠, 위스키가 마음에 드는 모양이군. 좋지?"

그들은 병을 다 비웠다. 그다음 주에도 세 사람은 한 명씩 차례로 그 자리에 모였다. 그리고 그것이 일요일 밤의 습관이 되었다.

몇 달 동안 지루하게 여러 그리드를 차례로 처리하며 더 많은 괴물과 맞닥뜨린 뒤 다시 그 식당에서 그는 자신들이 이런 장소를 고른 것인지, 아니면 이런 장소가 사람을 선택한 것인지 고민하다가 결론을 내리지 못했다. 뇌 속의 회로가 자아내는 환상에 대해서는 뭐라고 말할 수가 없었다. 황폐해진 시냅스를 타고 배회하는 형편없는 전기신호가 만들어낸 환상이기 때문이었다. 그는 웃기지도 않는 연을 들고 점점 사라지는 벌판에 서 있던, 그 최초의 붙박이 망령을 떠올렸다. 그가 어렸을 때 발밑을 살필 생각도 하지 않고 하늘만 바라보며 연을 날리던 기억에 사로잡혔다고 설명하는 편이 쉬울 것이다. 어쩌면 중요한 것은 특정한 장소(가장 좋아하는 방, 해변, 잡초가 무성한 초록색 풀밭)가 아니라, 언제나 그 장소와 함께 떠오르는 기억인지도 모른다. 내가 그녀에게 청혼하기로 결심한 곳이 바로 여기 이 엘리베이터야, 그래서 나는 지금 그 가능성의 순간 속에 다시 존재하고 있어, 하는 식으로. 그 남자가 엘리베이터 안에 머무른 시간은 고작해야 1분 정도지만, 그 시간이 그의 인생을 돌이킬 수 없게 바꿔놓았다. 그래서 그는 이곳을 떠나지 못한다. 우리 딸이 잉태된 곳이 바로 이 호텔방이라서, 여기 있으면 그 애가 다시 내 옆에 있는 것 같아. 이때 중요한 것은 호텔방 자체, 그러니까 카펫에는 더러운 얼룩이 묻고 룸서비스 메뉴판은 어디로 갔는지 보이지 않고 어디선가 훔쳐 온 타래송곳이 놓여 있는 이 호텔방이 아니라 그로부터 9개월 뒤 세상에 모습을 드러낸 결과물이었다. 그래서 그 붙박이 망령은 아기의 작고 작은 허파가 계속 숨을 쉬는지 밤새 확인하던 아기방이나, 생애 최고의 3박 4일 휴가를 보냈던 휴양지의 햇빛이 키스하는 수영장이나, 학교행사에서 연극을 공연한 뒤 서로 껴안았던 무대 계단이 아니라, 1410호에 속박되어 있었다. 그래서 그녀는 1410호를 떠나지 못했다. 걱정과 근심에서 벗어난 붙박이 망령들은 자기들만의 천국에서 죽지 않고 영원히 살았다. 그곳은 세상의 공격과 악귀들은 모두 사라지고, 오로지 가능성만 존재하는 세계였다.

그는 판초를 벗고, 배낭도 내려놓았다. 무기를 바에 놓고 벽으로 걸어갔다. 기념품들 사이에 흩어진 은색 액자와 그 안의 훈계들을 잊어버리고 있었다. "사랑은 하나, 친구는 많이, 그리고 모두에게 선의를." "모든 손님이 행복한 마음으로 떠나실 수 있게." "우리의 좋은 시절은 바로 지금." 모두 긍정적인 말이었다. 그가 커피 회사에서 작성하던 메시지들의 조상 격이라고나 할까. 통신 발달이 진부하지만 믿을 수 있는 금언들을 따라잡고, 어리석은 자들은 옛 현인의 말씀을 받아들였다. 짧으면서도 메시지가 잘 드러나게. 상징을 이용해서. 요새는 사람들이 이런 식으로 대화한다고.

어이없는 일이지만, 그도 다른 사람들이 모두 그리워하는 것들을 그리워했다. 와이파이와 내구성 좋은 크롬 토스터, 대중교통과 무료 환승 제도, 치즈 과자 가루를 바지에 문지르며 어느 계산대의 줄이 가장 짧은지 가늠하던 것. 그는 재건 작업을 통해 다시 불러낼 수 없는 것들을 그리워했다. 재건 작업의 틈새로 빠져나가는 것들. 그가 아끼던 사람들. 가족과 친구와 점심시간에 계산대에서 눈을 반짝이던 사람들. 망령들. 그는 완전히 사라진 것들을 그리워했다. 쓸려 나간 부적응자들. 달리 어떻게 표현할 수 있을까. 하지만 지금 남은 사람들은 모두 그와 마찬가지로 망가져 있었다. 그는 끝내 침대로 끌어들이지 못한 여자들을 그리워했다. 저기 맞은편, 옆 테이블에서 사람을 감질나게 하던 여자들. 타코 식당의 창문 앞을 지나가던 기적 같은 여자는 심각한 흔적을 남겼다. 그들은 화장이 너무 진하거나, 작은 동물들에게 복잡한 감정을 투사하며 정확히 그런 미소를 지었다. 아무도 그의 편을 들지 않을 때 그의 편이 되어주고, 아무도 그의 말을 들으려 하지 않을 때 그에게 귀 기울여주었다. 유서 깊은 부잣집 출신도 있고, 터무니없는 경제적 재앙 때문에 안달하는 사람도 있었다. 절대 금주 하는 사람도 있고, 선원처럼 마셔대는 사람도 있고, 아기 새처럼 그의 입술을 쪼는 사람도 있고, 그를 게걸스레 먹어치울 것처럼 달려드는 사람도 있었다. 어휘력이 보잘것없는 사람, 그는 도무지 요령을 알 수 없는 단어 게임을 어떻게든 정복한 사람도 있었다. 지금은 모두 사라졌다. 그의 인생을 조율하던 큐레이터가 딱 알맞은 순간에 내놓으려고 준비해둔 이 미지의 존재들. 큐레이터는 아마 그에게 모종의 교훈을 주고 싶었겠지만, 그는 십중팔구 그 교훈을 터득하지 못했을 것이다. 밤 외출용 속옷의 고무줄 속으로 그가 손을 밀어 넣었을 때 열기를 띠고 있던 그곳이 그립고, 머뭇거리면서도 그의 어르는 듯한 손길에 넘어오던 깊숙한 곳도 그립고, 까슬까슬한 겨드랑이와 동전 모양의 장식이 달린 발찌와 엉덩이에 나 있던 오하이오 모양의 모반도 그리웠다. 하지만 그는 오하이오주가 어떻게 생겼는지 몰랐기 때문에, 설명을 듣고서야 그것이 오하이오 모양임을 알게 되었다. 그리고 한숨 소리. 다정한 눈, 슬픈 눈, 내면의 동요를 아주 잘 다스려서 그에게 어두운 부분을 전혀 드러내지 않던 사람들. 조각조각 떨어져 나오던 발톱 매니큐어. 새로운 크림의 향기에 대해 지나가듯 하던 말과 그 뒤에 이어지던, 그 크림의 기원과 특별한 성분과 마법 같은 효능과 다른 모든 크림을 압도하는 현실에 대한 독백. 방금 브래지어 끈을 벗겨낸 자리에 남아 있던, 낯선 자국. 화려한 것이든 화려하지 않은 것이든 브래지어를 벗기면 크든 작든 젖가슴이 풀려났다. 그는 큰 가슴을 좋아하고, 작은 가슴을 좋아했다. 작은 가슴도 또 다른 양식의 가슴일 뿐이었다. 훌륭하지만 난공불락은 아닌 두뇌. 특히 다운타운에서 새벽 3시에는. 귓불을 따라 돋은 솜털, 딱 알맞은 자리에 나 있는 점, 어찌 보면 결점이지만 기가 막히게 조화를 이루고 있는 것들. 그는 자신에게 홀린 듯한 애정, 놀라움, 실망감을 아직 안겨주지 못하고 죽어버린 사람들을 그리워했다.

수치심과 죄책감도 그립고, 멍청한 본능보다 더 고상한 어떤 것이 그의 행동을 이끌던 시대도 그리웠다.

그는 가장 가까운 테이블 위의 주크박스에 25센트 동전 두 개를 넣었다. 25센트 동전 두 개를 갖고 있지 않았지만 상관없었다. 주크박스는 아무 불만 없이 돌아가기 시작했고, 그는 싱글 레코드를 먼지 위로 들어 올려 자리에 집어넣는 비밀 레버들의 콘서트에 귀를 기울였다. 기계에서 불빛들이 기운차게 깜박였다. 구석의 화장실 옆, 바 위쪽, 칸막이 좌석에 설치된 모든 불빛들이 하나씩 켜지더니, 이윽고 모든 불빛이 목소리를 얻었다.

그의 앞에 있는 기계가 부르르 떨면서 살아났다. 스피커가 세 번째 소절부터 노래를 잡아내, 쾅쾅거렸다. 사람들이 좋아하던, 귀가 멀 것 같은 크기로 볼륨의 눈금이 맞춰져 있었다. 사람들 중 4분의 1이 콧노래로 멜로디를 따라 하면서 고개를 까딱거리기 시작했다. 이 노래는 12년 전 여름에 크게 유행한 싱글이었다. 바에는 빈자리가 없었다. 단골들이 저마다 자리를 차지하고서 투덜거렸다. 여기 주인이 이 흔들거리는 의자를 언제쯤 고치려는지 모르겠네, 벌써 몇 주째 불편을 겪고 있다고. 바텐더의 여자 친구는 그의 시선을 끌려고 애썼지만, 바텐더는 필요한 것만 골라서 보는, 직업 특유의 전문 기술을 구사했다. 하지만 사실 그는 일하지 않을 때도 그 기술을 아주 자주 사용했다. 그러다 여자 친구를 보고 활짝 웃었다. 오늘은 두 사람의 기념일이었다. 만난 지 석 달이 된 기념일. 더러워진 접시들이 웨이터 보조의 팔을 타고 척척 올라갔다. 그는 접시를 떨어뜨리는 척 너스레를 떨면서, 브리지 게임을 하기 전에 요기를 하는 노부부에게 장난을 쳤다. 매주 같은 요일에 같은 음식을 먹고 똑같은 액수의 형편없는 팁을 주는 사람들이었다. 구석에서는 여덟 명이 한자리에 모여 소란스럽게 파티를 벌이면서 '해피 버스데이' 노래를 시작했다. 그러자 가까운 자리의 손님들이 민망함을 견디지 못하고 함께 노래를 부르거나, 아니면 하다못해 입을 달싹이며 노래하는 시늉이라도 했다. 여주인이 흰개미 전문가들을 고화질 텔레비전 아래쪽의 테이블로 안내하자 그들은 다른 자리를 달라고 요구했다. 30분 뒤 경기가 시작되었다. 사람들은 경기 시작 전에 진행을 맡은 아나운서를 격렬히 싫어했기 때문에 하루 종일 그를 조롱할 생각을 하며 즐거워했다. 여주인의 새로운 다이어트 방법이 모처럼 효과를 보는 것 같아서 모두들 그녀에게 그렇게 말했다. 진심으로 하는 말 같았다. 정말로 그녀의 유니폼이 몸에 비해 너무 컸다. 다행히 옛날에 입던 유니폼이 어딘가에 남아 있을 것 같았다. 아니, 벌써 내다 버렸나? 그때 또 다른 테이블에서 술 취한 사람들이 '해피 버스데이'를 부르기 시작했다. 그들 일행 중에 생일을 맞은 사람은 없었지만, 그들은 그 노래를 부르면 공짜로 술을 한 잔씩 마실 수 있을 것이라는 잘못된 생각을 갖고 있었다. 이 체인점을 다른 체인점과 혼동한 탓이었다. 신입 웨이트리스가 미지근한 미트로프를 다시 주방으로 가져왔다. 앞으로 한 주 한 주 시간이 흐를수록 그녀는 점점 더 성의 없는 사과를 하게 될 것이다.

그의 부모는 그가 전에 보았던 바로 그 자리에 그대로 있었다. 아빠는 허리띠를 풀어서 한 단계 느슨하게 매는 중이었고, 엄마는 아들을 발견하고는 환히 웃는 얼굴로 눈을 반짝이며 커다란 초록색 빨대로 바나나 다이키리(칵테일의 일종)를 조금씩 빨아 먹었다. 빨간색 의자 커버가 아직 따뜻했다. 식구들이 함께 외식을 나온 밤이었다.

*　*　*

"차 태워줄까?"

이제 세상은 진창이 되었다. 하지만 시스템은 쉽사리 사라지지 않는다. 창조주보다 더 오래 살아남을 뿐만 아니라, 역병과 달리 숙주가 필요하지도 않다. 따라서 이 세상은 진창이되, 위계질서, 책무, 점점 늘어나는 서류작업이 있는 잘 정돈된 진창이었다. 이런 상황에서 보즈먼이 윈턴의 최고위 군(軍) 행정관, 즉 모든 면에서 이 캠프의 질서를 전체적으로 유지할 책임을 맡은 가장 중요한 관리로 임명되었다. 보즈먼은 매일 밤 수비대를 품에 안고 트림을 시킨 뒤, 작업 지시라는 자장가를 불러주며 달랬다. 그는 해안을 종횡무진 돌아다니는 헬기들의 배 속에 어떤 비밀스러운 화물이 들어 있는지 알고 있었으며, 미리 지정된 물건이 대기실에 잘 도착했는지 확인했다. 밤에는 풀을 먹여 키운 쇠고기로 만든 장교용 비프스테이크가 들어 있는 냉장고 열쇠를 줄에 끼워 두툼한 목에 걸고 잤다. 마크 스피츠는 캠프의 집사 역할을 하는 그가 지프의 운전대를 잡은 모습을 보고 깜짝 놀랐다. 그가 은행 건물 2층의 사무실을 벗어나는 일이 아주 드물기 때문이었다. 그는 본거지에서 멀어질수록 자꾸만 쪼그라드는 것 같았다.

조수석에는 검은색 펜슬 스커트와 하얀 블라우스로 몸을 감싼 민간인이 앉아, 파란 색조가 도는 선글라스의 테 너머로 마크 스피츠를 평가하듯 훑어보았다. 그녀는 태양계의 어디선가, 또는 그보다 훨씬 더 먼 곳에서 날아와 지구와 충돌한 운석이었다. 고통스러운 재앙 이전의 삶이 현대의 전문직 여성들을 겨냥한 잡지에서 걸어 나와 우쭐거리며 돌아다니는 것 같았다. 표지에 실린 기사 제목 중 조화로운 성격 테스트, '당신의 남자를 기쁘게 하는 법'에 대한 연구 결과 같은 것들은 지워졌고, 대신 자급자족적인 생활, 자제력이 있는 삶의 좋은 점, 완전한 자아실현이라는 성배 등을 추천하는 기사들이 부각되었다. 조수석의 여자는 반들거리는 하얀색 폴더로 파리 한 마리를 위협한 뒤, 마크 스피츠를 향해 싱긋 웃었다. 안전구역에 들어온 뒤 그가 처음으로 만난 진짜 민간인이었다. "자리 많아요." 그녀는 또한 그가 도망치기 시작한 뒤 처음으로 만난, 진주 장신구를 착용한 사람이었다.

마크 스피츠는 지시받은 대로 행동했다. 보즈먼은 그에게 웨스트 브로드웨이에서 잠시 기름을 넣은 뒤 본부로 갈 것이라고 그에게 알렸다. "이분은 메이시 씨야." 보즈먼이 말했다. "모종의 정찰 임무를 위해 버펄로에서 오신 분일세." 보즈먼은 '정찰'이라는 단어에 조금 스핀을 주었다. 세상이 변해서 그런 것이 이렇게 희귀해지지 않았다면, 마크 스피츠는 그의 말투를 반어법이라고 표현했을 것이다. 반어법이나 풍자는 이제 지표면 아래 아주 깊숙한 곳에 파묻힌 광석과 같아서, 지구상에는 그것을 파낼 수 있는 기계가 존재하지 않았다. 보즈먼은 도로에서 시선을 떼지 않고, 아스팔트 위에 거대하게 남은 그을린 자국들을 피해 운전대를 획획 돌렸다. 처리반이 만들어지기 전에 해병대가 해골들을 죽여 불에 태운 자국이었다. 열기 때문에 아스팔트가 검게 타고 뒤틀린 자리가 지프에 위협이 되지는 않았다. 마크 스피츠는 보즈먼의 행동을 미신 때문으로 치부했다.

줄지어 늘어선 고급 의류 상점, 마지막 진열품, 누런 불빛 속에서 토라져 있는 가격할인 표시 등이 획획 지나갔다. 메이시 씨는 "어머!" 하고 말하더니, 동행자들이 저 상점들을 즉흥적으로 습격하자는 제안에 동감하지 않을 사람들임을 깨닫고 "신경 쓰지 마세요"라고 말했다. 마크 스피츠는 빙긋 웃었다. 마치 케이틀린과 게리, 또는 다른 사람들과 긴 여행에 나서서 어느 도시를 지나가고 있는 것 같았다. 도보 여행이든 차를 몰고 가는 여행이든 상관없었다. 상점 진열창에서 환상이 수줍은 듯 흔들거리고, 과거의 소비 열기가 목적의식을 갖고 들떴다. 하지만 이곳에 들를 예정이 없다는 것, 차를 멈추기에는 이미 너무 늦었다는 것, 다른 사람들이 함께 있어서 나 혼자 변덕을 부릴 수 없다는 것 등 현실을 깨닫고 충동을 짓밟아버렸다. 그 순간이 사라졌다. 어차피 실망했을 것이다. 길가의 그 상점을 다시 자세히 보니 그다지 독특하지 않았다. 정말로 어머니 아버지가 사용할 만한 상품들이 진열대 위에 엉겨 있고, 이 주에서 가장 오래된 롤러코스터는 이미 오래전에 폐쇄됐으며, 쥐약을 주의하라는 경고문 때문에 황량한 주변을 재빨리 대충 훑어보는 것도 여의치 않았다. 모든 신기루가 그렇듯이, 여기 풍경도 가까이 다가가면 증발하듯 사라져버렸다.

약탈을 금지한 규정들 때문에 세계적으로 유명한 뉴욕 시의 쇼핑가는 여전히 접근 금지 구역이었다. 하지만 마크 스피츠가 보기에 메이시 씨는 근무를 끝낸 뒤 마음껏 돌아다녀도 좋다고 허가를 얻을 수 있을 만큼 연줄이 있을 것 같았다. 물론 대가를 치러야겠지만. 주스 상자 네 개로.

그녀가 마크 스피츠에게 시선을 돌렸다. "이 기회를 빌려서, 여러분이 하고 계시는 그 모든 훌륭한 작업에 대해 버펄로를 대표하여 감사의 인사를 드립니다." 그녀는 잔가지처럼 삐져나온 머리카락을 귀 뒤로 넘겼다. "저 위에서 많은 사람들이 여러분을 응원하고 있어요."

"감사합니다."

지프가 왼쪽으로 휙 쏟아지듯 방향을 꺾자, 메이시 씨가 좌석을 꽉 붙잡았다. 완벽하게 다듬어진 손톱이 좌석 쿠션을 단단히 붙들었다. 마크 스피츠에게 매니큐어 색깔을 물었다면, 연한 파란색이라고 했겠지만, 매니큐어병을 장식한 이름은 틀림없이 더 화려할 것이다. "내가 이렇게 참호까지 나오는 건 자주 있는 일이 아니에요." 메이시 씨가 말했다. "대개 우리는 작고 보잘것없는 식물과 마커 보드가 있는 작은 회의 탁자에 둘러앉아 웅대한 계획을 짜죠. 하지만 이제 변화가 일어나고 있어요." 흙먼지가 눈으로 들어가자 메이시 씨는 몸을 다른 방향으로 비틀고, 콤팩트의 깨진 거울을 적당한 각도로 기울여 들여다보며 눈을 비볐다.

보즈먼이 어떤 부티크 호텔 앞에 차를 세웠다. 그 과정에서 차가 도로 턱을 어루만졌다. 마크 스피츠가 이곳에 다녀간 뒤로 도로에 있던 자동차들이 군대에 의해 모두 치워진 상태였다. 호텔 전면을 장식한 검은 금속판은 인위적으로 눌러서 줄무늬를 넣은 뒤, 일부러 불완전해 보이게 얽은 자국을 만들어놓은 것이었다. 이 결핍의 시대에 그 장식은 선견지명을 암시했다. 이것이야말로 모두가 기다리던, 미래지향적인 건축임이 분명했다. 마크 스피츠는 멸종된 가십 기사에서 이 소박한 호텔이 자주 언급되던 것을 기억했다. 이곳은 형편없는 영화들의 첫 개봉 파티, 단 한 번도 제대로 된 포옹을 받아본 적이 없는 부잣집 아이들과 유명 인사들이 무모하게 벌이는 엉망진창 마약 파티의 본거지였다. 메이시 씨와 일행은 인도에 발을 디뎠다. 메이시 씨는 비를 피하기 위해, 스테인리스스틸 뼈대에 새하얀 유리를 끼운 차양을 향해 앞장서서 빠르게 걸었다. "우리랑 같이 가지 그래요." 메이시 씨가 허리를 숙여 마크 스피츠의 얼굴을 바라보며 말했다. "당신의 전문 분야가 유용할 것 같은데요."

그는 메이시 씨의 말이 무슨 뜻인지 알 수 없었다. 그의 전문 분야라고 해봤자 바퀴벌레 흉내밖에 없었다. 그는 바퀴벌레의 무한한 회복력을 이미 완전히 터득하고 있었다. 북쪽의 장벽에서 계속 불통하게 들려오는 총성이 침묵을 살해했다. 그들은 길에서 반짝거리는 유리 정육면체들을 피해서 걸었다. 그 유리 조각들은 한때 이 호텔의 정문이었다. 메이시 씨는 구두를 신고 조심스럽게 걸으면서 인상을 찌푸린 채 혀를 쯧쯧 찼다. 보즈먼이 앞서 나가서 1층 라운지를 정찰했다. 어두운 자루 모양의 라운지가 종양처럼 프런트데스크를 향해 아늑하게 들어가 있었다. 마크 스피츠는 화장실과 겉으로 드러나지 않은 직원 전용 구역으로 이어진 복도를 재빨리 살펴보았다. 이곳에 자기들 세 사람 외에는 아무도 없는 것 같았지만, 만일의 경우를 대비해서 그는 다시 로비로 돌아왔다. 이곳에 해골은 없었다. 하지만 만약 그의 판단이 틀려서 버펄로에서 내려온 메이시 씨가 아름다운 구두를 신은 채 얼굴을 뜯어 먹히기라도 한다면, 아무도 좋아하지 않을 것이다.

메이시 씨는 생각에 잠긴 표정으로 차가운 타일 위를 천천히 서성거렸다. 그녀의 구두 굽이 바닥에 닿는 소리가 좋았다. 유혹적이고 매력적인 소리였다. 복도 끝의 문 뒤에 있는 파티장의 소리가 새어 나와 으르렁거리는 것 같았다. 메이시 씨가 말했다. "다섯 블록이에요." 장벽까지 거리가 다섯 블록. 마크 스피츠의 계산 결과였다. 그리고 머리 위에는 스물몇 층이나 되는 방들이 있었다. 그녀는 거처를 찾고 있었다.

보즈먼이 라운지에서 나왔다. 마크 스피츠가 설명을 요구하듯 그를 바라보자 그는 어깨를 으쓱했다.

"문을 고쳤다고 하시지 않았어요?" 메이시 씨가 말했다. "다람쥐나 쥐 같은 동물들이 안으로 들어오면 곤란한데요."

"지금 적당한 유리 직공을 찾고 있습니다." 보즈먼이 말했다.

"유리 직공?"

"창문도 만들고, 유리를 다루는 사람들이죠. 지금까지 우리가 찾아낸 사람들은 전부 먼 캠프에 있어요. 요즘은 반드시 필요하지 않은 항공 여행이 엄격히 통제되고 있어서요. 작전에 발동이 걸렸으니까 말이죠."

메이시 씨가 고개를 저었다. "결핍의 논리에 붙들리면 안 돼요. 그런 건 옛날 얘기예요." 그녀는 화가 난 것 같았다. 그리고 그 분노의 원인 에 대해서 어이없다는 표정을 지었다. 그녀가 시선을 들어 천장을 쳐 다보았다. 옛날 뉴욕이 네덜란드의 지배를 받던 시절의 조악한 지도가 펼쳐졌다. 일부러 아마추어가 그린 것처럼 만든 지도였다. 사방에 드 러나 있는 냉혹한 느낌을 누그러뜨리기 위해서였다. 메이시 씨의 어깨 가 축 늘어졌다. "방은 어때요?"

"좋습니다. 그 폴더에 있는 방들 외에도 상태가 좋아요." 보즈먼이 말했다. "제가 아는 한은 그렇습니다. 여기를 검사할 때 저는 참여하지 않았지만요. 그래도 검사 팀이 일을 잘하니까요."

"버펄로에서는 이곳에서 보고하는 내용을 토대로 일을 진행할 수밖 에 없어요."

"첫 습격 때 사람들을 소개하고 건물 전체를 봉쇄했습니다." 그가 잠시 말을 멈췄다. 봉쇄라지만 정문은 열려 있었다. "그래도 원하신다면 지금 저희와 함께 올라가서 직접 살펴보셔도 됩니다."

"엘리베이터가 작동하지 않잖아요." 메이시 씨가 뭔가 메모를 했다. "저건 없애야겠어요." 그녀는 벽에 걸린 그림을 가리켰다. 괴물처럼 거대한 캔버스 두 개가 검은 가죽 소파 위에 걸려 있었다. 맹금류의 시점에서 밤의 뉴욕 풍경을 묘사한 그림이었다. 첫 번째 그림에서는 여러 교차로에서 불길이 타오르고 있었다. 불길은 흐릿했지만, 간격이 일정해서 불안했다. 그 옆의 그림도 같은 시점을 유지하면서, 불길이 건물들을 게걸스레 타고 오르는 모습을 포착했다. 주민들은 창턱에서 몸을 둥글게 웅크린 채 불꽃이 다가오는 것을 지켜보고 있었다. 굶주린 재앙이 빠르게 기어왔다. 저런 그림이라니.

"조금 우울한 그림이긴 하네요." 마크 스피츠가 말했다. 자기가 말을 해도 되는 건지, 지금 자신의 전문 기술을 발휘하고 있는 건지 잘 알 수 없었다. 하지만 그는 보즈먼을 곤경에서 구해주고 싶었다. 수색대는 안전구역에서 일을 시작한 처음 몇 주 동안 신형 작업복 없이 그리드에 투입되었다. 작업복은 어느 모로 보나 필수불가결한 장비였지만, 수색대는 최우선 지급 대상이 아니었다. 마침내 작업복이 이쪽으로 발송되었다는 소식이 왔을 때 보즈먼이 마크 스피츠에게 넌지시 알려준 덕분에, 그는 줄 맨 앞에 서서 작업복을 지급받을 수 있었다. "자네는 롱아일랜드 출신이지." 그가 나중에 말했다. "나처럼."

"이런 부티크 호텔은 세계 어디에나 있다는 점이 중요하죠." 메이시 씨가 말했다. "역병 이전에는 이런 호텔이 세계 어디서나 친절의 상징이었어요."

"바르셀로나에 가보신 적 있습니까?" 보즈먼이 물었다. "거기 사람들은 밤새 잠을 안 잡니다."

"나는 아이들을 생각하고 있어요." 메이시 씨가 말했다. 그리고 머릿속의 마커 보드에 빨간색 마커로 선을 그었다. '우리 다 같이 한 팀이 되어 머리를 모아보자.' "캠프에 있는 불사조 아이들이 신나게 뛰노는 모습, 뭔가를 열심히 하는 모습. 땅에 씨를 뿌려 발로 꾹꾹 누르고, 큰 칼을 날카롭게 가는 모습. 아니, 큰 칼이 아니라 애들이 쓰는 물건이겠죠. 방글방글 까르르 웃으면서 아이들다운 일을 하는 거예요. 그 아이들이야말로 미래입니다. 이 모든 게 다 그 미래를 위한 일이에요."

미래에는 많은 것이 필요했다. 하지만 마크 스피츠는 실내장식 또한 미래에 필요한 일이라는 생각을 한 적이 없었다. 그래, 아이들은 정말로 이 방을 하나로 묶으려 할 것이다. 그는 도시적인 전문직 계층 특유의 매끈한 말투를 그리워하고 있다는 사실을 미처 깨닫지 못했다. 가을이 되어 날이 서늘해지기 시작하면 가장 좋아하는 스웨터를 꺼내는 것과 같았다. 이미 여러 번 시험하고 확인해서 아늑하게 안정감을 느낄 수 있다는 점에서. 예전에 미래는 과도기의 동네를 뜻했다. 필수적인 서비스들, 그러니까 강아지 미용실이나 추레한 카페 같은 것은 모자랐지만, 적절한 때에 안으로 들어갈 수만 있다면 옆 건물에 해골이 우글거린다 해도 상관없었다. 결국 그들은 치솟는 임대료 때문에 지하철로 세 정거장쯤 떨어진 곳으로 옮겨 가 다시는 나타나지 않을 테니까. 그 자리에 작은 나이트클럽이 생길 테니 참을성 있게 기다려라, 이 녀석아. "여기에 왜 오신 겁니까, 메이시 씨?" 마크 스피츠가 물었다.

메이시 씨는 생각에 잠겼다. "아직은 내가 비밀을 지켜야 해요. 하지만 두 분은 안전할 것 같군요. 우리가 그동안 로비를 하던 것이 있는데, 지난주에 소식이 왔어요. 맨해튼이 다음 정상회담 장소가 될 거라고. 굉장한 소식이죠?"

마크 스피츠와 보즈먼은 적절한 반응을 보여주었다.

"뉴욕은 세계 최고의 도시예요. 그 모든 국가수반들과 사절들이 여기서 우리가 이룩해놓은 것을 보고 무슨 생각을 할지 상상해봐요. 당신들은 많은 것을 해냈어요. 우리가 이 도시를 망령들에게서 되찾아왔다고요. 그 상징성만 해도 정말. 이걸 해냈으니, 이제 우리는 무엇이든 할 수 있어요."

"일이 일정대로 진행된다면, 그때쯤 우리는 심지어 제2구역에 진출해 있을지도 모릅니다." 보즈먼이 이 기회를 놓치지 않고 말했다.

"여긴 미국이에요."

"아이고."

"그렇죠." 메이시 씨가 말했다. 조명의 장난으로 후광을 이고 있는 것 같았다. "굉장하지 않아요?" 그녀는 프런트데스크 상판을 손가락으로 쓸면서 먼지를 만지작거렸다. "오아시스. 그 사람들은 안전구역에 발을 들여놓자마자 그런 생각을 할 거예요. 여기는 이대로 승인해도 될 것 같네요. 정상회담 참석자들이 즐거운 시간을 보낼 수 있을 거예요. 옛날 표현을 빌리자면."

그들은 지프로 돌아왔다. 메이시 씨는 뒷걸음질로 걸으면서 머릿속 스크랩북에 호텔의 모습을 세세히 담았다. "저 카펫을 뜯어버리고, 빨간 걸로 깔아요." 그녀가 보이지 않는 비서에게 지시했다. "젖니가 빠진 아이들 몇 명이 환하게 웃으면서 뭔가 아이다운 일을 하는 모습."

그녀는 수첩을 차르륵 넘겨서 빈 페이지를 펼쳤다. "원턴에 도착하자마자 통신기를 이용해서 사진가를 '행복한 땅'과 '무지개 마을'로 보내 얼굴 사진을 좀 찍으라고 해야겠어요. 어딘가에 좋은 아이들이 틀림없이 있을 거예요."

업타운 쪽으로 잠시 차를 타고 이동하는 동안 안전구역이 마크 스피츠 주위에서 꿈틀거렸다. 두 블록을 달렸을 때, 운동화 끈을 묶느라 허리를 숙인 여성 병사가 보였다. 그녀는 민간인을 태우고 부르릉거리며 지나가는 지프를 검은 고글을 쓴 눈으로 따라왔다. 세 번째 블록에서는 병사 두 명이 푹신한 가죽 의자를 어깨에 메고 와서, 이미 조사한 은신처를 향해 내려놓는 모습이 보였다. 엄청 끝내주는 기숙사에 대한 기대감에 홀린 대학 2학년생들 같았다. 네 번째 블록부터는 완전히 원턴의 영역이었다. 마츠 스피츠는 군 수송차량을 처음 탔을 때를 떠올렸다. 저 바깥의 황야에서 그를 태운, 괴물 같은 장갑차였다. 그는 그 차의 해치를 통해 밖으로 기어 나온 뒤 경계선을 표시한 불빛들과 경계초소를 보고 놀라서 눈을 깜박거렸다. 그것들이 그곳에 질서가 축적되어 있음을 말해주었기 때문이다. 그는 자신이 새로운 작품에 캐스팅되었음을 깨달았다. 여기는 기진맥진한 방랑자들이 피와 망상으로 세운 임시변통 요새가 아니었다. 여기는 정부였다. 재건이었다. 종말이 정지되어 있었다.

* * *

황야에서 그가 마지막 밤을 보낸 곳은 매사추세츠주 노샘프턴의 외곽이었다. 지긋지긋한 코네티컷의 이웃이었지만, 이곳은 완전히 달랐다. 마크 스피츠는 몇 주 동안 아주 작은 마을들만 전전했다. 그의 생각이 옳은지 그른지는 확인할 수 없었지만, 어쨌든 최근 망령들이 과거 인구 밀집 지역으로 몰려드는 것 같았기 때문이다. 다르게 표현한다면, 그들이 과거의 인구 밀집 지역을 다시 채우고 있다고 해도 될 것 같았다. 그런 곳에서는 언제나 복잡한 일이 생기기 마련이었다. 지난 몇 달 동안 위험성이라는 측면에서 시골과 도시는 동등했다. 하지만 지금은 시골의 망령 밀도가 더 낮았다. 눈에 띄는 망령도 별로 없고, 망령의 공격도 별로 없고, 따라서 그가 아슬아슬한 순간에 도망친 기억을 되살릴 필요도 별로 없었다. 그와 잠시나마 일행이 된 사람들은 모두 그의 의견을 지지하지 않았지만, 그는 흔들리지 않았다. 망령들은 분명히 한데 모이고 있었다. 이제는 혼자 다니는 놈들보다 둘이 다니거나 아예 무리를 이룬 놈들이 눈에 띄었다. 놈들은 도시로 이어진 도로와 사람들이 만들어놓은 길을 고수했다. 그는 노샘프턴에서 농가를 발견했을 때, 작은 마을만 고집하는 자신의 새로운 여행 방법에 확신을 얻었다. 그는 북쪽으로 향하면서, 조금이라도 도시처럼 보이는 곳은 모두 우회했다. 그가 세운 가설이나 다른 생존자들의 가설이나 쓸모없기는 마찬가지였다.

그가 발견한 농가는 단정하고 우아했다. 우뚝 서 있는 농가를 에워싼 것은 웃자란 잔디밭과 그 주위의 땅이었다. 부지런한 야생화들과 풀밭 사이로 솟아 있는 집이 빙산 같았다. 날이 저물고 있었으므로, 그는 잠잘 곳이 필요했다. 집 안으로 들어갈지, 아니면 포치에 머무를지는 일단 정찰해본 뒤 느낌에 따라 결정할 생각이었다. 오늘 그는 '에라, 모르겠다'는 심정이었다. 날씨도 좋고, 별자리를 구경하는 일은 전혀 지겹지 않았다. 현관문까지 반쯤 다가간 곳, 지면에서 60센티미터쯤 올라산 곳에 나무 기둥들을 따라 뱀처럼 집을 한 바퀴 둘러싼 철사가 있었다. 거기에는 녹슨 금속 조각들과 깡통들이 비틀린 모습으로 걸려 있었다. 악령을 막아주는 마법 가루의 선이었다. 이 경보 시스템은 온전했다. 헛간을 부순 것인지, 아니면 어딘가의 다른 건물에서 가져온 것인지는 알 수 없지만, 한쪽은 비바람에 시달린 흔적이 있고 그 안쪽은 흠잡을 데 없이 깨끗한 널빤지들이 단단히 고정되어 있었다. 심지어 모든 창문도 널빤지로 막혀 있었다. 그 모습이 워낙 깔끔해서 만약 널빤지에 하얀 페인트칠이라도 되어 있었다면, 장식을 위해 일부러 붙인 것으로 착각했을 것이다. 널빤지 틈으로 새어 나오는 불빛은 전혀 없었다. 창문이 완전히 막혀 있었기 때문에, 그 안에 있는 사람들은 밤에도 움직일 수 있었다.

여기는 급하게 마련한 피난처가 아니라, 공들여 시공한 벙커였다. 이곳을 만든 사람들은 재앙이 끝날 때까지 여기서 버틸 작정이었을 것이다. 마크 스피츠는 이 성이 뚫린 흔적을 어디서도 발견하지 못했다. 예를 들어, 망령 무리가 창문을 깨고 틈새로 파고들기 위해 널빤지를 비틀어버린 흔적 같은 것. 현관문은 튼튼했다. 주인들이 어쩔 줄 모르고 도망친 곳에서는 언제나 볼 수 있는, 문이 비틀린 흔적이 없었다. 곧 해가 질 터였다. 마크 스피츠는 철사를 두 번 휙휙 흔들어본 뒤 널찍한 포치를 향해 천천히 현관 계단을 올라갔다. 양손은 어깨 높이로 올린 상태였다.

그리고 안쪽을 향해 소리를 질렀다. 안에 있는 사람들이 밖을 내다

보기 위해 뚫어놓은 구멍을 통해 그를 평가할 시간은 충분했을 것이다. 비록 그가 그 구멍을 아직 찾아내지는 못했지만. 저들의 실력이 좋은 모양이었다. 그는 문을 두드린 뒤 뒤로 물러나서, 포치가 없는 쪽을 선택해 집 뒤로 어슬렁어슬렁 돌아갔다. 그들에게 생각할 시간을 더 주는 것이 적절한 예의였다. 나중에 참고하기 위해 그는 1층과 2층에 있는 모든 창문의 위치와 개수, 높이를 확인했다. 자갈을 깔아놓은 길이 둥글게 휘어져 저 뒤편의 작은 헛간으로 이어져 있었다. 그는 그곳으로 다가가면서 널빤지로 막아놓은 뒤편의 창문을 향해 손을 흔들었다. 그가 보여줄 수 있는, 가장 순진무구한 동작이었다. 헛간의 창문에는 널빤지가 없었다. 헛간이 아니라 말쑥한 사무실로 개조된 이 건물의 벽에는 갖가지 색의 책들이 줄줄이 꽂혀 있고, 작은 주방도 한쪽에 마련되어 있었다. 문이 하나 더 있는 것을 보니 아마 화장실도 있는 모양이었다. 진홍색으로 제본된 도서관 책들, 각을 맞춰 쌓아놓은 메모지가 사무실 한복판의 앤티크 책상 위에 가득했다. 《옥스퍼드 영어 사전》이 펼쳐져 있는 나무 독서대 위에 청록색 꽃병이 함께 놓여 있고, 죽은 꽃들이 꽃병 밖으로 늘어져 있었다. 마치 소형 세트장을 보고 있는 것 같았다. 어쩌면 저들은 그가 이 방에서 누구의 방해도 받지 않고 밤을 보내게 해주자고 결정한 것인지도 모른다. 아침이 되면 그가 떠날 테니까. 완벽한 소파도 있었다.

사무실 뒤편의 잡초들이 경고하듯 거친 소리를 냈다. 나무들 사이에서 해골 두 마리가 서로 열심히 보조를 맞추며 튀어나왔다. 키가 큰 쪽은 남자였는데, 아직도 근육질인 어깨에 더러운 작업복이 걸려 있었다. 이 공포의 세상에 끌려온 지 얼마 되지 않은 모양이었다. 그의 동료는 초창기의 산물, 그러니까 최후의 밤 직후에 감염된 해골이었다. '사랑의 감자 고기 조림'이라는 말이 통통한 빨간색 글자로 적혀 있는 노란색 앞치마 차림으로 들썩거리며 다가오는 모습이 그러했다. 앞치마에 남은 흔적을 보니, 가장 최근의 메뉴는 집에서 만든 딸기잼이거나 아니면 그보다 훨씬 덜 위생적인 어떤 것이었던 모양이었다. 두 해골은 으스스할 정도로 똑같이 보조를 맞춰 엉겅퀴 사이를 헤치며 다가왔다. 사실 눈의 착각에 불과했지만, 그는 똑같이 움직이는 해골들이라는 이 새롭고 놀라운 광경을 바라보며 눈을 가늘게 떴다.

마크 스피츠는 권총을 뽑았다. 탄약 때문에 번거로운데도 권총을 사용하던 시기였다. 농가의 뒷문이 삐걱거리더니 어떤 여자가 도끼를 휘두르며 그를 향해 냅다 달려왔다. 모터크로스(오토바이를 타고 달리는 크로스컨트리 경주) 참가자들이 좋아하는, 가죽을 덧댄 옷을 입고 미식축구의 전방 수비수처럼 허리를 낮게 숙인 자세였다. 헬멧이 얼굴을 가리고 있어서 표정을 읽을 수 없었다. 주방 문간에 또 다른 사람이 엽총을 들고 웅크리고 있는 것이 보였다. 총구가 마크 스피츠를 노려보았다. 마크 스피츠는 부드럽게 소리쳤다. 괜찮아요, 내 머리는 멀쩡히 잘 돌아갑니다. 옛날에는 귀한 줄 몰랐지만 지금은 애지중지하게 된 방식으로 시냅스들이 신호를 주고받고 있어요. 도끼를 든 여자가 메역취를 짓밟으며 그의 옆을 지나 앞으로 돌진했다. "쏘지 마, 멍청아." 그녀가 말했다. 그녀는 해골들 앞에 다다라서 도끼를 재빨리 두 번 휘둘러 머리를 베었다. 놈들은 천천히 팔을 들어 올리던 중이었다. 놈들의 몸이 휘청거리면서 목의 혈관들에서 검은 액체가 부글부글 새어 나왔다. 그리고 두 놈 다 동시에 픽 쓰러졌다. 쓰러져 있는 모습이 풀 더미 같았다.

"안으로 들어가." 여자가 말했다. "벌써 밖에 너무 오래 있었어."

그는 옛날에 어머니가 좋아하시던 요리 프로그램의 연속방송이라는 모래 구덩이 속에 자신이 직접 빠져버린 어느 날 오후 이후로 이렇게 깨끗하고 설비가 잘 갖춰진 부엌은 본 적이 없었다. 씨앗을 제거하는 기계, 탄산수 기계, 채칼, 커피머신 등이 조리대 위에서 반짝거리며 자기주장을 펼쳤다. 하지만 검은색 소나무를 깐 바닥이나 낡은 수납장과 그 기계들은 잘 어울리지 않았다. 잘 손질되어 있지만 썩어가는 천장 들보에는 녹슨 요리 도구들이 매달려 있었다. 은신처에서 가장 먼저 사라지는 것이 바로 깔끔한 주방이었다. 이유는 굳이 말할 필요도 없었다. 하지만 이곳의 거주자 세 명은 청결함을 유지하는 영웅적인 일을 해냈다. "우리가 처음 발견했을 때 이 집의 상태가 워낙 좋았어. 그래서 망가뜨리기가 미안했지." 나중에 마지가 이렇게 설명해주었다.

마크 스피츠는 이곳에 한동안 손님으로 머물렀다. 그 기간이 짧지 않아서 이 집의 최근 역사도 들을 수 있었다. 이 집의 원래 주인들은 도시를 벗어나 이곳으로 이주했다. 재활용 나무로 틀을 짜고 친환경 대나무 섬유로 짠 천으로 그 위를 덮은 수레를 타고, 용감하게 시골로 달려간 중상층 개척자들 중에서도 전위대에 속했다. 현관 앞 복도에 걸린 사진에는 방치되어 페인트가 조각조각 벗겨지고 있는 이 농가의 모습이 포착되어 있었다. 새로 이 집을 산 사람들은 집수리에 헤아릴 수 없이 많은 시간과 애정을 쏟았다. 뒤편의 말쑥한 사무실은 새로 집주인이 된 교수의 것이었다. 그녀는 인근의 한 대학에서 문학이론을 가르쳤다. '몸'에 대한 획기적인 생각을 담은 일련의 에세이들을 발표해서 명성을 얻은 뒤였다. (마크 스피츠는 그녀가 쓴 글을 읽어보려고 시도했지만, 매번 머리말에서 더 나아가지 못하고 아이스크림을 먹었을 때처럼 머리가 땅해지곤 했다.) 그녀의 동거인은 강철업계에서 일했다. 계단을 따라 벽에 줄지어 걸려 있는 사진들은 그녀의 작업 공간이 어디 다른 곳에 있었음을 확인해주었다. 이 농가에 격납고를 만들수도 없었을 것이고, 둘 사이의 공간 배분 문제도 있었을 것이다.

엽총을 들고 있던 남자 제리가 두 사람에게 이 집을 팔았다. 그는 키가 크고 얼굴이 불그스름했으며, 시골 보안관처럼 찡그린 인상이었다. 아주 짧게 깎은 머리는 재앙 뒤에 어디선가 구해 온 염색약으로 염색한 탓에 부자연스러운 오렌지색으로 이글거렸다. 다른 사람들이 그의 주장에 조금이라도 주의를 기울였다면, 마크 스피츠는 그를 이 무리의 지도자로 착각했을 것이다. 제리는 마크 스피츠에게 하룻밤 피난처를 허락해주는 것에 대해 가장 격렬히 반대했다. 5분도 내줄 수 없다고 했다. "저자 때문에 놈들이 나타났어." 그가 마크 스피츠의 배낭을 주시하면서 말했다. "지난 열흘 동안 한 마리도 나타나지 않았는데."

"그러게 내가 이 사람을 발견한 즉시 문을 열어주자고 했잖아." 마지가 말했다. 투구에 가려진 얼굴이 어찌나 작은지 마치 요정 같았다. 하지만 자그마한 귓불에서부터 턱까지 흙빛으로 이어져 있는 상처가 그 목가적인 외모를 믿으면 안 된다는 것을 알려주었다. 그녀가 싱크대 아래의 수납장에서 항균 물티슈가 들어 있는 원통형 용기를 꺼내서 물티슈로 도끼날을 닦았다. "이 사람이 밖에서 여기저기 기웃거리며 돌아다니는 걸 가만히 내버려두면, 저녁 식사 종을 울리는 꼴이지." 그녀가 말했다. "이 사람이 해롭지 않다는 건 보면 알잖아." 그녀는 마크 스피츠에게 시선을 돌렸다. "기분 나쁘게 듣지는 마."

252

"공항에서부터 해골을 한 마리도 못 봤어." 마크 스피츠가 말했다. 여기서 공항이란, 근거리 항공기들이 이용하던 남쪽의 작은 공항을 뜻했다. 그는 용감하게 자동판매기를 습격해서 에너지바를 잔뜩 확보한 뒤, 어쩔 수 없이 도망쳐야 했다. 탁 트인 활주로에서 방향감각이 완전히 망가진 망령들이 이리저리 움직이는 모습은 우스꽝스러웠다.

"별일이군. 열흘은 신기록이야." 태드가 말했다. 그는 색 바랜 초록색 티셔츠 차림의 호리호리한 청년이었다. 티셔츠에는 반짝이는 은색으로 십이궁도가 그려져 있었다. 그는 마크 스피츠가 안으로 들어왔을 때 주방 한가운데의 나무 탁자에 앉아 있었다. 뼈가 불거진 무릎에는 자동소총이 놓여 있었다. 다른 두 사람이 곤란해질 경우를 대비한 지원 인력이었다. 얼굴에는 너덜너덜한 검은 테이프를 임시변통으로 붙여둔 가느다란 철테 안경을 쓰고 있었다. 마크 스피츠와 비슷한 나이였지만, 하나로 묶은 긴 머리가 완전히 하얗게 변해 있었다. 마크 스피츠는 최근에 머리가 센 것 같다고 짐작했다.

제리는 마크 스피츠를 쫓아내기 위한 말싸움에서 금방 패배했다. 그가 이의를 제기한 것은 마크 스피츠에게 자기들의 작전이 겉보기만큼 막무가내가 아님을 보여주기 위한 쇼인 것 같았다. 마크 스피츠는 날이 밝자마자 이곳을 떠날 것이며, 그날 밤의 메뉴인 사슴 고기 카레와 버섯에 자신의 조개 통조림을 애피타이저로 내놓겠다고 약속했다. 그는 조개 통조림에서 느껴지는 양철 맛이 무척 싫었지만, 그래도 이런 날을 대비해서, 그러니까 조개 통조림 애호가를 만날 때를 대비해서 석 달 전부터 배낭에 가지고 다녔다. 제리가 바로 그 애호가였다. 마크 스피츠는 지난 몇 달 동안 사슴 고기 스튜, 사슴 고기 케밥, 사슴 고기

육포를 돌아가며 먹느라 미각이 마비될 지경이었으므로, 새로운 사슴 고기 요리를 먹게 된 것이 반가웠다. 그가 만난 사람들 중에는 물론 자기가 좋아하는 핫소스를 배낭에 가지고 다니는 사람도 있었다. 그들은 토끼 다리나 정체를 알 수 없는 새고기에 핫소스를 방울방울 떨어뜨려 먹었다. 하지만 여러 가지 양념을 섞어서 자기만의 양념을 만들어 먹을 만큼 여유가 있거나 의욕이 있는 사람은 방랑자들 중에 거의 없었다. 그래서 마크 스피츠는 맛을 향한 이들의 열정이 반가웠다.

"혹시 음식 알레르기 있어?" 태드가 물었다.

"없어."

"내가 땅콩 카레 요리를 연습하고 있었거든."

그들은 식탁에서 저녁을 먹었다. 연한 초록색 삼각형들로 장식된 그릇에서 포크로 고기를 찍어 먹는 그들의 동작에 촛불 빛이 극적인 그림자를 만들어주었다. 그릇은 옛날 할머니 집에 갔을 때를 그리워하며 이웃의 중고 물품 세일에서 구매한 물건 같았다. 밖은 아직 환했지만, 널빤지로 막아놓은 창문 안쪽은 언제나 한밤중이었다. 재앙 이전에 이 집은 십중팔구 신발 금지 구역이었을 것이다. 지금도 그 규칙 덕분에 소음을 최소한으로 줄일 수 있었으므로, 망령들은 이 집 앞을 그냥 지나갔다.

마크 스피츠는 세 사람에게 일화 버전 이야기를 들려주고, 그들의 이야기도 열심히 들어주었다. 마지는 케이프코드 연안의 작은 섬에 갔을 때 최후의 밤을 만났다. 그리고 그 뒤로 꼬박 1년 동안 그곳에 남아 있었다. 그녀는 대학 친구의 바닷가 집에 머물면서 보디서핑을 즐기고 클램롤(조개 튀김을 핫도그 빵에 끼운 것)을 우적우적 씹으며 휴가를 즐기던 참이었다. 만약 그녀가 일요일 오후에 그곳을 떠나려던 계획을 월요일 오전으로 미루지 않았다면, 도중에 큰일을 당했을지도 모른다. 섬에는 주택이 다섯 채 있었다. 그중 두 채는 그 주말에 비어 있었고, 한 일가족은 라디오에서 알려준 대피소로 도망치기로 결단을 내렸다. 재앙 초창기에는 라디오에서 그렇게 급박한 목소리로 대피소들의 위치를 죽 불러주곤 했다. 그 가족은 다시 돌아오지 않았다. 그렇게 해서 그 작은 섬에는 열 명이 남게 되었다. 그들은 함께 불안해하며 고난을 헤쳐나갔다. 필요한 물건을 구하려고 가끔 작은 구명보트에 올라 육지에 다녀오기도 했지만, 대개는 섬에서 낚시를 하거나 뉴스를 기다리며 시간을 보냈다. 하지만 어느 날 파괴를 일삼는 도적 무리가 몰래 섬에 상륙해서 그들의 공동체를 파괴해버렸다. 그들은 강간과 약탈을 저질렀다. 그 무엇도 그들의 손을 피하지 못했다. 심지어 가재잡이 덫까지 그들은 희희낙락하며 끌고 갔다. 거기서 도망친 사람은 마지뿐이었다 (그녀는 언제나 자신의 수영 실력을 자랑스럽게 생각했다). 하지만 섬에서 평화로운 생활을 한 탓에 그녀는 황야 생활을 감당할 준비가 되어 있지 않았다.

"내가 따라잡았어." 그녀가 말했다. 그들은 거실에서 하트 게임(트럼프 카드로 하는 게임의 일종)을 하는 중이었다. 마크 스피츠는 그녀의 슬픈 표정이 과거의 기억 때문인지, 아니면 카드 패 때문인지 알 수 없었다. 그녀는 버몬트까지 걸어서 돌아가려고 했다. 전통적인 방식으로 만든 피클("대형 농산물 직판장에서는 우리 회사 제품을 진짜 알아줬어")을 판매하던 그녀의 직장이 그곳에 있었다. 하지만 주 경계선을 벗어나지 못했다. 그녀는 어느 고등학교 카페테리아에서 태드를 만나 일행이 되어서, 분말 달걀이 든 커다란 비닐봉지들을 질질 끌며 이 농가로 돌아왔다. 태드는 마크 스피츠와 동갑이었지만, 마크 스피츠와 달리 재앙 이전에 자신의 천직을 찾았다. 일인칭 사격 게임 전문인 비디오게임 회사에서 게임 시나리오를 짜는 일이었다. 게임의 한 단계가 끝나고 다음 단계로 넘어가는 사이에 태드가 짠 이야기가 흘러나왔다. 외계인들이 적대적인 두 종(種)으로 갈라지게 되었다든가, 마법 부적이 화산 속으로 사라져버렸다는 내용의 이야기들이었다. 그동안 플레이어들은 손가락을 쉴 수 있었다. 임무 달성을 위한 살육전 중의 휴식 시간인 셈이었다.

태드는 졸업까지 6년을 계획하고 인근 대학을 다녔다. 그동안에도 오랜 친구들과 함께 살던 집에서 시나리오를 써서 이메일로 게임 회사에 보내 승진을 거듭했다. 회사로 돌아온 뒤 그는 또래들에 비해 숨이 막힐 만큼 엄청난 봉급을 받았다. 그의 또래들은 학위논문을 쓰느라 눈이 퀭해진 청년들과 여대생들이 좋아하는 채소 샌드위치를 만들거나, 주말과 여름휴가를 즐기는 사람들에게 중고 야외용 안락의자나 부모님 세대의 케케묵은 무도회 드레스나 레저복을 판매하는 서비스직을 전전하고 있었다. 이 농가의 바리케이드를 설계한 사람도 태드였다. 그는 "이 집과 사랑에 빠져버렸다"고 말했다. 개울까지 걸어서 오가는 길은 시야가 트여 있어서 비교적 안전했다. 그는 인근 주택들을 뒤져서 운 좋게 식량을 아주 많이 확보할 수 있었다. 이 집을 발견하기전에는 정신적으로 자신과 비슷한 성향을 지닌 사람들과 함께 마리화나 농장에 숨어 있었다. 하지만 그 무리와 어쩌다 헤어지게 되었는지에 대해서는 말하려 하지 않았다.

태드는 자신이 하트 게임의 대가라고 생각했다. 근거가 없는 것은 아니었다. 그날 밤 마크 스피츠는 줄곧 2등이나 3등을 하면서 여느 때처럼 B급 솜씨를 보여주었지만, 태드는 하늘을 날아다녔다. 태드는 그날 밤의 마지막 게임 결과를 정산하면서 웃음을 억눌렀다. 그리고 제리가 처음 신선한 고기를 들고 나타났을 때 그냥 형식적인 조사를 거친 뒤 곧바로 그를 받아들였다는 이야기를 마크 스피츠에게 해주었다. 제리는 역병이 발생했을 때 매사추세츠주 방위군에 합류해서, 그 지역에 대한 풍부한 지식("난 15년 동안 햄프셔 카운티에서 사람들이 꿈꾸던 집을 찾을 수 있게 도와줬다고, 젠장")과 중동전쟁에 두 번 참여한 경험을 발휘했다. 그 지역의 수색-섬멸 부대는 다른 곳보다 오랫동안, 그러니까 꼬박 3주 동안 버텼다. 하지만 마지막 날에는 옛날에 대형 창고형 할인점 출입구에서 손님들을 맞이하는 일을 하던 사람과 제리밖에 남지 않았다. 그 남자는 치매에 시달리고 있어서, 제리에게 자꾸만 동물원에 가자고 조르곤 했다. 그가 자다가 숨을 거둔 뒤 제리는 혼자 사냥을 하며 버티다가 캐나다로 향하는 레저용 자동차 여섯 대 무리에 합류했다. "그 사람들이 좋은 정보를 갖고 있는 것 같았거든." 하지만 그는 또 실망했다. 그들은 주눅이 들어서 중세로 퇴행해버렸다. 지구는 평평하고, 태양이 지구 주위를 돌고, 뭐든 캐나다가 여기보다 낫다는 식이었다. 그들은 나이아가라폭포까지 갔지만, 결국 예상대로 분열이 일어났다. "다른 것도 아니고 어떤 여자 하나 때문이었어." 제리는 버펄로에서, 그러니까 그때 막 싹을 틔우던 재건 본부에서 겨우 3킬로미터쯤 떨어진 곳(마크 스피츠와 세 사람은 이 사실을 몰랐다)에서 겨울을 보낸 뒤 고향으로 돌아왔다.

세 사람은 계속 함께 생활했다. 그러다 해골들이 죽어가기 시작했다. 동굴에 살면서 라면을 먹는 생활에 질린 시민들과 정부가 다시 기운을 내서 그들을 죽여 없애는 것 같기도 했다. "우리는 이 전쟁에서 이길 수 있어." 제리가 말했다. 사냥 실적도 좋고, 물도 쉽게 구할 수 있고, 서로의 재능과 기질이 상호보완적이라서 즐겁게 살아갈 수 있었다. "하트 게임을 위해 네 번째 멤버를 들이는 것도 좋겠지." 제리는 그날 저녁 하트 게임 마지막 판을 끝낸 뒤 이렇게 한 발 물러났고, 마지가 찬성했다. 마크 스피츠는 거실 소파에 몸을 쭉 펴고 누워, 프릴이 달린 하얀 베개 밑에 권총을 두고 잠들었다. 꿈에 밈이 나왔다.

그는 이 집에 원래 살던 사람들이 어떻게 되었느냐고 물어보았지만 아는 사람이 없었다.

그는 한밤중에 깨어났다. 매일 밤 잠자리에 들기 전에 그는 현재 자신의 위치를 속으로 몇 번이나 되뇌었다. 아침에 일어나서 느끼는 현기증, 그 무엇과도 연결되어 있지 않은 현재의 처지를 확인해주는 방향감각 상실을 예방하기 위해서였다. 그는 속으로 혼잣말을 했다. 인디 영화를 상영하는 할인 극장의 영사실, 고가도로 옆의 느릅나무. 뉴잉글랜드의 농가. 밤중에 자다가 깼을 때 그는 자신의 위치를 전혀 혼동하지 않았다. 그는 휴식을 방해한 소리에 귀를 기울였다. 또 그 소리가 들려왔다. 금속과 금속이 부딪히는 소리. 태드가 층계참에 나타났다. 촛불 빛이 그의 하얀 잠옷을 비추고 있어서 유령처럼 보였다.

"너무 어두워서 뭐가 뭔지 보이질 않아." 태드가 말했다. 두 사람은 가만히 기다렸다. 바깥의 경보 장치가 또 딸랑거리더니 조용해졌다. "저건 철사가 끊어지는 소리야. 너구리들이 저런 짓을 하지." 태드가 말했다. "가끔."

"너 여기서 나가면 안 돼." 다음 날 아침 마지가 마크 스피츠에게 말했다. 그녀는 커피 탁자 위에 캐모마일 차 한 잔을 내려놓았다. "놈들이 사라질 때까지는 안 돼." 덮개를 벗기면 밖을 내다볼 수 있는 구멍이 드러나는 장치가 타르지로 덮어놓은 창문에 설치되어 있었다. 어느 창문으로 내다보아도 망령들이 사방에서 마당으로 침입해 들어왔음을 확인할 수 있었다. 열 마리쯤 되는 망령들이 마당으로 들어왔지만 목적을 달성하지는 못했다. 불운한 발레리나와 초록색 모히칸머리의 아이가 8자 모양으로 배회했다. 그들은 민들레 홀씨처럼 흩어져야 마땅했지만, 마당에 남아 머뭇거렸다.

시간이 흘렀다. 농가 안의 네 사람은 문제 해결 방법을 고민했다. 마크 스피츠가 저 망령들을 끌고 온 것은 아니었다. 망령들이 몇 시간 뒤에야 나타났으니까. 그렇다고 집 안에 있던 사람들이 이곳에 먹을 것이 있다는 낌새를 해골들에게 노출한 적도 없었다. 그들은 주의 조치가 완벽했다고 확신했다. "우리는 진짜 닌자처럼 살고 있어." 그들은 말을 할 때도 소곤소곤 속삭이고, 양말을 신어서 걸을 때 소리가 나지 않게 하고, 아주 작은 소리, 그러니까 부엌의 서랍을 너무 급히 닫는 소리나 배 속의 가스가 너무 크게 폭발하는 소리 같은 것에도 깜짝깜짝 놀랐다. 그런데도 망령들은 악명 높은 습관처럼 슬금슬금 사라지지 않았다. 점심때에는 놈들이 두 배로 늘어나 잡초 사이를 배회했다. 마지는 어제 물을 길어 올 걸 그랬다고 후회했다. 망령들에게 포위된 생활이 앞으로 얼마나 계속될지 모르겠다는 두려움을 그녀가 처음으로 입에 담은 것이다.

저녁때에 망령은 50마리로 늘어나 있었다. 마크 스피츠는 혼란스러웠다. 놈들은 텅 빈 접시 주위에서 머뭇거리고 있는 셈이었다. 닫힌 문 안쪽이나 지하실이나 손님용 침실에서 누군가가 덜덜 떨고 있는 것을 해골이 알아차린 것처럼 구는 일은 흔했다. 하시만 안에 있는 사람이 소리를 내지 않고 가만히 있으면, 결국 놈들은 사라졌다. 이렇게 망령들이 오랫동안 어물거리는 모습은 네 사람 중 누구도 본 적이 없었다. 해골들의 관심을 끌 만한 청각 자극이나 시각 자극이 없는 상태에서 이렇게 많은 망령들이 모여들어서 떠나지 않는 광경을 믿기 힘들었다. 뭐, 역병에 걸려 망가진 놈들의 뇌가 뭔가에 관심을 품는 능력을 아직도 갖고 있는지는 알 수 없지만. 마크 스피츠와 다른 세 사람은 늦은 시각까지 하트 게임을 하면서 저 음산한 회합이 아침에는 끝나 있기를 기원했다. 태드는 망령들에게 정신이 팔려서 전날 밤처럼 챔피언의 솜씨를 뽐내지 못했다.

그 뒤로 이틀 동안 망령들은 계속 마당을 배회했다. 부슬부슬 내리는 비가 음산한 분위기를 더했다. 놈들은 건물 자체에는 아무런 호기심을 드러내지 않았다. 검게 변한 손가락으로 바리케이드의 널빤지 사이를 파고들지도 않았고, 낙수 홈통을 잡아당기지도 않았고, 문 앞에 모이지도 않았고, 벽을 긁어대지도 않았다. 여기가 저주받은 코네티컷이었다면 이 집은 지금쯤 부서진 목재 더미로 바뀌고 굴뚝 하나만이 뼈처럼 불쑥 튀어나와 있었을 것이다. 마크 스피츠는 고등학교 때 물리 시간에 본 애니메이션을 떠올렸다. 풍선 안의 빨간 분자들이 풍선 막에서 멀어져 아무 방향으로나 계속 움직이다가 풍선 막을 치고 튀어나와 또 아무 방향으로 움직이던 광경. 저 어중이떠중이들은 왜 이 집의 경계선 안에 남아 있을까? 왜 놈들이 계속 늘어나는 걸까? 다음 날 저녁때 세어보니

100마리나 되었다. 첫날 아침에 나타난 놈들(눈에 보이는 모든 구멍에서 액체가 줄줄 스며 나오는 사제, 운동복을 입은 배불뚝이 여자, 경찰관), 그리고 그들이 소리 없이 불러들인 동료들이었다.

"혹시 저놈들 로컬푸드만 좋아하는 것 아니야?" 태드가 말했다.

"바람이 불어올 때가 있으면, 불어 갈 때도 있지." 제리가 말했다. 그는 검은색 후드 아래에서 우편물 투입구를 향해 몸을 숙이고 있었다. 괴물들은 사실 날씨와 비슷했다. 마크 스피츠는 한 번도 서로 만난 적이 없는 방랑자들이 자발적으로 이런 표현을 쓰기 시작한 것을 이미 인식하고 있었다. 처음에 망령이 몇 마리만 나타났을 때는 놈들을 처리할 수도 있었겠지만, 이제는 놈들의 수가 너무 많았다. 그들이 할 수 있는 일은 기다리는 것뿐이었다. 마크 스피츠는 머릿속에서 이 일대의 지형도를 다시 그렸다. 만약 망령들이 건물을 부수기 시작한다면, 뒤쪽 창문으로 뛰어나가 개울로 갈까? 아니면 도로로 도망쳐? 혼자 움직이는 것이 가장 익숙하니까 혼자 갈까? 아니면 한 명쯤 데리고 가? 첫날 저녁에는 밈처럼 비상용 꾸러미를 숨겨둘 기회가 없었다. 이 집의 어느 출구도 탈출의 가능성이 딱히 높은 것 같지 않았다. 망령들은 꽃과 우중충한 잡초 사이에 고르게 흩어져 있었다. 바람이 실어 온 또 다른 종류의 잡초 같았다.

"누가 좀 빨리빨리 저놈들 머리를 날려버리면 좋겠네." 태드가 말했다. 여기서 '누가'는 누가 됐든 어둠 속에서 총과 슬로건과 신선한 채소를 들고 나타나는 새로운 당국자를 뜻했다. 태드의 말에 다른 사람들도 역병이 물러간 뒤의 계획들을 늘어놓기 시작했다. 이런 식으로 시간을 보내는 것은 보기 드문 광경이었다. 적어도 마크 스피츠의 주변에서는 이런 일에 쉽사리 빠져드는 사람이 없었다. 마크 스피츠는 (비교적) 완벽하게 제정신인 사람들이 이 일에 동참하는 것을 보고 깜짝 놀랐다. 그들의 이런 행동은 잠들어 있는 현실을 깔고 앉아 몸부림치며 반항하는 현실의 얼굴을 베개로 눌러 질식시키는 것과 같았다. 이것은 징크스보다 더 나빴다. 특히 침입자들이 마당에서 안으로 들어올 틈을 엿보고 있는 상황에서는. 세 사람이 고개를 끄덕이며 맞장구를 치는 것을 보니, 하트 게임처럼 이런 일을 자주 하는 모양이었다. 마크 스피츠는 속으로 혼잣말을 했다. 희망은 우리를 마약중독으로 이끄는 초기 약물과 같아. 아예 손을 대지 마.

태드는 새 비디오게임을 제작하고 있었다. 지도 작성은 이미 끝났다. 첫 번째 단계의 무대는 시골에 있는, 요새화된 농가였다. 그다음에는 소도시, 그다음에는 대도시로 넘어갔다. 매번 게임의 내용이 더 복잡하고 위험해졌다. "이거 100만 개는 팔릴 거야." 그가 말했다. "옛날 2차 세계대전 게임들이 아직도 팔리고 있잖아. 베트남전 게임, 중동을 무대로 한 리얼한 슈팅 게임. 카타르시스 덕분이지. 전선에 나가 있는 사람이나 여기 본토에 남아 있는 사람이나 다를 것이 없어. 그런데 지금 우리는 본토에서 전선에 서 있다고. 지금 우리가 하고 있는 일이 게임이 되면 그건 치유야. 역병이 모두 해결된 뒤에 악몽을 어떻게 죽일 거야? 그럴 때 이런 게임은 건전하게 공격성을 표출할 수 있는 통로가 되지. 아직 태어나지 않은 아이들, 그 아이들에게 엄마가 전쟁 때 무엇을 했는지 가르쳐줄 수도 있어. 게다가 이번에는 내가 일부러 이야기를 만들어낼 필요도 없다고."

"난 거기서 빼줘." 제리가 말했다. "안 그래도 좋은 여자를 만나기가

262

힘든데, 지금은 다들 죽어버렸으니."

"내가 널 심술궂은 노인네 아바타로 만들라고 할게. 외계인도 만드는데, 널 못 만들 리가 없지, 제리."

제리는 부동산 일을 다시 시작할 것이라고 말했다. 어느 시장에서나 남아도는 물건을 팔기는 쉬운 일이 아니지만, 일단 정당한 소유주와 상속자가 가려지고 나면 부동산 업계가 다시 돌아가기 시작하리라는 것이었다. "우울한 소리를 하고 싶지는 않지만 그게 현실이야." 그가 말했다. "불경기처럼 전 국민이 절망에 빠져 있을 때는 고객들을 좀 거칠게 다뤄야 돼. 그 사람들은 자신이 작정하고 달려들면 어디까지 할 수 있는지 잘 모르거든. 그러니까 이번에는 구매자들을 설득하려고 애쓸 필요가 없을 거야." 노샘프턴은 옛날과 똑같은 이유로 매력적인 곳이 될 것이라고 제리가 말했다. 하지만 도시를 벗어나 새로 시작하고 싶어 하는 사람들이 예전에 비해 훨씬 더 많을 것이다. 옛날 살던 동네에 추억이 너무 많을 테니까. "이런 집을 한번 예로 들어보자고. 사방 어디에도 다른 집이 안 보이잖아. 이런 게 마음을 치유해주는 거지." 그의 말투에 지나치게 힘이 들어가 있었다. 마치 이 새로운 슬로건을 명함에 새기는 상상을 하고 있는 것 같았다.

마지가 쉿 하고 조용히 하라는 신호를 보내더니, 엄지손가락으로 어깨 너머 밖에 모여 있는 망령들을 가리켰다.

"미안."

"아직도 피클 생각이야, 마지?" 태드가 물었다.

"그 사람들이 살아남는다면, 나도 그 일을 처음부터 다시 시작하게 될지도 몰라." 여기서 '그 사람들'이란 예전 고용주들을 뜻했다.

"소금물 천지인 세상에 또 발을 들여놓으려고?" 태드가 마지를 놀리자 그녀가 그의 팔을 주먹으로 쳤다. 그들은 가족이었다. 마크 스피츠는 연휴를 맞아 여자 친구의 집에 놀러 온 기분이었다. 여자 친구는 2층에서 낮잠을 자고 있고, 그는 그녀의 가족들과 소파에 붙어 있었다. 그들은 서로를 시험해본 뒤 합격점을 주었다. 이 기진맥진한 사람들이 폐허 속에서 이렇게 만날 확률은 과연 얼마나 되었을지 궁금했다. 지금은 사라지고 없는 이 집 주인들과 마찬가지로, 그들도 새로이 시작하고 싶다는 마음 때문에 이 집에 마법처럼 마음이 끌렸을 것이다. 장난감 가게. 마크 스피츠에게는 그 장난감 가게가 이 집과 비슷했다. 힘든 상황 속에서 꽃을 피우는 우연. 전국에서 생존자들이 무리를 이뤘다. 그러나 그들은 필연적으로 망령의 손에 갈기갈기 찢길 불운한 운명이었다. 나중에야 그들 무리를 발견한 사람들이 필사적으로 문을 열어달라고 청하지만, 반자동 총구 앞에서 돌아서야 했다. 그는 얼마 전까지 죽은 나무에서 잠을 잤지만, 지금은 여기에 이 가족들과 함께 있었다. 이 사람들이 들어오라고 하지 않았다면, 그는 바깥의 사무실에서 자다가 일어나 해골들이 사방을 점령한 꼴을 보게 되었을 것이다. 거기서 도망칠 수 있었을까? 예전과 마찬가지로 집은 사랑스러운 바리케이드였다. 학교, 직장, 그리고 이 세상을 구성하는 낯선 사람들과 악당들이 머리가 여러 개 달린 짐승처럼 세상을 부수겠다고 위협할 때도 집과 가족은 그대로 남아서 버텼다. 집의 자물쇠는 부서지지 않았고, 자장가 소리가 모든 도깨비를 물리쳤다. 그는 이 집에 갇힌 거나 마찬가지였다. 여기 말고 달리 있고 싶은 장소가 생각나지 않았다.

마지가 마크 스피츠에게 계획을 물었다. 그녀가 얼굴에 난 상처를 밤새 긁어댄 탓에, 딱지 가장자리에 투명한 액체가 맺혀 있었다. 그들은 각자 재앙으로 인해 삶이 끊겨버린 지점에서부터 다시 시작하고 싶어 했다. 자기들이 안전했던 장소로 돌아가려는 것 같다고 그는 생각했다. 붙박이 망령들에 대해 그가 세운 대통합 가설의 출발점이었다.

"도시로 갈 거야." 그가 말했다.

그들은 그에게 원한다면 서 망령들이 물러간 뒤에도 여기 계속 있어도 된다고 말했다. 그는 그렇게 하겠다고 대답했다.

사흘 뒤 망령들의 포위가 끝났다. 마크 스피츠는 그보다 훨씬 더 오랫동안 제정신으로 버틸 수 있었겠지만, 그의 동료들은 그보다 내구성이 덜한 소재로 만들어져 있었다. 마크 스피츠는 제리가 가장 먼저 무너질 것이라고 짐작했다. 롱아일랜드 출신인 마크 스피츠는 교외의 청년답게 전원생활을 여전히 불신하고 있었다. 제리는 대형 동물을 사냥해서 내장을 제거하고 고기를 다듬는 사람이었다. 마크 스피츠는 제리를 우파 카우보이 역으로 캐스팅했다. 그가 사회의 해충들에게 누가 칼자루를 쥐고 있는지 보여주려고, 전면의 창문 하나를 박살 낸 뒤 저 멍청이들을 저세상으로 보내버릴 것 같았다. 그가 흥분한 망령 무리에게 총을 갈기다 보면, 망령 한 마리가 그의 총신을 잡고 총을 억지로 빼앗을 것이다. 그러면 나머지 망령들이 창문의 널빤지들을 죄다 뜯어내기 시작하겠지. 그런 일은 언제나 순식간에 일어났다. 바리케이드 한쪽이 무너지면, 모든 것이 한꺼번에 무너졌다. 마치 피난처가 한숨을 내쉬는 것 같았다. 안전한 보호의 마법이 깜박거리기 시작하면, 강대하던 요새가 다시 지푸라기로 지은 집으로 변했다. 단 하나의 결점만으로 충분했다. 코드 안에 깊숙이 자리 잡은 버그 하나만으로도 폭포처럼 연달아 쏟아지는 기능 장애를 일으킬 수 있었다.

태드는 이성을 잃었을 때 현관문을 열고 비명을 지르며 난장판 속으로 뛰쳐나가는 유형이었다. 해골의 손을 빌린 자살. 이미 사라진 안전하고 즐거운 세상에서 태어난 사람들이 견뎌낼 수 있는 고난에는 한계가 있었다. 마지는 걱정스럽지 않았다. 그는 가능하면 그녀를 구하기로 마음먹고 있었다. 그녀를 데리고 2층 창문으로 나가서 포치 지붕 위에서 아래로 뛰어내려 몸을 굴린 뒤 계속 움직일 것이다. 지금 생각해보면, 그녀가 마지막 48시간 동안 모터크로스 장비를 착용하고 있던 것이 모종의 힌트 같았다.

그렇다. 마지는 그보다 먼저 포치 지붕으로 나갔다. 거실에서 마크 스피츠는 벽난로 앞 오렌지색 거친 깔개 위에 앉아 첩보 스릴러 소설을 읽고 있었다. 다른 두 남자는 러미(카드놀이의 일종)에 빠져 조용했다. 그들은 그녀가 자기 방 창문의 널빤지들을 살살 떼어내는 소리를 듣지 못했다. 하지만 유리가 밖에서 폭발하듯 부서지는 소리는 무시할 수 없었다. 마지가 비명처럼 소리를 질렀다. "여기는 우리 섬이야! 그 더러운 손으로 날 만지지 마!" 태드와 마크 스피츠는 밖을 내다볼 수 있는 구멍으로 뛰어갔지만, 제리는 상황을 알아차리고 그녀의 이름을 소리쳐 부르며 2층으로 뛰어 올라갔다. 마당 한복판에서 망령 세 마리가 화염병의 불길에 휩싸여 몸을 뒤틀고 있었다. 마당의 마른 풀과 방가지똥이 탁탁 소리를 내며 불티와 불길이 되어 휘날렸다. 마크 스피츠가 전날 오후에 어떻게 손을 쓸 길이 없는 권태 때문에 한 시간 동안 내내 지켜보았던 파수꾼이 불길에 휩싸여 휘청거리다가 얼굴을 아래로 한 채 쓰러졌다. 다른 망령들은 몸을 뒤틀며 집 쪽으로 다가왔다. 시체를 뜯어 먹는 귀신처럼 생긴 그들 중 절반이 2층의 소란을 향해 얼굴을 들어 올리고 있었다. 나머지 괴물들은 아래층의 방어 설비에 갑자기 흥미가 생긴 모양이었다. 그들이 무리를 지어 단호하게 집을 향해 죄어 들어왔다. 마침내 놈들은 애당초 여기에 모인 이유를 떠올린 듯했다. 하기야 놈들에게 다른 이유가 있을 리도 없지만.

마지가 다시 고함을 지른 뒤, 괴물들 사이에서 또 폭발 소리가 났다. 화염병 재료가 된 유리병은 프랑스산 광천수를 섞은 과일주스가 들어 있던 것이었다. 우아한 라벨에는 제조사의 이름, 품질 지상주의, 조상 대대로 물려받은 광천수 샘들에 대한 설명이 적혀 있었다. 화염병이 발레리나를 직격했다. 그러자 발레리나가 다른 해골과 충돌했다. 이 동네 출신의 히피 변종이었다. 그놈이 불길에 휩싸였다. 그때까지 달빛 한 점 없이 새까맣게 죽어 있던 밤이 불길에 활기를 얻어 열광적으로 들떴다. 깜부기불들이 허공에서 발레리나처럼 빙그르르 돌았다. 2층의 소란은 계속되었다. 유리가 박살 나고, 불붙은 액체가 포치 지붕 가장자리 너머로 쏟아져 현관 앞 계단으로 떨어지는 것이 보였다. 이제 얼마 남지 않았다.

그의 몸이 찰칵하고 작동하기 시작했다. 그는 또다시 낯선 사람의 집에 있었다. 도망치기 시작한 첫날 밤에 그를 올가미처럼 붙잡은 무한한 동네에서 새로이 찾은 거처. 건물들의 구조는 저마다 달랐지만 그는 당황하지 않았다. 굴뚝이 있든 없든, 영국식 지하실이 있든, 아니면 콘크리트블록으로 지어 펌프를 설치한 창고가 있든, 그는 출구가 없는 지옥 같은 구획, 사방에 가득한 막다른 길, 파괴된 땅이 내다보이는 막다른 길을 뚫고 움직였다. 그가 스스로 밤을 보낼 곳을 찾아 안에 들어가보면, 집이 텅 비어 있을 때도 있고 망령들로 가득할 때도 있었다. 아주 간단했다. 이 낯선 사람들이 그를 구해줄 수 없듯이, 그도 그들을 구해줄 수 없었다. 이 집에 먼저 거주하던 사람들은 그에게 저 밖에 모여 있는 지저분한 오합지졸만큼이나 낯선 존재였다. 그 오합지졸들은 어떻게든 안으로 들어오려고 창문과 문을 탐욕스럽게 긁어댔다. 놈들은 결국 입구를 찾아낼 것이다. 그를 에워싼 집이 한숨을 내쉬며 죽음의 과정 앞에 굴복했다.

마크 스피츠는 총과 배낭을 가지러 갔다. 태드는 층계참에서 걸음을 멈췄다. 그가 마크 스피츠의 표정에 담긴 의미를 알아차리고는 동료들을 도우려고 2층으로 냅다 올라갔다. 바닥이 우르릉거리며 흔들렸다. 마침내 지옥이 가면을 내던지고 그들을 향해 입을 벌리고 있었다. 생각할 시간 같은 건 없었다. 그는 계산해보았다. 이 소리에 저 앞의 해골들 대부분이 이끌리겠지만, 가장 가까운 입구로 향하는 놈들도 상당수 있을 것이다. 뒷마당에도 여전히 놈들이 가득할 터였다. 2층은 가지 말아야 하는 구역이었다. 식당 창문 하나가 부서졌다. 포치에도 해골들이 우글거렸다. 그는 이 집의 방비를 더 강화하고 싶은 충동을 억눌렀다. 이 집을 어떻게든 구해보려고 애쓰는 것은 쓸데없는 짓이었다. 설사 그가 저쪽 창문 앞에 탁자를 가져다 놓는다 해도, 놈들은 다른 창문에 달라붙을 것이다. 게다가 그 혼자서는 이 일을 해낼 수 없었다. 그들이 물을 공격하고 있었다. 2층에서는 그들이 싸우고 있었다. 계획 하나: 1층에 해골들이 가득하니 2층 침실로 물러나서 바리케이드를 친다. 놈들은 몇 분 만에 계단에 이를 것이고, 그는 곧 작은 방에 갇힌 신세가 될 것이다. 설사 많은 해골들이 안으로 들어온다 해도, 마당에 남은 놈들 역시 많기 때문에 그가 창문으로 뛰어내렸을 때 문제가 될 터였다. 머리를 써야 한다. 포치가 불타고 있었다. 순간적으로 그는 뉴스 헬리콥터 아래에 매달린 자신의 모습을 상상해보았다. 운이 좋은 사람들이 집에서 그 광경을 지켜볼 것이다. 그는 옥상에 와 있었다. 홍수처럼 흘러넘친 갈색 물이 집을 콸콸 에워쌌다. 이 시골뜨기들은 여기가 홍수 지역이라는 걸 알면서 왜 여기에 집을 지었을까? 왜 계속 집을 다시 지었을까? 그가 대답한다. 이 재앙이 바로 우리 고향이니까. 내가 태어난 곳이니까.

벽난로 위에 일렬로 놓여 있던 도자기 찻주전자들이 진동을 이기지 못하고 바닥으로 폴짝 뛰어내렸다. 매사추세츠는 지진이 일어나는 곳이 아니다. 망할 놈의 코네티컷도 마찬가지고. 하지만 마크 스피츠는 앙심 때문에 그 지역 사람들이 지질학적 현상을 이겨낼 방법을 찾을 능력이 없을 것이라고 무시해버리지는 않았다. 괴물 같은 진동이 다가왔다. 그 진동이 그의 발바닥을 뚫고 그의 몸속으로 불쑥 솟아올랐다. 그가 부엌에 다다랐을 때 일제사격이 시작되었다. 총알들이 사방에서 뚫고 들어와 벽과 자질구레한 장식품들을 산산조각 냈다. 수많은 인터넷 경매에서 힘들게 구했을 물건들이 쪼개지고 조각나서 허공으로 날아올랐다. 폭죽이 터졌을 때 그 안에 있던 색종이 조각들이 사방으로 흩어지는 광경과 비슷했다. 불투명한 무늬가 있는 유리로 된 전등갓이 실톱으로 자른 것처럼 부서지고, 죽어 있던 샹들리에 전구들이 팍팍 터지고, 시청각실의 나무 문이 부서지면서 마침내 그 안에 숨겨져 있던 옛 시절의 보물, 대중적인 평면 텔레비전이 모습을 드러냈다. 그는 바닥으로 몸을 던졌다. 벽 너머에서 어떤 여자가 뱉듯이 지시를 내리고 있었다. 그 여자 자체가 곧 권위였다. 총성이 멎었다가 다시 시작되었다. 마크 스피츠는 몸을 굴려 똑바로 누웠다. 파편들과 유리 조각들이 공중에서 미친 듯 날뛰었다. 살이 세 개인 긴 포크와 엄청나게 큰국자가 고리에서 뛰어내렸다. 부엌이 엉망이 되었다. 그는 부엌의 죽음을 애도했다. 둔감한 독일산 카푸치노 기계, 서늘한 수은 줄무늬가있는 복고풍 주스 기계, 스테인리스스틸로 된 냉장고의 오래전부터 비어 있던 얼음 그릇. 고칠 곳이 많아. 다정한 손길이 필요하겠는걸.

망령 한 마리가 흔들리던 문에 몸을 부딪히자 문이 열렸다. 데님 조끼 차림의 아이였던 놈이었다. 사진을 잘 받지 않는 얼굴로 남들은 잘이해하지도 못하는 주장을 펼치며 선거에 나선 후보들과 이미 파멸해버린 그들의 슬로건이 담긴 배지들이 조끼를 꽃줄처럼 장식하고 있었다. 문이 되돌아오면서 놈의 얼굴을 때렸다. 마크 스피츠가 총을 쏘았지만 빗나갔다. 그의 총알이 놈의 두개골 윗부분을 뭉개고 지나가는순간, 대구경 탄환 세 개가 놈의 가슴을 뚫어버렸다. 포화가 다시 멈췄다. 군화를 신은 발이 계단을 쿵쿵 올라와서 현관문을 안으로 걷어찼다. 하지만 문은 이미 거의 부서진 뒤였다. 마당에서 간간이 총성이 들렸다. 남은 해골들을 잡고 있는 모양이었다. 거기에 몇 마리나 있을까?이들은 도적 무리일까? 그는 그런 무리를 상대한 적이 있었다. 그들이실패가 예정된 일에 떠밀리듯 달려들 수밖에 없는 상황은, 지금 그의머릿속을 미끄러지듯 흐르는 상상들과 비교가 되지 않았다. 도적 무리는 그날의 스페셜 요리가 다 떨어진 식당, 연착한 기차, 자꾸만 끊어지는 와이파이와 같았다. 도적 무리라면 그가 처리할 수 있었다. 그가 말했다. "나 여기 살아 있어! 나 여기 살아 있어!" 부엌문이 또 활짝 열렸다. 그는 시선을 들었다.

그는 마지에게 무엇 때문에 그렇게 폭발해버렸느냐고 끝내 묻지 못했다. 그녀가 지붕에서 제리를 놈들의 굶주린 품으로 떠밀어버렸는지, 아니면 그가 미끄러져 떨어진 것인지도 묻지 못했다. 호위대가 잠시 소변을 보느라 쉬는 동안, 그녀는 숲으로 사라졌다. 차일즈 대위는 그녀를 기다리려 하지 않았다. "저런 사람들 때문에 문제가 생기는 거야." 그녀는 이렇게 말하고 나서 일행에게 밖으로 나가라고 지시했다. 그들은 두 시간 동안 계속 북쪽으로 이동했다. 마크 스피츠와 태드는 장갑차 안의 접의자에 늘어져서, 젊은 청년들이 헤드폰을 향해 중얼거리는 소리를 엿들었다. 그는 들것에 실린 채 구급차 안에 누워서 갖가지 기계와 수액을 매달고 있는 자신의 모습을 상상했다. 그가 위독하지 않았기 때문에 구급차가 사이렌을 울리지는 않았다. 그들은 전문가였다. 그가 죽도록 내버려두지 않을 것이다.

그는 사다리를 올라가 상쾌한 햇빛 속으로 나갔다. 상병이 해치에서 나오는 그를 부축해 차 밖으로 내려주었다. 그는 '소리 지르는 독수리' 캠프에 와 있었다.

안전했다.

* * *

토요일에 인근 군사시설에 가는 것은 그리 좋은 일이 아니었다. 마크 스피츠는 지프에서 내리는 순간 조증 환자 같은 상태를 인지했다. 보즈먼은 허드슨 강변에 차를 세워두었다. 메이시 씨가 코클리를 보고 싫어 했고, 원턴 메인 인근에서는 "주차가 개 같기" 때문이었다. 옛날과 똑같았다. 국지적인 눈보라가 불어오고 있었고, 커넬 거리를 따라 배치된 기관총 사수들은 신경증 환자처럼 몸을 떨어대며 장벽 너머의 괴물을 향해 고속 총알을 아낌 없이 퍼부어 그들의 몸을 찢어놓았다. 군인들이 만들어낸 천둥소리가 하루 종일 건물들 사이에서 울려 퍼졌다. 워낙 익숙한 일이라서 그는 아주 가까워진 뒤에야 그 소리를 알아차렸다. 쓰러진 해골들을 장벽이 시야에서 가려주었다. 그들에게 쏟아진 포화의 양을 보고 마크 스피츠는 적이 새로운 변종 괴물로 변신한 것인가 하는 상상을 했다. 생존자들을 새로이 지옥으로 끌어들일 두 번째 변신인가. 비늘로 덮인 널찍한 날개, 레이피어(길고 가느다란 양날 검)처럼 길게 뻗은 엄니, 등뼈를 따라 뾰족뾰족 솟은 돌기들. 너희들이 역병에 대해 잘 아는 줄 알았지? 역병은 이제 시작이야. 중간 휴식 시간 뒤에 세계의 종말 2막이 시작될 거야. 자, 얼른 끝내자고.

"소란스러워서 죄송합니다, 메이시 씨." 모퉁이로 걸어가면서 보즈먼이 말했다. "오늘따라 점심에 놈들이 많이 나타나네요. '점심'은 우리끼리 사용하는 표현입니다. 아침도 있어요. 며칠 전부터 놈들이 많이 활발합니다. 이미 브리핑을 받으셨겠지만요."

메이시 씨는 덧없이 사라지는 하얀 조각들에 정신이 팔려서 그의 말을 듣지 않았다. "눈이 내리는 것 같네요."

그들은 커넬 거리로 접어들었다. 소각로들이 점심시간을 노리고 경쟁하는 푸드 트럭처럼 길가에 서 있었다. 다만 이 기계들은 음식을 내놓는 것이 아니라, 자신에게 먹이가 주어지기를 기다리고 있다는 점이 달랐다. 소각로 두 대는 화물선에 실리는 컨테이너만 한 크기였다. 사람들이 공중 크레인으로 소각로를 들어 트레일러에 실으면, 트레일러가 안전구역 안을 누비고 다녔다. 그들이 어느 군사시설에서 왔는지, 인근의 연구소에서 또 어떤 장치들이 창안되고 있는지 누가 알까. 마크 스피츠가 아는 한, 역병의 도래 이후 이루어진 기술혁신은 중요한 발명품 두 개와 사소한 발명품 한 개뿐이었다. 그들이 입고 있는 작업복과 전투 장비의 소재인 네오아라미드 원더 섬유는 중요한 발명품이었다. 게리의 올가미는 유용성 면에서 이 섬유의 반대편 끝에 위치했다. 들리는 말에 따르면, 이 섬유의 바탕이 된 중요 요소들이 역병 이전에 대형 무기 제조업체의 방탄복 특허와 충돌했기 때문에 이 기적의 섬유 생산을 중지하라는 명령이 떨어졌다고 했다. 그러나 재건 작업이 워낙 절박한 탓에 법적인 논쟁은 모두 없던 일이 되어버렸다. 중요한 것은 해당 공장이 해골들을 소탕한 구역에 있는지 그렇지 않은지 하는 점뿐이었다. 세상의 종말 속도가 조금 누그러지면 사람들이 정돈에 나설 것이다.

소각로 코클리도 중요한 발명품이었다. 비록 개발자의 이름을 따서 명명되었지만, 코클리는 점화 스위치에서부터 열 감지기에 이르기까지 모두 정부의 자산이었다. 임시방편으로 이동성을 높인 이 소각로의 뒤쪽 적재기는 어느 모로 보나 나중에 덧붙인 것이었다. 거친 금속 표면이 매끈한 은색 몸체와 대조적으로 조잡해 보인다는 점이 그 증거였다. 하지만 이 기계의 원래 목적은 달라지지 않았다. 즉, 이 기계는 사물을 태우는 데 쓰였다. 여기서는 망령들의 시체를 으스스할 만큼 효율적으로 태우고 있었다. 코클리는 병사들이 먹여주는 시체를 꿀꺽 삼켜서 연기, 날아다니는 재, 그리고 삽 한 개 분량의 단단한 물질로 변환시켰다. 이 단단한 물질들은 워낙 고집스러워서 불에 완전히 타지 않았다. 주로 심장이 그랬다. 그 두툼한 근육이. 이 기계의 목적은 분명했다. 따라서 역병 이전에 왜 이 기계가 발명되었으며 애당초 어디에 쓰일 예정이었는지 짐작할 수 없었다. 어쨌든 코클리는 스스로 가장 가치 있는 존재임을 증명했다. 기름을 절약할 수 있다는 점만으로도 충분했다.

마크 스피츠는 방역복을 입지 않은 처리반을 한 번도 본 적이 없지만, 이제는 목소리와 걸음걸이만으로 애니와 릴리를 알아볼 수 있었다. 그들은 한창 시체를 태우는 중이었다. 소각로 꼭대기의 굴뚝에서 하얀 연기와 재가 세차게 뿜어져 나왔다. 굴뚝은 3층 높이의 잠망경 같았다. 고층 건물 협곡에 부는 회오리바람이 굴뚝에서 나온 입자들을 사방에 흩어놓았다. 항상 어디서나 볼 수 있는 이 재에 대해 제1구역의 사람들이 마크 스피츠와 똑같은 생각을 하고 있다고 말할 수는 없었다. 재는 소각로를 중심으로 일정한 반경 내에서 소용돌이치다가 사람들의 어깨에 비듬처럼 내려앉았다. 그래, 어쩌면 그중 일부는 내려오는 도중에 빗물에 징발당하기도 할 것이다. 고층 건물들 때문에 생겨난 하강기류와 회오리바람, 그보다 작은 건물들이 만들어내는 흡인 통풍과 산들바람이 이 재를 싣고 거친 제트기류처럼 도시를 가로지르는 것은 확실했다. 기계에 불이 붙으면 국지적인 대기 흐름이 생겨나는 것도 분명했다. 하지만 재가 대도시를 수의처럼 감싸지는 않았다. 넌더리가 날 정도로 공기를 오염하지도 않았다. 아마 해골 모닥불이나 등유 파티가 더 많은 독성물질을 공기 중에 풀어놓을 것이다. 하지만 마크 스피츠가 보기에는 어디에나 재가 있었다. 살갗과 길바닥에 닿는 모든 빗방울 속에 실려 와서 모든 건물을 더럽히고, 파란 하늘을 흐릿한 색으로 바꿔놓았다. 그것은 망령들의 가루였다. 그것이 그의 허파 안으로 들어가 그의 몸과 동화되었다. 그는 그것이 싫었다.

그는 자신의 PASD 증상 중 하나인 이런 생각을 아무에게도 말하지 않았다. 하지만 가끔 말실수를 할 때는 있었다. 그래도 이것은 가볍게 헛것을 보는 정도라서, 크게 장애가 되지는 않았다. 그러니 남들에게 군이 말할 필요가 없었다. 설사 마크 스피츠가 노샘프턴에서 구조된 뒤에야 대부분의 증상이 축적되어 나타났다는 사실을 머릿속에서 떨쳐버릴 수 없다 해도. 해골이 등장하는 새로운 꿈, 신원확인 작업을 할 때마다 느끼는 구토감, 재에 대한 환상. 잃어버린 과거에 그는 지금보다 더 건강하고, 덜 괴팍했다. 장벽 앞에서 현기증이 그를 사로잡았다. 여기가 어디지? 그는 속으로 되뇌었다. 여기는 뉴욕이야. 나는 지금 뉴욕에서 예전에 싸구려 헤드폰을 사던 거리에 있어. 그는 포효하며 연기를 뿜어내는 기계 너머의 도로표지판을 바라보았다. 운전자들에게 뉴저지로 통하는 수문을 안내해주는 표지판이었다. 이 일대는 워낙 열에 들뜬 듯이 분주하던 곳이라서, 밀리듯 터널로 들어간 차량들이 물 밑을 통과해 반대편으로 나왔다. 지금 저 굴뚝이 작은 재 조각들을 제 몸 안에서 공중으로 내보내듯이, 터널도 작은 시체들을 계속 그 길로 이동시켰다. 망령들은 지금도 그 길로 통근했다. 습관이 그렇게 무서웠다.

보즈먼이 처리반 기술자들을 버펄로에서 오신 분에게 소개했다. 애니와 릴리는 축 늘어진 시체 가방을 흔들어 기계의 뒤편 적재기에 올렸다. "악수는 할 수 없어요." 애니가 고개를 꾸벅하며 말했다. 그녀가 움직일 때마다 단단한 플라스틱이 삐걱거리는 소리를 냈다.

"틀림없이 저주예요." 릴리는 이렇게 말하고 나서, 시체들을 싣고 커낼 거리를 오가는 빨간색 위험물 통 중 하나에 몸을 기댔다. 크레인들이 장벽 너머에서 시체를 잡아 장벽을 넘은 뒤 이 통에 떨어뜨렸다. 하지만 망가진 시체에서 새어 나오는 피와 전염성 체액이 워낙 많았기 때문에, 결국 장벽 인근의 차선 하나를 순전히 시체 운반용으로 지정할 수밖에 없었다. 핏덩어리와 체액이 사방에 너무 많이 튀어 있었다. 그런 액체가 몸에 튀었을 때, 안티사이프런트를 미친 듯이 꿀꺽꿀꺽 마셔대는 군인들도 너무 많았다. 수레에는 업타운 해골들의 시체가 가득했다. 가끔 수색대원들이 시체 가방에 담아둔 해골들도 있었다. 그들은 그렇게 수레에 실려 여기 최후의 장소로 왔다.

마크 스피츠 앞의 수레에는 시체가 넘칠 정도로 담겨 있었다. 팔다리가 밖으로 늘어져 있는 모습이 마치 여름날 오후에 서늘한 호수에서 배를 타는 사람들 같았다. 소름 끼치는 시체가 이렇게 많고, 기관총이 계속 불을 뿜고 있는 것을 감안하면, 코클리 한 대가 아직 돌아가고 있는데도 또 다른 코클리에 애니와 릴리가 부지런히 시체를 집어넣고 있는 광경을 이해할 수 있었다. 저기 장벽에서 망령 전선이 심각하게 몰려오고 있었다.

"그럼 이 재가……." 메이시 씨가 말했다.

"그렇습니다. 고온 연소의 부산물로 나온 미립자죠." 릴리가 말했다.

메이시 씨는 고개를 끄덕였다. 자신의 상사가 표의 색깔로 빨간색을 고른 것이 마음에 든다는 듯이. "여기 있는 기계는 표준형이네요. 이런 기계를 하나라도 얻을 수 있다면 많은 캠프들이 무슨 짓이라도 할걸요."

"이건 여기에 가장 필요해요." 애니가 말했다.

"모든 사람에게 다 필요해요. 우린 다 같은 배를 탄 처지니까요."

"새 기계를 보내주셔서 감사하다고 버펄로에 전해주십시오." 보즈먼이 말했다. "공급에 많은 문제가 있었다는 걸 알고 있습니다. 특히 지난주에는 그……."

"이쪽이 운이 좋았죠." 메이시 씨가 말을 잘랐다. 그러고는 마크 스피츠와 두 처리반원에게 고개를 돌렸다. "반전이 좀 있었어요."

"무슨 반전요?"

"반전요. 일이 복잡하게 꼬였거든요. 일을 하다 보면 항상 그렇게 꼬이곤 하죠. 고객이 생각을 바꾼다거나, 트럭 기사가 짐을 내려서 행사장까지 가져가는 것을 거부한다거나. 그럴 때는 빨리 결정을 내려야 돼요. 내가 해봐도 괜찮겠어요?"

애니가 그녀에게 조종판을 내밀었다. 조종판과 소각로를 이어주는 전선이 아스팔트 위를 쓸었다. "대개는 불을 붙이기 전에 최대한 많이 저 안에 집어넣는 편이지만, 메이시 씨는 손님이시니까요."

메이시 씨는 가방에서 라텍스 장갑을 꺼내서 그것으로 조종판의 커다란 빨간색 단추를 눌렀다. 기계가 경고음을 내더니, 뒤쪽 적재기가 빙글 돌면서 시체 네 구를 분쇄 압축기 안으로 넣었다. 시체가 기계의 배 속으로 사라졌다. 양동이 모양의 적재기가 수압 장치에 의해 우르릉거리며 다음 시체를 받으려고 제자리로 돌아왔다. "한 번에 몇 구나 넣지요?" 메이시 씨가 물었다.

"숫자를 세지는 않아요." 애니가 말했다. 조롱하는 것 같은 낌새가 느껴졌지만, 말투만으로는 판단하기가 어려웠다.

"아주 많이 넣어요." 릴리가 말했다. "충분히 많이. 오늘처럼 일이 많은 날에는 해골들이 많이 들어오니까, 우리 둘 다 상당히 꾸준한 속도로 기계를 돌리죠."

"난 이렇게 일이 많은 날이 싫어요." 애니가 말했다.

"정확한 숫자가 필요하시다면 저희가 알아보겠습니다." 보즈먼이 말했다. 그리고 분쇄 압축기 조종판을 애니에게 돌려주었다.

"정말이지 저걸 재활용해야 하는데요." 메이시 씨가 빨간색 위험물 통을 가리키며 말했다. 마크 스피츠는 그녀가 장벽에서 가져온 시체들과 뒤섞인 시체 가방을 재활용해야 한다고 말한 것임을 1초쯤 지난 뒤에야 알아차렸다.

"맞아요. 끔찍하죠." 릴리가 말했다.

"뭐라고요?"

"끔찍하다고요." 릴리가 헬멧 때문에 소리가 가려지는 것을 감안해서 조금 전보다 목소리를 높여 같은 말을 되풀이했다. 거리 저편에서 일제사격이 다시 시작된 것도 목소리를 높인 이유 중 하나였다. "환경에 끔찍하다고요." 모두들 점점 가까워지는 거슬리는 소리를 향해 고개를 돌렸다. 마크 스피츠는 하얀 방역복을 입고 시체를 실은 차를 운전하고 있는 칩의 얼굴을 알아보았다. 칩을 보면, 옛날 패션 거리에서 옷이 잔뜩 걸린 행거를 밀고 가면서 앞을 가로막는 멍청이들에게 욕을 퍼붓던 노동자들이 생각났다. 옛날 뉴욕의 풍경. 마크 스피츠는 혀로 이를 문질렀다. 재 맛이 났다. 실제로 입안에 재가 들어와 있는지는 다른 문제였지만.

"조금 있다가 오라고 했잖아." 애니가 말했다. "저쪽 통은 아직 손도 못 댔어."

"이건 안전구역 아래쪽에서 가져온 거야." 칩이 말했다. "장벽에서는 크레인 수리가 끝날 때까지 아무것도 못 가져와."

"일이 꼬였군요." 보즈먼이 메이시 씨에게 말하고 나서 빙긋 웃었다. "시찰을 계속할까요?"

마크 스피츠는 이만하면 시간 낭비는 충분하다는 생각이 들었다. 식당과 호텔에서 기분 전환을 했고, 이제는 관광객처럼 한가롭게 돌아다니고 있었다. 다운타운에는 그를 기다리는 일행이 있었다. 이 사람들을 계속 따라다니다가는 내일 이들이 휴식을 취하려고 돌아갈 때까지 휩쓸릴 것이다. 그가 막 그만 가보겠다고 말하려는데 릴리가 먼저 입을 열었다. "저기요."

"네?" 메이시 씨가 말했다.

"소문을 들었는데요."

"소문요?" 메이시 씨는 서류철을 가슴에 꼭 끌어안고 입을 꾹 다물었다. 턱은 살짝 위로 치켜들었다.

"메이시 씨, 우리가 비스타 델 마르를 잃어버린 게 사실인가요?"

보즈먼이 한숨을 내쉬었다. "'콸콸 흐르는 개울'을 말하는 겁니다."

"아, 걱정 마세요." 메이시 씨가 말했다. 이쯤은 미리 대비하고 온 모양이었다. "어차피 소문은 퍼지기 마련이에요. 사실을 말하는 데 곤란해할 필요는 없죠. 아직 정리가 끝나지는 않았지만, 캠프 밖에 밀도 문제가 있어서 어떻게든 문이 뚫린 모양이에요. 인재(人災)일 가능성이 가장 높아요."

"몇 명이나……."

"아직 조사 중이에요."

"그럼 세쌍둥이는요?"

"한 명이 빠져나온 건 확실해요."

"샤이엔인가요?"

"셋 중 누구인지는 몰라요."

애니는 파트너의 어깨에 한 손을 얹었다. 한심한 광경이었다. 하얀 방역복을 입은 두 사람이 멍청하게 서로를 위로하려고 움직이는 모습이라니. 태업이라도 하려는 것처럼. 두 사람은 쿠키 반죽을 파는 회사의 마스코트처럼 보였다. 만화영화 중간에 아이들에게 최면을 걸기 위해 만들어진 마스코트. '콸콸 흐르는 개울'에 애니가 아는 사람이 있었나? 아니면 그냥 세쌍둥이뿐? 두 사람 모두 십중팔구 그곳에 아는 사람이 있었을 것이다. 두 사람이 그 사실을 몰랐을 수도 있지만. 옛날에 일하던 회사의 무서울 정도로 친절하던 경비원이라든가, 오랫동안 잊고 지내던 여름 캠프에서 만난 주근깨투성이 친구라든가. 메이시 씨가 "일회성 사건"이라고 말하는 소리가 들려왔다.

칩이 말했다. "북쪽으로 돌아가시거든 여기에 크레인이 하나 더 필요하다고 전해주세요. 어쩌면 두 대일 수도 있고요. 여기서 일이 어느 정도까지 늘어날 수 있는지 보셨잖아요."

메이시 씨의 손가락이 수첩의 빈 페이지 위에서 움직였다. 그녀가 빙긋 웃었다. "말씀하신 걸 버펄로에 전해드리죠."

그들은 제물을 바치고 있는 처리반 곁을 떠나 은행으로 향했다. 메이시 씨는 마크 스피츠에게 어디에서 구조되었느냐고 물었다. 그는 I-95번 도로에서 벌어진 작전에 대해 설명하기 시작했지만, 옥상 위의 저격수가 장벽에 있는 기관총 사수에게 고함을 질러 지시를 내리는 소리가 그의 이야기를 방해했다. "저쪽이잖아, 멍청아…… 젠장!" 사수는 총을 휙 돌려서 총알 스무 발을 쏟아냈다. 저격수가 환호하며 춤을 추었다.

"버펄로는 아주 조용해요." 메이시 씨가 말했다.

보즈먼은 잠깐 스치고 지나간 메이시 씨의 눈빛을 감지하고 이렇게 말했다. "사람이 많을수록 즐겁죠. 제 생각은 그렇습니다. 버펄로에서 우리가 이 섬을 완전히 장악하는 데 필요한 인력을 보내주려면 시간이 좀 걸릴 겁니다. 하지만 그동안 교외에서 관광객이 많이 들어올수록 나중에 우리가 제압해야 할 곳이 줄어듭니다." 그는 그녀의 팔꿈치에 손바닥을 대고, 크레인 앞에 쪼그리고 앉아 있는 기술자 세 사람을 빙 둘러 가도록 방향을 돌렸다. 크레인의 거대한 발톱이 3층 높이로 장벽 위에 멈춰 서서 장벽 반대편에 쌓여 있는 시체들 위로 액체를 뚝뚝 떨어뜨리고 있었다. 콘크리트판들을 이어 붙인 장벽의 이음매에 피가 고였다. 피가 말라붙은 가장자리는 쭈글쭈글한 피부처럼 변해 있었다. 피 웅덩이가 거대한 딱지로 변하는 중이었다.

"여기서 작업이 얼마나 매끈하게 진행되고 있는지 잘 말씀해주시기 바랍니다." 보즈먼이 말을 이었다. "저희 설비가 무엇보다 중요하다는 점도요. 다음 정상회담이 아직 멀었다는 사실은 알고 있습니다만."

"걱정하지 마세요."

"크레인이 한두 대 더 필요할 것 같다는 칩의 말이 옳은 것 같기도 합니다."

그건 다르지. 마크 스피츠는 속으로 생각했다. 원턴의 상태는 좋지 않았다. 진동이 넌지시 존재를 주장했기 때문에, 뭔가 움직임이 있을 때마다, 또는 소리가 들릴 때마다 발밑이 불안하게 떨렸다. 어쩌면 지금 장벽에 평소보다 훨씬 많은 해골들이 밀려오고 있는 것인지도 모른다. 그가 이곳에 온 뒤로 일제사격이 멈춘 적이 있던가? 십중팔구 '콸콸 흐르는 개울'이 무너진 탓일 것이다. '콸콸 흐르는 개울'은 규모가 큰 캠프였으므로, 그가 듣기로 1만 5000명이 그곳에 살고 있다고 했다. 세쌍둥이 외에 그곳의 장점이 무엇이었을까? 탄약? 의약품? 그는 알 수 없었다. 여기 병사들 중에는 황야의 생존자들을 그 캠프로 데려가는 일을 하던 사람들이 있었다. 어쩌면 그곳에 가족이 있는 사람도 있을 수 있었다. 버펄로는 자신들이 작성한 시간표가 이렇게 어긋난 것에 대해 당연히 동요할 것이다. 그 캠프에서 살아남은 사람들이 틀림없이 있을 텐데. 틀림없이. 마크 스피츠는 속으로 생각했다. 하지만 최근 연달아 좋은 소식들이 들려온 끝에 그런 사태가 벌어졌으니 사기가 떨어질 수밖에 없을 것이다. 저 위 높은 곳에서는 저격수들이 조준경으로 적을 조준하고 쏘아서 쓰러뜨린 뒤 다시 다음 적을 겨냥했다. 마치 로봇 같았다. 원턴의 군인들은 눈앞에 보이는 망령들에게 복수하는 것 외에는 달리 할 수 있는 일이 없었다. 샤이엔을 위해 복수하라.

'콸콸 흐르는 개울'의 소식은 반갑지 않았다. 마크 스피츠는 물론 지독한 기분이었지만, 그 캠프가 무너진 것처럼 궁극적으로는 모든 캠프가 무너질 것이라는 생각이 들었다. 비열한 코네티컷에서 달리 무엇을 기대할 수 있겠는가? 이런 고난이 딱 맞았다.

그들 일행은 낡아서 반들거리는 은행 계단 앞에서 걸음을 멈추고, 지나가는 군인 세 명을 위해 문을 잡아주었다. 군인들은 '정지! 독수리의 포효가 들리나?'(《재건》의 주제곡)를 아카펠라로 활기차게 부르고 있었다. 보즈먼이 메이시 씨에게 나중에 회의실에서 보자고 말했다.

"혼자 계셔도 괜찮겠습니까?"

메이시 씨가 한쪽 눈을 찡긋했다. "여긴 미국 불사조잖아요. 여기서는 혼자 있어도 혼자가 아니죠."

보즈먼은 안으로 들어가는 그녀의 엉덩이를 평가하듯 바라보았다. "저런 버펄로 윙을 조금 맛봐도 괜찮겠는걸." 그는 이렇게 말하고 나서, 마크 스피치의 어깨에 한 손을 올리며 조금 전과는 달리 집사장 같은 목소리로 말했다. "그 일이 있은 뒤로 자네를 처음 보는군. 그 일은 유감일세."

"무슨 말씀이세요?"

"그 말을 하면 안 되는 거였나? 내가 아주 못된 놈이로군."

* * *

그들은 몇 달 동안 장난감 가게에 머물렀다. 지구의 기후를 바꿔놓고 있는 변화, 100여 년 전부터 덜 화려하고 더 신중하게 진행된 그 변화 덕분에 북동부의 겨울 날씨가 예전보다 온화해진 상태였다. 사람들은 이런 날씨에 익숙해졌다. 뜯지도 않은 염화나트륨 봉지들이 차고에서 아이들의 부기 보드와 나란히 거미줄을 뒤집어쓰고 있는 광경에도, 천인공노할 사건이나 유명 인사의 사망 소식이 없을 때 저녁 뉴스에 웅장한 빙붕이 얼어붙은 바다로 철썩 무너지는 모습이 나오는 것에도 익숙해졌다. 그러나 역병이 도래한 뒤 첫 겨울에 사람들은 그 옛날 그 시절로 되돌아갔다. 겨울이 일찍 찾아와 무자비하게 끝없이 계속되던 시절로. 생존자들은 온화한 날씨라는 위안을 느끼지 못한 채, 각자 피난처에서 역병과 추위라는 두 가지 재앙을 동시에 견뎌야 했다. 따뜻한 날씨는 곧 다시 밖으로 나가야 한다는 뜻이었다.

"조금 복고풍 분위기네요." 밈이 메인 거리의 보기 드문 눈 더미를 살피면서 말했다.

"나도 알아요." 마크 스피츠가 말했다. "추우니까 문 닫고 이리 와요."

그는 이토록 건전하게 여자를 사귄 적이 없었다. 게다가 음식과 물과 불이 필요하다는 두 사람 사이의 공통점 때문에 이런 관계가 만들어진 것도 아니었다. 재앙 이전에 마크 스피츠는 여자 친구들을 인간에 못 미치는 존재로 바꿔버리는 습관이 있었다. 언제나 어느 시점이 되면 여자들이 선을 넘어 인간이 아닌 그냥 생물이 되곤 했다. 전위적인 공연을 보려고 줄을 서서 기다리면서 신파적인 장면을 눈으로 좇는다든지, 그녀의 친구 결혼식에 가자는 말에 그가 소극적인 태도를 보이면 말없이 비난하는 듯한 표정을 짓는다든지 하는 식으로. 처음에는 그냥 시선에 불과했다. 그녀의 눈을 스치고 지나가는 불안감 같은 것. 거기서 그는 도저히 바로잡을 수 없는 결함이나 미래의 배신을 언뜻 보았다. 그렇게 그가 사랑했던 사람이 사라져버렸다. 대신 그 자리를 차지한 것은 친숙하지만 지겨운 존재였다. 한때 그에게 위안이 되었던 바로 그 얼굴과 목소리와 친숙한 태도를 지녔지만 지겨운 존재. 다른 사람들 눈에는 그와 여자 친구의 관계가 완벽했다. 그가 자신의 생각을 털어놓는다면 세상 사람들은 그의 말을 너그럽게 받아들일 것이다. 어쩌면 그의 말이 정말로 옳은지 합리적인 척 시험을 하려고 들 수도 있었다. 하지만 그들은 그의 주장을 믿어주지 않았다. 그래도 그의 생각은 흔들리지 않았다. 그는 여자 친구들이 인간적인 모습 중 무엇을 잃어버렸는지 알고 있었다. 그래서 그들과 헤어졌다.

세월이 흐르면서 그는 마지막이 다가오고 있음을 알아차리는 법, "바로 그때 벽이 무너졌다"고 말하는 법을 터득했다. 교양 있는 사람 행세를 하느라 억지로 보아야 했던 외국 영화의 의미를 놓고 여자 친구와 한창 논쟁을 벌이던 순간. 친구의 통나무집에서 주말을 보내려고 가다가 차에 기름이 떨어져 황량한 달빛을 받으며 30분 동안 차 안에 앉아 있던 바로 그 순간. 마지막이 다가오고 있음을 알아차릴 수 있게 되자, 계기가 되는 사건과 실제 이별 사이의 간격이 줄어들었다. 그는 그 어떤 호소도 참고 들어주지 않았다. 여자 친구들이 스스로 인간이라고 그를 설득할 방법은 없었다. 그는 안전구역의 체임버스 거리에서 시체를 질질 끌며 어느 빨래방을 나서다가 문득 깨달았다. 함께 다니던 생존자들을 버리라고 그에게 훈계하던 목소리, 다른 사람들과 거리를 두라고 경고하던 목소리가 바로 그의 연애 관계를 꺼뜨린 목소리의 메아리라는 것을. 그들은 사라졌다. 그들은 망령이 되었다. 이제 떠날 시간이다.

밈은 변하지 않았다. 머리에서 뿔이 솟지도 않았고, 엉덩이에 엉킨 털이 자라지도 않았다. 시간이 더 흘렀다면 그녀도 변했을지 모른다. 장난감 가게 안에 있으면 두 사람은 안전했다. 그들에게 허용된 피난처였다. 가게 바깥의 달 표면 같은 풍경을 보면 여기가 지구가 아닌 것 같다는 생각이 들었다. 중력도 달라지고, 세상을 다스리는 규칙도 달라진 것 같았다. 눈 속에서 움직이는 망령은 보이지 않았다. 밈은 그들이 지하실이나 낡은 고등학교 건물의 체육관, 동굴이나 하수구 등에 틀어박혀서 동면하고 있을 것이라고 말했다. 가게 옆을 우연히 지나가는 생존자도 없었다. 그들 역시 어딘가에 틀어박혀서 추위를 쫓으려고 책을 태우며 불길 위에서 양손을 비비고 있을 것이다. 이미 죽어버린 세계의 법칙들을 열심히 지킨 소설책, 역사책, 시집은 쉽게 타올랐다. 어쩌면 그와 밈이 이 세상의 마지막 생존자일 수도 있었다. 메인 거리의 장난감 가게가 인간 사회의 전부일 수도 있었다.

그들은 연달아 밖에 나가서 필요한 물건을 구해 왔다. 마치 처음 약탈을 나가는 사람들처럼. 모든 물건이 중고품이거나 타의 추종을 불허하는 가격(즉, 공짜)을 달고 있었다. 그들은 인근의 모든 상점을 돌아다녔다. 어떤 물건을 가져올 것인지에 대해서는 의견이 일치했지만, 중요도에 대해서는 서로 의견을 달리하거나 너그러이 상대에게 양보했다. 그들이 가져온 물건은 책, 배터리, 우유 상자 모양의 장식용 탁자, 저염 라면, 가벼운 휴대용 난로, 녹은 눈과 정화된 물을 가득 담은 여러 양동이와 플라스틱 통, 히솝 풀과 백단향의 향기가 나는 아로마테라피 양초, 필요한 경우 빛이 비추는 범위를 6포인트 글자 하나 크기로까지 줄일 수 있는 램프, 각자 편안함을 느낄 수 있도록 여러 가지 설정이 가능하고 따뜻한 마사지 기능도 있는 공기 매트리스, 인공적인 레몬 냄새가 나고 입술이나 혀에 닿으면 싸한 금속 맛이 나는 아기용 항균 물티슈 여러 상자 등이었다. 그들은 책을 읽고 놀이를 했다. 장난감 가게에는 물론 보드게임이 잔뜩 있었다. 머리가 혼란해지는 설정과 제정신이 아닌 규칙이 있고, 어린이다운 용감함과 현대적인 난해함을 모두 갖춘 게임들이었다. 1주일이나 2주일에 한 번씩 두 사람은 생크림 통을 주거니 받거니 하면서 마구 퍼먹었다. 그러다 보면 뇌세포가 비누 거품처럼 퐁퐁 터지는 것 같았다.

두 사람은 도시의 양쪽 끝에 비상용 배낭을 숨겨두었다. 그의 몫과 그녀의 몫 모두. 그들이 안전하다는 망상에 빠지지 않았다는 증거였다.

눈이 점점 녹아 사라지기 시작하자, 메인 거리가 일종의 죽은 고속도로였음이 드러났다. "도로가 이런 식으로 뻗어 있군." 밈이 말했다. 메인 거리는 교통량이 아주 많을 때를 대비해서 만들어진 도로였다. 두 사람은 2층의 유물함에 둥지를 틀었다. 그곳에서는 환한 대낮에도 걱정 없이 블라인드를 열어둘 수 있었다. 나선형 계단 끝에서 이 가게 주인인 매니(두 사람은 이제 그를 '착한 영감'이라고 부르고 있었다)가 자신의 귀한 상품들을 진열했다. 결함이 있지만 수집 대상이 되는 물건들, 한정판, 알음알음 소문이 전해지던 희귀품. 누구든 1차 세계대전 이후에 태어난 사람이라면 대공황기에 만들어진 헝겊 인형, 원자 시대의 광선총, 전투기 모형, 고풍스럽고 복잡한 전쟁놀이 세트, 액션 피규어 생산이라는 뚜렷한 목적을 위해 속편에 끼워 넣은 카메오 캐릭터들의 액션 피규어 등을 보면서 비밀스럽거나 또는 그리 비밀스럽지 않은 향수(鄕愁)를 떠올릴 수 있을 것이다. 이런 물건들은 원래 포장 그대로, 또는 그 포장을 훌륭하게 재현한 포장에 담겨 자물쇠가 달린 유리 진열장에 진열되었다.

"이 물건은 진짜 귀한 거야." 그가 말했다. 그는 아이처럼 들떠 있었다.

"어디서? 누구한테? 뭣 때문에? 그건 옛날 얘기잖아."

밈이 옳았다. 하지만 그녀가 장단을 맞춰줬으면 싶었다. 아주 잠깐만이라도. 어른이 된 그의 머릿속에서 지하창고를 방황하고 있는 아이 적 기억은 모험을 향한 순진한 갈망을 아직도 품고 있었다. 어렸을 때 그는 어른이 된 뒤의 모습을 여러 시나리오로 그려보았다. 불덩어리보다 더 빨리 뛰는 모습, 줄에 매달려 수직 통풍구를 가로지르는 모습, 오로지 자신만이 휘두를 수 있는 마법의 검으로 가고일 군대를 박살 내는 모습. 어른이 된 지금 역병이 그에게 어린 날의 소원을 허락해주었으나, 대신 그 소원을 어리석고 기괴한 것으로 만들어버렸다. 유통기한이 지난 키위주스를 도박하는 심정으로 마셨다가 이틀 동안이나 몸을 반으로 접은 채 쓰러져 설사를 쏟아내는 일은 그리 멋지지 않았다. 그와 함께 놀던 다른 아이들은 모두 자라서 집배원, 지붕 수리공, 사랑받는 교사가 되었다가 죽음을 맞았다. 마크 스피츠는 지금 어린 날의 꿈을 실제로 경험하고 있었다! 활을 들어라, 마크 스피츠.

진열장 열쇠는 아래층에 있었다. 십중팔구. 하지만 그는 보물들을 그대로 내버려두었다. 사람들은 이제 찾을 수 없는 어린 날의 장난감에 집착했다. 그래서 이런 물건들을 손에 넣기 위해 그렇지 않아도 유감스러운 수준인 빚을 더욱 늘렸다. 어린 날의 환상이 그들을 지탱해주었기 때문이다. 고아인 주인공이 출생의 비밀을 알아내서 왕국이나 항성계를 구원하는 이야기, 또는 오해받은 외계인이나 사랑을 갈망하는 기계 인간이 등장하는 하위 장르의 이야기. 그는 언제나 그런 이야기 속에 자신이 등장하는 상상을 했다. 감정 칩을 찾아 은하계를 방랑하는 로봇, 생김새가 다르다는 이유로 그들을 사냥하는 사악한 사람들보다 더 인간적인 모습을 얼룩덜룩하고 쭈글쭈글한 표면 아래에 숨기고 있는 촉수 괴물 등이 바로 그였다.

물론 지금은 마을 사람들이 바로 진짜 괴물이었다. 식구들, 친구들, 이웃들이 내내 감추고 있던 원래 모습을 드러내는 것이 역병의 역할이었다. 그렇다면 역병이 폭로한 그의 모습은 무엇이었을까? 마크 스피츠는 인류가 한 명씩 죽어갈 때 끈질기게 살아남았다. 그의 일부는 세상의 종말을 맞아 오히려 기가 살았다. 달리 어떻게 설명할 수 있을까? 그는 종말에 대비하는 요령이 있었다. 역병은 모두를 건드렸다. 직접 피가 몸에 닿았든 아니든 상관없었다. 살인자의 기질을 비밀스레 숨기고 있던 사람, 잠재적인 강간범, 잠복하고 있던 파시스트가 지금은 무자비한 본성을 거리낌 없이 드러냈다. 선천적으로 수줍음이 많은 사람, 자신을 위한 꿈에 인색했던 사람, 겁에 질린 채 태어나 내내 그렇게 살았던 사람, 이들 또한 자신의 약점을 드러낼 최후의 무대를 발견하고 마지막 숨결을 내뱉으며 만족감을 느꼈다. 난 항상 이런 사람이었어. 이제 나는 더욱더 나다워졌어.

두 사람은 시간을 흘려보내며, 밤이 되면 최대한 달콤한 분위기를 즐겼다. 콘돔이 다 떨어지자 그녀는 그에게 물러나라고 말했고, 두 사람은 다른 방법으로 절정에 도달했다. "아이는 이미 충분히 많아." 그녀가 말했다. 역병 이전에 그는 사람들이 이런 말을 할 때마다 항상 이상하다고 생각했다. 인구과잉에 대해, 좋은 가정이 필요한 수많은 아이들에 대해, 점점 줄어들고 있는 지구의 자연에 대해 시끄럽게 떠들어대던 목소리들. 하지만 지금은 "이런 세상에서 무슨 정신으로 아이를 낳는 거야?"라고 말하면서 지구 반대편의 오염된 지하수 통계나 질식할 지경인 생태계를 이야기하던 사람들의 말을 마크 스피츠도 분명히 이해할 수 있었다. 그런 물음의 답은 하나였다. "이런 세상에서 아이를 낳는 건 괴물뿐이지."

마지막으로 눈이 내린 것이 벌써 한 달 전의 일이었다. 두 사람은 옥상에 누워 별들을 바라보았다. 그가 어릴 때는 이미 학교에서 별자리에 대해 가르쳐주지 않았지만, 그래도 그는 몇 가지 별자리를 알고 있었다. 밈이 아는 별자리는 그보다 몇 개 더 많았다. 두 사람은 계속 조용조용 이야기를 나눴다. 현실을 잊지 않았으므로. 두 사람이 별구경을 할 만큼 날이 따뜻해졌다는 것은, 다시 움직일 수 있는 날씨라는 뜻이었다.

"지금 세상에 대해 한마디만 할게. 정말로 살이 찔 수 없는 세상이야." 밈이 말했다.

"그게 굶주림의 효과지."

"아니, 도망치느라 하도 뛰어다녀서 그런 것 같은데. 난 대학 때 이후로 이만큼 날씬했던 적이 없어." 그녀는 버펄로를 입에 담았다. 그녀는 여전히 버펄로를 믿고 있었다.

"당신 귀에 이름이 들어왔을 때쯤이면, 그 장소는 이미 사라져버렸다고 봐야 돼." 마크 스피츠가 말했다. "내 생각에는 어떤 장소에 대한 소식을 듣는 행위 자체가 그 장소를 없애버리는 의지로 작용하는 것 같거든."

"여기는 달라. 꼭 그렇지 않은 곳들이 틀림없이 있어." 그는 그녀의 배를 베고 누워 있었다. 그녀의 손가락이 그의 두피에 글자를 썼다. 단어인가? 이름? 그녀의 아이들의 이름? "그렇지 않다면 지금 바로 끝장을 내는 편이 낫지."

"버펄로라."

"세상에 아무것도 없다면 무슨 의미가 있어?"

"여기가 있잖아."

"계속 움직여야 돼. 한곳에만 있으면 그냥 붙박이 망령이랑 똑같아."

옛날 우스갯소리 중에 고집스러운 아버지가 담배를 사러 나갔다가 그대로 행방불명이 되는 이야기가 있었다. 가족들은 아버지를 잃었다. 요즘은 망각의 세상을 함께 살아가는 동료가 평범하게 물건을 구하러 나갔다가 그대로 행방불명이 되었다. 어느 따뜻한 날, 밈은 렌즈콩 수프에 넣을 후추를 급히 구해 오려고 나갔다가 다시는 돌아오지 않았다. 그대로 사라져버렸다. 그는 그녀와 함께 자주 갔던 인근의 장소들, 만일의 경우를 대비해서 아직 뒤지지 않고 남겨두었던 메인 거리의 업체들을 수색해보았다. 그녀가 여기저기 숨겨둔 비상 배낭들은 그대로 있었다. 그녀가 어디에서 사라졌는지 흔적도 찾을 수 없었다. 하기야 그런 건 중요하지 않지, 그렇지 않은가. 그는 1주일을 기다린 뒤 이동했다. '세상에 아무것도 없다면 무슨 의미가 있어?' 그는 대답할 말이 없었다. 그는 신발 끈을 맸다.

사람들이 여기저기서 사라졌다. 누군가와 잠시 떨어질 때 그것이 마지막이 될지 어떨지 결코 알 수 없었다. 그는 오랫동안 그들의 이름을 대부분 기억했다. 노샘프턴 이전에는 언젠가 퉁명스러운 손자가 모는 전기자동차를 타고 자신이 재앙 중에 머물렀던 모든 도시를 다시 찾아가는 상상에 가끔 빠지기도 했다. 그가 재앙 중에 만났던 동료들의 자녀나 배우자를 만나서 인조가죽 소파에 잠시 편하게 앉아 차 한잔을 마시는 상상. 사라진 동료가 재앙을 무사히 이겨내고 살아남았을 것이라고 믿기라도 하는 것처럼.

군인들에게 구조된 뒤 그는 점차 그들의 이름을 잊어버렸다. 그들은 그의 주머니 속 먼지였다. 그들의 괴팍함, 식품의 안전성에 대한 멍청한 조언, 그들이 집착했던 구조 센터의 위치 등이 그들의 이름보다 더 오래 기억에 남았다. 어느 날 밤 그는 어린이용 아르마딜로 수첩에 자신이 기억하는 것들을 적어두어야겠다는 충동을 느꼈다. 그러나 그 충동은 곧 사라졌다. 그는 침낭 안에서 꼼짝도 하지 않았다. 사라질 테면 사라지라지. 그는 속으로 생각했다. 그녀만 빼고.

밈과 달리 중위는 많은 사람들의 애도를 받았다. 오메가 팀과 브라보 팀은 변두리 영화관 수색을 재빨리 끝낸 뒤 펄에 있는 브라질 식당에서 밤샘을 했다. 그들은 나가서 다른 수색대 팀들을 찾아보았지만 실패했다. 통신기는 금속성의 하울링 소리만 낼 뿐 아무런 쓸모가 없었다. 그들은 베테랑인데도 그 소리 때문에 뼛속 깊이 두려움을 느꼈다. 그들의 동료들은 다음 날이나 되어야 이 소식을 들을 것이다. 그리고 일요일 밤의 평범한 외출이 술을 진탕 마시는 두 번째 추모 모임이 될 것이다.

"중위도 이런 걸 바랐을 거야." 칼이 말했다.

"확실해." 마크 스피츠가 말했다.

마크 스피츠가 그 소식을 들고 돌아왔을 때 모두들 일을 중단했다. 앤절라는 주류 창고를 정찰한 뒤 장소를 잘 골랐다고 다시 확인해주었다. 그녀는 브라질 남자와 6개월 동안 사귄 뒤 카샤사(브라질산 럼주)를 아주 좋아하게 되었다. 그 남자는 브라질인이라는 사실을 정체성의 중심으로 삼고 있었다. 카샤사는 외국 술이었으므로 약탈 관련 규정이 적용되지 않았다. 그들이 현장에 나가 있던 지난 2주 동안 권력자들이 규정을 바꾼 것이 아니라면 그랬다. 그들이 이 죽은 도시의 상처들 사이를 돌아다니는 동안 세상에서는 온갖 일들이 벌어지는 것 같았다. 캠프들이 무너지고, 세쌍둥이가 위험해지고. 중위의 부대가 훌륭한 추도식을 만들어낼 것이다. 죽은 심부름꾼 청년의 디지털 뮤직독에서 칼이 작성한 플레이리스트에 따라 흘러나오는 레게음악이 카이피리냐(럼, 라임, 설탕 등을 혼합한 브라질 칵테일)와 아주 잘 어울렸다. 라임주스와 설탕을 적당히 넣고 화학적인 냉각 팩으로 차갑게 식힌 칵테일은 맛이 그리 나쁘지 않았다. 축제가 시작될 때 앤절라는 바 뒤에서 먹을 것을 찾아다니다가 케이틀린이 뭐라고 말하려고 하자 "하지 마"라고 말했다.

"두 병을 가져오라고 말하려고 했어." 케이틀린이 말했다.

이파리가 칼날 같은 정글 식물들의 검은 실루엣이 벽에 그려져 있었다. 램프와 촛불의 덧없는 빛 속에서 실루엣의 모양이 자꾸 바뀌었기 때문에 이국적이라기보다는 멍청해 보였다. 그들은 중위를 위해 건배했다. 한 명씩 앞에 나가서 안전구역에 처음 왔을 때의 기억, 괴짜 상관과의 첫 만남에 대한 이야기를 서로 교환했다. 마크 스피츠가 두 번째 잔을 쭉 마시는 순간, 노 마스가 그의 손에서 잔을 가져가 칵테일을 또 한 잔 만들어주었다. 노 마스는 게리와 함께 화장실에 있다가 마크 스피츠에게 들킨 뒤로 마크 스피츠를 향해 계속 싱글거리며 그의 농담에 과장되게 키득거렸다. 마크 스피츠는 그들의 수상쩍은 표정을 보고, 두 사람이 뭔가 손으로 서로를 즐겁게 해주는 새로운 방법, 아마도 썩은 코네티컷에서 만들어진 방법을 실천하던 중이었나 보다고 짐작했다.

"걱정 마." 게리가 노 마스에게 말했다. "괜찮은 놈이니까."

게리가 자기들의 부업에 대해 설명해주었다. 물건을 뒤지며 돌아다니는 사람들은 먼저 약국에서 유명한 진통제부터 챙겼다. 좋은 물건으로. 그다음에 챙기는 것은 진정제, 그러니까 뚱한 아이 엄마들이 몇 세대에 걸쳐 성능을 시험한 진정제였다. 정신을 멍하게 만드는 약을 기업들이 본격적으로 나서서 수거해 나눠주기 시작한 것은 PASD 진단이 사방에서 나오면서 버펄로의 제약업계 후원사 목록에 안타깝게도 빈틈이 있다는 사실이 밝혀진 뒤였다. 벤조디아제핀(향정신성 의약품에 속하는 신경안정제)과 선택적인 세로토닌 재흡수 억제제라는 필수적인 약품을 찾아 기꺼이 돌아다닐 의욕이 있는 사람들에게 이것은 최고의 사업 기회였다. 통증은 없앨 수 있지만 슬픔은 아니다. 그래도 그 약들이 한동안 슬픔의 입을 다물게 만들어주는 건 사실이었다. 황야에서 약을 먹는 것은 어리석은 짓이었다. 깨어나야 할 때, 그러니까 예를 들면 망령 무리가 헛간 문을 긁어대는 소리가 들려올 때 깨어나지 못할 수도 있기 때문이었다. 하지만 '행복한 땅' 같은 곳에서는 계속 경계해야 하는 저주에서 벗어날 수 있었다. 여기저기서 약에 취해 하루쯤 정신을 놓아버려도 상관없었다. 그들은 그럴 자격이 있었다. "누군가가 나서줘야 해." 노 마스가 말했다. "사람들이 아프다고."

"가격은?" 마크 스피츠가 말했다.

"얼마나 필요한지에 따라 달라. 주스 상자로 값을 치러도 되고."

약국과 가정의 약장에는 마약성 약품과 항생제가 없었다. 하지만 플라스틱 원통에 들어 있는 항우울제는 거울이 붙은 약장 문 뒤에 오렌지색 버섯처럼 우뚝 솟아서 수확을 기다리고 있었다. 게리를 비롯해서 여러 수색대의 믿을 만한 사람들이 그렇게 가져온 약을 노 마스에게 넘겼다. 그리고 노 마스가 일요일에 원턴의 연락책과 만나 약을 건네면, 연락책은 약을 헬리콥터에 실어 여러 캠프로 운반했다. 재건을 위해 방향을 수정하고 있는 그림자 버펄로였다.

마크 스피츠는 그들에게 입을 다물겠다고 말했다. 그래, 이것은 꼭 필요한 서비스였다. 어쩌면 중위도 최신 안정제를 먹었다면 효과를 보았을지도 모른다. 그렇지 않았을 수도 있고.

"중위가 물리지 않은 거 확실해?" 칼이 세 번째로 같은 질문을 던졌다.

"아니." 마크 스피츠가 말했다.

"유서가 있었어?"

"아니."

"젠장."

사람들은 자신이 사랑하는 집에서 사랑하는 물건들에 둘러싸여 자살하거나, 아니면 극도로 싫어하는 황야의 차가운 흙 위에서 혼자 자살했다. 어떤 사람들은 안전한 캠프에 도착해서 정상적인 삶과 조금이나마 비슷한 생활을 하면서 비로소 자신들이 겪은 공포와 불행이 어떤 것인지 처음으로 깨닫고 자살을 결심하기도 했다. 세상이 변한 모습을 마침내 받아들인 사람들이 논리적으로 행동한 결과가 바로 자살이었다. 버펄로는 그 통계가 마음에 들지 않아서 허카이머 박사에게 PASD 세미나에서 예방/이해 관념 섹션에 더 많은 시간을 할당하라고 지시했다. 정부가 없던 중간 공백기의 자살은 이해할 수 있었다. 그러나 미국 불사조 시대의 자살은 버펄로가 정한 원칙을 비난하는 행위였다. '우리는 내일을 만든다!' 마크 스피츠는 이 구호를 들으면서, 우리가 그때까지 나아갈 수나 있을지 모르겠다고 생각했다. 어쨌든 이런 내일을 맞이하기 위해서는 마케팅, 희망, 정신약리학, 나쁜 생각을 하는 사람들에 대한 엄격한 단속 등 우리가 해낼 수 있다는 환상에 불을 지피는 모든 것이 필요했다.

마크 스피츠는 자기 머릿속의 금지된 생각들과 가끔 단편적인 논쟁을 벌였다. 금지된 생각 중 가장 최근의 것은 바로 일전에 두에인 거리에 갔던 일이었다. 그는 쓰러진 사람들에게 안전한 여행을 빌어주었다.

"어쩌면 중위는 권태로웠던 건지도 모르지."

중위가 은행 옥상의 헬기 착륙장으로 걸어 나가는 것을 저격수 한 명이 지켜보았다. 하루 종일 망령들이 별로 나타나지 않은 조용한 저녁이었다. 최근 들어 부쩍 늘어난 그 악마들이 몰려오기 직전이기도 했다. 저격수는 중위에게 손을 흔들었다. 중위도 마주 손을 흔들더니 수류탄을 자기 입에 꽂았다.

"입에 수류탄을 넣는 게 가능하기는 해?" 칼이 물었다.

"구역질이 날걸." 노 마스가 말했다.

"틀림없이 테르밋(알루미늄과 산화철의 분말을 같은 양으로 혼합한 것)으로 만든 수류탄일 거야." 게리가 말했다.

"슬픈 일이야." 케이틀린이 말했다.

파비오는 중위의 책상에 앉아 있었다. 마크 스피츠가 나타났을 때 그가 화들짝 놀라서 하마터면 커피 잔을 엎지를 뻔한 것을 보니, 파비오 본인도 남의 흉내를 내고 있다는 사실을 아는 모양이었다. 안색이 엉망이었다. 바구니 속에서 비좁게 살고 있는 사람처럼. 그는 수색대원들에게 좀 더 일찍 알려주지 못한 것을 아주 빠른 말씨로 사과했다. 그의 몸속에서 모터가 고속으로 돌고 있는 것 같았다. 동해안 전체가 환히 불을 밝히고 최근의 일들을 은폐하려고 지난 2주 동안 분주히 움직였으므로, 버펄로는 수색대가 정해진 시간표를 지키는 것이 최선이라고 생각했다.

"최근의 일들?" 마크 스피츠가 물었다.

"반전, 일이 복잡하게 꼬이는 것." 파비오가 말했다. 저 위에서 중위의 후임을 내려보낼 때까지 지휘권은 파비오의 손에 있었다. 그런데 버펄로는 벌써 두 번이나 제때 식량을 떨어뜨려주지 못했다.

사무실의 냉수기 옆, 전자레인지와 커피메이커가 있는 곳에서 장식 냅킨 위에 당당히 앉아 있는 디지털 플레이어에서는 줄곧 옛날 팝송이 흘러나오고 있었다. 그런데 느닷없이 거기서 DJ의 목소리가 터져나오는 바람에 마크 스피츠는 깜짝 놀랐다. "여러분! 모두들 여유 있게 화창한 오늘을 즐기실 수 있기를 바랍니다!" 아직 라디오 방송국이 복구되지 않은 것은 확실했다. DJ는 오후 내내 하늘이 맑을 것이라고 예보했다. 마크 스피츠는 이것이 재앙 이전 어느 오후의 라디오 방송 녹음본임을 알아차렸다. 지나간 날의 치아 미백 광고, 죽어버린 영화관에서 상영되는 영화 광고, 집단소송에 마지막으로 합류할 기회가 남았다는 광고 등이 유령처럼 흘러나왔다.

캠프 출신의 십대이자 마크 스피츠가 본 적이 없는 신참이 사무실로 들어와 파비오가 옛날에 쓰던 의자에 털썩 주저앉았다. 보급은 엉망이 됐을망정, 버펄로에는 예비 부품들이 아주 많았다.

"우리가 알지도 못하는 사이에 파비오가 저기에 앉아 있었다니 믿을 수가 없어." 게리가 말했다.

"면목 없는 일이야." 케이틀린이 말했다.

그들은 떠올릴 수 있는 기억이 그리 많지 않았다. 솔직히 그를 그렇게 잘 알지도 못했다. "상당히 괜찮은 상관이었어." 칼이 말했다. 그들은 깊고 차가운 침묵 속으로 빠져들어 가서 술을 마셨다. 칼은 디지털 플레이어의 음악 리스트를 바꾸면서 이렇게 말했다. "이건 리믹스곡만 모아놓은 거야." 누군가의 죽음을 추도하는 일은 그동안 아주 드물었다. 모두들 항상 도망치고 있었기 때문이다. 뒤에 남겨진 시체들은 햇빛 속에서 체액을 질질 흘렸다. 대부분의 사람이 옛날식으로 일을 처리할 수 있는 사치를 누리게 된 것은 세상이 망한 뒤로 처음이었다. 할 말이 별로 없었다.

술이 맡은 바 임무를 수행했다. 노 마스는 벽에 그려진 실루엣들을 향해 천천히 경례했다. 그의 머릿속에만 존재하는 관객들을 위해 중위의 흉내를 내고 있는 것 같았다. 노 마스가 흐릿한 미소를 지었다. 케이틀린은 검지로 머리카락을 둥글게 말아 꽉 졸랐다. 그러다 마크 스피츠가 자신을 바라보는 것을 보고 이렇게 말했다. "지하철."

임무를 시작한 지 7주가 되었을 때, 중위는 파비오를 시켜서 그들을 현장에서 불러들였다. 전례가 없는 일이었다. 수색대원들은 언제나 일요일에만 원턴으로 돌아왔고, 지금은 월요일 아침에는 절망을 느끼고, 수요일 즈음에는 멍하니 무감각해지고, 금요일 오후에는 미약하지만 행복에 도취하는 리듬에 깊이 익숙해져 있었다. 그때만 해도 통신기가 아직 작동하고 있어서, 수리 중인 문명과 그들을 연결해주었다. 마크 스피츠는 그런 식으로 일을 중단하게 된 것이 반가웠다. 오메가 팀은 사회 초년병들을 위한 임대아파트의 내부를 구불구불 돌아다니던 중이었다. 바닥에는 베이지색 카펫이 깔리고, 벽은 소리를 전혀 막아주지 못하고, 문은 손자국으로 얼룩덜룩한 아파트 건물 안을 한 층 한 층 돌아볼 때마다 그는 기분이 나빠졌다. 도시로 나간 그의 친구들도 이런 아파트에 살았다. 복도에 늘어선 문 뒤에서는 죽어버린 포부가 썩어가는 악취가 흘러나왔다. 그들에게는 희망이 있었을 것이다. 하지만 지금은 텅 비어버린 이 싸구려 건물은 포부와 모든 반짝이는 생각들이 완전히 뿌리 뽑혔음을 의미했다.

만둣집에서 중위는 버펄로가 수색대에게 지하철 터널 소탕을 맡기려 한다고 말해주었다.

"해병대가 벌써 하지 않았어요?" 메츠가 말했다.

"대부분은 그렇지." 중위가 설명했다. 해병들은 맨해튼에 도착한 뒤 지하철 플랫폼으로 통하는 회전식 게이트를 잠가버렸다. 터널은 나중에 청소하면 된다는 생각이었다. 하지만 맨해튼 위쪽이 완전히 차단되지 않아서 북쪽으로 향하는 지하철 선로가 활짝 열려 있다는 사실이 알려진 뒤, 고위 장교들의 걱정이 커졌다. 해골들은 그런 식으로 이동하지 않는데도, 모두들 몇 킬로미터나 되는 터널에 망령들이 터질 듯이 가득 차 있는 악몽을 꾸기 시작했다. 그들의 상상 속에서 업타운으로 뻗은 지하철 터널들은 깊이 병들어 망령이 되어버린 승객들을 정돈된 안전구역의 대로들 바로 아래까지 인도하는 어두운 통로였다. 송장을 파먹는 귀신처럼 생긴 얼굴들이 게이트의 가로대에 뭉개지고, 불결한 주먹이 금속 격자를 긁어대는 모습은 사상 최악의 러시아워를 재현한 지옥도였다. 망령들은 콘크리트 플랫폼 바닥에 박혀 있는 게이트를 비틀어 뜯어내고…… 해병대는 해안을 따라 북쪽이든 남쪽이든 새로이 소요가 발생한 곳으로 다시 배치되기 전 마지막 작전에서 안전구역 북쪽 끝의 지하터널을 봉쇄했다. 커낼 거리의 만리장성이 아스팔트와 지각을 뚫고 땅속까지 연장된 것 같았다. 그러고 나서 해병들은 오도

가도 못 하는 해골들을 쫓아 다운타운의 으슥한 구석들을 휩쓸었다.

중위가 안전구역에 온 첫 주였다. 버펄로에서는 온통 서류작업뿐이었고, 중위는 제대로 된 자리를 원했다. 그는 소대를 이끌고 렉싱턴 애버뉴의 지하철 라인을 따라 이동했다. "개략적이었다고 말해야 할 것 같군. 우리는 땅 위를 평정했다. 놈들을 쓰러뜨렸지. 지하는 해골들의 영토였고. 마치 그곳에는 아직 정부가 들어서지 않은 것 같았다. 바로 우리 발밑에 있는 곳인데도. 지하철이 차단되었어도, 터널의 반대편 끝이 죽은 땅으로 이어져 있을 것 같다는 느낌이 있었지. 폐소공포증 때문에 죽을 것 같더군. 철로를 따라 이동할 때 궤도 수레를 이용했는데도 그랬어. 고위 장교들은 야간투시경을 저기 북쪽의 작전구역으로 보냈다. 그러니 우리는 전등을 켤 수밖에 없었지. 저 땅 아래는 이제 도시가 아니야. 거기는 중세 시대다. 중세의 지하 묘지처럼 벽을 타고 물이 줄줄 흐르고, 쥐들이 사방을 뛰어다닌다고. 게다가 철로 사이 땅이 여기저기 파여 있어서 갑자기 수레가 덜컹하기 일쑤였다. 제3궤조(전기를 이용하는 열차에 전력을 공급하는 용도로 만들어진 별도의 레일)는 죽어 있었지만, 그래도 으스스했다. 언제든 그것이 살아나서 우리한테 달려들 것 같았으니까.

하지만 무엇보다 중요한 건, 이다음 커브 너머에 무엇이 있는지, 어둠 속에서 놈들이 얼마나 쏟아져 나올지 도무지 알 수 없다는 점이었다. 다들 겁에 질려서 오줌을 지렸지. 이미 황야에서 많은 경험을 한 녀석들인데도. 그런데도 더 지옥 같은 상황을 만들고 싶었는지, 장군이 좋은 생각이라면서 우리더러 화염방사기를 가져오라는 거야. 인간들을, 아니 인간 이하의 존재들을 횃불로 만들어버리는 건 좋지. 하지만 터널 안은 전혀 환기가 되지 않았다. 지하철이 다닐 때야 커다란 팬이 계속 돌아가면서 공기를 순환시켰지만, 그때는 터널 중간까지만 가도 죽은 공기가 가득해서 연기 때문에 눈이 따갑고, 숨도 막히고, 해골들은 불길 속에서 우리를 향해 달려들고……."

중위는 잠시 말을 멈췄다. 이건 임시로 수색대에 배치된 사람들에게 해줄 이야기가 아니었다. 그는 연단에 놓인 플라스틱 물병에서 물을 한 잔 따랐다. "그래도 우리는 해냈다. 힘든 노동 끝에, 미국 불사조여, 만세. 그랬더니 이제 저 위에서는 우리더러 거기를 완전히 끝장내라고 한다. 지금까지 하던 일을 계속해라, 지난 몇 주 동안 관리자용 통로를 통해 안으로 들어온 해골들을 빵 쏘아서 쓰러뜨리지 않았나. 창고에 혼자 있던 그 녀석도 쓰러뜨렸고. 모두 쓰러뜨려라. 어려운 일은 이미 다 해치웠으니." 중위는 허세를 떠는 듯한 표정을 지었다. 그에게서 한 번도 보지 못한 표정이었기 때문에, 마크 스피츠는 그 표정을 거짓으로 판단했다.

오메가 팀과 감마 팀은 커널 거리에서 사우스페리까지 7번 애버뉴 지하철 라인에 배치되었다. 마크 스피츠가 지하철 노선 중 가장 고상하다고 평가하는 이곳은 맨해튼섬의 신성한 자오선이었다. 두 팀이 커널 거리 북쪽에 도착했을 때, 그는 노란색 타일로 장식된 지하철역을 보고 마음이 차분해지는 것을 느꼈다. 십대 때 처음 뉴욕 지하철을 타고 다니며 이런저런 일들을 수행할 때, 지하철 플랫폼으로 이어진 계단들은 그에게 미친 듯 정신없이 돌아가는 지상에서 도망칠 수 있는 피난처가 되어주었다. 이 계단들 덕분에 그는 근교에서 온 추레한 그를 나무라는 고층 건물들과 끊임없이 그를 툭툭 치고 지나가면서 앞길을 막거나 조심스럽게 걷는 그에게 험악하게 인상을 쓰거나 우산 끝으로 그의 안구를 찔러 그를 무기력하게 만든 뒤 잡아먹을 것처럼 보이는 낯선 사람들을 피할 수 있었다. 그는 플랫폼에서 숨을 고른 뒤, 휴대폰으로 몰래 지하철 지도 앱을 확인했다. 자신이 이곳의 지리를 전혀 모른다는 사실을 누구에게도 들키고 싶지 않았다. 그는 시골뜨기였지만, 이곳에 관광을 하러 온 것이 아니었다. 언젠가는 그도 이 도시에 살면서 이들과 같은 일족이 될 것이다. 마크 스피츠는 목적지 정류장에서 내렸다. 한 번도 와본 적이 없는 곳이었다. 그는 어떤 웹사이트에서 받은 임무, 그러니까 수입 운동화나 한정판 후드티셔츠 같은 것들을 찾아내는 일을 여기서 완수해야 했다. 처음 발을 들여놓은 이 지역을 잘 익혀두어야겠다는 생각뿐이었다.

그때는 만약 그가 여기서 살해당하는 최악의 일이 일어나더라도, 그의 휴대전화가 그의 시신이 쓰러져 있는 곳의 좌표를 위성을 통해 당국에게 알리게 되어 있었다. 그러면 결국 롱아일랜드의 부모님에게도 연락이 갈 터였다. 멋진 티셔츠를 구하려고 돌아다니다가 목숨을 잃는다니, 지금 생각하면 참 황당한 일이었다.

수색대원들은 지하철역 출입구의 잠금장치를 해체하고 플랫폼을 확보했다. 그들은 아무 말도 하지 않았다. 야간 투시 고글의 끈을 단단히 조인 뒤, 흐릿한 초록색 시야에 눈이 적응하기를 기다렸다. 마치 그들이 깊은 바닷속의 깊게 갈라진 틈새 바닥에서 사방을 헤집으며 돌아다니는 생물로 변해버린 것 같았다. 중위가 설명한 그대로였다. 독기를 품은 공기가 느릿느릿 흐르고 지형을 파악하기 힘든, 낡아빠진 던전. 트레버가 말했다. "우리가 방금 지하철 한 대를 놓친 것 같은데." 모두들 웃음을 터뜨리며 플랫폼 남쪽 끝에 걸려 있는 사다리로 향했다.

감마 팀의 대원들은 하나같이 나이가 좀 있는 자들, 제3세대 마약중독자들이었다. 그들은 재건이 이루어지면서 마리화나가 허용되는 새로운 시대가 오기를 안달하며 기다리고 있었다. 그들에게 그것은 입법부가 고민할 필요도 없는 결정이며, 유토피아의 새싹이었다. "모든 걸다 되돌리고 나면, 우리는 즐거움을 제도화할 거야." 귀두가 말했다. "의료용 마리화나는 망각의 향유거든." 딕 카울 또는 귀두라고 불리는리처드 카울은 감마 팀 대장이었다. 전에는 케임브리지에서 내장 요리를 전문으로 하는 고급 이색 요리점의 소믈리에로 일했다. "생각하면재미있어. 해골들이 인간의 내장을 그렇게 좋아하잖아. 놈들은 우리식당 단골이야!" 이런 궁핍한 시대에도 그는 채식주의를 고수했다. 그는 그 식당의 메뉴에 있는 이국적인 진미들을 한 번도 맛본 적이 없는데도, 음식에 맞게 포도주를 추천해주는 솜씨가 아주 훌륭했다. 어쨌든 그의 주장에 따르면 그랬다. 역병 이전의 일들에 대해서는 증인이없기 때문에, 많은 사람들이 자신의 경험을 과장하곤 했다.

조슈아와 트레버도 감마 팀 소속이었다. 조슈아가 예전의 삶에 대해한 말이라고는 "알코올 중독자였어. 지금도 알코올 중독자고"가 전부였다. 어느 일요일에 원턴에서 조시는 자기 어머니가 최후의 밤에 회까닥 돌아버린 모습을 묘사했다. 마크 스피츠도 하마터면 비슷한 경험을 털어놓을 뻔했지만 참았다. 조시는 끝까지 살아남을 수 있을 것처럼 보이지 않았다. 지금까지 살아남은 것이 사실인데도, 그런 생각이들었다. 그러니 그에게 그 이야기를 털어놓는 것은 깨진 접시에 커피를 붓는 것과 같았다. 트레버는 쇼핑할 물건들이 풍부하던 재앙 이전의 밝은 시절에 쇼핑몰 경비원이었다. 게리는 트레버를 만났을 때, 가짜 경찰관 노릇을 하던 그가 "마침내 진짜 총을 쥐게 되어서" 기쁠 것이라며 그를 놀렸다. 그러자 트레버는 쇼핑몰에서 일할 때 총이 필요하지 않았다고 차분하게 대꾸했다. 자신의 양손만으로 충분했다는 것이다. 트레버는 마크 스피츠가 한 번도 이름을 들어보지 못한 무술의 최고급 수련자였다. 마크 스피츠는 그의 즉흥적인 시범을 본 뒤, 그 무술의 전통과 위험성을 인정했다. 감마 팀은 매일 밤 비바크를 할 때마다 약에 취했다. "경찰서가 가까이에 있다면 거기서 야영하지." 귀두가 말했다.

인류 역사상 가장 엄숙한 가위바위보 끝에 오메가 팀이 이겨서 감마 팀이 선두에 서게 되었다. "괜찮아." 귀두가 말했다. 해골들을 불러내기 위해서 조시가 카주(장난감 피리의 일종)로 옛날 헤비메탈곡을 연주하기 시작했다. 마크 스피츠는 이 노래의 제목이 잘 생각나지 않았다. 이 노래를 부른 밴드는 뮤직비디오에서 폭주족들이 입는 두꺼운 가죽옷 차림으로 바르 미츠바(유대교를 믿는 남자들이 13세 때 치르는 성인식)를 시행했다. 지금 생각해보니, 폭주족들의 가죽옷은 목이 노출되었다는 점만 빼면 해골의 공격을 막을 수 있는 최고의 옷이었다. 곧 모두들 콧노래로 그 노래를 따라 부르다가, 현기증이 날 정도로 목청껏 소리를 높였다.

프랭클린 거리 역이 시야에 들어왔을 때, 저 뒤편의 커낼 거리 쪽에서 고함 소리가 들렸다. 안전 장비들이 찰칵거렸다. 망령들은 말을 하지 않았다. 혹시 이 아래에 숨어서 근근이 버티고 있던 괴짜인 걸까? 마크 스피츠는 자기 집을 고집하며 남아 있는 사람들과 마주친 적이 없지만, 해병들은 처음 안전구역을 소탕할 때 그런 사람들을 몇 명 붙잡았다. 그들은 별로 대단할 것도 없는 침실 하나짜리 집이나 원룸을 걸어 잠그고 틀어박힌 채 군인들이 올 때까지 어떻게든 살아남은 시민들이었다. 그렇게 오랜 시간 동안 희망을 점차 잃어버리고, 오로지 아무것도 없는 고집만으로 버티다가 헬기를 보았을 때 그들의 심정이 어땠을까? 해병들은 밧줄을 타고 내려와 50구경짜리 중화기로 망령들을 갈겨댔다. 그토록 오랫동안 그들을 포위하고 있던 그 악마들을. 그들은 대부분 제정신이 아니었기 때문에 비명을 질러대다가 억지로 끌려 나와 윈턴의 병동으로 실려 갔다. 최고급 정신병 약이 거기서 그들을 기다리고 있었다. 한두 명은 해방을 믿지 못하고 자신을 구해준 병사들의 머리에 총을 쏘았다. 또한 개중에는 PASD 때문에 몸이 마비되어서 해골로 오인된 사람들도 있었다. 많지는 않았지만 분명히 존재했다. 지금도 장벽 북쪽에서 집에 틀어박혀 있는 사람들이 있었다. 몇 명은 헬기에 신호를 보내는 데 성공해서 구조되었다. 하지만 헬기 소리를 듣고 오히려 보이지 않는 곳으로 움츠러든 사람도 있을지 몰랐다. 그들은 정신적인 외상을 입은 머리로 계속 종말의 장면만 떠올리고 있을 것이다.

오메가 팀과 감마 팀은 무기를 언제라도 사용할 수 있게 준비했다. 게리가 담배에 불을 붙였다. 마크 스피츠는 지하철 토큰 판매 창구에 걸려 있던 말을 떠올렸다. '저는 역무원입니다. 지금 다른 승객을 도와드리고 있습니다. 포도주색 조끼를 입은 저를 찾아주세요.' 그 남자는 스스로 신원을 밝혔다. 그런데 그가 가까워졌을 때, 마크 스피츠는 그가 포도주색 조끼를 입지 않았음을 알아차렸다. 그들을 부른 사람은 교통국 직원이나 턱수염을 기른 지하의 은자가 아니라 전투 장비를 완전히 갖춘 중위였다. 그가 그렇게 장비를 갖춘 모습을 그들은 처음 보았다. 지상의 원턴에서 말수 적은 상관이었던 중위가 여기 지하에서는 재앙의 베테랑인 진짜 군인이 되어 있었다. 수색대원들은 무안해져서 그들 특유의 전투 자세를 취했다. "나도 훈련 삼아 따라와봤지." 중위가 말했다.

그가 이렇게 장비를 갖추고 나선 것은 몇 달 만이었다. "하지만 마치 오토바이를 타는 기분이군. 지옥에서 만들어진 지옥의 오토바이." 그 다음 일요일에 그는 위스키를 마시면서 마크 스피츠와 케이틀린에게 속내를 털어놓았다. 버펄로가 그린라이트를 보낸 뒤로 자신은 브로드웨이가 꺼림칙했다고.

마크 스피츠는 계속 침목에 발이 걸려 휘청거렸다. 길게 파인 바닥을 걷기가 싫었다. 바닥에 고여 있던 더러운 물이 신발 속으로 스며들어서 그는 돌차기 놀이를 하는 아이처럼 침목에서 침목으로 뛰었다. 기술자들이 철로를 수리하다가 기차가 나타나면 숨을 수 있게 만들어둔 벽감도 질색이었다. 검은 구멍 같은 벽감마다 해골이 한 마리씩 있었다. 관리자용 통로에도 철로로 쏟아져 나오기 직전인 적들이 가득했다. 이곳 토박이인 그들은 침입자를 쫓아내려고 그림자 속의 어두운 서식처에서 튀어나왔다.

"우리는 지하철 철로에 와본 적이 한 번도 없어." 게리가 말했다.

"보통은 지하철을 타고 다니니까." 마크 스피츠가 말했다.

"이게 다시 운행할까?"

"어떻게든 돌아다니게 해야겠지. 제1구역, 제2구역으로. 그럴 여력이 생기기만 하면." 다음 세상에서 지하철은 벌 받은 신처럼 권능을 모두 잃어버릴 것이다. 야만적인 도시에서 점점 영역을 넓혀가며 노선이 하나씩 늘어나던 그 옛날의 발달 단계를 되풀이해야 할 것이다.

"퀸스입니까?"

"수색대가 곧 퀸스에 가게 될 것 같지는 않아." 중위가 말했다. "퀸스. 하지만 그래, 전기가 들어올 거야."

"다시 텔레비전을 볼 수 있다면 좋겠네요." 케이틀린이 말했다.

"물론이지." 중위가 말했다. "지금 '콸콸 흐르는 개울'에서 어떤 멍청이가 역병을 주제로 시트콤을 기획하고 있어." 뭔가 허둥지둥 움직이는 소리에 휙 방향을 돌렸던 중위가 다시 행군을 시작했다. "방청객들 앞에서 녹화한다는군. 방청석이 반쯤 찼대."

마크 스피츠는 도시의 지면 아래 1.6킬로미터 깊이에 있는 시멘트 방에서 곱사등이가 누렇게 변한 흰색 민소매 티셔츠 차림으로 땀을 뻘뻘 흘리며 스위치를 누르는 모습을 상상해보았다. 수십만 개의 냉장고가 동시에 윙윙거리며 살아난다. 수백만 개의 전자레인지와 디지털비디오 플레이어 화면에서 12:00이라는 숫자가 깜박거린다. 모두 얌전히 임무를 수행하다가 꺼져버린 채 명령을 기다리던 슬픈 기계들이다. 임대주택과 고층 사무실 건물의 복도에도 불이 반짝 켜지고, 지하에서는 빨간색과 파란색 신호등에 불이 들어온다. 마법의 제3궤조도 깨어나 무서운 기운을 품었다. 기계들이 깨어난 새로운 세상에는 그들이 옛날에 일상적으로 수행하던 절차들이 존재하지 않는다. 마치 그들이 역병으로 인해 능력을 잃었다가 다른 목적을 위해 재가동된 인간인 것 같다.

그는 지하 세계에 순응했다. 그들의 목소리와 발소리가 벽에서 벽으로 박쥐처럼 팔랑거리며 메아리쳤다. 어디든 틈이 있는 곳에서는 물이 스며 나와 졸졸 흘렀다. 으스스한 평온이 그의 가슴에 자리 잡았다. 그날 수많은 재가 공중을 떠돌고 있었다. 그의 개인적인 공간 안으로 재가 꾸준히 무심하게 쳐들어와 그의 방어물들 위에 쌓이는 바람에 숨이 막힐 것 같았다. 이 검은 지하철역들은 이번에도 그에게 피난처가 되어주었다. 플랫폼은 그가 매달릴 수 있는 단단한 바위였다. 그가 도시를 탐험하던 십대 시절에 자신을 향해 달려드는 엄청난 인파를 피해 도망쳤을 때와 같았다. 그는 언제나 여기에서 숨을 고를 수 있었다. 헤아릴 수 없이 무거운 도시를 이고 있는 이곳에서. 저 위에서 열심히 애쓰는 사람들의 포부와 덧없는 희망을 이고 있는 이곳에서 그는 다음 전투를 위해 각오를 다졌다. 지금도 그랬다.

체임버스 역까지는 모든 것이 만족스러웠다. 체임버스에서 그들은 영원한 질문과 맞닥뜨렸다. 일반열차인가, 급행인가. "어떻게 할까요, 중위님? 사우스페리인가요, 브루클린인가요?" 조슈아가 물었다. 그는 가족 모임에 끌려가면서 지루한 표정을 짓고 있는 십대처럼, 후원사가 제공한 껌을 딱딱 씹었다. 여기까지 오면서 그들은 쥐, 말라붙은 피 웅덩이, 먼지, 총알을 맞아 박살 난 타일 조각 등을 보았지만 해골은 한 마리도 보지 못했다. 해병대의 작전이 워낙 소란스러웠기 때문에, 역병으로 눈이 멀어 터널 안에 숨어 있던 얼간이들이 모두 그 소리에 이끌려 나왔다가 제거되었다. 나중에 시체를 처리하러 온 처리반도, 따돌림을 당하는 아이들처럼 두 시간 전에 이미 숨바꼭질이 끝났다는 사실을 누구에게도 듣지 못해 남아 있다가 뒤늦게 어슬렁어슬렁 밖으로 나온 해골 한두 마리를 해치웠다. 지하의 소탕 작업 역시 지상과 마찬가지로 간단하다는 사실을 감마 팀과 오메가 팀은 점차 알아차렸다. 아니, 사실은 더 쉬웠다. 붙박이 망령들, 그러니까 다시는 오지 않을 지하철을 기다리며 당황하고 있는 이상한 승객이나 이틀짜리 정기권 더미 옆에서 서성거리는 역무원 등이 이미 소탕된 뒤였기 때문이다. 이제는 어둠이 그렇게 갑갑하게 죄어드는 것 같지 않았다.

"사우스페리를 먼저 처리한다. 이 노선 끝까지 갔다가 다시 올라오는 방식으로." 중위가 말했다.

"그럼 내일 다시 와서 작업을 끝내야 하는데요." 귀두가 말했다.

"그럼 내일 오면 되지."

"우리 팀은 급행을 타고, 오메가 팀은 일반열차를 타는 게 어떻습니까?" 귀두가 제안했다. 갈라져서 작업하다가 여기에 다시 모여서 돌아가자는 얘기였다.

중위는 남쪽으로 뻗은 두 터널을 노려보았다. 터널은 죽어버린 검은 눈 같았다. 게리가 눈썹을 치뜨며 익살스러운 표정을 지었다.

"우리는 밤낮으로 안전구역을 돌아다닙니다." 트레버가 말했다. "굳이 말하자면, 여기도 그저 평범한 지하실이나 매한가지예요. 지난 몇 주 동안 우리는 심각한 지하실들을 돌아다녔습니다."

"심각한 지하실이었지." 조슈아가 말했다. 그들이 모두 이 현명한 말씀에 고개를 끄덕이는 것을 보고 마크 스피츠는 쿡쿡 웃었다. 우리가 어떤 지하실을 봤는지 아무도 모를 거야…….

중위는 특유의 우유부단함으로 시간을 끌다가 한 발 물러섰다. 감마 팀은 남쪽을 향해 내리막길을 따라 뻗어 있는 급행열차 철로를 선택했고, 오메가 팀은 일반열차 철로를 맡았다. 게리의 헤비메탈 노래를 귀두가 다시 부르기 시작했다. 그리고 두 팀은 각자 운명을 향해 나아갔다. 나중에 일요일 밤에 만두 가게에서 허물없이 이야기를 나눌 때 중위는 감마 팀과 함께 가지 않은 것을 후회했다. "원래 내가 꺼림칙하게 느꼈던 건 일반열차가 아니라 급행 철로였는데, 우리가 갈라질 때 그걸 놓쳤어. 망한 거지." 그는 선물로 얼음을 가져왔다. 정육면체 모양의 얼음들이 그들의 잔 안에서 챙챙 소리를 냈다. 케이틀린은 이로 얼음을 와작와작 썹었다. 어디서든 급행이군. 마크 스피츠는 속으로 생각했다. 목적지에 더 빨리 데려다주니까. 그는 중위가 말한 꺼림칙한 느낌이란 곧 급행이 처음부터 엉망진창으로 정해져 있었다는 뜻이라고 판단했다. 그래서 오메가 팀에 합류했다고. 그나마 구할 수 있는 사람을 구하기 위해서.

"지지직 지지직." 게리가 이렇게 말하면서 운동화로 제3궤조를 탁탁 두드렸다.

마크 스피츠가 선두에 섰다. 케이틀린은 지뢰밭을 걷는 사람처럼 게리가 발을 디딘 자리만 디디면서 열심히 움직였다. 그 모습이 신경에 거슬렸다. 그래서 그가 투덜거리자 케이틀린은 이렇게 말했다. "행운을 비는 거야." 그는 그녀에게 뒤를 맡으라고 말했다. 그녀는 그 말을 따르지 않았다. 중위가 뒤를 맡았지만, 그는 자기가 미처 보지 못한 것이 무엇인지 고민하느라 꾸물거리고 있었다.

"다음은 뭐지?" 게리가 물었다.

옛날 세계무역센터 역이지. 마크 스피츠는 속으로 생각했다. 아주 오래전의 일이지만 그는 지금도 기억하고 있었다.

감마 팀의 자동소총 소리가 미끈한 강철 바퀴에 실려 오기라도 하는

것처럼 터널 안을 휘저었다. 마크 스피츠는 총성의 방향을 가늠하려고
이쪽저쪽을 살펴보았다. 다시 그 옛날의 플랫폼에 서서 자신이 여기
서 지하철을 타는 것이 맞는지, 아니면 맞은편 플랫폼으로 가야 하는
지 고민하고 있는 것 같은 기분이었다. 그들은 체임버스 역으로 뛰어
서 돌아갔다. 야간투시경 덕분에 들보와 버팀목이 빈약한 픽셀들로 분
해되어 어둠 속에서 솟아올랐다가 가라앉았다. 한 걸음 내디딜 때마다
세상이 어둠 속으로 녹아들었다가 다시 형태를 갖췄다. 총성은 계속되
었다. 총 세 정이 발사되는 소리, 고함 소리, 그다음에는 조금 전보다
작아진 일제사격 소리. 총 한 정이 침묵하고 있었다. 중위는 상식적인
전투 규정들을 고래고래 외쳐댔지만, 총성과 중위의 군대용어 때문에
마크 스피츠는 그의 말을 잘 이해할 수 없었다. 그래서 그냥 평소 이런
폭력 사태가 발생했을 때 대응하던 방식을 따랐다. 지금까지는 그 방
법이 효과가 있었다.

철로가 하나로 모이는 지점에서 오메가 팀은 기둥들 사이로 훌쩍 뛰
어서 급행 노선으로 갔다. 총성은 이미 멎어 있었다. 중위가 욕설을 내
뱉었다. 어떤 남자가 비명을 질러댔다. 하지만 그 소리는 곧 짧게 끊어
지다가 그르륵 하고 목구멍에서 나오는 소리로 바뀌었다. 사람이 잡아
먹히는 소리임을 그들 모두 알 수 있었다. 감마 팀의 손전등 불빛이 터
널이 휘어진 지점에서 새어 나왔다. 마치 새로 태어난 대도시의 첫 지
하철이 역으로 다가오고 있는 것 같았다. 중위가 앞장섰다. 불빛이 가
볍게 흔들렸다. 비명 소리가 짧게짧게 끊어졌다. 중위는 대원들에게
속도를 늦추라고 손짓했다. 웅크린 해골들의 모습이 불빛 속에 나타났
기 때문이었다. 그들의 몸 일부가 빛 속을 들락날락했다. 지하에서 잔

뜩 때가 묻은 터라, 먹이를 뜯어 먹는 그들의 모습이 피로 번들거리는 가고일 같았다.

"머리!" 중위가 감마 팀에게 다시 일깨워줄 필요는 없었다. 철로에 쓰러져 괴물들에게 짓눌리고 있는 그들이 아군의 총에 맞을 가능성은 거의 없었다. 총알이 해골들의 두개골 안에서 폭발하며 그들의 잔치를 방해했다. 한 놈이 마크 스피츠의 눈을 바라보았다. 얼굴에 온통 핏덩이가 묻어 있는 놈이었다. 놈은 곧 다시 트레버를 뜯어 먹기 시작했다. 잔치를 벌이고 있는 무리 가장자리의 망령들은 조금 더 깊은 맛이 나는 먹이를 기대하면서 오메가 팀을 향해 서투른 걸음으로 휘적휘적 다가왔다.

중위와 오메가 팀은 최후의 밤 이래로 줄곧 그래왔던 것처럼, 망령들의 세계에서 계속 진군할 작정이었다. 그들은 해골들을 쓰러뜨렸다. 자기들이 누구를, 무엇을 죽이는지 확실히 하기 위해 그 저주받은 자들의 얼굴에 다양한 가면을 씌웠다.

그들은 괴물을 쓰러뜨리면서 각자 다른 것을 보았다. 마크 스피츠는 게리가 망령들을 평가하듯 바라본다는 사실을 알고 있었다. 그들은 그와 그의 형제들을 축제에서 배제시키고, 평생 괴롭혀댄 번듯한 시민들이었다. 학교의 생활지도 교사와 교감, 게리의 집에서 나는 소음과 마당의 쓰레기 때문에 경찰을 부른 길 건너편의 이웃들. 그들이 말하던 규칙, 그들이 내리던 평가, 선심을 쓰는 듯한 미소는 어디로 갔을까? 게리는 해골들의 머리를 신나게 없애버렸다. 자신이 그들을 얼마나 경멸하는지 강조하기 위해 필요 이상으로 총알구멍을 내주었다.

케이틀린의 눈에는 천벌을 받은 다른 사람들이 보였다. 그녀는 자신의 꿈을 외곽에서부터 조금씩 갉아먹는 오합지졸들을 겨냥했다. 의지력이 약한 흡연자, 게으름뱅이 아버지, 복지수당을 부당하게 받아먹는 사람, 혼자 아이를 키우면서 끊임없이 새끼를 까는 여자, 제한속도를 무시하는 사람, 순전히 자기 잘못으로 터무니없는 신용카드 빚을 진 사람. 체임버스 역과 파크플레이스 역 사이의 이 머리가 텅 빈 괴물들은 투표를 하지도 않고, 학부모와 교사의 회의에 참석하지도 않았다. 그들은 일주일에 두 번 이상 패스트푸드를 먹었으며, 건강한 사람들 앞에서 자신의 끔찍한 몸매를 감추기 위해 특별한 플러스사이즈 옷가게를 이용했다. 그들은 케이틀린의 생활 방식을 무너뜨리면서 동시에 정당화해주는 하층계급 사람들이었다. 이런 자들을 없애버릴 필요가 있었다. 그들은 게리가 죽인 자들과 나란히 더러운 물속으로 쓰러졌다. 누가 누군지 구분할 수 없었다.

만약 그놈들이 운전면허증에 묘사된 사람의 찌꺼기가 아니라 해도, 게리와 케이틀린이 스스로 만들어낸 이미지를 덧씌워 총을 쏘아대고 있다 해도, 알 게 뭐람. 어차피 우리는 다른 사람들을 제대로 보지 못한다. 우리 자신이 그들을 소재로 만들어낸 괴물을 볼 뿐이다. 마크 스피츠에게 망령들은 그의 이웃이었다. 아마도 지하철에서, 또는 환상적인 대도시의 풍경 속에서 그가 매일 보던 사람들. 지하철은 모두를 평등하게 만들어주는 위대한 물건이었다. 월스트리트의 거물들도 덜덜거리는 지하철 안에 서서, 젊은 IT 기술자들과 똑같이 기둥을 붙잡았다. 마치 주먹으로 이루어진 토템 기둥 같았다. 신상품 마케팅을 총괄하는 부사장도 운이 없는 사람들, 몽상가들과 허벅지를 맞대고 앉았다. 그들이 컴퓨터로 만들어낸 안내 방송 목소리의 지시에 따라 목적지에서 내리고 나면, 헤아릴 수 없을 만큼 엄청난 힘을 지닌 금융 이론을 만들어낸 사람이 그 자리를 채웠다. 그들이 내린 뒤에는 일자리를 얻기 힘든 난쟁이가 어제 날짜 타블로이드 신문을 꼭 쥐고 그 자리에 앉았다. 그들은 서로 밀치락달치락하며 지상에서와 마찬가지로 자리 싸움을 벌였다. 몰락과 승리의 미뉴에트였다. 어두운 땅속의 지하철에서는 누구도 남들보다 더 중요하거나 더 쇠약하지 않았다. 모두가 평범하고 평균적인 존재로 뭉뚱그려졌다. A와 C가 굴러떨어지기도 하고 위로 솟아오르기도 하면서 철저히 평범한 무리를 이루었다. 여기서 도망칠 길은 없었다. 마크 스피츠는 이런 곳에서 살고 있었다. 그들은 모두 그와 같았다. 중간쯤 되는 재능으로 그럭저럭 살아가는 사람들, 인류라는 껍질에 달라붙은 따개비, 아직 말살되지 않은 생존자. 어쩌면 그저 시간문제일 수도 있었다. 어쩌면 그는 스스로 삶을 포기하기로 결정할 때까지 살게 될지도 몰랐다. 마크 스피츠는 척추와 두개골이 만나는 지점을 겨냥했다. 그들은 아무 소리도 없이 쓰러졌다. 그는 솜씨가 노련했다.

그들은 죽여야 할 놈들이 모두 죽어 쓰러질 때까지 총을 쏘았다. 그러고는 멍하니 서서 혹시 놈들이 더 있지나 않은지 어둠 속을 바라보았다. 놈들은 확실히 전멸한 것이 아니기 때문에, 또 다른 무리가 저쪽 옆에 숨어 있을 수도 있었다. 그들도 결국은 인간이었으므로, 없애버려야 할 것들이 가득했다.

마크 스피츠는 중위가 괴물들에게서 무엇을 보았는지 알 수 없었지만, 그의 능력은 문제없이 작동하고 있는지 그가 능숙하고 기운차게 오메가 팀에게 지시를 내렸다.

짐작건대, 망령들은 해병대가 처음 지하철 터널을 소탕할 때 미처 보지 못하고 지나친 관리실에 갇혀 있었던 모양이었다. 감마 팀이 그들을 풀어주었다. 마크 스피츠는 놈들이 그 방에서 철벅철벅 튀어나오는 모습을 상상해보았다. 마치 포낭의 막을 찢고 터져 나오는 것 같은 모습이었다. 아니, 그들은 액체가 아니라, 전기가 통하는 기계였다. 조용히 늘어서 있는 기계들, 방치되어 한탄하던 열쇠들, 지하철 시스템을 통제하는 스크린에 좌절된 에너지가 가득했다. 그렇게 갇혀 있던 힘이 다시 분노로 폭발해서 터져 나온 것이다. 사람들이 다시 온 것 같다는 낌새가 나타나자마자. 지상에서 온 사람들, 이 터널을 쓸모 있게 만들어주는 승객들. 트레버, 조슈아, 리처드 카울은 터널을 따라 10미터쯤 물러나다가 놈들에게 제압당했다. 아니면, 한 명이 먼저 붙잡히고 다른 사람들이 구출하려다가 실패한 것일 수도 있었다. 그들의 헬멧에 달린 불빛 속에서, 철로 옆의 피가 새카맣게 보였다. 깊게 팬 바닥에 고인 검은 물과 피가 뒤섞여 있었다. 아무도 "저 핏자국에 이름을 지어줘!"라고 말하지 않았다. 자신이 아는 사람들을 상대로 그 게임을 할 수는 없었다. 마크 스피츠는 속으로 말했다. 나는 5초 만에 저 핏자국의 이름을 지을 수 있어. 저것이 미래처럼 보이는걸.

그 뒤로 수색대는 더 이상 지하철에 들어가지 않았다. 중위는 다음에 해병대가 올 때까지, 그러니까 제2구역을 만드는 작업이 시작될 때까지 터널 소탕을 미뤄도 된다고 버펄로에 알렸다. 그는 자기 부하들을 다시 그곳으로 내려보낼 생각이 없었다. "내 휘하의 팀 대장들 중에는 커뮤니케이션을 전공한 사람도 한 명 있다고, 젠장."

브라보 팀과 오메가 팀은 브라질식 스테이크 식당에서 잔을 쭉 비웠다. 아무도 입을 열지 않았다. 디지털 플레이어가 여름의 사랑에 대해 신나는 노랫말을 지저귀듯 쏟아냈다. 마크 스피츠는 자신이 이들에게 '콸콸 흐르는 개울'의 소식을 아직 말해주지 않았음을 깨달았다.

"세상에." 앤절라가 말했다.

"거기 사람들이 안됐네."

"세쌍둥이는? 세쌍둥이는 어떻게 됐어?"

"한 명은 살아 나왔대." 마크 스피츠가 말했다.

"셋 중 누구? 핀이야?"

"몰라."

"핀이면 좋겠다." 노 마스가 말했다. "내가 제일 좋아하는 애거든. 그 망할 녀석이 어찌나 귀여운지."

"샤이엔이 가여워." 케이틀린이 말했다.

게리는 눈을 감고 고개를 끄덕이며, 세상에서 가장 힘들게 살다 간 세쌍둥이와 소통했다.

그들은 동작 감지기를 설치하고, 침낭을 코 밑까지 아슬아슬하게 끌어 올려 잘 준비를 했다. 케이틀린은 팔꿈치로 몸을 지탱한 채 치실을 사용하고 있었다. 그녀가 말했다. "날이 밝는 대로 다시 작업하는 거야." 엘리베이터가 없는 건물들과 귀한 주차장이 있는 문제의 그 그리드를 누가 차지할 것인가 하는 문제는 오메가 팀에 이로운 쪽으로 결정되었다. 중위의 마지막 선물이었다.

마크 스피츠는 벽의 정글 그림자를 향해 눈을 감았다. 그가 중위를 마지막으로 본 것은 만두 가게에서였다. 일요일 밤의 대화가 점차 끝나가고 있었다. 케이틀린은 벽에 기댄 채 있는 대로 코를 골며 잠들어 있었다. 그레이터 원턴의 분위기는 유쾌했다. 이탈리아 총리가 전 세계 사람들의 사기를 위해 지나 스펜스의 사진들을 방출했다. 사진 속에서 지나 스펜스는 비키니 차림의 여성 전사가 되어 바닷가에서 기관총을 들고 포즈를 취했다. 레이더 계기판 위에 짐짓 부끄러운 듯 몸을 기댄 사진도 있었다. 죽음마당이 또 세 곳이나 발견되었다는 보도가 있었다. 하지만 그중 한 곳은 명실상부한 죽음마당이 아니라, 해골을 죽이는 데 통달한 누군가가 해골의 시체를 버려둔 곳으로 판명되었다. 그 사람이 누군지는 밝혀지지 않았다(버펄로는 그의 프로필을 확보하려고 적극적으로 나섰다). 좋은 소식이었지만, 중위의 표정은 달랐다. 마크 스피츠가 말했다. "잘 견디고 계세요?"

"나라고 아무 영향도 안 받는 건 아니지. 밤잠을 잘 못 자지만, 대신 낮잠을 많이 자. 하지만 역병은 역병이니. 아직 그게 끝났다고 볼 이유가 전혀 없잖아."

"중위님이 하느님의 벌 운운하는 괴짜인 줄은 몰랐는데요."

"하느님이 아니야. 자연이지. 굳이 이름을 붙여야 한다면, 불균형을 바로잡으려는 현상. 그 덕분에 우리는 로봇처럼 반복되던 일상에서 쫓겨났어. 우리는 돌아가시기 전 우리 아버지의 상태와 같아. 우리가 생명 유지 장치를 제거하기 전에 의사들은 아버지를 가리켜서 지속적인 식물인간 상태라고 했거든. 죽어버린 문화에 대한 인과응보지."

"어쩌면 이제 다 바로잡힌 건지도 모르죠." 마크 스피츠가 말했다. 그는 대량으로 들이켠 위스키의 힘으로 자신의 말에 낙관주의의 색을 살짝 덧입혔다. "지나치게 많은 인구를 제거하는 작업이 이제 다 끝났는지도 몰라요." 이 말을 끝내자마자 그는 이런 표현을 쓴 자신이 역겨워져서 자신의 외면화된 양심 역할을 하는 케이틀린이 이 말을 들었는지 확인했다. 그녀는 코를 골며 자고 있었다.

"어쩌면 버펄로가 옳은 건지도 모르지. 역병은 이미 끝났고, 우리는 여기서 아주 중요한 일을 하고 있는 것인지도 몰라. 어쩌면 우리는 고기에서 상한 부분을 긁어낸 뒤 다시 진열장에 놓는 정육점 주인 역할만 하고 있는 건지도."

"그럼 중위님은 왜 여기에 있는 겁니까? 세상이 어차피 다 망한 거라면?"

"얼음을 가져왔어야 하는 건데, 미안하네."

"그건 괜찮아요."

"매주 가져오려고 했는데 깜박했어." 그는 술을 크게 한 모금 마셨다. "놈들이 왜 그렇게 걸어 다니는지 아나? 그건 놈들이 워낙 멍청해서 자기가 이미 죽었다는 사실을 모르기 때문이야."

"제가 여기에 있는 건 되찾아야 할 중요한 것이 있기 때문입니다."

"그건 붙박이 망령의 사고방식이로군." 그가 빙긋 웃었다. 얼굴의 움직임이 너무나 미미해서, 바닷속 몇 킬로미터 깊이에서 검은 뱀장어 한 마리가 자다가 몸을 뒤척이는 바람에 생긴 물살이 수면에 살짝 영향을 미친 것 같았다. "난 감사하고 있네. 버펄로가 우리에게 바빠 일할 거리를 준 덕분에 공연한 생각에 잠기지 않게 되었으니까. 캠프의 하구수용 도랑을 판다거나, 그 망할 옥수수 껍질을 벗기는 일 같은 것 말이야." 그는 마주 앉은 친구들을 향해 잔을 들어 올렸다. "건물들을 청소하는 것. 그 일을 하다 보면 시간이 잘 간다는 건 인정할 수밖에 없어."

일요일

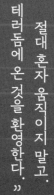

"팀이 같이 움직여.
절대 혼자 움직이지 말고.
테러돔에 온 것을 환영한다."

장벽은 순식간에 무너졌다. 마치 이 순간만 기다리고 있었던 것처럼, 처음부터 이렇게 무너지는 순간을 위해 지어진 것처럼. 애당초 구멍이 숭숭 뚫려 있던 바리케이드의 실태가 드러나자마자 바리케이드는 빠르게 무너졌다. 든든하게 보이던 겉모습과 달리 바리케이드는 사실 그것을 만들어낸 사회 그 자체만큼이나 덧없었다. 그의 생존 프로그램 중 열에 들뜬 듯이 움직이는 하위 방책들이 모두 아주 오랜만에 가동하기 시작했고, 그는 결함이 스스로 모습을 드러내기 직전에 결함을 찾아냈다.

　　안전구역이 죽던 날 아침에 오메가 팀은 늦잠을 잤다. 숙취 때문에 입속이 텁텁했다. 평소 같았으면 오메가 팀은 오후 3시에 퇴근 카드를 찍고 원턴으로 갔겠지만, 그들이 어제 일찌감치 일을 끝내버렸다는 사실을 케이틀린이 되새겨주었다. 그녀는 "그들을 실망시키고 싶지 않아"라고 말했다. 여기서 '그들'이란 히드라(그리스 신화에서 머리가 아홉 개인 뱀. 머리 하나를 자르면 그 자리에 머리 두 개가 자라난다) 같은 불사조를 뜻했다. 그들이 망령이 소탕되기를 기다리며 보크사이트 광산에서 떨고 있든, 아니면 정착지 캠프의 품에 행복하게 안겨서 지금 이 순간 식당에 앉아 알루미늄 깡통 안에 든 일요일 브런치를 먹고 있든 상관없었다. 마크 스피츠는 트로먼하우저 세쌍둥이 소식에 케이틀린이 보인 반응을 눈여겨봐두었으므로, 이날 아침 그녀가 그들의 안전을 위해 희생제물을 바치는 심정으로 그렇게 헌신적인 태도를 취하며 몇 킬로미터나 되는 거리를 질주하는 것 같다고 해석했다. 이렇게 해서라도 그 아이들의 작은 심장이 계속 뛸 수만 있다면. 케이틀린은 액션배우처럼 움직이며 불타는 헛간에서 슬로모션으로 뛰어나왔다. 해골 무리를 따돌리며 뛰고 있는 그녀의 양팔에는 세쌍둥이가 각각 한 명씩 안겨 있었고, 나머지 한 명은 가슴에 해먹처럼 매달린 천 속에 들어 있었다.

두 수색대는 서로를 위해 술기운으로 인한 우울함과 탈수증상에서 빨리 회복하기를 빌어주었다. 일단 원턴으로 돌아가면 반드시 해장술을 마실 것이다. 그건 의문의 여지가 없었다. 일은 그다음이었다. 풀턴×골드. 오메가 팀은 힘들게 얻어낸 주차장을 차분히 음미했다. 그들의 작업구역 중에 자리 잡은 이 빈 공간, 이 축복받은 땅뿐만 아니라 지금은 잠시 쓰이지 않고 있는 공중권(땅이나 건물의 상공을 사용할 수 있는 권리)까지 구석구석 음미했다. 줄지어 늘어선 4층짜리 임대아파트 단지에는 악마들이 없었다. 골드 거리 42번지에서 자살자 두 명을 시체 가방에 담아 운반한 것이 전부였다. 그 두 사람은 두 개 층을 사이에 두고 내부 구조가 똑같은 침실 하나짜리 소형 아파트에서 스스로 목숨을 끊었다. 2R호의 할머니는 거실의 스테인드글라스 샹들리에에 목을 맸다. 나중에 샹들리에가 천장에서 떨어져 내리면서 천장의 석고 조각들과 썩어서 곤죽이 된 시체가 뒤섞여 시체의 모습이 아주 독특한 덩어리처럼 변했다. 마크 스피츠는 그것을 보고 오래된 테이크아웃 요리 속에 잠복해 있는 덩어리들을 떠올렸다. 죽은 할머니가 냉장고 안쪽에 남아 있는 테이크아웃 용기 속에 갇혀버린 것 같았다. 그는 그 할머니가 딛고 섰던 오토만을 보았다. 그도 옛날에 인터넷에서 저것과 똑같은 오토만이 세일 중인 것을 보고 충동적으로 구입한 적이 있었다. 그가 부모님의 집 휴게실로 들어가 살기 시작한 봄의 일이었다. 기적적인 신(新)발명품 천으로 되어 있어서 때도 묻지 않고, 세탁기로 빠는 것도 가능한 물건이었다. 그는 에너지를 절약해준다는 전구를 갈 때 그 오토만을 이용했다. 그는 그 전구의 창백한 빛이 자신에게서 생기와 쾌활함을 모두 빼앗아 가고 있다고 생각했다.

거기서 두 층을 더 올라간 집의 자살자는 소파에 앉아서 자기 머리를 날려버렸다. 4R호의 그 남자는 얼굴이 올빼미처럼 생겼고, 가느다란 머리는 밀짚 색깔이었으며, 몸에 비해 한 사이즈 커 보이는 손에서 삐져나온 팔다리는 쪼그라든 상태였다. 스스로 목숨을 끊기 전에 굶주린 모양이었다. 밖에서 간신히 구해 온 식량으로 세상의 종말을 근근이 버텼을 것이다. 욕조에는 혀로 깨끗하게 핥아먹은 깡통과 해체해서 납작하게 정리한 상자가 가득했다. 남자는 이것들을 재활용 쓰레기로 버리기 위해 끈으로 묶어서 봉지에 넣어두었다. 게리는 그 남자의 악취가 평균적인 뉴욕 시민이 썩어갈 때 풍기는 악취와 다르다고 지적했다. 그의 말이 틀리지 않아서, 시체 옆의 모자 상자를 조사해보니, 솜털

이 난 얼룩무늬 동물의 시체가 쪼그라든 모습으로 그 안에 들어 있었다. 아파트를 장식한 수많은 사진 속의 동물이었다. 남자의 유서에는 이 룸메이트가 특별히 언급되어 있었다. 그는 종(種)을 차별하지 않는 내세에서 동물과 인간이 뒤섞여 살아가는 삶, 또는 내세를 꿈꿀 수 있을 만큼 뇌가 커지는 것을 상상했다. 남자와 동물 모두 물린 자국이 없었다. 그들은 스스로 상상하던, 금지된 세상으로 올라갔다.

오메가 팀은 아파트의 두 시체들을 시체 가방에 넣어 거리에 내놓았다. 처리반이 와서 그들을 처리할 것이다. 얼룩무늬 동물의 시체는 주인과 같은 가방 속에 넣었다.

그들이 그날 마지막으로 수색한 곳은 점집이었다. 6시가 가까웠다. 케이틀린은 내일 여기서부터 일을 시작하자고 제안했지만, 게리가 반대했다. "난 손금을 보고 싶어."

마크 스피츠는 이 낡아빠진 가게가 무자비한 대도시 정비사업을 어떻게 불사의 노인처럼 이겨냈는지 상상이 가지 않았다. 도시 안에서 바삐 돌아다니는 작은 생물들처럼 이 도시 또한 과거에 홀려 있었던 것 같다는 생각밖에 떠오르지 않았다. 이 도시가 이 낡은 가게를 놓아버리려 하지 않았다. 그렇지 않고서야 블록마다 이런 가게들이 감상적인 모습으로 버티고 있는 상황을 설명할 길이 없었다. 이런 가게들은 매일 아침 문을 열고, 역병이 도시를 쑥대밭으로 만들기 전에도 이미 멸종한 것이나 다름없던 손님들을 상대했다. 얼룩이 묻은 유리 진열장 안에는 쓸모라고는 조금도 없는 물건들이 펠트 천 위에 놓여 있었다. 천장에 달린 강철 고리에 걸어둔 물건들에는 먼지가 달라붙었다. 이제는 찾아볼 수 없는 물건들, 끊어진 욕망. 도시가 이들을 보호해주었다고 마크 스피츠는 생각했다. 타자기 수리점, 손 글씨를 흉내 낸 구식 네온 간판이 달린 구두 수리점. 이런 곳에서는 무능함이 생생하게 느껴지기 때문에 호기심을 품고 다가오던 사람들도 도망가버렸다. 가족끼리 운영하던 델리의 번철에서는 세균이 무리를 지었다. 그들은 색바랜 간판을 그대로 내걸고, 99년짜리 임대권을 주장하며 끈질기게 남아서 점점 사라져가는 과거의 언어로 자기들끼리 속닥거렸다. 양편의 다른 가게들은 새로운 물건, 반짝거리는 물건, 사람들이 원하는 물건을 팔았지만, 도시는 이 낡은 가게들을 비밀이나 종양처럼 단단히 끌어안고 소중히 지켜주었다.

이 점집도 시대를 초월한 그런 가게였다. 요즘식으로 표현하면 붙박이 망령인 셈이었다. 창문에 스텐실로 새겨놓은 초라한 문구들 뒤편에서 점점 해체되고 있는 금속 장식들이 탁하게 반짝거렸다. 진열창 바닥에는 크리스마스 조명이 꽃줄처럼 늘어진 가운데, 죽은 곤충들이 검은 목걸이 모양으로 쓰러져 있었다. 이 블록의 다른 가게들은 모두 여피들에게 필요한 물건을 팔았다. 이 동네의 인구구성을 감안해서, 수입 주방용품이나 고급 아동용품을 흡수했다. 하지만 이 점집은 달랐다. 혹시 상황이 지금과는 달라질 수 있었을까? 만약 브라보 팀이 풀턴×골드, 주택가/상업지구 혼합지역을 쟁취했다면, 그 팀의 대원들 덕분에 상황이 다른 방향으로 풀렸을 가능성이 있었다. 만약 오메가 팀이 휴식을 취하러 가기 직전에 이 점집에 들른 것이 아니라면, 게리가 이렇게 유쾌하게 들떠서 멍청한 짓을 하는 일은 없었을 것이다. 나중에 마크 스피츠는 줄줄이 이어진 필연적인 일들의 실타래를 풀어보았다. 그랬더니 마치 검은 파리들의 시체로 만든 초커 같았다.

게리가 자물쇠를 끊었고, 마크 스피츠는 그와 힘을 합해 잘 올라가지 않는 셔터를 올렸다. 놋쇠 문고리와 잠금장치는 유물이었다. 오랜 세월 동안 거쳐 간 사람들의 손길 덕분에 마치 이 세상의 것이 아닌 듯 반질거렸다. 마크 스피츠가 보기에는 시대에 뒤떨어진 이 가게에 손님이 많이 올 것 같지 않았다. 미래를 내다보는 점쟁이가 이곳에서 자신의 비밀을 풀어놓기 전에 과연 어떤 중요한 가게가 이 자리에 있었을까. 부동산 소개소, 정육점, 골동품 보석상, 휴대폰 가게 등이 중절모를 쓴 손님들을 상대했다. 당시 중절모는 부드러운 천에 금속 고리를 끼운 형태였다. 자락이 넓게 펼쳐지게 버팀대를 넣은 치마, 팬티스타킹, 그리고 갑자기 나타난 신념의 상징과 낯선 그림들을 피부에 새길 때 사용하는 파란 잉크. 이 주소에 해당하는 앨범에서 그가 볼 수 있는 것은 지금 눈앞에 있는 가게뿐이었다.

주인은 가게 한복판의 탁자에 앉아 있었다. 이 붙박이 망령은 점쟁이들 특유의 전통적인 옷차림 대신, 도시의 펑크족처럼 온통 검은색 제복 차림이었다. 나이는 마크 스피츠와 비슷했다. 역병으로 쓰러졌을 때 서른 살이 채 되지 않았을 것이다. 새까맣게 염색한 머리에는 초록색 줄무늬가 섞여 있고, 역병으로 인해 멍든 것처럼 변한 눈 밑은 마스카라가 번진 자국 때문에 더욱더 짙게 물들어 있었다. 벽에는 인기 있는 컴퓨터 활자체로 찍어낸 메뉴판이 걸려 있었다. 점성술, 숫자 점, 오러 조절. '재조정'이라는 항목은 무슨 뜻인지 알 길이 없었다. 약초, 무지개색 가루, 새하얀 부적 등이 담긴 작은 단지와 그릇 여러 개가 자그마한 금속 선반 위에 놓여 있었다. 인터넷 소매상에서 구입한 소도구들이었다. 태피스트리, 베개, 깔개 등은 빨간색과 갈색 흙 색깔이 대부분이어서 마치 짐승의 굴 같은 느낌이 들었다. 오메가 팀이 지금 서 있는 이곳은 대중문화 속에 묘사된 영매의 성소 그 자체였다. 천리안을 지닌 점쟁이의 현대적인 옷차림은 이 분위기와 살짝 어긋나는 듯하면서도 꼭 필요한 것이었다. 현대 도시의 점쟁이인 그녀는 구세계의 마법과 조상들의 수정구 점을 부지런히 이용했다. 그녀가 코에 금속 고리를 끼운 모습으로 집에 돌아왔을 때, 부모는 십중팔구 그녀가 조상들의 유산을 포기해버렸다고 생각했을 것이다. 하지만 그것은 변화무쌍한 도시에 맞게 가업을 적응시키려는 노력이었다. 경쟁력을 유지하려면 남의 눈을 끌기 위한 장치가 필요하지. 마크 스피츠는 속으로 생각했다.

점쟁이의 오른쪽 귀 아래 목이 푹 파여 있었다. 드러난 속살은 길의 포장을 뜯어낸 뒤 진홍색으로 물들인 것 같은 모양이었다. 딱지가 앉은 구멍 속에서 연골과 각종 관들이 입을 벌리고 있었다. 도시의 살갗이 찢겨 나간 것 같았다. 그녀는 옛날에 일하던 작업대를 떠나지 못하고, 루비처럼 새빨간 천으로 장식한 작은 원탁 위에 양손을 평평하게 내려놓은 자세로 앉아 있었다. 의자가 두 개인 것을 보니, 그녀의 뜻을 분명히 알 수 있었다. 한 번에 한 사람씩.

케이틀린이 말했다. "내가 뒤를 맡을게." 그녀는 가게 뒤편으로 들어가서 자동소총으로 빨간 구슬을 엮어 만든 커튼을 젖혔다.

게리는 못된 표정으로 킬킬거렸다.

마크 스피츠가 말했다. "아, 젠장." 그의 새로운 방침이 스스로 모습을 드러냈다. 붙박이 망령을 빨리 쓰러뜨릴수록 좋다는 방침. 그들은 중위가 감상적으로 표현한 천사들이 아니었다. 단순하고 소박하게 살아가면서 모호한 가르침을 퍼뜨리는 사람들이 아니었다. 전에 텅 빈 사무실에서 혼자 복사기 앞에 서 있는 청년 네드를 그대로 내버려두려 했던 마크 스피츠의 충동은 결코 자비가 아니었다. 그들은 사라진 사람들과 닮은 친척이 아니라, 처리해야 하는 해충이었다. 그때 그가 왜 머뭇거렸을까?

게리가 배낭을 내려놓고, 의자에 편안히 앉아 연극배우처럼 화려한 동작으로 장갑을 벗었다. 그리고 가게 주인의 살짝 회색이 도는 창백한 손을 자신의 손바닥 위에 올렸다. "잠깐 손금만 볼 거야, 마크 스피츠." 게리가 말했다. "우리가 알아야 할 것들이 있어서 그래."

"그건 무례한 짓이야." 마크 스피츠가 이렇게 말하고 나서 자동소총을 들어 올리자, 게리가 손을 저어 총을 물렸다. 게리는 오랜 친구들의 호의를 이용하는 사람이 아니지만 마크 스피츠는 이 자리에서 목격자가 되고 싶지 않았다. 그런데 목격자가 없다면 해골을 조롱하는 것은 무의미한 짓이었다. 마크 스피츠는 자신이 이런 반감을 품게 된 원인을 콕 집어서 찾아낼 수 없었다. 예전에 네드에게 느꼈던 걱정과 지금의 반감을 서로 연결하고 싶지도 않았다. 그는 새로운 증상의 무게를 추가로 짊어지기에는 너무 피곤했다.

점쟁이의 손에 손을 잡힌 게리의 검은 손톱과, 점쟁이의 손 밑에 있는 빨간 모래 같은 것이 서로 비슷해 보였다. 점을 치러 온 사람과 점을 봐주는 사람이 모두 각각 무덤에서 흙을 파고 나온 것 같았다. 게리가 눈썹을 움찔했다. "이미 저세상에 가신 분들 중에 대화하고 싶은 사람 있어, 마크 스피츠?"

저 벽 너머로 몇 블록 떨어진 곳에 그의 삼촌이 살던 아파트가 19층 높이로 떠 있었다. 그것이 심장처럼 박동하며 존재를 알렸다. 마크 스피츠에게 영매는 필요하지 않았다. 섬광신호와 깃발신호로 충분했을 것이다. 로이드 삼촌은 과연 어떤 계시를 내려줄까? 지금 삼촌은 재앙 이전에 모르던 것들을 알고 있을까? 그렇지 않았다. 마크 스피츠는 이미 황야에서 모든 것을 알아냈다.

마크 스피츠가 사양하자 게리는 귀에 헤드폰을 갖다 대는 시늉을 하더니 무전을 칠 때처럼 말했다. "중위님, 들립니까? 명령을 내려주세요. 우릴 파비오에게 맡기지 말라고요."

게리가 자기 형제들을 불러낼 수도 있었을 것이다. 그들의 죽음을 부정하는 자신의 감정을 회피해서 의표를 찌를 수만 있었다면. 마크 스피츠가 보기에 강령회는 어차피 실패로 끝나게 마련이었다. 설사 이 젊은 점쟁이가 제대로 기능하고 있다 해도, 그녀에게 예전의 재능이 남아 있다 해도 마찬가지였다. 그는 내세의 존재를 밝혀주는 데 실패한 여러 증거들을 훑으면서 이미 많은 밤을 보냈다. 사람의 생이 끝나면 거기에 모종의 장벽이 존재하는 것은 맞았다. 하지만 그 장벽 너머에는 아무것도 없었다. 뭐든 있을 리가 없지 않은가. 역병은 심장을 정지시켰고, 사람의 정수는 그 한심한 살덩이에서 허물을 벗듯이 빠져나와 엑토플라즘인지 뭔지 속에서 개헤엄을 치며 움직였다. 그러다가 역병이 심장에 다시 시동을 걸었다. 천사들이 사는 곳을 잠깐 엿볼 수 있게 해준 뒤 사람을 바로 떼어내 괴물로 만들어버리는 신은 도대체 얼마나 잔인한 존재인 건가. 그 신은 사람들에게 망령의 얼굴에 슬프게 벌어진 구멍으로 세상을 지켜보며 고약한 패러디 같은 삶을 견디라고 선고했다. 제1구역의 바깥에서 사람들은 관중석에 앉아 꼼짝도 하지 못했다. 그들은 자신의 손이 멋대로 조악한 모조품을 만들어내는 모습을 구경해야 했다.

하지만 내세의 죽음에 이점이 전혀 없는 것은 아니었다. 내세를 포기한 덕분에 마크 스피츠는 자신이 저지른 실수들을 영원히 다시 경험하면서 그 영향이 역사 속에서 아주 짧고 쓸모없는 잔물결이라 해도 하여튼 잔물결처럼 퍼져나가는 광경을 보게 될까 봐 걱정할 필요가 없었다.

"이 집시, 나사가 몇 개 빠졌는데." 게리가 말했다. 그러고는 그녀의 손을 평평하게 들어 올려 그냥 놓아버렸다. 점쟁이의 손이 탁자 위로 무겁게 떨어졌다.

케이틀린이 돌아왔다. "세상이 무너진 뒤에 이 여자가 저 뒤에서 살았나 봐." 그녀는 눈앞의 장면을 향해 고개를 절레절레 저었지만, 이런 일에 진심으로 경악하는 능력은 이미 잃어버린 뒤였다. 피곤한 하루였다. "넌 정상이 아니야, 게리."

"뭐 물어보고 싶은 것 없어, 케이틀린?" 게리가 점쟁이의 손을 다시 잡았다. "네 짝을 언제 만날지 알고 싶지 않아?"

"하여튼 내가……."

"틀렸어."

마크 스피츠의 동료들은 해골을 상대로 장난치는 기분에 젖어 들었다. 마크 스피츠는 긴장하지 말자고 속으로 되뇌었다. 지난 이틀 동안 그들은 인사부의 망령들과 중위의 금지된 행동을 겪으며 힘든 시간을 보냈다. 30분 뒤에 그들은 원턴에 있을 것이다. 세상을 새로 만들어내는 일에 또 일주일만큼 가까워진 것이다. 하지만 살 속에서 뭔가가 느

꺼졌다. 아주 미약한 진동 같은 것.

케이틀린이 물었다. "세쌍둥이가 무사히 살아날 수 있을까?"

"뭐야? 역병 때문에 혀가 굳었나? ……잠깐, 뭐가 나오는 것 같은데……." 게리가 눈을 꾹 감고 점쟁이의 답을 날조했다. "세 용감한 영혼이……."

"샤이엔이야, 멍청아. 샤이엔은 무사해?"

"답은…… 그래!"

"세상에."

마크 스피츠가 물었다. "우리가 무사히 살아날 수 있을까?"

게리가 한쪽 눈을 뜨고 씩 웃었다. "물어볼게, 잠깐만…… 마담 집시, 우리에게 미래를 보여줄 수 있나요?"

미래는 우리가 만들고 있지. 그래서 지금 여기 있는 거잖아. 마크 스피츠는 속으로 생각했다.

"모호해." 게리가 이렇게 말하고 나서 한 손을 덜덜 떨며 더 열심히 집중했다. "네가 정말로 알고 싶은 게 뭐야? 네가 무사히 살아날 수 있을지?"

"그래."

"잠깐만……." 게리의 몸이 경련했다. 그와 점쟁이의 살갗이 맞닿은 지점으로 사나운 심령 전류가 들어온 탓이었다. 기술자인 게리는 심령 세계의 힘과 싸우면서 표정이 일그러졌다. 전선이 연약했다. 마크 스피츠는 점쟁이의 검은 입술에 아주 흐릿한 미소가 새겨져 있는 것을 처음으로 알아차렸다. 마치 그녀도 이 장난을 즐기고 있는 것 같았다. 아니면 완전히 다른 놀이를 즐기고 있거나. 그 장난의 정확한 내용은 그녀만이 알고 있을 터였다. 게리가 탁자 위로 쓰러져 이 순간을 실컷 즐기다가 힘없이 고개를 들었다. "모든 게 다 잘될 거래, 마크 스피츠. 아무것도 걱정할 필요 없어."

마크 스피츠는 장단을 맞추기 위해 안도한 시늉을 했다. 거리에서는 재가 내리고 있었다. 그의 전위부대였다.

"좋아, 이제 일어나, 게리." 케이틀린이 말했다. "이걸 끝내야지."

"골내지 마." 게리가 이렇게 말하고 나서 점쟁이의 손에서 자신의 손가락을 들어 올렸다. 그런데 그 순간 그녀가 그의 손을 붙잡고 검지와 엄지 사이의 살을 깊이 물었다. 피가 튀다가 멈추더니 또 튀었다. 그의 심장박동에 맞춰서. 집시의 입이 앞뒤로 움직이며 살을 뜯어내 씹었다. 그렇게 게리의 엄지를 먹어치웠다.

케이틀린의 총알이 그녀의 머리를 날려버리자 그녀는 바닥으로 쓰러졌다. 혈관 속에 들어 있던 검은 액체가 신비로운 물건들이 가득한 조립식 책꽂이 선반 위로 울컥 쏟아졌다. 얼굴이 완전히 사라지기 전에, 피가 튄 그녀의 입술에 다시 미소가 나타났다. 만족스러운 듯 이를 초승달 모양으로 드러내고 활짝 웃는 표정이었다. 어쩌면 마크 스피츠의 상상일 수도 있지만.

케이틀린이 욕설을 퍼부어대며 점쟁이에게 네 번 더 총을 발사하는 동안 그는 게리의 상처를 돌봤다. 충격과 고통에 찬 게리의 비명이 안티사이프런트를 달라는 명령으로 바뀌었다. "그걸 줘. 그 물건 어딨어. 그걸 줘." 그가 양손으로 자신의 조끼를 더듬으며 소리쳤다. 마크 스피츠는 게리가 갖고 있던 항생제를 찾아냈다. 그가 이번 주를 위해 모아둔 기분안정제와 같은 주머니에 항생제가 들어 있었다. 게리는 그 안티사이프런트를 게걸스레 삼킨 뒤 마크 스피츠와 케이틀린이 갖고 있던 항생제까지 먹었다. 그리고 울부짖었다.

민담처럼 전해지는 이야기가 있었다. 재빨리 엄청난 양의 안티사이프런트를 먹으면 역병을 몰아낼 수 있다는 속설. 안티사이프런트는 예전 세상에서 2급 항생제였다. 그것이 어쩌다 역병이라는 침략군을 몰아내는 기병대 역할을 맡게 된 건지는 알 수 없었다. 캠프의 식당에서 아무 테이블이나 골라 사람들에게 물어본다면, 그들 중 한두 명이 이 방법으로 목숨을 구한 사람의 이야기를 건너건너 들었다고 주장할 것이다. 하지만 계속 꼬치꼬치 캐물으면, 이 속설이 확실한 방법이라고 주장할 수 있는 사람은 당연히 하나도 없었다. 마크 스피츠도 이 약의 힘을 믿지 않았다. 이 속설을 가장 처음 퍼뜨린 사람은 십중팔구 역병의 공격을 약하게 받았기 때문에 감염되지 않았을 것이다. 그래도 주머니에 이 약을 몇 알쯤 가지고 다닌다고 해서 손해가 되지는 않았다. 십자가나 성서를 가지고 다니는 것과 같았다. 먹기 쉬운 믿음의 알약을 효과 빠른 방책으로 가지고 다니면 안 될 이유가 없지 않은가.

케이틀린이 게리의 팔에 모르핀 앰플을 주사한 뒤 상처에 붕대를 감았다. 그리고 뒤쪽 욕실에서 가져온 자홍색 핸드 타월로 피를 닦았다. 게리는 신음하며 집시를 노려보았다. 마치 그녀의 배를 갈라 그 속을 더듬어서 자신의 엄지를 찾아낸 뒤 손에 다시 꿰매 붙이고 싶어 하는 것 같았다. "집시의 저주야." 그가 말하면서 먼지투성이 카펫에 빨간 루비 같은 핏방울을 뱉었다. 그의 손목 끝에 달려 있는 하얀 장갑에서 빨간 점들이 빨간 꽃잎으로 피어나더니 꽃다발이 되었다. 마크 스피츠는 또 다른 구급상자를 열었다.

아직 독한 조치를 취할 필요는 없었다. 아직은 시간 여유가 있었다. 여러 세대에 걸쳐 균들이 변이한 탓에 속도가 빨라지기는 했지만, 그래도 시간 여유가 있었다.

"약을 더 줘." 게리가 말했다.

"브라보 팀이 아직 저쪽에 있는지 알아볼게." 케이틀린이 말했다. 브라보 팀 대원들의 기질을 생각하면, 그들은 이미 한참 전에 원턴에 가 있을 터였다. 하지만 마크 스피츠는 케이틀린이 지금 상황을 무전으로 보고하려고 시도해볼 생각임을 알고 있었다. 높은 사람에게 상황을 알려야 했다. 그것이 비록 하찮은 파비오라 해도.

그들은 뒷방에 자리를 잡았다. 정부가 없던 중간 공백기에 점쟁이가 이곳에 보잘것없는 골방을 하나 마련해두었다. 적어도 몇 주는 이곳에서 지냈을 것이다. 이 방에는 그녀가 꼼짝도 못 하고 갇혀 살았던 흔적이 역력히 드러나 있었다. 양초에서 흘러내린 촛농이 둔덕을 이루었고, 콩과 수프가 들어 있던 깡통들도 피라미드 모양으로 쌓여 있었다. 긴 소파 위에 둥근 고치 모양으로 놓여 있는 담요들은 그녀의 둥지였다. 그 속에서 그녀는 탈출 계획을 짰으나 성공하지 못했을 것이다. 마크 스피츠는 게리를 부축해서 그 소파로 데려갔다. 게리는 걸음을 내디딜 때마다 이미 죽어버린 이 가게 주인에게 욕설을 퍼부었다.

케이틀린이 곧 올 것이라고 마크 스피츠는 확신했다. 그녀는 믿을 만한 사람이었다.

게리가 퀼트를 쥐고 턱까지 끌어 올렸다. 어떻게 해도 사라지지 않는 외풍 때문에 짜증이 난 아줌마 같았다. "사람들이 왜 널 마크 스피츠라고 불러?" 그가 물었다.

그는 북동 회랑의 자동차 견인 작업에 대해, 자신들이 구름다리에서 포트 골든게이트로 돌아왔을 때의 우스갯소리에 대해 말해주었다. 그때는 그도 다른 사람들과 함께 웃어댔지만, 나중에 종이로 된 옛날 백과사전에서 마크 스피츠가 누구인지 몰래 찾아보았다. 이를 위해 그는 먼저 백과사전을 구해야 했다. 시간이 걸렸다. 어느 날 기반 시설 담당자의 방갈로에서 열린 영화의 밤이 그에게 마침내 구원이 되어주었다. 이 집의 예전 거주자들이 크고 두툼한 구식 사전을 갖고 있었던 것이다. 심지어 사진과 그림도 곁들여져 있었다. 그의 별명인 마크 스피츠는 원래 이전 세기에 올림픽에 출전했던 수영선수의 이름이었다. 그는 그 올림픽에서 자유형과 접영 종목에 출전해 세계신기록으로 금메달을 딴 최고의 선수였다. 뮌헨 올림픽. 역병 발발 초기에 뮌헨은 과학자들이 감염된 자들을 모아둔 생물학적 위험지역이 되었다. 그들이 백신을 개발하려고 애쓸 때의 이야기다. 사람들이 그곳을 '수프'라고 부르던 것이 지금도 기억에 남아 있었다. 황야에서 누군가가 그곳의 이야기를 그에게 해준 다음부터였다. 그때 그는 사람들이 어디서나 사람이 아닌 존재로 변해간다는 생각을 하고 있었다. 괴물로, 수프로.

마크 스피츠가 딴 금메달이 일곱 개였나? 여덟 개? 여기에 이 별명의 아이러니가 하나 있었다. 그가 올림픽 출전 선수와는 거리가 먼 존재라는 것. 지금의 마크 스피츠가 딴 메달들은 광석 찌꺼기로 찍어낸 것이었다. 마크 스피츠는 자기 별명의 유래를 게리에게 설명한 뒤 이렇게 덧붙였다. "거기에 '흑인들은 헤엄칠 줄 모른다'는 게 있지."

"그래? 너도 못해?"

"하지. 헤엄칠 줄 아는 흑인들은 많아. 많았어. 그러니 그런 말은 편견이야."

"난 그런 말 들은 적 없는데. 하여튼 누구나 언젠가는 수영을 배울 필요가 있기는 해."

"난 물속에서 아주 잘 움직여."

게리라면 인종, 성별, 종교적 편견을 수두룩하게 알고 있을 것 같았다. 이런 편견에 상응하는 우스갯소리는 물론, 그런 우스갯소리를 여러 문헌과 비교해서 해부한 내용까지 알고 있을 터였다. 하지만 마크 스피츠는 친구를 추궁하지 않았다. 그냥 모르핀 탓으로 돌렸다. 지금은 흑인 백인 할 것 없이 한편이 되어 역병 환자인 '그들'을 욕하는 시대였다. 깨끗이 소탕된 안전구역이 점점 늘어나고, 사람들이 다시 숨이 막힐 만큼 복작복작 모여 살게 된다면, 과거의 편견들도 되살아날까? 아니면 이런 적의, 두려움, 시기심을 되살리는 것은 불가능한 일일까? 만약 서류작업이 되살아날 수 있다면, 편견과 주차 티켓과 재방송도 분명히 되살아날 것이라고 마크 스피츠는 생각했다.

세상에는 계속 죽어 있어야 마땅한 것들이 많지만, 그것들은 살아서 돌아다녔다.

게리는 이제 형제들까지 포함한 '우리'라는 주어를 쓰지 않았다. 지금 이 순간에도 역병 균들이 그의 머릿속에서 뇌수를 우적우적 먹어치우고 있는 걸까? 케이틀린이 가게 안으로 다시 들어오는 소리가 들렸다. 그는 그녀의 걸음걸이를 알고 있었지만, 그래도 다시 확인할 필요가 있었다. 게리가 공격당함으로써, 그는 다시 황야에 한 발을 걸친 것과 같은 상태가 되었다. 그 무엇도 아무 생각 없이 당연한 듯 받아들일 수는 없었다. 몸에 활기가 돌았다. 뇌의 맨 아래쪽에 있는 파충류 뇌가 고동쳤다.

케이틀린이 늪지처럼 사람을 빨아들이는 오렌지색 빈백 소파에 털썩 주저앉았다. 생각보다 몸이 깊이 가라앉은 채로, 그녀는 브라보 팀의 흔적이 보이지 않는다고 말했다. 통신기에서는 여전히 치직거리는 소리만 들려왔다. 게리는 눈을 감았다. 마크 스피츠가 말했다. "잠들면 안 돼. 잠들면 안 돼. 옛날 고속도로에서 일할 때 이야기가 아직 하나 남았어. 너도 들으면 좋아할 거야."

그는 콰이어트 스톰의 은밀한 작전이 지닌 의미를 어떻게 알게 되었는지 대원들에게 이야기해주었다. 그가 헬기를 타고 안전구역으로 올 때의 이야기였다. 함께 견인 작업을 하던 다른 구조대원들은 그냥 회랑에 남았다. 리치는 이른바 '대도시'를 좋아하지 않았다. 이 단어를 입에 담은 많은 사람들과 마찬가지로, 그 역시 대도시에 실제로 가본 적이 한 번도 없는데도 그랬다. 마크 스피츠는 그가 도시에서 가장 싫어할 만한 요소인 사람들이 이미 사라져버렸다는 사실을 굳이 말해주지 않았다. 콰이어트 스톰은 그녀 특유의 이상한 태도로 아직 할 일이 남았다고 그에게 말했다. 그리고 그는 당시 그녀의 말에 주의를 기울이지 않았다. 공중으로 떠오른 뒤에야 그는 그녀가 고속도로의 모습을 어떻게 바꿔놓았는지 볼 수 있었다. 다른 구조대원들, 아니 다른 모든 생존자들은 황야의 가장자리에서 황야를 바라볼 수밖에 없었지만, 콰이어트 스톰은 공중에 떠서 자기가 만들어낸 문자로 선언문을 적었다. 중앙선에 직각으로 세워진 초록색 해치백 다섯 대, 도로를 따라 3킬로미터 떨어진 곳에 서로 코가 맞닿을 정도로 가까이 세워진 흑백 고급 세단, 북쪽으로 또 800미터 떨어진 곳에 예각으로 기울어져 있는 미니

승합차 열 대. 자동차들의 숫자와 색깔 속에 문법이 숨어 있고, 문자의 의미는 자동차들 사이의 간격 속에 암호처럼 숨어 있었다. 800미터, 400미터. 지프 다섯 대가 남북으로 뻗은 고속도로에 남서쪽으로 약간 기울어진 각도로 줄지어 서 있었다. 이것은 200년 전 이주민들이 만든 길, 또는 사람들을 쇼핑센터로 유도하기 위해 도시계획가들이 구체화한 길이 미처 억제하지 못한 에너지의 폭발이었다. 동서 방향으로 각각 200미터씩 떨어져 서 있는 SUV 열 대는 심해의 진흙 속을 미끄러지듯 움직이는 뱀장어의 지느러미 또는 화살의 살깃이었다. 그런데 그 화살이 겨냥하는 건…… 뭐지? 내일인가? 저걸 누가 읽지? 이내 헬기가 엉망진창 코네티컷의 중형 도시 상공에 도착하면서 그녀의 글이 더 이상 보이지 않았다. 제1구역까지 절반쯤 온 셈이었다.

"저게 도대체 무슨 뜻이야?"

"우린 아직 저걸 읽는 법을 몰라. 우리가 지금 할 수 있는 건 저것의 목격자가 되는 일뿐."

그녀는 그 문자를 통해 미래 속으로 나아갔다. 처음에는 버펄로가 훅훅 숨을 몰아쉬며 계략을 펼치고 부족한 것들을 보급했다. 그리고 가엾은 불사조들은 모래 속에 피투성이 무릎과 팔꿈치를 박으며 신기루를 향해 가만가만 움직였다. 그러다 콰이어트 스톰 같은 사람들이 나타나서 묽은 진흙으로 자기들의 장기짝을 빚어 장기판에 배치하고, 자기들만의 전략적인 재건을 시작했다. 마크 스피츠는 그녀의 모자이크를 보았다. 엄청난 무게를 자랑하는 그 모자이크가 버펄로의 모든 계획, 진행 중이던 작전은 물론 아직 명확히 정리되지 않은 작전보다도 더 오랫동안 유지되는 것을 보았다. 그녀는 누구를 향해 그 메시지를 던졌을까? 신들과 외계인들, 누구든 딱 알맞은 때에 딱 알맞은 시각으로 아래를 내려다보는 자. '누구든 이 글자를 읽을 수 있는 사람에게. 가까이 오지 마. 도와줘요. 날 기억해요.'

"그건 '이제 안전해요. 우리가 사라졌으니까'라는 뜻인지도 모르지. 아니면, '난 아직 여기 있어요'라는 뜻인지도 모르고." 그녀는 아직 일이 끝나지 않았다며 회랑에 남기로 했을 때 그에게 이렇게 말했다.

"그거 PASD 같은데." 게리가 말했다. "무지개 마을에 자기 똥으로 성경 구절을 쓰는 사람이 있었어." 그는 졸린 얼굴로 후원사의 담배를 찾아 자기 조끼를 툭툭 두드렸다. "누가 가서 페니실린 좀 가져다줘."

"내가 갔다 올게." 마크 스피츠가 말했다.

"괜히 재가 떨어지고 있다는 둥 허튼소리나 하면서 돌아다니지 말고." 게리가 말했다. "재 얘기는 안 할 거지?"

"그래."

"너 계속 창밖을 보고 있어." 게리가 말했다. "그런 건 혼자만 생각하는 게 제일 좋아. 내 생각에는 그래." 아이에게 딱 한 시간만이라도 코파기를 그만두라고 말하는 부모 같았다. 어쩌면 사람들이 수군거릴지도 모른다.

"넌 지금 죽음의 침대에 누워 있는 게 아니야. 죽음의 소파 베드지."

"이걸로 어떻게 담배에 불을 붙여?"

마크 스피츠는 밖에서 케이틀린을 기다렸다. 거리 저쪽에 있는 처리반의 수레에 자살자들의 시체가 실려 있었다. 흐린 날씨 때문에 날이 빨리 어두워졌다. 비가 오려는지 궁금했지만, 그의 귀에 들려오는 천둥소리는 하늘에서 나는 것이 아니라 군대가 만들어낸 것이었다. 케이틀린이 소독약을 묻힌 솜으로 손가락을 닦으면서 가게에서 나왔다. "게리는 여기 있겠대." 그녀가 말했다. "누구도 만나기 싫다고."

"내가 파비오랑 이야기해볼게. 핑계를 대서 위생병을 재촉해보지, 뭐. 저 친구가 좀 편해지게." 완곡한 표현이 쉽게 입에서 흘러나왔다. "저 친구 변화가 빠르면 어쩌지?"

"난 각오가 돼 있어. 게리를 혼자 두지 않을 거야. 내가 지금 나온 건 혹시 게리에게 자살할 시간이 필요한가 싶어서야."

"그렇군."

"뛰어."

그는 북쪽을 향해 뛰었다. 두 블록을 뛰어간 뒤에야 배낭을 두고 온 것을 깨달았다. 하지만 그것을 가지러 돌아가지 않기로 했다. 번개에서 쪼개져 나온 천둥 같은 대포 소리가 더 심해졌다. 점점 짙어지는 어스름 속에서 번개가 순간적으로 그의 앞길에 불을 밝히고 거리를 떠도는 재 조각들을 짧게나마 개똥벌레처럼 변신시킬 것 같았다. 천둥이 형제를 잃었군. 그는 속으로 생각했다. 가족이 모여서 제대로 식사를 한 것이 언제 적 일인가. 원턴에서 고위 장교들에 대해 불평하지도 않고, 발에 물집이 잡혔다고 투덜거리지도 않고, 재앙 이전의 세상을 곰곰이 생각하거나 뚱한 표정으로 떠올리는 사람 없이 제대로 저녁 식사를 한 것이 언제인가. 오메가 팀은 이런 가족적인 식사를 당연하게 생각했다. 브로드웨이를 향해 전속력으로 달리던 중에 문득 케이틀린의 생일이 생각났다. 모두 함께 거대한 건물의 계단을 오르락내리락하고 있었는데, 케이틀린이 어렸을 때의 중요한 생일파티와 관련된 일화를 무려 세 개나 투척했다. 친환경 농장에 견학을 가서 작은 손으로 알파

카에게 먹이를 주던 기억. 그들의 거친 혀가 그녀의 손바닥을 간질였다. 어느 해에는 미친 과학자의 실험실을 방문했다. 당시 초등학교 3학년이던 그녀의 친구들이 거기서 기계를 돌리며 솜사탕을 만들었다. 온 마을 사람들이 다 한통속이 된 것이 아닌가 싶었던 깜짝 파티도 있었다. 사람들은 "치과에 가자"는 정교한 연극으로 그녀를 속였다. 결국 게리가 그녀에게 가장 중요한 날이 언제냐고 물어볼 수밖에 없었다. "오늘이야." 케이틀린이 말했다. 그런데 그때 그녀가 들고 있던 시체 가방의 지퍼가 저절로 열리면서 덩어리가 섞인 체액과 내장이 몇 갤런이나 흘러나왔다.

오메가 팀은 햄버거 빵 대용으로 비스킷을 반으로 자르고, C-4에 불을 붙여 그 불로 스팸버거를 구웠다. 그리고 레이트 인근의 고급 이탈리아 식당 개인실에서 즐겁게 먹었다. "최고야." 게리가 트림을 하며 말했다. 커민과 고수풀을 살짝 넣은 것이 최고의 요리를 만들었다고 모두 입을 모았다. 오메가 팀은 원턴에서 팔리고 있는 롱아일랜드산 카베르네 포도주를 마셨다. 어떤 장군이 브리지햄프턴 포도 농장에 수색 및 구조대를 파견한 뒤부터 등장한 포도주였다. 포도주를 만들던 사람들은 '캠프 엘도라도'로 모셔져 와서 후원자이자 애국자가 되었다.

그들이 코코넛 컵케이크의 셀로판 포장을 열고 생일에 반드시 불러야 하는 노래를 부른 뒤, 케이틀린이 오랫동안 마음에만 담고 있던 최후의 밤 이야기를 그들에게 해주었다. 무감각하게 기억을 털어놓는 이야기가 아니었다. 함께 나누는 이 순간의 값싼 카타르시스를 만끽하고 싶다는 충동 때문에 이 이야기를 꺼낸 것이 아니었다. 그녀는 재앙을 기리고 싶어 했다. 그녀가 말했다. "내가 도망치기 시작한 그날 밤

의 이야기를 해줄게. 그러고 나서 그 도망이 끝나기를 기원하며 축배
를 들자."

마크 스피츠는 달렸다. 모퉁이를 돌자 로이드 삼촌이 살던 건물이
우뚝 솟아오르고, 수비대의 불빛 하나가 순수한 파란색 금속으로 이루
어진 그 건물의 허리 부분에 고정되었다. 그는 기운이 빠졌다. 저것이
그에게 하고자 하는 이야기가 무엇인가? 여행에서 돌아올 때 그는 그
건물을 볼 수 있을까 싶어서 비행기의 두꺼운 유리창에 코를 딱 붙이
곤 했다. 뉴욕으로 이어진 고속도로에서 교통정체에 걸렸을 때도 그는
줄줄이 늘어선 고층 건물들 중에서 그 건물을 찾아보았다. 그러다 마
침내 군중 속에서 그것을 찾아내면, 따분한 풍경 위로 솟아오른 그 파
란 피부가 언제나 그를 즐겁게 해주었다. 그때마다 그는 생각했다. 언
젠가 나도 저런 집에 살면서 이 도시 사람이 될 거야. 하지만 지금 불
빛이 밤하늘을 두드려 구멍을 뚫어놓은 것처럼 보이는 저 파란 달은
낯설고 불편했다. 옛날의 그 건물이 아니었다. 다른 건물로 바뀌어 있
었다. 그는 재 속을 달렸다. 정말로 재 조각들이 떨어지고 있었다. 그의
상상일 수도 있었지만 하여튼 사방에서 두꺼운 조각들이 확고하고 고
집스럽게 느릿느릿 내려왔다. 소각로가 가까이 있었으므로 진짜 재 조
각들일 가능성이 있었다. 그리고 중위도 여기에 섞여 있었다. 코클리
에 의해 산산이 부서진 모습으로.

그녀의 생일날 밤, 그 이탈리아 식당에서 케이틀린은 비행기보다 더
비싼 돈을 내고 기차를 예약했다고 말했다. 이 나라에 그녀가 아직 보
지 못한 것이 아주 많기 때문이었다. 아름다운 풍경 속을 달리다 보면

마음이 들떴다. 창밖의 세상이 기운을 북돋워주는 반면, 차 안의 세상은 그렇지 않았다. 딱딱한 의자에서 세 시간이 지난 뒤 쑤시는 듯한 통증이 불규칙한 간격으로 종아리를 꿰뚫고 지나가기 시작했다. 와이파이의 연결 상태도 하도 변덕스러워서 그녀는 기차 안에서 법정 드라마의 한 시즌 분량 중 절반을 보려던 계획을 포기했다. 거기에 세 줄 뒤의 자리에 앉은 사람이 치즈가 들어간 캐서롤 냄새를 풍긴 것이 최후의 역겨운 일격이었다. 쉽게 빠지지 않는 악취가 객차 안에 가득 찼다. 그 냄새를 거의 손으로 만질 수도 있을 것 같았다. 냄새가 새로운 승객이라도 되는 것처럼. 하지만 그녀가 플랫폼에 도착했을 때, 주말에 만나기로 한 친구들이 기다리고 있었다. 그들이 금속 철책 뒤에서 손짓하고, 보안 팀의 독일산 셰퍼드들은 강철 같은 눈빛으로 목에 줄을 매단 채 안절부절못하고 있었다. 케이틀린은 사흘 뒤 친구들이 이 역으로 그녀를 다시 바래다줄 때까지 기차에서 겪은 온갖 불쾌한 일들을 잊어버렸다.

집으로 향하던 기차가 크로포즈빌 외곽에서 멈춰 섰다. 이 소도시의 이름이 지금도 그녀의 머릿속에서 노래처럼 울리고 있다고 했다. 뜻밖의 사랑을 만나거나 잃어버리는 내용의 컨트리곡에 등장하는 마을 같았다. 선셋 데이라이너라는 이름의 기차는 꼼짝도 하지 않았다. 기차 안의 전등들이 깜박거리고, 환기장치를 통해 공기가 커다란 소리를 내며 들어왔다 나갔다. 잠시 난기류 속을 지나가고 있는 것 같았다. 차장 한 명이 기차 앞쪽을 향해 서둘러 걸어갔다. 승객들의 질문도 무시하고 눈도 피하면서 그는 칙칙거리는 무전기를 향해 암호를 중얼거렸다. 걱정이 된 승객 두 명이 당황해서 장애인 화장실 앞에 모였다. 힘없는 소비자가 언제나 입에 올리는 협박이 그녀의 귀에 들려왔다. "내가 가만히 있지 않을 겁니다." 그들은 돈을 내고 이 기차에 탄 고객으로서 신에게 인정받은 권리를 지니고 있었다. 이 기차 회사의 핫라인 번호가 그들의 스마트폰에서, 인터넷에서 그들을 기다렸다. 소비자 보호기관에는 그들이 피해를 호소하고 도움을 얻을 수 있는 이메일 주소들이 나열되어 있었다.

창가 좌석의 여자, 새처럼 생겨서는 기차에 탄 뒤로 태블릿 화면에서 단 한 번도 부리를 떼지 않은 여자가 처음으로 케이틀린을 보았다. 칙칙거리는 소음과 함께 인터콤에서 목소리가 흘러나오는 순간이었다. "잠시 정차 중입니다." 여자는 두개골 양옆에서 이어폰을 빼냈다. "그런데 여긴 어디예요?" 그녀가 물었다. 시간이 흐른 뒤 그녀가 숲으로 도망치려 하자 주 방위군 병사가 기관총으로 그녀의 등을 여섯 번 쏘았다.

어쨌든 그 안내 방송이 나온 뒤 가장 먼저 일어선 사람은 파란색 데님 옷을 입은 오십대 남자였다. 턱수염에는 초록색과 빨간색 구슬들이 섞여 있었다. 그는 옆 칸으로 옮겨 가려고 했지만 문이 꿈쩍도 하지 않았다. 모두 이 칸에 갇힌 꼴이었다. 한 시간이 흘렀다. 케이틀린의 휴대전화기의 통신 상태 표시가 한 줄 한 줄씩 줄어들고 와이파이는 완전히 꺼져버렸다. 다른 승객들도 모두 네트워크와의 연결이 끊어지기 (순식간에 일어난 일이었다. 불길한 그 순간에 실망감이 폭포처럼 쏟아졌다) 전, 뉴스 블로그들에는 차장이 말해주지 않은 소식이 가득했다. 기차에 격리 조치가 취해졌다는 것. 한 승객이 식당 칸에서 "이상한 행동"을 해서 승무원들이 주의를 기울이게 되었다고 했다. 이 테러

리스트는 난투극 끝에 화장실에 들어가 문을 걸어 잠그고 생화학 물질을 살포하겠다고 협박했다. "우릴 내보내줘야지." 누군가가 울부짖었다. 어떤 여자가 고함을 지르고, 기차 안의 모든 사람들이 창문을 통해 군용트럭과 지프를 보았다. 하얀 방역복을 입은 군인들이 자갈로 포장된 갓길로 쏟아져 나왔다. 그들의 얼굴은 보이지 않았다.

처음 두어 시간 동안 테러 이야기는 그럴듯한 구실로서 스스로 형태를 갖춰갔다. 케이틀린은 나중에 도망치면서 비로소 전국의 다른 사람들이 언론매체를 통해 알고 있던 소식을 알게 되었다. 언론매체들이 감염에 관해 서로 앞뒤가 맞지 않는 덧없는 얘기들과 구조 센터의 위치만 멍하니 나열하는 처지로 전락하기 전에 알려준 소식이었다. 언론이 한숨을 내쉬며 깊이 가라앉아 말을 잃고 늙어버리기 전의 이야기. 기차 안의 0호 환자는 좌석에 앉은 상태에서 짐승처럼 변했다. 인류의 윤리규정에서 벗어나 역병의 엄숙한 명령을 받아들여서 세 명을 문 뒤에야 제압당했다. 그리고 차장이 지원을 요청하자 인근의 군부대가 출동했다. 당국은 비상 채널을 통해 들려오는 특정한 단어들에 즉각 반응을 보였다. 아직 세상이 죽음을 맞기 시작한 초기라서 구조 신호가 접수되면 군대를 동원하는 것이 가능할 때였다. 어쨌든 일부 구조 신호에는 대응이 이루어졌다.

아무도 그 기차에서 내릴 수 없었다. 최후의 밤 전야였던 그날, 케이틀린이 탄 기차의 승객 중 일부는 도망치려고 시도했다. 비상 창문을 통해 빠져나가서, 군의 차단선 중 약하게 보이는 지점을 뚫고 질주하려 한 것이다. 이렇게 해서 케이틀린은 정부가 없던 중간 공백기에 일상이 된 광경과 처음 맞닥뜨렸다. 강한 남자 또는 여자가 정신 나간 계획을 내세워 지지자들을 모으고, 실패할 것이 뻔한 돌격대를 구성하는 모습, 포위된 빅토리아 양식 건물들에서 터져 나온 혼란, 사람들이 임시변통으로 마련한 곤봉이나 국자나 부지깽이를 정신없이 휘둘러대며 옴짝달싹 못 하게 된 스쿨버스에서 뛰쳐나오는 모습. 격리된 기차는 확고하게 정해진 길에서 뽑혀 나와 48시간 이후의 미래 속에 떨어뜨려진 셈이었다. 최후의 밤 전야인 그날에 기관총이 이 용감무쌍한 사람들을 처치했다. 그리고 최후의 밤이 시작된 뒤에는 대포가 동원되었다.

그다음 날 저녁에 군인들이 갑자기 도망쳤다. 그들은 사랑하는 사람을 구하려고 작전에서 무단이탈해 장갑차의 방향을 휙 돌렸다. 케이틀린도 도망치기 시작했다. 그녀는 다른 승객들과 함께 죽어버린 기차에서 빠져나와 새로운 시대의 새로운 교훈을 얻었다. 그 교훈을 제대로 익히지 못하면 죽음뿐이었다. 케이틀린은 도망 끝에 결국 제1구역에 도착해서 게리와 마크 스피츠를 만나고, 이탈리아 식당에서 생일파티도 하게 되었다. 식당 안의 어두운 나무 패널들에서는 세상을 떠난 단골손님들의 캐리커처가 산책을 즐겼다. 유명한 사람도 유명하지 않은 사람도 모두 턱이 크게 과장되어 있고, 둥근 혹처럼 튀어나온 코는 보기 싫었다. 케이틀린이 두 사람에게 최후의 밤 이야기를 해준 것은 애도의 의식을 치르기 위해서가 아니라 하고 싶은 말이 있어서였다. "이것이 우리의 옛날 모습이야. 무슨 일이 벌어지는지도 모르고 무방비하던 시절의 이야기." 케이틀린은 자신들이 돌을 깎아 형태를 만들듯이 건물에서 건물로, 방에서 방으로 돌아다니며 해골들을 하나씩 처리해서 만들고 있는 새로운 세상과 제1구역을 위해 건배했다. 마크 스피츠는 그녀의 이야기를 들으며 속으로 생각했다. 나무 패널에 캐리커처를 그려놓은 건, 우리가 매일 간과하는 괴물의 모습을 포착하기 위해서라고. 케이틀린이 말했다. 어쩌면 우리가 다시 괴물을 보지 않게 될 수도 있겠지.

마크 스피츠는 이 마지막 파티의 기억을 간직한 채 원턴의 영역 안으로 들어갔다. 파티가 열린 날은 아름다운 밤이었다. 그들은 세상이 끝나지 않을 거라고 서로에게 좋은 말만 해주었다. 북쪽에서 들려오는 총성 덕분에 그는 상황을 알아차렸다. 장벽이 무너지기 직전이라는 것. 언제나 그렇듯이 장벽이 무너지고 있었다.

시작은 이러했다. 화이트 거리에서 그는 알파 팀의 레스터를 붙잡았다. 안전구역에 처음 왔을 때부터 일요일 휴식 시간에 파티광을 자임하던 그는 롱아일랜드산 적포도주 한 상자를 들고 있었다. 왼손에는 팝콘이 든 커다란 비닐봉지가 대롱거렸다. 그가 고갯짓으로 장벽 쪽을 가리키며 총성에 눈을 굴렸다. 매년 한 번씩 여는 바비큐 파티 때 이웃집의 정원 청소기 소리 때문에 짜증이 난 사람 같았다. "해골들이 하루 종일 먹이를 찾아 몰려오고 있어. 끊임없이." 그는 마크 스피츠에게 중위의 소식을 아느냐고 물었다. 마크 스피츠는 안다고 대답했다. 레스터는 또 한 번의 장례식 밤샘을 위해 필요한 물건들을 징발해서 만두 가게로 가는 중이었다.

마크 스피츠는 나중에 거기서 보자고 말했다. 게리의 뜻을 존중하는 차원에서 그가 괴물에게 물린 이야기는 하지 않았다. 게다가 게리는 레스터를 몹시 싫어했다.

언제 봐도 이상한 광경이었다. 밤에 원턴을 향해 갈 때 보이는 모습은. 부자연스럽게 이글거리는 작전용 조명 때문에 건물들이 새하얗게 변하고, 그림자 속에는 죽은 세상의 깨진 조각들이 모여들었다. 그날 밤 그는 죽은 세상의 흔적을 발견했다. 정체를 알 수 없는 가게의 2층 창문에 손으로 써서 붙인 '포장만 가능'이라는 문구. 패스트푸드 체인점의 특별 샌드위치를 광고하는 플래카드. 브로드웨이와 커낼 거리가 만나는 모퉁이에서 그는 충격을 받았다. 전날 오후의 불안한 서곡이 이제 화려하고 신경질적인 교향곡으로 발전해 있었다. 기관총 소리가 끊임없이 들려왔다. 그는 꾸준히 커지기만 하는 총성에 이미 너무나 익숙했기 때문에, 저 정도 규모의 공격이라면 병력이 얼마나 필요한지 생각해보지도 않았다. 장벽을 굽어보는 핵심 건물들 꼭대기의 초소에서 평소보다 두 배나 많은 저격수들이 적을 겨냥하고 있었다. 처마 끝에 쪼그리고 앉은 가고일들 옆에서 총구가 불을 뿜고, 타르를 칠한 옥상으로 탄피가 후두두 떨어졌다. 장벽의 이쪽 편에 있는 좁은 통로 위에서도 역시 평소의 두 배나 되는 병력이 맹렬히 총을 쏘다가 총을 다시 장전한 뒤, 장벽에 가려 이쪽에서는 보이지 않는 거리에 새로이 몰려든 적들을 쏘아대고는 다시 다음 목표로 넘어갔다.

군인들이 쏘고 있는 적의 모습은 보이지 않았지만, 냄새는 맡을 수 있었다. 악취가 엄청난 것을 보니, 장벽 뒤편에서 시체들이 거대한 산을 이룬 채 썩어가고 있는 모양이었다. 소각로가 있는 서쪽에서는 굴뚝이 연기와 재를 내뿜었다. 하지만 원턴이 장벽 너머의 시체를 가져오는 일을 그만둔 것으로 보아, 수색대가 찾아낸 시체들만 태우고 있는 모양이었다. 망령들의 고약한 체액으로 흠뻑 젖은 한 쌍의 크레인은 꿈쩍도 하지 않았다. 불가사의한 자세로 굳어서 기도하는 거대 사마귀 같았다. 아직 저 기계를 수리하지 않은 것일 수도 있고, 저 기계를 조작하던 사람들이 해골을 쓰러뜨리기 위해 장벽으로 파견된 것일 수도 있었다. 어제 여기저기 바닥에 고여 있던 피 웅덩이가 호수만큼 넓어져 있었다. 시체에서 계속 체액이 흘러나오고 있기 때문이었다.

장벽 근처는 정신없이 분주했지만, 전투 구역만 벗어나면 그리 멀지 않은 곳에서도 여느 때처럼 일요일 저녁의 풍경이 펼쳐졌다. 기가 막힌 일이었다. 기술자들은 저녁에 포커를 칠지, 아니면 영화를 보러 갈지 고민하면서 태평하고 몽롱하게 길을 걸었다. 연인들은 새로운 한 주를 앞두고 밀회를 즐기러 몰래 빠져나갔다. 여러 수색대에 소속된 남녀 대원들이 빨리 만두 가게로 오라고 그에게 손짓했다. 도살장 같은 곳에서 오랜 시간을 버틴 덕분에 생존자들은 재앙이라는 것에 완벽하게 단련되어 있었다.

그들은 그와 같은 것을 느끼지 않았다. 마크 스피츠는 자신의 혈관 속 운율을 음미하고, 감각기관을 통해 들어오는 정보들이 자신을 으스스할 정도로 긴장시키는 것을 즐겼다. 황야를 헤매던 시절의 시스템들이 그동안 녹슬어 있다가 다시 살아나 입력된 정보를 분류하고 있었다. 은행 문이 그의 등 뒤에서 닫히자, 조금 작아진 총소리가 이 거리의 지독한 환경을 강조해주었다. 아무리 일요일 밤이라 해도, 본부가 너무 조용했다. 정규군이 지금 작전 중인가? 지금은 추측할 때가 아니었다. 그에게는 임무가 있었다. 2층의 홀은 버펄로의 변덕들을 현실로 만드느라 분주하던 곳이지만 지금은 텅 비어 있었다.

중위의, 아니 파비오의 사무실은 잠겨 있었다. 마크 스피츠는 문을 흔들어보았다. 발치에 상자 두 개가 쌓여 있는데, 위쪽 상자는 잘려서 열려 있는 상태였다. 그는 그 안의 물건 하나를 집어 들었다. 전투용 헬멧이었다. 헬멧 뒤통수에는 저 유명한 어린이 프로그램에 나오는 아르마딜로가 엉터리로 그려져 있었다. 하얀 사각형 이빨로 시가를 씹고 있는 녀석의 팔뚝에 근육이 위협적으로 솟아 있었다. 지금 이 시대에 어린이들에게 인기 있는 캐릭터가 시가를 피우다니. 누군가가 목이 잘릴 일이었다. 마크 스피츠는 재건 시대의 새로운 마스코트에게 경의를 표하는 수밖에 없었다. 원턴의 그 누구보다도 앞으로 다가올 일에 잘 대비하고 있는 녀석이었으니까. 물론 마크 스피츠 본인은 빼고.

파비오가 조심스러운 표정으로 마크 스피츠에게 문을 열어주었다. 그는 마크 스피츠가 어떤 나쁜 소식을 가져왔는지 경계하는 기색이었다. 마크 스피츠의 브리핑이 끝난 뒤 파비오는 욕설을 한마디 중얼거리고는 장벽을 굽어보는 창문 쪽으로 시선을 돌렸다. 그는 안개 속에 있었다. 그가 말했다. "T-12 특별 사상자 보고서를 작성해야겠군. 그 서식이 어디 있을 거야." 그는 당혹스러운 표정으로 책상 맨 위 서랍을 뒤적거리고, 열쇠를 찾으려고 주머니를 더듬거렸다.

마크 스피츠가 그의 멱살을 잡고 휙 끌어당겼다. 그리고 좀 더 강력하게 상황을 요약해주었다.

파비오는 마크 스피츠의 얼굴을 바라보았다. 이제야 그가 누구인지 알아차린 모양이었다. 그가 사과했다. "붙박이 망령이었다고 말하는 줄 알았어."

"우리도 그런 줄 알았지."

"별로 좋은 일이 아닌데."

"맞아." 마크 스피츠가 말했다. 파비오는 독창적인 생각을 그리 좋아하지 않았지만, 게리의 집시가 건 저주가 골칫거리인 건 맞았다. 이런 반란은 규정을 깨는 행위였다. 해골 한 마리가 규정을 깼다면, 그런 놈이 더 있다는 얘기였다. 이것은 생존자들의 논리였다. '마크 스피츠가 살아 있다면, 틀림없이 생존자가 더 있을 것이다.' 사실이 아닌 것으로 판명될 때까지 이 논리는 유지되었다. 점쟁이는 틀림없이 오류였다. 궤도를 벗어나 태양계에 성큼 뛰어든 못된 혜성 같은 존재. 기능부전을 일으킨 1퍼센트 중에서도 또 기능부전을 일으킨 1퍼센트. 그게 아니라면 지난 몇 달 동안 빈약하게나마 형태를 유지하던 세상이 다시 썩어가기 시작했다는 얘기였다. 조직 사이의 튼튼한 막과 힘든 환경에 시달린 세포벽이 마침내 녹아서 검은 거품으로 변하고 있다는 얘기.

"태미는 어디 있어?" 마크 스피츠가 말했다. "모르핀이 필요해."

"그럴 만한 시간 여유가 있을 것 같아?" 파비오가 그를 빤히 보았다. 맨해튼 미드타운의 길거리만큼이나 텅 빈 시선이었다. 파비오가 말했다. "마음대로 해. 약은 직접 가져가면 돼. 하지만 태미는 지금 헬기를 타고 행복한 땅으로 가는 중이야."

마크 스피츠가 이유를 물었다.

"세 시간 전에 연락이 끊겼거든. 그래서 확인해보라고 군인들을 몇 명 보냈어."

"무슨 일인데?"

"마지막 통신 내용을 해석하기가 어려워."

"파비오의 말은 모든 사람과 통신이 끊겼다는 거다." 보즈먼의 목소리였다. 그의 통통하고 둥근 얼굴이 걱정에 지쳐 있었다. 그는 평소의 사무실용 군복을 버리고, 완전히 전투 복장을 갖추고 있었다. 마크 스피츠는 그가 RPG(로켓 추진식 수류탄) 발사기를 메고 있는 것을 보고 깜짝 놀랐다.

"통신기가 문제예요." 파비오가 말했다. "그게 고장 난 것 아시잖아요."

"통신기 때문이 아니야." 보즈먼이 말했다. "수색대를 불러들이라는 말을 하러 왔어. 지금은 모두 장벽에 손을 보태야 돼."

파비오는 창문 쪽으로 고갯짓을 했다. "그렇게 상황이 나빠 보이지 않는데요."

"옥상으로 따라와."

그들이 서둘러 헬기 착륙장으로 가는 동안, 본부에 남아 있던 군인들이 무장을 갖추고 복도를 쿵쿵 걸어갔다. 머리에는 해골의 공격을 막아주는 헬멧을 단단히 쓰고 있었다. 마크 스피츠는 부대가 이렇게 대규모로 움직이는 모습을 아주 오랜만에 보았다. 배낭을 두고 온 것이 후회스러웠다.

옥상에 올라오자 대포 소리가 그의 고막을 또 두드려댔다. 군사용 조명등이 저 아래 장벽을 겨냥하고 있었다. 보즈먼은 바퀴 달린 조명등 하나의 고정 장치를 풀어서, 끙 하고 힘을 쓰며 조명등을 동쪽 가장자리 쪽으로 돌렸다. 그리고 각도를 조절했다. 불빛이 다른 옥상들의 불빛과 합류하자 브로드웨이의 무시무시한 광경이 드러났다.

길이 바다에 잡아먹혔다. 뉴스에서 보여주던 지구 온난화 시뮬레이션 그림이 마침내 현실이 된 것 같았다. 크게 부풀어 오른 물이 거대한 대도시를 집어삼키려 들었다. 하지만 땅을 덮친 것은 물이 아니라 망령들이었다. 마크 스피츠가 지금껏 본 것 중에 가장 대규모 공격이었다. 놈들은 어깨와 어깨가 맞닿을 정도로 다닥다닥 붙어 서서 널찍한 대로를 가득 메우다 못해 건물 벽에도 찰싹 달라붙어 있었다. 혐오스럽기 짝이 없는 행렬이 꿈틀거리며 브로드웨이를 마비시켰다. 조금 뒤 불빛이 꺼졌다. 세계에서 가장 유명한 거리에서 저주받은 자들이 부글거렸다. 이미 죽은 몸에 더러움과 상처가 가득하고 구멍에서는 체액이 흘러나오고 있는데도, 그들이 몸에 걸친 것들이 그들의 소속을 알려주었다. 회색 줄무늬 양복, 고전적인 록 티셔츠, 카우보이 부츠, 다시키(아프리카의 전통의상), 줄무늬가 들어간 캐시미어 카디건, 술이 달린 스웨이드 조끼, 화려한 조깅복 같은 것들. 그들이 죽을 때 입고 있던 것들. 세상의 모든 불행이 이 콘크리트 협곡에 모여 있었다. 그리고 인류는 한 사람씩 차례로 저렇게 변해가고 있었다. 모든 인종, 피부색, 신념이 대로를 따라 이동하는 저 무리 속에 망라되어 있었다. 여러 인종이 한데 모여 살아가는 도시라는 그 옛날의 전설과 똑같았다. 이 도시는 개인의 이야기에 관심이 없었다. 각자가 새로운 사람으로 거듭난 이야기에 관심이 없었다. 도시는 모두를 받아들였다. 혈통이나 국적이나 주머니 속의 재산과 상관없이 열심히 애쓰는 이민자들을 모두 받아들였다. 역병 또한 사람을 차별하지 않았다. 금방 쓰러지는 사람도 있고 조금 더 버티는 사람도 있었지만, 결국은 모두가 쓰러졌다.

젊은이와 노인, 토박이와 새로 이주한 사람이 함께 있었다. 피부색이 무엇이든, 그들이 믿는 신의 이름이 무엇이든, 신을 믿지 않는 사람이든, 모두가 살기 위해 열심히 애쓰면서 인간답고 소박하게 사랑했다. 하지만 지금은 입과 손가락만 남았다. 부드러운 살 속에서 내장을 뽑아내는 손가락. 확실히 인간의 얼굴을 한 상대를 갈기갈기 찢어서 게걸스레 삼키는 입. 그들이 사로잡은 인간의 얼굴은 점점 인간다운 모습을 잃고, 이빨에 씹힌 살덩이로 변했다. 그들과 마찬가지로 익명의 망령이 되었다. 그들의 입은 이제 말을 만들어낼 수 없는데도 그들은 여전히 말을 했다. 수백 년 전의 첫 이주민부터 산산이 부서진 수비대의 생존자에 이르기까지 도시가 항상 시민들에게 하던 말을. 처음으로 역병의 공격을 받은 인간부터 저 황야의 마지막 희생자에 이르기까지 역병이 숙주에게 언제나 하던 말을. "내가 너를 먹어치울 것이다."

마크 스피츠가 상상하던 안전구역 너머의 풍경, 끊임없는 총성을 들으며 상상한 풍경이 지금 눈앞의 광경 앞에서는 아무것도 아니었다. 장벽이 이런 현실을 그의 시야에서 막아주고 있었다. 장벽은 버티지 못할 것이다. 그건 분명했다. 그는 케이틀린과 게리에게 돌아가야 했다. 함께 계획을 짜야 했다. 망령들이 장벽 너머에서 엄청나게 무리를 이루어 넘어오고 있었다. 커낼 거리 북쪽의 건물들과 장벽 사이를 넘어오고 있었다. 크레인들이 제대로 작동하고 있다 하더라도, 이 속도를 감당할 수 없었을 것이다. 망령들은 쓰러진 자의 시체를 넘어오다가 포탄에 찢겨 시체 더미의 일원이 되었다. 그러면 또 다른 무리가 이 새로운 시체를 밟으며 다가오다가 공격을 받아 쓰러졌다. 찢기고 부러진 모습으로 어지럽게 뒤엉킨 시체들이 장벽 높이의 절반까지 쌓였다. 그들의 상처에서 뿜어져 나온 검은 체액이 콘크리트 틈새로 콸콸 흘렀다. 시체들의 무게가 밑에 깔린 시체들을 눌러 체액이 새어 나왔다. 지나치게 익은 과일이 뭉그러지는 것과 비슷했다. 장벽은 이제 황야의 넘실거리는 파도를 막는 댐이었다. 버티지 못할 것이다.

그는 약한 부분, 장벽이 뚫릴 만한 지점을 발견했다. 해병대가 T자형 콘크리트 조각들을 커낼 거리의 중심부에 설치해둔 부분이었다. 안전 구역이 안정된 뒤, 사람들은 폭 60센티미터, 두께 5센티미터인 가공할 강철 까치발로 콘크리트 조각들을 단단히 고정했다. 장벽 옆 좁은 통로의 금속 발판도 북쪽에서 내려오는 사악한 세력에 맞서서 안전구역을 지탱하는 데 힘을 보탰다. 하지만 마크 스피츠는 이제 황야의 것으로 돌아간 눈을 통해 틈새를 보았다. 강철 까치발들은 창틀에 못으로 박아둔 합판만큼이나 약했다. 바리케이드의 기본적인 역할을 생각해보면 그랬다. 강화해둔 부분들이 조각나는 곳이 바로 거기였다. 못이 나무에 박힌 부분, 까치발이 콘크리트를 파고든 부분. 기도가 진실과 맞닥뜨렸다. 망령들이 단단히 붙들 수 있는 부분은 어디에나 있는 법이다.

이날 밤 장벽을 뜯어낸 것은 망가진 해골 한 마리의 손이 아니라, 브로드웨이를 가득 메운 부정한 무리였다. 기관총이 미친 듯이 불을 뿜고, 망령들이 시체 더미 위로 또 쓰러졌다. 유명한 브로드웨이를 비스듬하게 막아둔 T자형 조각들의 서쪽 가장자리에 박혀 있던 까치발이 뜯겨 나갔다. 그다음 조각을 이어주던 까치발도 튕겨 나왔다. 교차로를 가로질러 날아간 까치발이 높은 곳에 자리 잡은 저격수에게 손짓하던 군대 사무원의 얼굴을 박살 냈다. 콘크리트 조각들이 마구 굴러와서 좁은 통로를 찢어발겼고, 그 밑을 받치고 있던 금속 장갑판이 잠시 장벽을 지탱해주었지만 그 서슬에 군인들이 거리로 내동댕이쳐졌다. 그리고 장벽이 무너졌다. 얼굴이 사라진 병사가 털썩 무릎을 꿇는 순간, 콘크리트 조각이 땅바닥을 강타하며 처리반원을 깔아뭉갰다. 그는 썩은 시체들을 싣고 소각로로 향하던 중이었다. 사다리를 타고 통로로 올라가던 젊은 병사도 콘크리트 조각에 짓밟혔다. 망령들이 틈새를 통해 철벅철벅 들어왔다. 그들은 콘크리트로 지은 경사로와 박살 난 시체들을 넘어오다가 고르지 않은 바닥 때문에 균형을 잃고 커널 거리를 향해 우스꽝스럽게 엉덩방아를 찧었다. 그들은 서로를 밟으며 앞으로 나아갔다. 서로를 재촉하며 앞으로 나아가 굶주린 개울처럼 동서로, 남쪽으로 퍼졌다. 그들은 너무 오랫동안 울타리에 갇혀 있었다. 시체 더미 속에 깔려 있던 망령들 중 일부가 휘청휘청 일어나서 진군하는 무리에 합류했다.

그들은 무(無)의 사절들이었다. 은행 정문은 이미 통행 불능이었다. 망령들은 박살 난 장벽의 남쪽으로 침투해 넘어와서 안전구역을 탈환했다. 통로 위의 병사들은 오도 가도 못했다. 그들은 소용돌이처럼 몰려오는 해골들을 향해 자동소총을 쏘았지만, 통로의 발판이 양쪽에서 끊겨버린 탓에 궁지에 몰렸다. 위험을 무릅쓰고 아래로 뛰어내릴 수도 없었다. 망령들이 어찌나 신속하게 거리를 차지해버렸는지, 그들이 착지할 공간이 전혀 없었다. 망령들 중 일부는 망연자실한 병사들을 먹겠다고 장벽 발치에서 우물쭈물 시간을 보냈지만, 대부분의 망령들은 다른 먹이를 찾아 대로를 휩쓸며 나아갔다. 놈들은 대부분 먹이를 먹겠다고 걸음을 멈추지 않았다. 마치 텅 빈 거리로 풀려나온 것만으로도 배가 부른 것 같았다. 지금은 죽음을 이겨내고 계속 걷는 것만으로도 충분한 것 같았다.

어지럽게 흩날리는 재 속에서 그들을 내려다보며 마크 스피츠는 몸을 떨었다. 건물 앞을 강물처럼 지나가는 망령들이 타임스스퀘어의 증권시세 전광판 속 글자들 같았다. 콰이어트 스톰이 차량들로 만든 글자만큼이나 추상적이고 이해할 수 없는 글자. 그는 언제나 고층 건물의 창가에서 거리를 내려다보며 의미를 찾으려 했다. 땅바닥과 가까운 곳, 망령들과 거의 같은 높이에 놈들의 주장이 비인간적인 두루마리에 새겨져 있는 것 같았다. '나는 여기 있었다. 지금도 여기에 있다. 나는 존재했었다. 지금도 존재한다. 여기는 우리의 도시다.'

어둠 속에서 폭발이 일어나, 이제는 조용해진 대포 소리 대신 새로운 진동을 일으켰다. 트럭의 기관 본체가 불길에 휩싸인 채 호선을 그리며 공간을 가로질러 은행과 대각선 방향에 있는 패스트푸드점과 충돌했다. 마크 스피츠는 지금까지 살아오면서 그 가게에서 일곱 번 식사를 한 적이 있었다. 처음부터 제대로 식사를 할 목적으로 가는 곳은 아니고, 시내에서 임무를 수행하는 도중에 들르는 일종의 피난처였다. 비가 그칠 때까지 시간을 보내는 곳. 그가 가본 적이 있는 그 가게는 따뜻했다. 그곳은 그가 알고 있는 이 도시의 일부였다.

"저건 디젤엔진이 폭발한 거야." 보즈먼이 말했다. 빗나간 총알이거나, 혼란에 빠진 병사가 자신의 몸을 불살라 주위의 괴물들을 함께 데리고 간 것이거나. 저격수들은 빠져나올 길을 확보하려고 사격 지점에서 물러났지만 이미 늦었다. 마크 스피츠의 시야 안에 있는 모든 건물의 입구가 포위되어 있었다. 마크 스피츠는 파비오가 전략을 세우는 소리를 들으며, 일행 두 명과 함께 은행 정문을 확보하기 위해 서둘러 계단을 내려갔다. 하지만 마크 스피츠의 뇌가 생존에 너무 몰두하고 있어서 파비오의 말을 이해하지 못했다. 옛날과 똑같았다. "그렇다면 이제는 중간 공백기라는 말을 하지 말아야 하나?" 그가 말했다. 오메가 팀을 향해 던진 질문이었지만, 그들은 이 자리에 없었다. 그래서 그가 게리 대신 대답했다. "'중간 휴식 시간'이라는 말이 더 맞을 것 같은데." 밖에서 수류탄이 터졌다.

그는 사무실에서 자동소총과 기관총 탄창 몇 개를 챙기고, 마지막 순간에 충동적으로 아르마딜로 헬멧도 챙긴 뒤 중앙 로비를 굽어보는 대리석 층계참으로 갔다. 정문은 이미 확보되어 있었다. 커다란 황동 문에 달린 손잡이들에 검은 끈이 둘둘 감겨 있었다. 건물 안에는 마크 스피츠 외에 다섯 명이 더 남아 있었다. 파비오, 보즈먼, 신병처럼 보이는 얼간이 군인 채드와 넬슨(마크 스피츠가 모르는 사람들이었다), 그리고 화가 머리끝까지 난 메이시 씨. 그녀는 자신과 언쟁을 벌이듯이 혼자 중얼거리며 9밀리미터 권총의 탄창을 확인하고 또 확인했다. 누가 관자놀이에 총을 대고 다그치거나, 이빨을 목에 대고 물어뜯겠다고 협박하며 물어보았다면, 마크 스피츠는 그녀가 "그러게 그 헬기를 탔어야 하는 건데"라고 말했다고 단언했을 것이다.

채드가 남쪽 출구, 즉 리스페너드 거리 쪽 출구를 확보했다고 더듬더듬 말했다. 원턴은 은행과 이 블록 전체를 하나로 연결하기 위해 예전에 은행 뒤쪽 벽을 폭파해버렸다. 이 블록은 하나의 그리드로 지정하기에는 면적이 좁았다. 지금은 일요일 밤이었다. 군인들은 '행복한 땅'을 정찰하러 파견되었고, 갑자기 늘어난 망령들을 상대하기 위해 장벽과 옥상에 평소보다 많은 병력이 배치되어 있었다. 하지만 수비대 병력 대다수는 안전구역 여기저기에 흩어져 일요일 밤의 휴식과 오락을 즐기고 있었다. A급 저격수들과 수색대원들, 반드시 필요한 사무원들, 크고 아름다운 갈색 눈의 기술자들이 모두 그렇게 나가 있었다. 서

머스 장군도 비번이라 숙소에 있었으므로, 보즈먼이 책임자였다. 서머스는 난봉꾼으로 유명한 유럽 왕가의 후손이 소유한 그리니치의 아파트에 살고 있었다. 모두들 훌륭한 예술 작품 같은 건물이라고 말했다. "장군님께 연락해볼까요?" 파비오가 물었다.

보즈먼은 고개를 저었다. "지금쯤이면 장군님도 상황을 아실 거야. 각자 알아서 살아남아야지." 그는 그녀의 아파트가 원턴에서 남쪽으로 800미터 떨어져 있음을 지적했다. 운이 좋다면, 그녀가 집결 지점으로 향하는 중일 수도 있었다.

"그게 어딘데요?" 메이시 씨가 물었다.

보즈먼은 후퇴 지점에 대한 토론이 처음 수색을 시작할 때 처음이자 마지막으로 벌어졌다면서, 배터리파크가 부대 집결지로 지정되었다고 설명했다. 초창기이던 당시 스태튼섬 여객선 터미널이 지휘 센터 역할을 했다. "거기서 항공지원을 받을 수 있습니다. 구조대라든가, 배도 올 수 있고요. 거기가 집결지라는 사실을 다들 기억하고 있는지는 모르겠지만." 보즈먼이 말을 덧붙였다.

"우리를 구조해줄 사람이 남아 있는지 모르겠군요."

마크 스피츠는 마음의 안정을 위해 가슴을 톡톡 두드리며 장비를 확인하다가, 점쟁이의 뒷방에 배낭을 두고 온 것을 떠올렸다. '행복한 땅'과는 연락이 되지 않았다. 다른 캠프들도 마찬가지였다. 이것이 국지적인 현상이 아니라는 뜻이었다. 어쩌면 저 검은 해일이 운 나쁜 해안을 모두 휩쓸며 캠프들을 하나씩 집어삼키고 있는 것인지도 몰랐다. 전 세계 모든 곳에서 같은 일이 벌어지고 있는 것인지도 몰랐다. 환자가 한동안 안정된 상태를 유지하고 있었으나, 지금 최후의 발작이 일어났다. 경련이 점점 약해지면서 체온이 실내 온도와 비슷해졌다. 마크 스피츠는 적어도 두 신병 꼬마들을 위해서라면 구조에 관한 이야기에 맞장구를 쳐줄 수 있었다. 중위가 만두 가게에서 열린 첫 번째 브리핑 때 여객선 터미널을 후퇴 지점으로 지정한 것이 이제 생각났다. 아니, 이건 상상으로 만들어낸 기억일까? 자꾸만 변하는 꿈속 환경에 알아서 장단을 맞출 때처럼? 알파 팀을 비롯한 여러 수색대들도 움직이고 있었다. 지금쯤 만두 가게는 망령들의 물결에 휩쓸렸을 테니까. 그들이 무기를 갖고 있기를, 하루 종일 후원사의 술을 흥청망청 마셔대지 않았기를 그는 기원했다.

"시간이 없어요." 마크 스피츠가 말했다.

"무슨 시간?"

"이렇게 앉아 있을 시간."

그들은 그리드 003, 브로드웨이×커낼, 상업지구의 내장 속을 질주했다. 공병대가 파놓은 흰개미굴 같은 통로를 통해서. 바깥의 거리에서는 망령들이 북쪽에서부터 쏟아져 들어왔다. 장벽은 뚫렸지만, 병목현상이 벌어진 데다가 해골들이 워낙 변덕스럽게 이리저리 흩어지고 있어서 아직은 그들이 이곳을 뚫고 나갈 수 있는 가능성이 남아 있었다.

"걷는 게 개 같아." 메이시 씨가 말했다.

"트럭이 있어요." 보즈먼이 말했다. 그가 대열의 맨 앞에 섰다. 본부의 남쪽 끝은 리스페너드 거리에 있는 베트남 식당이었다. 그들은 주방의 불을 껐다. 그러고 나서 보즈먼이 군인 한 명을 식당 홀로 내보내 역시 불을 끄게 했다. 안에서 그들이 움직이는 것을 밖에서 망령이 보고 다른 망령들을 끌어들여 출구를 막아버리기라도 하면 큰일이었다. 넬슨이 임무에 성공했다. 그들 일행은 식당 앞쪽으로 이동해서 가로등 불빛이 닿지 않는 곳을 찾았다. 망령들이 동서로 뻗은 리스페너드에도 스며들어 왔지만, 대부분이 널찍한 브로드웨이를 더 좋아했다. 마크 스피츠가 있는 곳에서 보이는 광경으로 판단하자면 그랬다. 트럭두 대가 길 맞은편에 서쪽을 향해 세워져 있었다. 허드슨 거리에 해골이 몇 마리나 있는가에 따라, 잘하면 파도처럼 몰려오는 놈들을 따돌릴 수도 있을 것 같았다.

"열쇠가 여기 어디 있을 텐데." 보즈먼이 말했다.

메이시 씨는 겉옷 보관실 앞에서 풀이 죽었다. "나더러 저기에 타라고?"

"트럭이 있다고 했잖습니까." 보즈먼이 말했다.

동력이 필요해. 마크 스피츠는 속으로 생각했다. 트럭에는 지붕 대신 캔버스 천이 덮여 있었다.

"난 장갑 트럭인 줄 알았어요." 메이시 씨가 말했다. "나더러 뭘 어쩌라는 건데? 화물칸에 타?"

"걷는 것보다는 낫죠."

"다 소용없어요." 넬슨이 말했다. 아까부터 계속 울더니 또 눈물을 흘리기 시작했다. "우리를 데리러 올 사람이 없을 거예요."

"맞는 말이야." 메이시 씨가 말했다. "당신들은 버펄로를 몰라. 사방에서 캠프들이 무너지고 있는데, 홍보 계획 하나를 구해보겠다고 무장헬기를 보낼 사람들이 아니야."

"홍보 계획이라고요." 파비오가 말했다.

"지금이 얼마나 비정상적인 상황인지 전혀 모르는군, 그렇지?" 그녀는 자기 말을 이해하지 못하는 사람들을 향해 이죽거리며 숨을 내쉬었다. "내가 실력이 너무 좋아."

넬슨이 말했다. "저는 우리 마을에서 마지막으로 남은 사람이에요. 모두 죽었어요."

"이게 홍보야." 메이시 씨가 말했다. "우리가 이 섬을 다시 정리하는 건 몇 년이나 세월이 흐른 뒤겠지. 지금 우리한테는 심지어 겨울을 날 식량도 없어."

넬슨이 말했다. "하느님이 역사하사."

파비오는 배를 세게 맞은 사람처럼 휘청거렸다. "정상회담 얘기를 하셨잖아요."

메이시 씨는 다시 유리창을 통해 상황을 가늠해보고는 고개를 저었다. "정상회담이라니. 그 사람이 다시 올 것 같아? 나도 여기에 망할 놈의 지하철만 있다면 이 쓰레기장으로 돌아오지 않을 텐데. 저 밖을 좀 봐. 저 새끼들은 아마 바하마의 어떤 섬에 정착할지 고민하고 있을걸." 그녀는 권총을 확인했다. "왜 웃어?"

이것은 마크 스피츠에게 한 말이었다. 수치심이 그를 훑고 지나갔다. 교양 있는 자아의 메아리 같은 것이었다. 그는 그 자아를 내려놓았다. 그가 웃은 것은 이렇게 살아 있는 기분을 느낀 것이 몇 달 만에 처음이기 때문이었다. 그 점쟁이의 가게를 나선 뒤로, 대포의 진동이 부츠를 뚫고 뼛속까지 쿵쿵 올라와 그의 심장박동에 동조하려고 했다. 그때부터 그는 행복에 도취해서 전율하고 있었다. 그는 낡아서 갈라진 페인트를 뒤집어쓰고 있는, 낡은 임대주택의 라디에이터였다. 안에 증기가 가득해지는 동안 구석에서 딱딱거리는 소리, 휘파람 소리를 내는 라디에이터. 이런 기분이 최고조에 달한 것은 장벽이 무너진 그 순간이었다. 그리고 그 기분이 점차 물러가면서 그는 걱정스러운 깨달음을 얻었다. 장벽을 통해 넘어온 것은 망령들이 아니라 황야 그 자체였다. 그가 그 농가에서 나온 이후 가까이하지 않으려고 애쓰던 그 땅. 그것이 그를 끌어안았다. 그는 그 품으로 들어갔다. 메이시가 옳았다. 여객선 터미널에서 그들을 구조해줄 사람은 없었다. 세상에서 가장 긴 밤을 지낸 뒤 동이 터올 때 하늘에서 헬기가 불쑥 나타나는 일은 없을 터였다. 다른 곳과 연락이 끊긴 것은 검은 파도가 사방에서 밀려왔기 때문이었다. 이 홍수에서 안전한 곳은 어디도 없었다. 모두가 이 파도에 빠져 죽어가고 있었다. 그러니 그가 웃는 것이 당연했다. 여기는 그에게 딱 어울리는 곳이었다.

보즈먼의 신호에 따라 그들은 밖으로 뛰어나갔다. 이 한심한 부대에서 두 군인이 브로드웨이 쪽 측면을 맡고, 마크 스피츠는 파비오와 함께 선두를 맡았다. 커낼 거리의 총성도 그들이 리스페너드의 해골들을 몰아내는 총성을 가려주지 못했다. 마크 스피츠는 목표물의 척추 위쪽 지점으로 가라고 총알들에 의지를 불어넣었다. 정신적인 힘만으로 총알을 움직이는 것이 가능한 일인 것처럼. 총알들은 정말로 그가 정해준 지점을 뚫고 들어갔다. 놈들의 턱선 위쪽 모든 것이 폭발해서 젤리처럼 변했다. 넬슨과 채드가 원턴에서는 신병인지 몰라도 이런 식의 근접전에서는 노련했다. 그들은 순식간에 적 다섯 마리를 해치웠다. 넬슨이 엉엉 우는 소리만 빼면 조용했다.

보즈먼이 트럭에 시동을 걸고, 메이시가 조수석에 올라타 문을 닫았다. 다른 사람들은 파비오만 빼고 모두 화물칸으로 올라갔다. 파비오가 화물칸에 절반쯤 몸을 걸쳤을 때 트럭이 훅 앞으로 튀어나갔다. 보즈먼이 기계 조작법을 다시 떠올린 모양이었다. 파비오는 허공에서 뒤틀어진 뭔가를 잡으려는 것처럼 허우적거리며 균형을 잡으려고 애썼다. 그가 막 성공하려던 참에 피투성이 손 네 개가 그를 소용돌이 속으로 채 갔다. 마크 스피츠는 경비원 제복을 입은 해골에게 총을 겨눴다. 놈이 파비오의 목을 물어뜯자 핏줄기가 작은 분수처럼 솟았다. 트럭이 허드슨 거리를 향해 움직이는 동안 그는 파비오의 가슴에 총알 세 방을 쏴서 그의 비명을 멎게 해줄 수 있었다.

섬뜩한 파도가 밀려왔다. 트럭은 망령들을 짓밟고 달리느라 좌우로 흔들거렸다. 트럭 화물칸에 앉은 사람들은 보즈먼이 점차 속력을 내면서 시체들이 보닛에 충돌했다 튕겨 나가는 소리를 들을 수 있었다. 트럭이 파도를 부수며 나아갔다. 마크 스피츠와 채드는 뒤를 쫓아오는 멍청한 얼굴의 해골들을 겨냥했다. 입을 헤벌린 놈들이 급류 속에서 트럭을 따라왔다. 그때 마크 스피츠는 자신이 다시 궁핍한 상황에 내던져졌음을 깨달았다. 총알을 아껴야 했다. 그래서 총을 쏘지 않고 참았다. 원턴의 영역을 벗어나자 거리에 아직 자동차와 트럭이 여기저기 흩어져 있었다. 보즈먼이 이런 장애물들 사이로 정신없이 차를 모는 동안 마크 스피츠는 몸에 힘을 주고 버텼다. 그런데 차가 또 방향을 바꾸는 순간, 채드가 하마터면 밖으로 떨어질 뻔했다. 그는 공포에 휩싸여서 하품하듯 입을 크게 벌렸다. 마크 스피츠가 그의 팔을 잡고 안으로 끌어당겼다.

노스무어 거리에 다다랐을 때 그들은 파도의 속도보다 더 빨리 달리고 있었다. 트럭이 멈추자 메이시 씨가 욕설을 내뱉었다. 망령들은 저 뒤편에서 그들에게 작별 인사를 하며 남쪽으로 나아가고 있었다. 채드와 넬슨이 몇 마리를 쓰러뜨린 뒤, 캔버스 지붕 너머에서 "사격 중지!"라고 외치는 소리가 들렸다. 그들은 군인 네 명을 위해 자리를 비워주었다. 그들 중 세 명이 의식을 잃은 동료를 트럭 안으로 끌어 올렸다. 의식을 잃은 군인은 온몸이 피투성이였지만, 해골에게 물린 것 같지는 않았다. 폭음과 함께 업타운의 하늘이 새로 피어난 꽃처럼 오렌지색과 빨간색으로 물들었다. 색이 점차 흐려지는 동안 불빛이 꺼졌다. 원턴의 전기가 나간 것이다. 넬슨이 엉엉 울었다. 거리는 캄캄했다. 수비대는 완전히 파도에 잠겼다.

보즈먼이 다시 트럭에 시동을 걸었다. 마크 스피츠는 어둠에 눈을 적응시키며 도로표지판을 읽어보려고 했다. 기다리던 표지판이 눈에 들어오자 그는 넬슨의 팔을 붙잡고 말했다. "우리 팀을 확인해야 돼." 그는 트럭에서 뛰어내리다가 발을 헛디뎌 고통스럽게 길바닥을 굴렀다.

어디에서도 움직임은 감지되지 않았다. 이 지역은 여전히 텅 비어 있었다. 달빛 덕분에 적의 주의를 끌 수 있는 손전등을 켜지 않아도 되었다. 시야가 확보되지는 않았지만, 전기가 나갔을 때 파란 달 같던 삼촌의 아파트 건물도 틀림없이 빛을 잃었을 것이다. 이번에 본 모습이 마지막일 것이라고 그는 확신했다. 그리고 속으로 계산해보았다. 망령들은 장벽에 난 구멍을 빠져나와 사방으로 퍼져나갔지만, 주로 대로를 따라 밀려가는 편이었다. 그렇다면 마크 스피츠는 놈들이 체임버스 거리에 다다르기 전에, 측면으로 움직여 안전구역을 가로질러서 점쟁이의 가게로 가야 했다. 그가 브로드웨이를 향해 채 한 걸음 내딛기도 전에, 트럭이 어딘가에 충돌하는 소리가 들렸다. 그는 계속 움직였다. 잘

되면 집결 장소에서 저들을 만날 것이고, 안되면 만나지 못할 것이다. 골드 거리까지 절반쯤 왔을 때 그는 이제 재가 떨어지지 않는다는 것을 깨달았다. 생존 프로그램이 돌아가고 있으니, PASD를, 그의 과거를 돌릴 메모리가 부족한 모양이었다.

점집 앞길에는 불빛이 전혀 없었다. 그는 뒤쪽 방에 오메가 팀이 있기를 기원하며 살금살금 안으로 들어가 속삭이듯 그들의 이름을 불렀다. 대답이 없었다. 그는 더 이상 거리에 있지 않아도 되는 것에 안도하며 가게 문을 잠갔다. 그리고 이 내리막길에서 중력의 힘으로 점점 속력을 내며 다가오는 망령들의 모습을 그려보았다. 놈들이 안전구역(지금 이곳을 이 이름으로 불러도 될까?)에 고루 퍼진 뒤에는 빠져나가기가 불가능할 것이다. 지하철을 지름길로 사용하기에는 이미 너무 늦었을 가능성이 높았다. 지금쯤 놈들이 지하철 계단에서 플랫폼으로 뚝뚝 떨어지고 있을 것이다.

마크 스피츠는 섬에서 탈출하는 방법을 여러모로 생각해본 적이 없지만, 여객선 터미널이 좋은 선택인 것은 분명했다. 특히 다리들의 평소 교통량을 감안하면 더욱 그러했다. 브루클린으로 이어진 다리들은 장애물로 막혀 있었지만, 시간을 충분히 들인다면 사람 한 명이 장애물 사이로 빠져나가는 것은 가능했다. 문제는 망령 군단이 다리마다 잔뜩 모여서 브루클린까지 다리를 꽉 메우고 있다는 점이었다. 그는 거기에 모인 망령들의 헌신적인 태도를 옛날부터 항상 이상하게 생각했다. 그렇게 형편없는 꼴로 전락했으면서도 그들은 여전히 맨해튼을 갈망하는 것 같았다. 예나 지금이나 그들은 맨해튼섬의 마법이 자신들의 병을 치료해줄 것이라고 믿었다.

마크 스피츠는 민첩하게 가게 안을 수색했다. 혹시 게리가 이미 변했을 가능성이 있기 때문이었다. 움직이는 것이 전혀 없었다. 케이틀린은 원턴의 상황을 알아보기 위해 이동한 모양이었다. 지금쯤 그녀는 상황을 파악했을 것이다. 마크 스피츠는 그녀가 터미널로 도망쳐야 한다는 사실을 기억하고 있기를 기원했다. 어쩌면 어둠 속에서 서로 엇갈렸는지도 모른다. 옛날 이 도시가 살아 있던 시절에 그랬던 것처럼. 내가 사랑하는 사람이 나와 반 블록이나 한 블록 떨어진 곳에서 내가 이렇게 가까이 있는 것을 모른 채 대로를 따라 지나가는 일은 아주 흔했다. 그렇게 사람들은 서로를 지나쳤다.

그는 찔끔찔끔 나타나는 망령들에게서 불빛을 숨기기 위해 뒷방 문을 닫았다. 그리고 촛불을 켰다. 보잘것없기는 해도 건물 안에 들어와 있지만, 그는 황야에 있을 때와 같은 심정이었다. 케이틀린이 게리에게 덮어준 담요에 피가 흠뻑 배어 있었다. 마크 스피츠가 원턴으로 올라간 뒤 이렇게 될 때까지 얼마나 걸렸을까? 그가 한 블록 이동했을 때? 케이틀린과 이별의 잡담을 나누고, 그가 자신의 머릿속에서 뭔가가 움직이는 것을 느낀 뒤 결단을 내렸을 때? 십중팔구 게리는 거짓 핑계로 케이틀린을 내보낸 뒤 그 기회를 이용했을 것이다.

마크 스피츠는 담요를 들어 올렸다. 게리가 이런 일을 엉터리로 처리할 리가 없지만, 그래도 확인할 필요가 있었다. 보아하니 케이틀린이 나중에 확실히 하기 위해서 그에게 총을 두 방 더 쏜 것 같았다. 그가 막 담요를 다시 놓으려는데 게리가 손에 종이를 쥐고 있는 것이 보였다.

그는 손가락을 억지로 펴서 종이를 빼내고, 친구의 시체를 다시 놓은 뒤 소파와 마주 보는 초록색 안락의자에 털썩 주저앉았다. 종이의 구김과 너덜너덜해진 가장자리를 보니 게리가 옷을 갈아입을 때마다 주머니에서 주머니로 옮기며 오랫동안 가지고 다닌 것 같았다. 언제부터, 어느 은신처에서? 결국은 발각되고 만 수많은 피난처의 어둠 속에서 이 종이를 보았을까? 어쩌면 최후의 밤부터 줄곧 가지고 다닌 것일 수도 있었다. 한쪽 가장자리에 솜털 같은 섬유질이 드러나 있는 것으로 보아 잡지에서 정성 들여 찢어낸 것으로 보이는 종이의 한쪽 면에는 파란 지중해의 수면 위로 솟아오른 섬이 있었다. 마디가 여기저기 불거진 바윗덩어리 같은 모양이었다. 마크 스피츠가 보기에는 수류탄을 닮은 것 같았다. 그 뒷면에는 거리 풍경이 있었다. 좁은 골목에 사람들이 우글거렸다. 바삐 움직이는 모양을 보니 정오 무렵인 듯했다. 잡화점 앞에는 길게 끈을 매어놓은 진열대에 엽서들이 걸려 있었다. 직사각형 엽서 안에 하늘색 섬 풍경이 더 많이 담겨 있었다. 카페 앞의 작은 야외 테이블에서는 젊은 커플이 서로 손가락을 엮어 깍지를 끼고 있었다. 반쯤 그림자에 가려진 입구 위쪽 간판에는 빨간색, 하얀색, 갈색이 섞인 에스프레소 회사 로고가 있었다. 테이블 다리가 바닥에 포장된 자갈들 틈새에 박혀 있어서 테이블은 살짝 기울어진 모양새였다. 여자의 빨간 샌들 옆에는 성냥갑 하나, 냅킨 한 뭉치, 버려진 쐐기가 놓여 있었다.

게리가 그동안 내내 힘들게 스페인어 공부를 하면서 주머니에는 프랑스령 코르시카의 사진을 몰래 가지고 다녔다고 생각하니, 마크 스피츠는 하마터면 크게 웃음을 터뜨릴 뻔했다. 게리가 잠수함에서 그토록 갈망하던 섬을 향해 발을 내디디면서 큼큼 목을 가다듬고, 미리 연습해둔 인사말과 달콤한 말을 머릿속으로 정리한다.

마크 스피츠는 촛불을 끄고 가게 앞쪽을 확인했다. 망령들이 소름 끼치는 행렬을 이루어 흔들흔들 골드 거리를 걸어서 남쪽으로 향하고 있었다. 지금은 듬성듬성 지나갈 뿐이었다. 아직은 놈들을 따돌리고 빠져나갈 수 있었다.

그는 뒷방으로 돌아와 배낭에서 손전등을 꺼냈다. 골목길 풍경 사진이 언제 찍힌 것인지 알아낼 길은 없었다. 어쩌면 그것이 이 세상의 마지막 오후 풍경이었을 수도 있었다. 재난영화에서 평화롭던 시절의 다양한 풍경을 연달아 보여줄 때 끼워 넣을 수 있는 한 장면. 시민들은 다가오는 폭탄이나 운석, 그러니까 우주에서 대기권으로 진입한 운명의 바윗덩어리의 존재를 알지 못한 채 평범한 오후 풍경 속을 돌아다닌다. 앞으로 30초만 지나면 그들은 더 이상 존재하지 않게 될 테지만, 지금 이 순간에는 안전하게 살아 있다. 햇빛을 받으며 아늑하게. 맞잡은 연인의 손은 따스하고 생생하다.

중위가 예전에 케이틀린과 마크 스피츠에게 붙박이 망령들이 비정상적인 소수가 아니라 대다수를 차지하는 세상을 상상해보라고 말한 적이 있었다. 그 세상의 풍경은 이 골목길 사진과 같을 거야. 마크 스피츠는 속으로 생각했다. 그들은 모두 더 이상 존재하지 않는 세상에 홀린 채, 지나간 순간의 덫에 빠져 있을 것이다. 한때 그들을 행복하게 만들어주었던 환상의 그림자에 홀린 채로.

그는 금지된 생각을 했다. 그는 이 생각을 밀어내지 않았다.

사흘 만에 두 번째였다. 농가에서 구조된 이래로 가장 아슬아슬한 순간. 세상의 종말이 다시 벌어지고 있었다. 지난 몇 달 동안은 일종의 휴지기였다. 멸망을 향해 다시 달려가기 전에 잠시 숨을 돌리는 시간. 이번에는 우리가 살아서 빠져나갈 수 있을 것이라는 망상으로 스스로를 위로할 수 없었다.

누군가에게 마지막으로 사진을 찍힌 것이 언제였더라? 로드아일랜드에 있을 때였다. 노샘프턴에서 구조되기 한 달 전. 시간당 요금으로 방을 빌려주던 호텔에 2주 동안 있을 때였다. 전국 규모의 저가 호텔 체인이 자기네보다 훨씬 더 싼 체인을 사서 죄다 낡아빠진 건물들을 수리하고 있었다. 그들은 각도를 조절할 수 있는 장치 위에 고해상도 텔레비전 스크린을 설치하고, 담뱃불에 구멍이 뚫리고 갖가지 체액이 흠뻑 배어든 카펫을 걷어낸 뒤 얼룩이 묻지 않는 미래지향적인 섬유로 만든 카펫을 깔았다. 마크 스피츠가 우연히 발견한 그 프랜차이즈 호텔은 수리를 하는 동안 사슬 울타리로 사방을 에워쌌기 때문에 해골이 들어올 수 없었다. 요즘은 사슬들이 챙챙 울리는 소리가 반가웠다. 경계선을 확실히 해주는 경보 시스템이었으니까.

생존자들이 새로 오기도 하고, 머물던 사람들이 떠나가기도 했다. 마크 스피츠는 12호실에 처박혀 있었다. 갈색과 회색으로 이루어진 퀴퀴한 방이었다. 다른 생존자들은 무해했다. 그와 마찬가지로 지쳐서, 중간 공백기 중 차분하게 정지된 한때를 보내는 중이었다. 그는 회원들에게 할인을 해주는 곳에서 열릴 결혼식에 참석하러 와 있었다. 서로 낯선 사람들이지만, 다들 자기도 모르는 사이에 줄곧 서로 연결되어 있었다. 평소의 삶에서 벗어나 이 짧은 순간을 함께 보내며 식을 목격하게 될 때까지. 그런데 결혼식이 자꾸만 연기되었다. 그들은 몇 번이나 숙박 기간을 연장하고, 텅 빈 프런트데스크에 전화하고, 죽어버린 전화기를 향해 반드시 필요한 핑계를 댔다. 불평할 단계는 이미 지났다.

사람들은 마음이 내키면 밤에 프런트데스크 가까이에 있는 작은 조식 식당에 모여 갖고 있던 식량을 함께 먹었다. 렌즈콩이나 잼 같은 것. 거기서 그는 시먼스 일가를 만났다. 일가족이 모두 고스란히 살아남은 것은 황야에서 보기 드문 일이었다. 아니면 그들이 가족 행세를 했거나. 롭과 로니가 부부고, 해럴드와 제니라는 두 아이가 있었다. 그들이 어떻게 지금까지 살아남았는지 그는 상상이 가지 않았다. 하지만 호기심은 이미 과거의 일이었다. 어쨌든 엄마와 아빠는 각자 총을 지니고 있었으며, 가슴에 탄띠를 맸다. 긴장한 손은 엉덩이의 총집에서 결코 멀리 떨어지는 법이 없었다. 그것만으로도 궁금증이 풀렸다. 해럴드와 제니는 각각 열한 살, 열세 살이었다. 그들은 특히 눈이 아버지를 닮았으며, 거의 말을 하지 않았다.

그들은 이틀 밤을 머물렀다. 두 번째 밤에 프런트데스크에서 열린 작은 잔치에 그들도 참석했다. 질긴 쇠고기를 맵게 요리한 음식을 먹으면서 로니는 버펄로로 가는 중이라고 사람들에게 말했다. 그동안 버펄로에 대해 좋은 이야기들을 들었고, 도중에 만난 진짜 군인들 중 버펄로에 직접 다녀온 사람들이 그곳에서 세상을 정상으로 되돌리고 있다고 말했다는 것이었다. 아무도 그 말을 믿지 않았지만 시먼스 일가는 상관하지 않았다. 마크 스피츠의 기억이 옳다면, 그들은 초콜릿 칩 쿠키 다섯 개를 내놓았다. 사람들은 쿠키를 네 조각으로 잘라서 나눠 먹었다.

시먼스 일가는 방으로 돌아가기 전에 마크 스피츠에게 사진을 찍어

달라고 부탁했다. "기록을 남기는 걸 좋아하거든요." 롭이 그의 손에 카메라를 쥐여주며 말했다. 카메라 배터리를 충전하는 것이 간단한 일은 아니었을 것이다. 셔터가 없는 정육면체 모양의 일본산 최신 모델로, 못하는 일이 없는 카메라였다. 시먼스 일가는 더러운 커피머신 옆에서 포즈를 취했다. 그들이 항상 취하는 포즈인 것 같았는데, 얼굴에는 미소가 없었지만 그렇다고 불쾌하거나 우울한 표정도 아니었다. 사진을 찍고 나서 그들은 마크 스피츠의 사진도 한 장 찍고 싶다고 말했다.

"왜요?"

"그러면 당신이 어떻게 생겼는지 기억할 수 있잖아요." 로니가 말했다.

시먼스 일가는 날이 밝자마자 떠났다. 그다음 날 정오가 지나고 얼마 되지 않아서 도적 무리가 호텔을 휩쓸었다. 그들은 호텔의 거주자 중 일부를 처형하고, 이전부터 자기들끼리 줄곧 하던 게임의 일환으로 다른 거주자 몇 명을 고문하며 육체의 논리를 시험했다. 결국 탈출 기회가 자연스럽게 생기면서 대부분의 거주자들이 무사히 도망쳤다. 불행을 겪으며 이만큼이나 온 사람들이므로 이런 상황에서 어떻게 해야 하는지 다들 잘 알고 있었다. 하지만 결혼 피로연은 그것으로 끝이었다. 그들은 또 다른 인간 거주지로 향했다.

이것, 그러니까 또 다른 인간 거주지를 찾아 계속 움직이는 것 외에 다른 현실은 없었다. 마침내 최종적인 정착지를 발견한다면, 거기서 살다가 죽을 것이다.

다시 도시로 돌아온 그의 여정은 우화였다. 밈의 말처럼 계속 움직이는 것. 그는 예전부터 항상 뉴욕에 살고 싶었지만, 그 도시는 이제 존재하지 않았다. 세상이 멸망한 건지 구원받은 건지 알 수 없었다. 어쨌든 앞으로 닥쳐올 일이 무엇이든, 지금까지 벌어졌던 일들과는 다를 것이다. 희미하게 반짝이는 버펄로의 재건 작업과는 교차점이 없었다. 뉴욕의 대로들은 미래에 대한 그들의 시뮬레이션과 만나지 않았다. 지금 이 도시는 마크 스피츠가 이 대도시에서 살고 싶었던 새로운 삶의 형태들을 거부했다.

그는 새로 구한 소총을 내려놓고 옛날에 쓰던 것을 들었다. 이 총 덕분에 그는 안전구역을 돌아다닐 수 있었다. 이 총 덕분에 안전구역을 빠져나갈 수 있을 것이다. 그들이 애당초 왜 이 섬을 수리하려고 했는지 그는 이제 알 수 없었다. 깨진 유리는 깨진 유리로 놔두는 것이, 유리가 더욱 작은 조각으로 쪼개져 결국 가루처럼 흩어지게 내버려두는 것이 최선이었다. 여기저기 갈라진 틈새들 또한 점점 넓어지게 내버려두면, 언젠가는 더 이상 틈새가 아니라 새로운 장소가 될 것이다. 지금 그들이 있는 곳이 바로 그런 장소였다. 세상은 종말을 향해 가고 있지 않았다. 세상은 이미 끝나버렸고, 그들은 새로운 장소에 있었다. 그들이 이곳에 익숙하지 않은 것은 이곳을 한 번도 본 적이 없기 때문이었다.

마크 스피츠는 장비를 챙겼다. 게리의 배낭에서도 쓸 만한 물건들을 챙겼다. 코르시카 사진은 뒷주머니에 넣었다. 그러고는 친구에게 손을 흔들어준 뒤, 방 밖으로 나가 문을 닫았다.

거리를 물결처럼 흘러가는 행렬 속에서 망령들이 출렁거렸다. 이놈들은 중위가 말한 붙박이 망령, 자신의 완벽한 순간에 고정된 놈들이 아니었다. 이미 오래전에 사라진 자신을 향해 기어코 바득바득 다가가서 그 예전 모습의 유령으로만 존재하는 놈들이 아니었다. 이들은 성난 망령, 존재의 무자비한 혼란이 체화된 형태였다. 망가진 도시를 다시 채울 존재들이었다. 오로지 이들뿐이었다.

그는 각오를 다졌다. 터미널까지 갈 수 있을지 상황이 마음에 들지 않았다. 지금까지 거기에 도착한 사람이 몇 명이나 될지 누가 알까. 트럭에 타고 있던 사람들, 수비대의 잡다한 사람들. 장교, 요리사, 사무원. 그는 수색대원들이 남쪽으로 나아가면서 해골들의 머리를 쪼개버리면 좋겠다고 생각했다. 아니면 어느 누구도 절망하지 않게 완벽한 계획을 고안해내거나. 케이틀린. 만약 마크 스피츠가 총을 쏘고 곤봉을 휘두르고 몸을 숨겨가며 어떻게든 터미널에 도착한다면, 그다음에는? 구조를 꿈꾸는 것은 멍청한 짓이었다.

건물들 사이로 음악이 흘렀다. 처리반 소속인 말이 발걸음을 내디딜 때마다 딸랑거리는 종소리와 미친 멜로디가 만들어졌다. 녀석은 망령들 사이에 뒤섞여서 텅 빈 수레를 끌며 걸었다. 따가닥따가닥 발굽 소리를 내는 녀석은 멸망의 마스코트였다. 근심도 없고 주인도 없었다. 녀석이 시야에서 사라진 뒤에도 마크 스피츠는 즐겁게 딸랑거리는 소리를 들을 수 있었다. 무정한 암석 같은 대도시의 얼굴 앞에서 그 소리가 끈질기게 울렸다. 그 멜로디에 대한 그의 감상이 그러했다. 죽지 않고 끈질기게 이어지는 즐거운 멜로디.

또 다른 인간 거주지를 향해서. 그리고 그다음에는 또 다른 거주지로. 장벽이 필요 없어지는 날까지 버텨주는 곳. 그는 아르마딜로 헬멧의 끈을 단단히 조였다. 그리고 마지막으로 한 번 더 조끼 주머니들을 손가락으로 툭툭 두드리며, 유리창 너머의 북적거리는 풍경을 향해 미간을 찌푸렸다. 놈들이 본격적으로 몰려오고 있었다. 터미널까지 갈 수 있을지 상황이 정말로 마음에 들지 않았다. 강이 더 가까웠다. 강을 헤엄쳐서 가는 편이 더 나을 것 같기도 했다. 웃기는 생각이었다. 우습기 짝이 없는 생각. 바깥의 저놈들만 없었다면, 하마터면 크게 웃어버릴 뻔했다. 그에게는 1초가 소중했다. 그가 누구 못지않게 평범한 사람이고, 그 덕분에 이 평범한 세상에서 이점을 누리고 있다는 점과 상관없이.

젠장. 그는 속으로 생각했다. 누구든 언젠가는 수영을 꼭 배울 필요가 있어. 그는 문을 열고 망령들의 바다로 걸어 들어갔다.

제1구역

1판 1쇄 인쇄 2019년 6월 7일
1판 2쇄 발행 2021년 3월 29일

지은이 · 콜슨 화이트헤드
옮긴이 · 김승욱
펴낸이 · 주연선

총괄이사 · 이진희
책임편집 · 심하은
표지 및 본문 디자인 · 이다은
마케팅 · 장병수 김진겸 이선행 강원모 정혜윤
관리 · 김두만 유효정 박초희

(주)은행나무
04035 서울특별시 마포구 양화로11길 54
전화 · 02)3143-0651~3 | 팩스 · 02)3143-0654
신고번호 · 제 1997—000168호(1997. 12. 12)
www.ehbook.co.kr
ehbook@ehbook.co.kr

잘못된 책은 바꿔드립니다.

ISBN 979-11-89982-17-1 03840